见识城邦

更新知识地图　拓展认知边界

人是天地间多彩的云

余昌民　著

中信出版集团 | 北京

图书在版编目（CIP）数据

人是天地间多彩的云 / 余昌民著 . -- 北京：中信出版社，2019.5

ISBN 978-7-5086-9923-3

Ⅰ . ①人… Ⅱ . ①余… Ⅲ . ①散文集－中国－当代 Ⅳ . ① I267

中国版本图书馆 CIP 数据核字（2019）第 009693 号

人是天地间多彩的云

著　　者：余昌民

出版发行：中信出版集团股份有限公司

（北京市朝阳区惠新东街甲 4 号富盛大厦 2 座　邮编　100029）

承 印 者：北京通州皇家印刷厂

开　　本：880mm × 1230mm 1/32　　印　　张：15　　字　　数：233 千字

版　　次：2019 年 5 月第 1 版　　印　　次：2019 年 5 月第 1 次印刷

广告经营许可证：京朝工商广字第 8087 号

书　　号：ISBN 978-7-5086-9923-3

定　　价：68.00 元

服务热线：400-600-8099

投稿邮箱：author@citicpub.com

目 录

序

笔下彩云如画

马雨农

为校友余昌民文集作序，在我纯属意外。昌民兄本来是请一位我们都敬重的学长撰写的。在上世纪六十年代的清华校友中，这位学长无论学识胆识、为人为文都属翘楚，当是众望所归。无奈学长因故而欲为不能，荐我代之。于是，昌民与我开始有了邮件往来。知情后，我甚感惶恐不安，担心落差过大，于文集无益。但盛情难却，重托难辞，只好勉为其难应承下来。好在昌民兄为人豁达，写给我“人易朽，纸命长，就让你我共同留下些许痕迹吧”这样令人动情的话，我聊以宽心，写上一点读后随感，就教于昌民和诸位校友，就教于广大读者。

我与昌民缘分不浅。我们是同龄人，都出生在一九四六年，他的生日仅晚我四天。我们经历了同样的世事变迁，彼此有相同的人生体验。我们是校友，同在一九六四年考入清华。他在电机工程系，我在土木建筑系，虽然原先并不相识，但由于一位共同的朋友，使我们有缘交集。

那位朋友在一九七一年三月写给昌民的信文里，记述了我们三位清华毕业生被分配到鞍山冶金部第三冶金建设公司后，参加三冶文艺宣传队的一段往事。巧的是，那时昌民也在武汉冶金部第一冶金建设公司和冶金部武汉冶金机修厂操办文艺宣传队。我们竟同在一个系统，干上了同一个行当。

二〇一六年五月，昌民在传来文稿时附言："那封信函中赫然写着你的名字！我们'相遇'，竟在45年前！"

确实，这就是缘分。那是昌民与我结缘的始点。当时或许未必在意，今日读来感慨万千。谁曾想到，命运让我们又有了一次交集，四十五载前缘续成了后果。这是缘上有缘的一件幸事。

一

说幸事，还在于有幸先睹为快，通读了昌民的文集。

如同写电影镜头一样，作者从藏经阁下武昌三小的入学考试落笔，记述了他人生经历的一个个生动有趣的故事。从《小皮球飞进了长春观》到《六十年代清华生活琐忆》，从《有一座山我登过》，到《公文与文学的缘分》，他记述由孩提时代到退休岁月的种种往事，实际上也构成了独特的自传。读这些作品，能看到他的人生轨迹，一路砥砺奋进的不凡历程；看到他在岁月磨砺中显露的心志气度，在生活跌宕中表现的意志定力。由此，感受到一种触景生情的激励，领悟到为人处世的真谛。

昌民的作品，在记述自身经历的同时，也记录了他与家人、同学、朋友、师长、同事等众多人物的交情往来，描绘了这些人生旅伴的音容笑貌、坎坷人生，写出了时代的众生相。洋洋大观，犹如一幅人物群像的长卷，展现了栩栩如生的多彩形象。他以诙谐的笔调，叙说亲历的往事，穿插引用珍贵的信函笔记，还原了历史原貌。那些富有画面感的故事里有欢乐，也有苦涩，有读来可以会心一笑的，也有让人心头一紧、凄然无语的。作者到古稀之年书写这些往事，不仅留存了经过岁月过滤的历史真相，也写出了触类旁通的历史感悟。作品涉及社会生活深透，蕴含内涵哲理丰富，让人品味再三，频起共鸣，屡有共识，感触良多。

历史是无数人的经历组成的。无论《理想者袁庚》《相伴棋圣三家灯火》等篇章中的风云人物，还是《港商马太同志》《巧匠萧师傅》等故事里名不见经传的小角色，作者笔下人物的人生经历，无不折射着时代的进程。读昌民此作，能读出真实的历史，读出人物的心灵史。

《六十年代清华生活琐忆》记下了大学时代校园生活的许多趣闻逸事。一个个让人回味无穷的故事，写出了清华学子入学之初的清纯和质朴，也写出了“文革”狂潮下的盲从和偏激。其中《班会春秋》一节，最典型不过地反映了时代变迁留下的印痕：“曾经吃着瓜子杂果开联欢会”的宿舍，转眼间“在同样的地点召开过批判会、斗私批修会、‘可以教育好的子女’划清界线讲用会、平反会……”这种历史场景的急剧转换，极具象征意义，真实地揭示了那一场场运动的荒诞，实在有太多的教训值得思考和反省。

《人性的考验》是人性扭曲年代的历史记录，故事虽短，入木三分。作者的两次被“考”经历，其实也就是老父奉命搬家、妻子头胎临盆，需要请假出力、需要免于出差的应急家事。这在每个人的生活中都会遇到。按人之常情，都应给予必要的关心和照顾。但在“文革”的特殊年代，却都被冠以“考验”之名而被拒绝。这种有违人性、不讲人道的荒唐逻辑，竟如无形戒律，弥漫成风。极具讽刺意味的是，表面执律森严、动辄考验他人的当权者，自己却经不住色欲的考验而“訇然跌倒”。作者固然至今心伤难愈，仍感愧对家严爱妻，但更为伤重可悲的该是那些人格分裂的人。透过这类戴着面具的人物典型，可对“文革”的祸害有更深的反思。

《有一座山我登过》记述了作者初入社会、寒窗茹苦的生活，以及身居陋室、尽享友情的滋润，追忆了作者为报考研究生挑灯夜读的一年艰辛，记录了他奋发自强的足印。肖家湾不时断电的夜晚，电石灯闪亮的不仅是适者生存的智慧之光，也是强者胜出的潜能之光。

《父子同读清华园》是特定时代的奇葩，让人深感“文革”的贻害，也让人看到浩劫过后社会出现的新气象。经济建设被确立为中心，知识不再越多越反动，人才开始广受尊重，作者重返清华读研究生，继而出国研修，在特区建设中大显身手。个人境遇的时来运转，是一代知识分子命运沉浮的真实写照。那个解放思想、大举变革的年代，至今仍让人心潮难平。《“改革试管”报告：我在蛇口的竞选经历》等篇章，详尽记录了拨乱反正时期国运复兴、民心振奋的新风激荡，记录了许多事始料不及，甚至来不及感动的沧桑巨变。

《楼对楼，窗对窗》书写了曾经的同事、邻居，离别多年后在博客上意外重逢的趣事。怀念拥有共同话语平台的峥嵘岁月，倾诉由寂寞失落到活力重现的退休生活，交流网购新书的经验心得，延续心灵相通的不了情结，富有诗意的故事里可见社会背景的急速更迭："昔日把小女儿带来蛇口，而今被女儿牵引着走向世界"。虽然远隔重洋，有了博客却依然似楼窗相对、围炉倾谈，"地球村"的感觉，展现了互联网时代社会生活的跨越式变迁。

本书收录的五十余篇文章，长短有异，体例不尽相同。窃以为《理想者袁庚》《清华围棋纪事（1964—1983）》《六十年代清华生活琐忆》《恩师》等分量尤重，不仅篇幅较长，结构完整，而且内容丰富，更显历史内涵。

《清华围棋纪事（1964—1983）》以棋叙事，以棋说人，记述了清华七号楼围棋小屋内外的人情世事、悲欢故事，读来如棋坛传奇、"文革"逸史。

"文革"一年多后，狂潮稍落，乱象四起。在派战武斗升级、校无宁日的清华园，一伙棋友将"一间宿舍张罗成围棋圣地"，引来校园内外的痴心棋迷，"得以逍遥于尘嚣之外"。"棋友日夜云集，随时快意手谈"，"闹腾得春意盎然"，"呈现'盛世景象'"。这片弈棋乐土的出现，真实地反映了曾经热情高涨的学子们很快陷入前途迷茫的境遇与心态。运动不知何去，学校复课无望，无力自主命运的学子，厌倦政治运动，不愿虚耗青春，开始寻找可以寄托心志的精神家园。

围棋小屋开张之日，正是清华两派争斗白热化之时。作者对当时所处环境背景的描述，尤其引录小棋友们的书信，记录了当时发生的重大事件，见证了清华"文革"由文斗到武斗、由冷兵器到热武器一段近乎疯狂的历史。一些生动的细节，写出了那年月清华园的真实景象。

昌民真是有心人，留存了如此丰富的旧札原件。无论记事记人，信手拈来，引录原文，让事证说话，这是他作品的一大特色，彰显其严谨的学者作风，也使作品真实生动、汁味醇厚。这些珍贵的信函，犹如历史碎片，可拼接还原出历史真相。清华“文革”史、中国围棋史，由此均可见一斑。

围棋小屋最精彩的华章，是一九六七年冬天泰斗级国手陈祖德的光临。运动中一样迷茫的国手们，应清华棋迷的邀请欣然而至，“开了围棋国手与大学生交流之先河”。作者用细腻的笔触，写出了此举给棋迷们“带来了狂欢节般的快乐”和辅导对弈时的独特盛况：“三个双层木床和三张课桌的‘迎宾大厅’”，“桌边、身后、上层床铺上堆满了人，连窗户也遮满了人影，本来就不大的小屋只剩下两张棋盘上方的空间”。鏖战至深夜，一代国手就下榻在简陋的学生宿舍。作者直接引用陈祖德著作的自述，道出了平易近人的国手与清华学子们一见如故的亲热情缘。此后他们亲密往来，结下长久、深厚的友谊，尤为围棋史上的佳话。如此珍闻，是修编中国围棋史不可多得的素材。

《理想者袁庚》无疑是信史。作者聚焦蛇口作为改革开放最早试点的特定环境，聚焦袁庚作为改革开放第一人的特殊身份，见证了袁庚拓荒创业的惊世壮举，见证了蛇口翻天覆地的变化。它是中国改革开放历史的一个缩影，是作者以平视角度、零距离观察的记录。成稿后又经袁庚本人审阅核实，使之成为一篇传记性的作品，具有无可替代的权威性和史料价值。与此相关的，还有《也曾南海学弄潮》一辑中记述袁庚与蛇口改革的篇章，犹如展示蛇口改革的历史大纲，从宏观战略到微观项目，全面陈述了激活企业、解放人性乃至民主体制建设等方面多项试验的成果，其翔实内容，无疑是研究中国改革开放史、思想解放史一份难得的样本记录。

尤为难得的是，作品把袁庚放在一个凡人的位置来审视、评说，客观地陈述事实本相，不做应景修饰、引申拔高，套上什么时尚的光环。作者的这个定位，让我们看到的是本色的袁庚，真实的蛇口。作品不仅记述了先行者们的理念和功勋，也记述了他们走过的曲折之路，以及曾有的困扰和缺失。其中袁庚亲笔改稿的若干段落，让我们看到了当事人深思斟酌的关注点，以及它的闪光之处和牵制所在。这些都是非亲历者无法言说的珍贵史料。我们借助作者的眼睛，借助他的观察和感悟，得以探视到袁庚的内心深处，感受这位改革家开创蛇口奇迹的理想和追求，感受他“杀出一条血路来”的胆识和气魄，感受他以民为本、为民造福的人格魅力，也感受蛇口历史演进的复杂背景和艰难历程，从而加深对改革开放历史的认识和理解。

二

读昌民的作品，能读出炽热如火的浓浓人情，读出余温尚存的人性暖意。

《岳母三十三年祭》《如风的兄长》，倾诉亲情、友情，酣畅淋漓。《莫非天堂羡围棋，催伊匆匆去》，记述作者与陈祖德四十五载的深情厚谊，感人肺腑。如此历久弥新的友情，都源于彼此的纯朴和真诚。那病床前辞行的缠绵，透显出彼此重友胜己的情义之深。一篇《陈公祖德行略》，倾注了作者对世间良友的深深怀念。这些浓墨重彩之笔，让人感受心灵的撞击；即使一些看似不起眼的细节，也同样触动心扉，令人感动不已。

一九六四年初夏，反修斗争正热，极左思潮风起。高中毕业“一颗红心，两种打算”尤显得不够“革命”，“放弃高考下农村”倒成了时髦之举。成绩拔尖的作者，想报考大学却受到讥嘲的压力，在班会声调激越的讨论中，焦虑不安的他竟也有了“不考了”的念头。班主任李健生老师把他留下谈话，一番说理，把一时冲动的作者拉回到冷静理智的常态。这一拉，把他拉到了通往清华园、通往此后成功之路。

在人生的十字路口，难免有一时的迷茫。有《教师的天职》中李健生老师这样指点迷津，是多么难得！对如此善良正直、不为潮流左右、信守良知和职责的教师，相信每位读者都会心生敬意。赞美朋友的纯真和善良，是贯穿本书所有作品的一条情感线。它让人感到世间的人情之美，感到即便在丧失理智的年代，依旧激荡在人们心头的真情暖流，看到人性良知的不灭之光。

这种人情之美，在《生活的滋味》一辑多有实例可见。《一脸感动》所辑录的几个温馨撩人的故事，读来都会感动得心头发热。那些乐善好施的陌生人，似乎随处可遇。《那一次我没有去送站》的感人之处，就在于两位陌路相逢的行善者。“文革”大串连中，作者的女友从武汉扒闷罐车闯到了清华园，是“一位毫无关系的高年级女生收留了她”，帮助惊喜中的作者解决了住宿难题。自称“方向白痴”的女友，返程去车站迷了路，是“一位蹬平板三轮的大叔”，二话不说拉着她急奔车站赶上了火车，而且分文不取。北京的“板儿爷”就这样仗义！还有《善良心灵》中医院勤杂工小王，以及酒店员工小湛和小林，看似平常的助人之举，凝聚着善解人意的纯朴大爱。人生的好运，大多就是在偶有困难时，遇上了仗义向你伸出援手的善良人。

《相信自己就是最好的》寥寥数言，生动有趣。考研那天清早，赶赴考场的路上，因一夜难眠、头脑木然的作者焦躁不安，骑车同行的李老师见状开导说：“你要这样想：其他考生的把握还不如你呢！”一句话，使作者心窍大开，神情放松，自信顿升，以至于此后有了这样换角度思考的习惯。作者心存感念，记下了这个“一言师”的故事。类似的情形还有不少，这类点滴之恩的故事，寄托着作者涌泉相报的诚意。

《大师本色是春风》《舞者印象》《韩美林的恢弘畅想曲》《最后的名士》《我与诗人李瑛的陈年往事》《堂堂丑角》等，记述了作者与一些文化名人的交往经历。其中有诗人、美术家、钢琴家、舞蹈家、京剧名角、学者名士等，犹如洞开了一片彩云纷飞的瑰丽天地。作者登堂入室，高山流水般的相知之遇，自有他文艺涵养的功力为媒，更在于他真诚待友的君子之风，以及洞察世事的独到之见。才情因真情而溢，自有质朴儒雅之气；见识随诚意而发，尤见心弦共鸣之缘。作者与诗人李瑛仅两度书信往来，却从诗歌应和中感觉到了“共同的心跳”，就源于彼此有着一样的忧乐之心。

《理想者袁庚》最让人感动的，是这位改革开放的先锋闯将对人的充分尊重。

作者开篇所写的“夜访袁庚”，像一段镜头感十足的影片，引人入胜。这位时年65岁的招商局掌门人，招商之上更重招人，曾骑着自行车到清华大学招兵买马。面对昌民这位刚从日本研修和考察企业管理回来，正在为择业而逡巡探路的清华经管系首届毕业生，袁庚“像猎人面对一个找上门来的猎物一样喜出望外”，“一直在微微地点头”，然后“当即给蛇口打电话交代”要办的事情。如此当机立断，一锤定音，不只显现出袁庚办事作风的果断，尤见其思才求贤之渴、爱才惜才之切。

在蛇口发展早期，袁庚就意识到人的素质优化以及进步观念的树立，是改革能否成功的关键。为此，他把人的改变放在各项改革的首位，尊重独立人格，鼓励激发每个人的最大能力。他曾说：“所有这些，加上人才的合理流动、职业的双向选择，都是使人成为真正的人，充分发展自己的才华，受到社会的尊重，而不是违背自己的良知，扭曲自己的个性。”这大概就是袁庚为蛇口成功开启的活水之源，由此引来八方人才如浪滚潮涌而至，添翼之虎振翅腾飞。

围棋小屋里棋友们对弈中的戏笑百态，友善开朗，百无禁忌。融洽的关系，让人忘却了“文革”的喧嚣。大家一边感受纷纭棋局带来的至妙乐趣，一边结识“人品和才华都十分优秀的朋友”，收获丰厚的友情。围棋不仅给他们带来人生的快乐和生活的勇气，以棋会友，在切磋棋艺中，收获友情，修炼德性，领悟围棋国粹的文化和精神，也积蓄了日后登攀高峰的宝贵能量。君不见从那小屋里走出了多少博士、教授、企业家，走出了多少英才！作者饱含深情，书写了他“下棋之外的接触到的心灵”，写出了棋友们促膝手谈、长久交往的深厚友谊。他像点将一样，书写了一位位棋友的风貌特征、棋风趣事，也写出了几十年情意绵延的思念和牵挂。有多少位棋友，就有多少个精彩的故事。其中最感人的当是作者与常振明的师徒情。

一个21岁的大学生，一个11岁的小五生，因围棋作缘，结为师徒。从那时起，经年累月，他尽心尽责，呵护有加，亦师亦友，情同手足。他融入了常教授一家，似为家中的一员，为振明的进步而高兴，为之迷茫而担忧，为之出路而操心，为之排难而尽力，有时甚至起到了父母所不能的作用。就是在毕业离校以后，还牵肠挂肚，为振明学棋拜师，专门写信托付陈祖德等人。拳拳之心，如其自述：“我被分往武汉的工厂……同时我与清华依然保持着割不断的联系，主要是牵挂常振明——他的成长，以及与他的命运神秘相关的围棋。”

而常振明对昌民同样有着胜似亲情的依恋。亲热时如小鸟依人，调皮时会爬上脊背。当七号楼棋局散后，他在孤独中含泪写下的书信，以孩童般的天真幻想，追忆围棋小屋的情景，诉说对离别的伤感、对重逢的期盼，读来不禁泪湿双眼。不仅是常振明，还有其兄常振工。他写自太行山插队小村的信，同样沉浸在七号楼的围棋小屋里，怀念在那里感受到的亲如手足的兄弟情谊。他甚至“做起了诗人般的梦”：“我十分怀念你们，没事就假想我们将来相见的时候……甚至朝门外望了许久，盼望你能从大门飞进来……”童心稚言，道出了一片真情。昌民与常振明一家的友情延续至今，动人的故事足以构成一部“棋为缘”的情感剧。

《不苟一生》，细致地记述了作者与日本友人金森利也历时三十年的交往经历。共同的音乐爱好，以及对人品的欣赏，成为沟通心灵的桥梁。大多属于生活琐事的体贴关怀，更让人感到情谊的细腻和温馨。金森先生执意用作者赠送的英雄金笔写信签名，并附以小照佐证，尤在细微处彰显其情意的专注。晚年的金森先生固执得可爱，萦绕于怀的是自制肥料，使农作物产量大增、滋味改善。他反复在电子邮件中详细介绍，甚至告知配方、流程，寄来样品，期盼作者“让更多的人了解……给亿万人带来幸福”，期盼作者告诉朋友们，“关心农业、人类环境和健康”。他的济世情怀和良苦用心，让人惊奇：日本竟有这样的人，为了向善睦邻不惜燃尽自己。

“向善睦邻”同样是中华美德。普天之下有几人不以此为愿？

作者正是出于同样的心愿而践行：“作为友好的回报”，尽力“为在蛇口人地生疏的日本人做点事，帮助他们早一天与当地融合，多一分便利、愉快和轻松”。《霍里耶先生》记述了作者与蛇口三洋公司会计师堀江正美的友情往来。虽然纯属偶遇，作者一家与堀江先生及家人，却建立了心灵相通的纯朴友谊，而且持之以恒，延续到了下一代。这种民间百姓的真诚友谊，效果惊人。它让人相信人性向善的力量，相信人民的世代友好，终究是历史的潮流。

三

读昌民的著作，能促发对人生的感悟与思考。

一辆自行车坐一家人，四口之家住九平米斗室，这是中国大多数家庭曾有的生活景象。作者细腻的描写，让人身临其境，感同身受。恍如隔世的生活，留下的教训其实极其简单：贫穷不值得炫耀，富裕绝不是罪恶，黑白不可能颠倒。告别饥饿，走向小康，也告别了荒谬，回归了常识。

《忆念马兰士》说的是作者东瀛研修时与一套组合音响的故事，内涵丰富，引发联想，能读出许多感悟来。作者第一次听到立体声就心醉入迷，省吃俭用从当铺廉价淘来一套马兰士音响，由此述说的新奇体验，道出了历经闭关锁国、“文革”浩劫后，初出国门者的共同感受。岂止是从单声道到立体声的惊艳，目睹真实世界，曾让无数国人幡然醒悟，惊叹落差之大、反差之大，深为真伪莫辨而悲哀。正如邓小平一九七八年十月下旬访问日本期间，在东京记者俱乐部面对世界著名新闻机构的400多名记者谈及观感所坦言：“长得很丑却要打扮得像美人一样，那是不行的。”“首先承认我们的落后，老老实实承认落后就有希望。再就是善于学习……相信本着这样的态度、政策、方针，我们是有希望的。”（**《改革开放前夕：邓小平访日学到了什么》，人民网党史频道**）实践证明：正视现实，就有希望。敢讲真话，才有真理。随后起步的改革开放，从此改变了中国的命运。

作者是“当年邓小平与冈崎嘉平太缔结的‘青年管理者培养计划’第一批研修生”，品味他忆念的往事，仍不乏现实感。这套二手音响的两度返修经历，折射出社会万象：商家始终无偿的周到服务，店员真心实意的诚恳帮助，载着音响的自行车不备车锁，随意停放无需担心丢失，作者所体验到的“不担心被人算计的”轻松环境和自如心境……至今仍是国人所向往的。社会的文明程度，非短期可以提升，而它恰恰是强国的一个重要标志。实现这个目标，依然任重道远。

饱含深情的《恩师》，是为纪念常迵教授百年诞辰而作。作者以直接交往的亲身经历，记述常教授和悦宽厚的学者风范、令人唏嘘的坎坷人生，留下了一曲英才挽歌。常教授是我们的前辈师长，是中国老一辈海归精英的典型代表。当我等刚来到人世时，他已经是学成无线电技术的哈佛大学博士。这在当年的中国是何等稀缺的拔尖人才！然而从一九四七年而立之年回国，到一九九一年八月因病离世，他的大半生却在磨难中蹉跎。他戴过“右派”的帽子，受过“反动权威”的批判，被发配到农场改造……他的命运奏鸣曲，充满了悲怆的音符。

改革开放后终于时来运转，一首“枯枝新芽”的感怀诗作，道出了常教授去掉心上石头的欣喜和老骥伏枥的情怀。可惜壮志待酬，不幸早逝，真惋惜和感叹命运对他何以如此不公，让人痛感对人才的尊重和珍惜，是何等刻骨铭心的教训：“人如草芥是悲剧的根源”，“常将噩梦作警钟”，乃醒悟的标志。

常先生让人感动的是，尽管身处逆境，依然淡定以对，内心无比强大。文中一个细节，让人久久难忘：“文革”中的一天中午，常教授被拉到学生食堂列队示众，但当天晚上他依然神清气朗，“一家人坐在灯下有说有笑……好像外间发生的混乱和疯狂全都与他无关”。一位学界高人的形象，令人肃然起敬。

常先生以“不求收获，只问耕耘”作为示儿家训。这实际上也是他治学为人的信条。就在清华园校无宁日、躁乱动荡的日子，他依然瞩目日新月异发展的科技前沿，埋头研究国外重量级的科技刊物，了解学术研究的思路趋向、最新成果，寻求发现可供选择的重大选题。他说："只有愚蠢的民族，才会对世界发展的潮流不闻不问。"学养深厚的常先生，正是在那时敏锐地发现信息科学不可估量的前景，为"文革"后开拓中国信息工程学科做了充分准备。这样的远见卓识，这样的内心定力，这样的赤子情怀，怎不令人高山仰止，感佩之至！

在《理想者袁庚》中，作者生动记述了袁庚致力于防治腐败所推行的一系列改革。对于而今腐败大案频发的现实，人们不仅关注每个个案当事人的错失罪责、演变经历和警示教训，尤为关注与条件、环境、体制、制度等弊端密切相关的共性成因。邓小平曾言："制度好可以使坏人无法任意横行，制度不好可以使好人无法充分做好事，甚至会走向反面。"（**邓小平：《党和国家领导制度的改革》，《邓小平文集》第2卷第293页**）由此思考，对照袁庚在蛇口的改革实践，或许更能体会到从制度层面预防腐败的重要性。

作为全国最早的开发区，蛇口被称为"改革开放的试管"。袁庚在这里曾创造了众多的"全国第一"。不独经济奇迹，还有观念变革、制度创新、政改探路等，都为全面改革提供了经验。其中最为引人注目的，当是置权力于民众监督之下的改革尝试。袁庚曾反复引用英国历史学家、剑桥大学教授阿克顿勋爵的名言："权力导致腐败，绝对的权力绝对导致腐败"，告诫一定要铲除腐败之根。在他的力主下，蛇口推行领导班子的民主评议制度，十年间进行了两届管委会、三届董事会的选举与信任投票。与之相配套，还有媒体的舆论监督、与公众对话的新闻发布会等。

袁庚始终着眼于以民为本，让“人民有权”，尊重人民的知情权、表达权。他一再强调在蛇口要敢于让民众说话。

袁庚鼓励舆论监督。他曾对原《蛇口通讯报》总编辑说，要“敢于刊登批评蛇口领导干部，包括批评我的文章，目的就是让当官的敬畏百姓，而不能让百姓怕官”。《蛇口通讯报》第二期就刊登了一篇指名道姓批评他的文章。发表前，编辑部三次送审，袁庚三次拒审，明确表态“原文照发”，并写了“以后不要送审”的批语，召开全体干部大会宣告此事。

在《会议风景：润物细雨和猎猎战旗》一节，作者对袁庚主持蛇口管委会或“两委”会议的现场描写，可见其民主作风之一例。“有时如润物细雨，有时如猎猎战旗”，“或陈述，或诘问，或应答，或插话，很是自由，气氛如金秋天气明爽可人”，“我经历过的开放、民主、高效的会议……怎能不令我永远怀念呢？”

作者深情的怀念之叹，是知遇之情的由衷表达。源自个人意见受到尊重，个人作用得以发挥，个人才能有了用武之地，个人尊严得到有效体现。这也是与会者的共同感受。在此氛围下，畅所欲言，众说纷纭，各抒己见，思想火花也就有了迸发的机会，集体智慧也就有了凝聚的条件，民主决策也就有了根本的保证。

通过这样的改革试验，蛇口的管理体制、干部结构和行政作风有了很大改善，磨砺出了一批年轻有为的干部，成为工业区最宝贵的资本。袁庚曾不无自豪地说：“蛇口曾是一个没有贪污，没有腐败，很干净的地方。至少到我离任的时候止，没有发生过携款外逃之类的事情，也没有发生过恶性刑事案件。”

这是否就是袁庚一直致力于建设的“最适合人类居住的环境”？就是他的理想国？不只是自然生态、物质生活，也包括人文环境、政治文明，一切都适合人类在此居住。

然而，理想与现实总有距离。作为理想者，袁庚在蛇口主政14年，进行全面改革试验虽然初见成效，但随着他一九九三年的退休，一些曾倡导的做法人走政息、“就此谢幕了”。

袁庚此后曾敞开心扉直言：理想永远具有激荡人心的力量。他举出爱迪生一八七八年初次实验白炽灯只点亮了八分钟的事例说，正是这八分钟的光明，宣告了时代的飞跃，“世界因而很快变得一片辉煌”。蛇口的实验，是否会成为八分钟的光明？作者此作可供深入研究参考。

读《那一份平静与高贵》，其中所引陶森老师的信文，同样让人深受感动。陶森老师的名字，我们这代清华人都十分熟悉。她是清华“文革”中受害最深的教师之一。书中写她被逼跪在动农系馆台阶上的一幕，只是“文革”初期暴行的一个镜头。然而，在几十年后回首往事，她丝毫不屑于言及自身的伤痛，倒是“庆幸我这个老师没有给你什么伤害”。她三读《纲鉴易知录》，为的是想弄明白为何“纵横四海由古到今多少事，在我们的历史中都似曾相识”，为何“今天在重复那些过去的故事”。

如此人生感悟，给人启迪至深：历史有惊人的相似之处，历史有无奈的曲折迂回，但即便是走过河套弯路，黄河最终也还是东流入海。

四

昌民的大作记事记人，大多与清华校园生活或校友身世有关。书中叙述的那段历史，大多是我们共同经历过的，读来格外亲切，引发共鸣和深思。让人在回望历史时，识得一些当年身在其中而未识的“庐山真面目”，多了若干当年懵懂未解的历史感悟。

随着校园里的优美歌声被此起彼伏的政治口号所取代，曾经一团和气的同学被按照由红到黑的出身色谱人为地分成三六九等。在响应号召揭发批判、“与人奋斗”的同时，又都“把自己摆进去”，进行“灵魂深处爆发革命”，“狠斗私字一闪念”。一个七斗八斗的“斗”字，引来同室操戈，闹得国无宁日。如此荒诞的浩劫何以发生？怎样避免？若不是真正吸取教训，难保历史不会重演。

令人欣慰的是，在人性被扭曲的时代，不乏有良知的觉醒者。“我们班的同学们大都能心照不宣地把这些看作是虚假的表演，我才能在回首那段往事的时候内心泛起的是欣慰。”作者此言，道出了清华“文革”的一个历史真相，也道出民心不可违的一个历史教训。当人们意识到被运动愚弄的真相时，盲从和偏激回归到自主和理性，即便是再严酷高压的政治运动，也可应付成逢场作戏，把它“看作是虚假的表演”。

正因为如此，清华学子对“文革”有了更深刻的反思。近年来众多校友写出的诸如“走出‘文革’”“拷问良知”“拒绝遗忘”等回忆文集，就是反思中的重要成果。在北京高校中，清华的“文革”两派，被公认是弥合最好的典范。大家从惨烈的恶斗结局中，找出了最值得记取的教训，相逢一笑，捐弃前嫌，握手言欢。经历过风雨洗礼的清华学子，比以往任何时候都头脑清醒，看淡过去，乐观未来，懂得观云测雨，独立思考；懂得珍惜友情，把握当今。这也就是近年来无论天南地北，无论是何派别，无论相识与否，校友们频频聚会、亲如一家的缘由。细细想来，主导大家心智开窍、顿悟人生的，不就是陈寅恪先生当年概括的清华精神吗？记得朱镕基学长当年在候选上海市长的讲演时，开口第一句话说的就是："我的信条是独立思考。"独立之精神，自由之思想，融入清华学风的这种精神，潜移默化渗透进了众多清华学子的血脉，成为大家完善人格的思想基因。

人生有许多美好的回忆，如同昌民一样，我们一生最美好的回忆在清华园。读他笔下那些生动有趣的故事，仿佛又穿行在那些熟悉的校舍教室、书斋场馆，找回了青春的激情。我真佩服作者有这样过人的记忆力，写得如此周详、细致，连塑料凉鞋三元八角、方便面一毛四分的价格，都记得这般清楚。又见作者当年"往来的信件基本都在"，"大学时代的读书笔记本里留下踪迹的有128部"，"在这以外又回忆起62部"，不禁叹服他读书之认真，行事之严谨。在他文采飞扬、笔调浪漫的记述中，又有这样事实准确、具象生动的细节，彰显他身上学者与诗人两相兼备的气质。

昌民的这种气质，大概来自从小所受的良好教育。他自幼生活在大学校园，有家学渊源，国学功底深厚，于琴棋书画皆有故事。这种气质也使他有了多彩的人生。从清华求学，到蛇口创业，他五十余年如一日，一路跋涉勤奋执着，与人相处真诚大度，专业内外博学多才。他原本学电机工程，回清华读研究生，又学了当时尚属拓荒性的学科经济管理。到改革开放的前哨蛇口，可谓如鱼得水。在蛇口改革创业的史剧里，有他活跃的身影、不凡的业绩。他的作品显示，在蛇口工业区，无论研究方案、制订规划，抑或设计纪念画册、编辑投资指南、举办回顾展览等，几乎所有的重要文案都出自他的手笔，可见他的才能和作用，可见掌门人袁庚对他的信赖和器重。

昌民勤于读书笔耕，博客上随笔杂感，已厚积千篇之多。尤为难得的是，他写作不仅是爱好和兴趣所致，更是出于一种责任和使命。书中有言："我选择在人生的冬季修补犹存的生命，取一种自然的、人性的活法，特别是要说直率的话，倾本真的情，了纷纭的债，还深藏的愿，否则，人生又怎能完美？"正是出于这样的良知和担当，他的作品无不具有厚重的历史感：诗化语言的妙笔中，常有意涵深刻的哲理警句；亲历史实的陈述中，蕴含穿透时空的思辨研判；凝聚笔端的浓情中，饱含忧乐天下的家国情怀。"人易朽，纸命长"，但凡倾真情秉笔直书之作，终会经得住岁月的荡涤留存于世。

读昌民的作品，也是一种文学享受。他行文走笔，居高望远，气度洒脱；叙事记人，简约传神；议事论世，启迪心智。他不求故事前因后果、环境背景等的结构完整，不拘泥于具体事件的演进过程、起承转合，大多省略读者可以意会的琐碎枝蔓，撷取一个关键场面，着力于描写在此节点上的人物风采。他文笔老辣、凝练，写人物善抓特征，如素描速写，几笔就勾画出个性形象，留给读者可以想象和品味的空间。《清华围棋纪事（1964—1983）》的开篇《那金刚瞥我一眼》，就是这样的精彩之笔。一个场景，几句对话，几个眼神和表情，犹如快节奏地切换镜头，把几个人物展现得栩栩如生，过目难忘。

昌民为此文集起名为《人是天地间多彩的云》，极富诗意，也甚切题。他心中激情如火，笔下彩云如画。书中众多人物，何不如云似霞多姿多彩！他自己的生活，也十分绚丽多彩。年逾古稀，琴棋书画，全面开花。在家笔耕不辍，出门征战棋坛，每见硕果累累。他活得潇洒充实，尽享快乐人生。如今首部大著问世，更添丰收之喜。承他不弃，委以重任，勉力作此差强人意之序致贺。期待他佳作迭出，如泉喷涌。

2017 年 5 月 21 日成稿于地中海邮轮

2018 年 12 月 8 日修订于西子湖滨

2019 年 3 月 15 日再订于万泉河畔

我们的名字叫花朵

小皮球飞进了长春观

站在武昌大东门朝蛇山余脉望去，但见古松苍翠处屋宇层叠，青瓦红墙，那是始建于元代的长春古观；西侧最高处一座大殿飞檐舒翼，石楣上镌刻的“道藏阁”三个大字老远便已入眼。

一九五二年八月的一天，母亲牵着我循石阶而上，来到了道藏阁下，报考设在此地的武昌第三小学（后改为大东门小学）。

照例先考数数：主考老师要求从 1 数到 20，我一口气数个没完，老师只好将我的表演打住。

接着让我指认简单的图形，母亲在一旁说：“他会画画。”老师让画来看看。不大工夫，我画了一个志愿军战士手端步枪，对面一个头戴钢盔、手举卡宾枪的美国兵屈膝投降——衣着、装备、表情细部特征样样不缺，看得主考老师笑眯了眼。

就这样，讲一口国语的小男孩通过了考核，九月一日，我成了一名小学生。

那些年一墙之隔的长春观始终浸没在沉寂中，没有一丝儿烟火气。有时小皮球飞过墙去，我只好绕进观里，只觉得诡秘瘆人，拣了球就跑，到头来也不知这名观究竟是何样洞天。时见一位老道倚门而坐，长发已经盘结粘连成一块，坠在道冠的一侧，看到他我不由觉得时空恍惚起来，道家的玄机也如那板结的头发再也无法解开。

六年间我在藏经阁里上课，在乱石古树间攀爬，我怎会想得到，千余年中这里曾经是“江楚名区，道子云集之处，黄冠皈依之所”；据说，春秋后期老子也到这一带游历过。

一九九九年三月我回到武汉，特意去“朝觐”我的阔别了四十一年的母校，探访梦一般的童年。推开虚掩的大门，我惊住了：昔日的校园几乎成了一座废墟，没有一个人影，只有墙壁上、门框上残留着学校的痕迹。雨天里摔伤过我的石阶还在。一种极大的伤感袭上心来，我像一个失去了故乡的游民，已经没有了逐事回味的心情。

大东门小学大约是因了长春观而屈身隐退了。我的小学没有了，长春观恢复了历史上的宏阔与显要。是长春观夺走了我的小学，还是我的小学占据了长春观的庭院和殿堂？这也像那老道的头发，理也理不清了。

2006 年

是花朵，不是宝贝（外四篇）

我进小学的时候，共和国才三岁，我学着和大家一起用拖长的武汉腔起劲地齐声朗读课文：“一，开学，开学了。……四，老师，老师爱我们，我们听老师的话！”

我记得小学期间有过种种活动：参加广播电台为《我们的田野》合唱录音；佩戴“少年监督岗”的标志两两结对在公共汽车站和车上一丝不苟地宣传公共守则；找茅房的犄角旮旯扎苍蝇蛹完成“除四害”的指标……那时一部影片《祖国的花朵》让幸福感飞上了全国孩子的面颊，谁又不是被主题歌《让我们荡起双桨》鼓荡起一生的美好情怀呢？幸好，影片的名字不是《祖国的宝贝》。

一九五六年的“六一”儿童节，我被选为全校孩子的唯一代表参加与空军叔叔的联欢活动，只是要自己前往汉口航空路一带的空军机场。任务是光荣的，道路是遥远的，我怎么搭换乘的车，怎么坐过江的船，怎么千辛万苦找到了地方，一概没有印象了。我记得的场景是爬上战斗机的舷梯，听飞行员的讲解，看着他拉上舱门。此后不久，一架架战鹰掠过跑道划入蓝天……

一个十岁孩子的远征是不是有必要由大人带领，老师、父母和我竟然谁也没去想。单说我们从小的自立能力，可要比现在的宝贝疙瘩们强得多。

野妮子

小学一二年级的时候，她与我同桌。

她是在街巷长大的孩子，秀丽中蕴含着一股野性。课桌中间划有一道楚河汉界，胳膊肘时有推来攮去，该上拳头的时候，她下手比你还凶。

如果哪个男生惹了她，她会追得他满处跑，敏捷得像一只野猫，被她揪住准得挨打，那时她紧咬嘴唇，白皙的脸孔涨得通红。

课间男孩子最喜欢聚在一起打毽子——是比赛用木拍以各种姿势托打包着铜钱的纸毽，或者把纸毽击向空中，在下一次击打之前完成尽可能复杂的动作。她总是抢着参加，玩起来一点也不逊色。

就连“跳八关”（以人体从蹲下到直立八种高度的跳马）这样刚烈的运动也常常少不了她，我瞥见她跳完一次微微喘气，不经意地抹一下额前的头发。

有一次老师安排我和她排演一个节目，唱着“两头黄牛，一呀么一匹马”一道跳舞。我犹犹豫豫不好意思挽她的手，倒是她大大方方地把臂弯伸了过来，像一位优雅的女士。

某一天她梳了一条长长的独辫走进教室，引得大家叽叽喳喳，小不点儿们有的还咕哝什么“资产阶级”，我注意到她荧荧欲泪，俊美的脸颊泛起了红霞。

不知为什么她早早就辍学了。中学时我在一家劈柴店看见她的父亲“高一成”的名字，当年同学们曾经以此取笑过她，那时我又因此而想起了她。

在我的记忆里，最早的同学只剩下她——高华华了。

张家姐姐正色叮咛一句

张家励和白剑星是中南财经学院教工住宅校西区小皮球队的两大主力，踢球是一左脚一右脚，籍贯是一广东一广西，住的也是一门两户，进一个门洞能串两家门。我们念小学的时候，张家姐姐已经是华师一附中的高中生了，在我们眼里贵为公主，鲜有理睬我们的时候。有一回张家姐姐揪住我，问我有没听过印度电影《流浪者》里面的歌曲，我说知道《拉兹之歌》；张家姐姐说：“还有一首《丽达之歌》可好听了。你听着啊……”她开始唱：“你是我的心，你是我心中的歌……”张家姐姐突然打住，正色叮咛一句：“只听歌，莫管词！”

围着大喇叭听比赛

摆弄收音机是父亲的一大爱好，一生不知给大学、给邻居修理过多少台，真真只为自己装了一台收音机，虽然用的是大电池、只能配耳机，却实在精美，不掀开盖子，谁都以为是一部辞典。祖父关心新闻，爱好京剧，这台收音机成了他的宝物，戴着耳机时常唱出声来，或者笑出声来，而全家人依然那么寂寞。

少年时家住在大学校园内，五十年代文化形态的自然、宽松决定了一天几次的大喇叭广播的丰富多彩。万万没有想到，新中国成立之初的流行歌曲、电影插曲、音乐作品、外国名曲悠扬反复，竟至耳熟能详，而意外地置身于这样的音乐氛围之中，我自小得到了不经意的熏陶与滋养。印度电影《流浪者》放映以后，有一段时间《拉兹之歌》竟成了校园广播的开始曲。一街之隔的省图书馆上、下午工间操时间则播放电影《神秘的旅伴》插曲《缅桂花开十里香》，它那云南风的旋律至今还不时从我耳畔飘过。

更有奇者，我和成年人一起在喇叭杆下“收听”第二十六届世界乒乓球锦标赛，灯火阑珊，夜空高远，幽暗中遥远记者的解说声、乒乓球的“咕咕”声、现场的背景声居然在每个人的脑海里活生生再现出酣战的场景，掀起浪潮般的激情，与现在身临其境的电视转播竟似没什么两样。这一代人的想象力之丰富有渊可溯呢！

电视机款款走进百姓家

中央电视台播放大型音乐舞蹈史诗《东方红》早在一九六四年十月，一时清华大学学生食堂里层峦叠嶂，宿舍活动室里合围如堵。

黑白电视机敲开中国百姓的家门，大约是二十世纪六七十年代之交的事了。到了六十年代末，父亲狠心花了 280 多元买了一台 9 英寸星火牌小黑白，成了我家最贵重的家当。那时运动方炽，一家老小屈居陋室，这台“星火”相伴送走了多少凄迷沉重的夜晚……后来市面上出现“天蓝地黄”的透明胶片，紧跟又冒出硕大沉重的玻璃放大镜，父亲都搜罗了来，尝试改良 9 英寸小宝贝的收视效果。

有些爱好无线电偏不信邪的人买便宜零件自己拼装电视机，我见过的最好情况大致是但闻其声，屏幕却永远“风雨飘摇”，难得一刻的晴明。

七十年代中期，电视机走进栉比叠屋的旧城老巷，新婚夫妇得到时尚享受的快慰，又平添了邻里叨扰无度的烦恼，只好将之“藏在深闺人未识”。于是，自己也只好偷偷地看，光不得透，声不得扬，好不辛苦！

我与雅华婚后住在洪山塔下，一年冬天电视播放日本电影《望乡》，小三口步行一站路去朋友家同赏，夜里驮着孩子踏雪而归，逸兴与零霰相激，其情其景，无时不在心中……

八十年代初我出国学习，买回一台 14 英寸的索尼彩电，加上二手的马兰士分体收录机，我家的视听成色顿时升格为“华丽一族”。我时常用购物小车把电视机在洪山蜗居与大东门父母老家之间拖来拉去——这台彩电不仅给家人带来了久违的欢娱，更重要的是重新燃起了生活的希望。那年身着红衣的山东少女彭丽媛唱红了一首歌，就叫《在希望的田野上》。

2006 年

球王陶耶司

武汉十五中的前身博文中学原是一间教会学校，校门口的教堂就是永远抹不掉的胎记。学校的主建筑至今也没有变，门洞（不知道为什么叫中山坡）的左边是阶梯教室和音乐室，右边是理化教室，连着向后延伸的教室楼，门洞上方的阁楼间好像没有固定的用途，一九五八年我上初一的时候，那儿住着一个怪客陶耶司（桃A）。

很少人知道陶乐安这个名字，只听说他因留级太多而辍学，为何留在学校里却是一个谜。阁楼里画架上有画了一半的油画，四处散放着铜管乐器，他小号吹得挺好，但最绝的是足球踢得出神入化，令人叹为观止！

中山坡下图书馆前有一个小广场，是陶耶司和崔铁腿（允志）等几个伙伴每天中午玩球的地方。不知从哪里冒出来的一群“球星”围成圆弧形，足球从不同角度射向象征性的守门员，他的身后立着一排爬杆和肋木架，正好充当理化教室的屏障。

说是玩球，是因为有了陶耶司，简直就是高超球艺的表演：球在脚下总要玩足了花样，然后以优美的别开生面的姿势传给伙伴或者如箭离弦般地飞向“球门”，其令人目眩的感觉就像美国职业篮球队的做秀。圆弧的后面又有一圈圆弧，那是兴奋地不断鼓掌喝彩的观众。

这样的踢球，起先小不点的我也只有观赏的份，自从有一次劳动日抬着砂筛走过图书馆门前，恰巧一球飞来，我边走边用右脚外侧将球拨回，赢来了一浪赞叹声，我也就有勇气和他们一起过瘾了。陶耶司可以让落下的足球稳稳地卡在脚弓；抓起小皮球往脚背上一磕，就像弹开了一只蚂蚁，小皮球直上云霄……而横身错腿反踢大力球，侧面后跟反钩球，后跟内拨停球，跑动中前后脚挑球，跑动转身拖球……这些既实用又花哨的技法我都是从这位心中偶像模仿来的，我已经深切感受到：足球更像一门艺术、一种享受。

后来陶耶司不知所踪了。我很奇怪五十年代会有人身怀如此足球绝技，我在其后观看的各种足球比赛中再也没有找到过那种摄魂夺魄的感觉。

2006 年 1 月

教师的天职

一九六四年是开始公开“批修”的年头，是高调贯彻“以阶级斗争为纲”的年头，是鼓动“到农村去，到边疆去”的年头。我一直是班里的“小班长”（我个头小，全校都这么叫），这时也被“根正苗红”取代了。武汉市第十五中学高三年级的教室里张挂起“一颗红心，两种打算”的醒目横标，报刊学习、班会讨论多了起来。

临近毕业考试，我们班突然有十个同学宣布放弃高考下农村，他们之中，革命意欲旺盛的、升学实力堪忧的、对家庭背景灰心的几种情况都有。他们好像烧得透红的铁炉，骄傲地灼烤周边的一切，正常准备应考的大部分同学个个变得灰头土脸、焦虑不安。我的学习成绩一向拔尖，顿时感觉“没革命志气”“逃兵”“一心想升学”一类的讥嘲仿佛都是朝自己而来，不等讨论会上激昂的声浪散去，我就使劲在纸上写下三个字：“不考了！”笔杆竟然折了……

下课后班主任李健生老师留下我谈话。李老师住在教室楼的一个夹间，天逐渐昏黑，他和我谁也没去开灯。听完我流着泪的委屈的表述，李老师缓缓地说："今天有些同学偏激了，曲解了党的方针政策。这些问题我在班上讲过，看来我水平太低，辞不达意……"李老师习惯地漱漱嗓子，接着说："各人有各人的专长，每人有每人的情况……"我问："老师，我是做下农村的一种打算好，还是……""两种打算好！"李老师很快地回答。

从李老师宿舍出来，已经下晚自习了。几个小时前我怀着茫然和冲动走进去，出来时已经恢复了平静，当时并没有意识到，我是回到了通往清华大学、通往现在的道路上。

李健生是我们班的俄语老师，谢顶多须，敦厚讷言，刚接手我们班时同学们不习惯，还小折腾过一回，渐渐地才接受了这位心地善良、蔼然可亲的班主任。至于他如何忠实地履行了一名教师对学生、对国家的神圣责任，恐怕数我的体会最深。

2006 年 8 月

道不尽的清华园

六十年代清华生活琐忆

只有转出了群山再回首望去，才能感受到山势的起伏、山色的衍变。二十世纪六十年代初入学，如身在山中，“山阴道上，应接不暇”；四十余度风霜，中国巨变，清华的一切也与当年非同日之语，我熟悉的校园生活已成了尘封故事。而对所由之路的起码了解、对时代情感的基本把握是人们不可或缺的历史素养，有感于此，作纷纭杂忆，以存鳞爪。

九饭厅的饭菜挺好吃

一九六四年刚刚走出普国饥饿的阴影，我们这些营养不良、发育不足的同龄人深知什么是满足。拿男生来说吧，大多数定格在了一米六几的身躯，超过一米七的属于个别的例外。饥肠和荏弱仿佛就是昨天的事，农村来的同学就更不用说了。据说是毛主席的意思，全国大学生的伙食标准不低于每月十二元五角，北京十五元五角，在当时已经相当不错了。

学生饭厅以面食为主，主打是二两一个的大馒头，偶有炸酱捞面或者饺子；另有相当比例的杂粮——玉米窝头和玉米糊；稀罕的是米饭，一星期吃得上一两回的样子。上海同学杨士元爱白米饭没商量，不惜拿杂粮餐票与北方同学做不等量交换。每顿饭使用当日当餐的一张小票，后来改作了可随意购买的饭票。

早餐就馒头窝头的永远是咸菜和腐乳，一分钱起卖，用夹子自取，我付一分钱吃四分之一块腐乳就够了，班长姜彦福要吃一整块，四分钱。也有选前一晚的剩菜的，二分钱，早上吃起来味道很不赖。

午菜两毛钱一份，二选其一。我喜欢九饭厅的肉片烧茄子、焦溜肉、小炖肉、四喜丸子……至今还回味不已。

饭厅里一式白色餐桌，没有凳子，跟清朝皇上似的站着吃。餐具（一盆一勺）装在自己的布兜里，挂在四周的墙上，或者搁在餐桌下面的栅底空格里，从不丢失或损坏。偶有把餐具忘在宿舍里了，偷偷“借用”别人的也无妨，用过赶紧洗净原处放好就是。这一传统保持到了“革命大串连”，来自全国各地的革命小将不拘这等小节，尴尬时有发生，碗勺也就只好与我们同进退了。

帮厨与窖白菜

每个班级都有到饭厅帮厨的义务，其实一个学期也就轮到一次，无须下厨房，辅助卖饭菜而已。轮值的日子（通常是晚餐），全班提早到食堂，摆放卖饭菜的桌子，搭手搬运饭菜；开饭以后，则以舀粥、叉馒头为主，打菜的勺可必须牢牢掌握在饭厅师傅的手中。

在饭厅吃过无数次的饭，这天角色掉了个个儿，眼瞅着大门外张望的人越聚越多，眼瞅着拉开门闩学生们蜂拥而入，眼瞅着夜阑灯灺人去声稀，好像看着人群中的自己，很是有趣。几十年来，这成了提醒我自己“换位思考”的经典案例。

“文革”初期，一天中午九饭厅气象非凡，原来是驻校工作组（他们的工作方针引起毛主席的不满）破例来帮厨，副组长王光美亲自打菜。只见东西两条队列，一队寥寥无人，她这一队却长龙蜿蜒，“第一夫人”手执大铁勺，过不多久便频频换手，赶紧上来一位胖师傅，接过大铁勺笑眯眯地舀菜，她再用小勺添上少许。依次递碗的青年学子们如沐春风，颇以为荣。

大白菜是北京居民冬天的当家菜，深秋时节郊区农民驾着胶轮马车往城里运菜，家家户户数百斤地买，堆在犄角、窗台、楼道，吃上一冬。窖藏大白菜（冻坏的不能吃）也就成了清华饭厅的季节行事。系里安排我们班挖过一回菜窖（是挖新的还是打开旧的记不清了），完后把山积的大白菜搬进窖里。我们相对交错站成一队，节节传递，大白菜经了霜，像冰疙瘩似的，不一会儿手指头就冻得发麻。

水果印象

自小很少吃水果，印象里吃水果属于奢侈的事。有一年冬天父亲的大学成批买回了广柑，我们还在铁炉边烤烤吃；五六个木条箱拼接成了储物柜，用了好些年。

我在清华的生活预算里没有水果这一项。那时学生吃得最多的“水果”是西红柿，夏天一到，堆在地上卖，便宜得跟不要钱似的。又大又红的西红柿，咬一口粉粉的，很是过瘾。

北京的秋子梨属于价贱的水果，我们有时也买来吃。再就是杏了，诱人的金黄色，熟透了有异香。水蜜桃偶有体验，深觉不愧为果中佳品。班长姜彦福是东北大哥，居然喜爱生食柿子椒；我还见过他买了皮蛋当小食吃。

冬天，掀开八号楼小卖部的厚门帘，一眼看见玻璃罐里红腻腻的冻柿子。买一个，急不可待地咬一口，跟嚼冰渣似的毫无味道；放进茶缸用开水泡，竟然无动于衷。北京的同学说必须用凉水浸，半信半疑地一试，果然，柿子软得抓不住，咬个口儿就吸吧！

我沾过临时生活补助的光

我在大学的校园里长大，父母以外，家里的老人、孩子曾有九口之多，我却从未有过家境拮据的意识。在清华的五年半里，每月按时收到家里寄来的二十元生活费，比中学时苦等父亲掏出学费、搭伙费的感觉强多了。这二十元中扣除铁定的十五元五角伙食费，剩下的用于牙膏、肥皂（洗衣粉）、邮票、信笺、墨水，也买书，还订了《围棋》杂志。偶尔进城，车票和吃简单的饭算是比较大的开销了。什么周末节庆下个小饭馆，想都没想过。

入校后可以申请助学金，可是觉着自己虽非小富，也不清贫，心上就没有这档事。时间一长，方知不享受助学金（分作三个等级）的同学竟是少数。想当年，一年二百来元钱就能养活一个大学生，“唯中国人易养也”！

我现在颇怀疑自己当年的形象近乎寒碜。班主任袁忠长老师来到宿舍，摸摸我的褥子说：“不够厚。”于是我就得到了一领薄薄的棉絮，垫在床单下，果然感觉暖多了。同室用上了棉絮的还有广州同学林初，他真夸张得可以：只铺一张草席就打算在北京过冬！

大二的时候，稀里糊涂地还补助了我一双塑料凉鞋，刚刚时兴的，三块八毛钱，穿上脚底汗津津的，直打滑。

幸亏出现了洗衣粉

十八岁开始，男孩子要自己洗衣服了。洗衣间（也就是盥洗间）在宿舍楼道的两头，厕所的外间，一圈平台式水池，很方便抹肥皂使刷子。谁也免不了定期地站在这儿一番劳作，即便夏日，足劲的自来水也是透凉的，更遑论冬天！可是宁可不时把冻得通红的双手在空气中扇动，还是懒得走下五层楼去开水房打开水。

幸亏出现了洗衣粉，男生们遇到了救星。把衣物先在脸盆或铁桶里浸泡，然后略加搓洗就完事大吉了，省劲多啦。

洗衣粉也有难以告人的严重缺点。有一回我怎么也找不着我的厚绒衫，几天以后才发现泡在洗衣间水池下的铁桶里，已经开始发臭了……

也许因为年青多脂，也许因为环境不洁，总之棉被的被头特别容易脏，偷懒的办法是缝上一条毛巾包住，与拆洗棉被那项耗力耗时的大工程相比，拆洗毛巾可简单得多。

当棉被不得不洗的时候，首先要选择一个太阳明丽的星期天，一早便要拆解之，留下棉线，大针备好，然后浣洗之、下楼张晾之，下午勿忘收取之，尽早铺在拼合的书桌上缝缀之，如果耽误了，晚上睡觉则莫奈之。

那时也有家属合作社提供洗衣服务，早上来收，晚上送来，拆洗棉被、缝好，记得只收一块钱，不算多，可也不算少。我享用过几次，不过好像还是自己洗的多。

缝补衣服可以预约一楼那一台供自助使用的缝纫机，在小本上选择时间登个记，到时去就行了，一小时一毛钱，用完后自觉将钱塞进纸盒里。操作缝纫机还有一个技术门槛问题，结果我一次也没用过。

冷水浴：像刚出笼的大馒头

在不得不洗热水澡的季节，只好去公共澡堂。澡堂的气氛充满了真率与舒放：首先，可以无牵无挂尽享腾云驾雾的尘外之感；其次，水声如瀑，正与生命的激荡相谐；再次，歌声如雷，难道不是天籁的自然释放？绝对的空空荡荡带来极强的回响共鸣，艺术上的自信心和自我欣赏的爱美心在这里叶展花开，没有介意，无须害羞，“大狗小狗”可以随意喊叫。

可能是受到俄罗斯文学的影响，有一年冬天我坚持了冷水浴：一早醒来直奔盥洗间，打开冰冷的自来水使劲擦身，顿时热气蒸腾，那刺激、强旺的感觉好极了！同学们见了失声赞叹：“啊，像刚出笼的大馒头！”

臭虫反击战

东区学生宿舍的房间比西区的略大，每间住八人，四张木架子床。书桌是双向带斗的，四张一拼，从窗下暖气管几乎延伸到门边。大约半数的同学习惯去图书馆、大教室上晚自习，王普和我实因玩心未敛，老是赖在宿舍里做练习、温功课，或说或唱，或躺或倚，更觉自在。

每逢夏天，我们便要苦受臭虫的折磨，虽然以暴易暴，也会把逮到的臭虫报复得血躯模糊，更多的时候却是它们趁我们熟睡大肆欺凌，这一幅场景有一天被夜归的室友证明了：一开灯，目睹臭虫在蚊帐上成阵列行动，不禁大声惊呼起来……

床老缝阔，我们以六六六杀虫粉剂填充，还是不能根治。常有奇情怪趣的王普用针在自己的木床上逐条缝隙搜剔，将捕获的臭虫一一关押进空墨水瓶，居然密不见底！

另一宿舍的傅胜初们竟生奇想，试图以水阵御敌：他们将四条床腿浸在注满水的罐头盒里，从而开创了“浮床”的概念，可是万万想不到竟引出惊人的发现：臭虫们沿墙壁向天花板远征，再“空降”到床上，“诺曼底登陆”奇迹般地成功，真是人类无奈小虫何！（可是它们又是怎么回去的呢？越洋通讯问傅胜初，他答道：“藏起来；随衣服出逃；或者饱死可也？”）

大决战终于不可避免。工宣队进校以后，十一号楼东头开掘了一口大坑，填入石灰、注上水，全楼的木床逐一抬下来扔进石灰水里浸泡，不惜以蛮横的全员行动坚决置臭虫于死地。臭虫之患，究竟乃木床古旧之咎，还是防治的意识不强、手段不得力，那就说之不清了。

若干世纪以后，倘若人们探得了那一口泛白的巨坑，专家们能考证明白是干什么用的么？

北风和冻疮

十一月十五号，现在我在南方还穿着汗衫，在清华可是例行开始供暖气的日子。当校河边的路上（那条路在“文革”后期被民间称作尼克松大道）金色的银杏树叶铺地，告知我们已经进入深秋；当人们朝鹤发童颜的马约翰教授——他身着短装骑车在校园里缓行——投去惊异的目光之时，说明冬天已经来临；当吩咐我们将旧报纸裁成窄条，把宿舍窗缝糊得严严实实的时候，就表示严冬不远了。那时的冬天似乎比现在冷，钻进来的寒风就像刮图纸（也就是剃胡须）的刀片；可是窗户密闭了，八台“发动机”散发出的废气可真不受用——尤其当刚从户外走进来的时候。

北方的冬天室内室外是两个季节，南方来客往往就不懂穿衣。因为在室内时间长，我们念书的时候普遍都没想到戴帽子。清早从九饭厅或者十一号宿舍楼向教室走去，每当走到航空馆前的小桥，风中的双耳一准开始发疼（换算一下，就是七八分钟的样子吧），进了教室不一会儿又开始发烫。几天下来，耳廓感觉异样——生起了冻疮。

军宣队、工宣队进校后的一次批斗大会，我们按班级列队站立在礼堂前的草坪上，枯草覆残雪，时间一长，脚上的塑料底布鞋就跟没穿似的，两股寒气刺骨锥心，只听得一片跺脚声由疏而密，由轻而重，如渐渐逼近的滚雷……散会时脚板疼得几乎走不了路。

我戴上长绒棉帽在清华过冬，是十年以后研究生时代的事了。

有车族

清华校园的特点之一就是大，几个校门都在迢迢远处，不出校也就罢了；可是教室也分外遥远且分散，有时第一、二节课在二校门附近的一教（第一教室楼），第三、四节课却在西北门边的化学馆，大三角形运转，全靠男女学生们的行走功夫了。按理说，自行车是清华园里最管用也是最合理的代步工具了，可是多数学生聊足衣食，有自行车的并不多。邻班上海同学叶良卫骑一辆老的进口倒闸车，嘻嘻哈哈的性格，歪歪倒倒的骑姿，印象一直鲜活。另外有时遇见贺鹏飞（机械系 1964 级）慢悠悠地骑车擦过，他胖，车座压得实实的，因为有贺龙元帅的神韵，故而那情景依然记得。我们班好像谁都没有车。北京的同学骑车回城，王普、姜彦福弄来老家的车，那都是靠后的事了。

自行车出校门要经过核查：钥匙牌上的号码须与车身上的号码一致。好像从来没听说谁丢过车。

自行车在清华园真可谓鞠躬尽瘁，一辆破烂的车前后搭载几个人，是常事。

信的逸事

宿舍一楼东头有一组信箱，每班一小格，加上自己的锁。每班有管理员负责取信，再分插进本班几间宿舍门上的信袋里。若是管理员以外的某位同学主动去取信了，多半是有什么名堂。

我用厚图纸做的信袋是本层楼最别致的一个：信袋的外沿不是平的，特意手绘了一个信封的一角，露出的半张邮票是真的，就像信袋里永远插着一封没取走的信。这个小设计博得不少喝彩，可是纵使美妙，却好命不长——没多久就被扯裂了；重新制作了一个，还是被扯裂了。

同宿舍的林初有一次取回并且拆开了“林初君收”的一封信，

一看不是自己的，是毕业班一位学长的，其中几句话事关私秘，难以当面交还，问我如何是好。我们花了工夫做了点手脚，这件尴尬事才算遮掩了过去。

上学的时候信并不多，都是家信，父亲的一本正经，母亲的反复叮咛……小师妹（后来的家妻）说好了不许我给她写信（不方便收信），我便把想说的话按照信的格式记在本子里，等待以后“集中交付”；她的来信则是我日夜盼望的精神食粮。那时她在仿效我的字体，已到几可乱真的程度，有一次被同室的杨士元发现，他一面啧啧称奇，一面举着信逼我“招供”。“大串连”期间她来清华看我，我们的关系才不再成为秘密。

被政治运动耽搁的高年级学生陆续离校了，几个围棋朋友如饥似渴地给我写信，他们的境遇都很糟，很荒唐，信里有倾诉，有怀念，也有潇洒，总是洋溢着才气。建九班的金柏苓和企九班的蒋寿炎竟不约而同地分别辑录了他们班同学间的哀感顽艳的信件，建九班的还录成配乐朗诵《不多余的话》，催人泪下。这些资料如果今天还在，意义绝对非同寻常。

接下来轮到插队的小朋友们——清华附中的学生，我的围棋弟子——给我写信了。无论几十年后他们多么成功，那些真挚、稚嫩的来信却把他们定格在荒唐岁月的青涩阶段。清华武斗的时候，清华园的小朋友向我报告了残酷游戏的真实记录（写信寄往我“避难”的武汉），何时重温都触目惊心，仰天长叹……

乌云密布的日子，读信的表情富含了复杂的信息，兄长般的姜彦福就察觉到了，深长地、淡淡地问：“家里有什么事吗？……”那一回，我收到的是被父亲单位的掌权组织“抄家”的消息。

上山下乡、五七干校，我家（连女朋友）六个人分在五处地方，信才多了起来。只有我在城市里，在首都，而他们的艰苦、压抑和迷茫令我难以释怀，故写得很长、很多。这些往来的信件基本都在，唯有父亲给我的手书，在他挨整的时候我统统交给他单位的工作组了，想借以说明父亲的思想倾向没有问题，结果有去无回，连作为纪念的零缣片牍都没剩下。

小卖部与照澜院

整齐排列着五至十二号宿舍楼的东区是主要的学生生活区，分布着第七、八、九三个饭厅，学生估计有 8000 人。这个不小的片区里只在八号楼有一个小卖部，一间宿舍大小，回想起来，有两个判断可能同时成立：第一，当年的学生们只有奇低的购买力；第二，小卖部（用现在的话来说）生意兴隆。实际上，在那儿出售的无非是文具信封、牙膏肥皂、针头线脑、水果零食。散装的桃花形蛋糕和江米条对我颇有吸引力（也许小时候亏欠得太多），尤其是江米条，松脆适中的那种，一两毛钱半斤，用粗纸一包、纸绳一扎，一路走着吃起来很开心。好像还卖啤酒，但烈酒和香烟是没有的。

校内像样一些的商场要去照澜院，除了一家百货店，还有新华书店、理发店、照相馆、菜市场、修车铺和饭馆。那一带是清华早期的教授住宅群，住过王国维、赵元任、陈寅恪、梅贻琦、俞平伯、冯友兰、马约翰、钱伟长这些学界泰斗和文化大师。为照澜院起名的朱自清不会想到，随着岁月的流逝，“照澜院”竟不再专属于那永远紧闭的灰色的院落，而成了附近商业群落的代称。十年浩劫中，照澜院的屋瓦砸向校河对岸的动农系馆，天堂里的大师们若是知道了，情何以堪？

邮局也在不远处，在二校门东侧苍郁古柏的树荫下。这应该是最繁忙的邮局之一了，是我们在物质和精神上赖以与外界保持联系的窗口，我们每个月从那里领来口粮，随时绕去那儿寻觅缤纷多彩的邮票。

再高一级的购物地，就是辐射清华、北大、科学院的海淀大街了，不过，那时我们几乎没有什么购物的欲念。

进城等于远征。乘31路（后来的331路）到平安里——清华人历久厮磨的线路哟！

今天的照澜院多了银行，有了超市，可是在心里还是过去的老样子。

方便面史话

学生禁用电炉，这是老规矩。正常上课的年月我们没有谁在宿舍里使用电炉；到了“革教育的命、革文化的命、革‘革命’的命”、不再上课的非正常时期，就不一样了。开始是流窜——开赴各地“串连”“播火”，随后是蛰伏——心灰意懒打发时光。斗争未有穷期，学业眼见荒芜，晚上也不定时熄灯了，或下围棋，或读“禁书”，或海阔天空、游骋无缰，而起床赶去饭厅吃早餐——算了吧！

那时候北京刚刚有了方便面，鹅油炸的，一毛四分一块，味道很是不赖。这在很大程度上纵容了我们的懒惰，补救了我们的发育。从床下拖出小小的电炉，烧开一瓷缸水，扔进一块面，满室便飘起鹅油的清香……

多量的开水，要用暖瓶（多是走了形的竹壳）下楼去打，急用的就向左邻右舍“借”。有一回兄弟班的邱阿瑞敲门找开水，偏偏我们也没有，阿瑞失望地离去。这时谢方拎起一个暖瓶追出门去，喊住阿瑞向他比画，阿瑞一喜，快步跑回来，只见谢方拔出瓶塞儿，将暖瓶口朝下，故作诚恳地说了一句：“你看，真的没有！”

他在模仿阿凡提。谢方书读得多，心眼细密，不乏调侃的急智。

有一个冬日，据说发现了“反动标语”，我和沈利生奉命执行夜间巡逻，就在铁路旧基的那条土路荡来荡去，早晨下来，一人犒劳一包方便面。

万人空巷上运动场去

新生体检时，校医院医生用手触触我的腹部，在表格上写下：脾大，三级体能。这意味着我连体育课都不能上，我觉得这是很丢人的事。

低沉了一段日子，我主动要求复查，我只是说我一切都好，医生就把我判回了一级体能。

清华的体育课比中学的体育课有趣得多。就拿冬天的滑冰课来说，让我们这些南方学生过足了瘾；提高课可以选修，我选的是体操；再就是体育课居然还有作业，每星期多少次俯卧撑，多少次引体向上……体育委员在起床铃振响之前会把我们一个个拍醒，给我们测量脉搏，还要监测臂围差（肌肉伸缩）的变化。

学校特别强调体育锻炼，提出了毕业后“健康地为祖国工作五十年”的雄心勃勃的口号，而皤发红颜的体育教授马约翰就是我们心中的榜样。每天下午四点半全校“切换”到体育锻炼，早已蔚为风气。这使我们获益终生！

《运动员进行曲》一奏响，所有的活动都要为体育锻炼让路。起初体育委员像赶羊似的把每个人驱下楼去，很快就像刷牙洗脸一样成了习惯——绝对是意义深远的习惯！东操场、西操场、体育馆、马路上，一时间到处跃动着生命，遍地蒸腾着活力。这样自觉的、普遍的、持久的体育锻炼热潮，我再也没有在其他地方看见过。

我和沈利生、金信远时常一起锻炼，先长跑，然后做操，接着单杠、双杠，最后加入圈子打排球。我善于扑救，大力球发得挺好，年级对抗比赛派我这个小个子上场，发完球就被换了下来，用其所长，避其所短也！

我从小踢球练出了能跑的腿，却忽视了有力的臂，身体短小清瘦。上清华半年下来，体重长了 15 斤，引体向上可以拉 20 个；两年过后，臂膀粗了，肌肉凸了，玩单杠抓住横杠一引就到了腰下，悬在双杠一端双臂拉动就可以上杠。我和沈利生还在体育馆试过吊环，哪想到抖抖索索的使不上劲——运力满不是那么回事。

沈利生是我们班身体密度最大的一个，向度偏横，掰手腕四顾无敌手。15年后读研究生我俩又成了同学。

图书馆：缘分不到的遗憾

图书馆从来就是令我心生敬畏的场所，清华图书馆尤其如此。它那苍遒的建筑、静穆的气氛、层积的神秘，总是让我不由得屏气敛神，泠然自振。我一直在想，它本应该是我一生中相交弥深、获益不尽的忘年朋友，可惜由于“文革”之灾，这一本森罗万象的大书，我才刚刚打开读了几页，就被无情地合上了……

大学一、二年级，我还没进入专业课的殿堂，朦胧中急于开阔视野，时常在期刊阅览室流连，我胡乱翻阅，尤其喜欢苏联的科普杂志，还摘抄了一些奇思妙想和带图解的趣味设计，聊以填充求知的饥渴。

一个学生有10张借书卡，也就是可以同时借10本书，但文学书只能借一本。我在检索区拉开卡片抽屉长久地翻查，寻找我听到过的名著或者偶然入眼的兴趣所在，我甚至借阅了音乐理论和中国民歌的书籍，抄了一薄本笔记。我倚在柜台上留心别人归还的书，如格拉蒙特的《秘密战》、马卡连柯的《教育诗》、列维托夫的《性格心理学问题》，还有《沈从文小说选集》、苏联的《法医学》……就是这样杂沓地进入了我涉猎的射程。

在我大学时代的读书笔记本里留下踪迹的有128部著作，在这以外又回忆起62部。观察这份分时期的阅读书目是深有意味的：一九六四年（入学后的几个月）读了《欧也妮·葛朗台》《钢铁是怎样炼成的》《白痴》等5部；一九六五年有《马克思的青年时代》《教育诗》《欧·亨利小说选》《安娜·卡列尼娜》等20部；一九六六年有《回忆马克思恩格斯》《鲁迅全集（16）》《中国文学发展史》等10部；一九六七年有《性格心理学问题》《当代英雄》《战争与和平》《约翰·克利斯朵夫》等36部；一九六八年有《叶甫盖尼·奥涅金》《上尉的女儿》《秘密战》《牛虻》等30部；一九六九年有《悲惨世界》《简爱》《格瓦拉传》《贝多芬传》《金蔷薇》等27部……外加《艺术哲学》《海狼》《红楼梦》等62部。以一九六六年六月“文革”烽起为界，大致体现了一个单纯青年内心的迷茫与奔突。

仅仅过了两年，图书馆的大门便悄然关闭了。我甚至庆幸它的关闭，因为毕竟只是关闭，而不是焚毁。以后的三年又五个月里，图书馆不再理睬我，它沉寂着，像一座徒拥宝藏的古墓。

从我的不算贫瘠的阅读书目里我有另一个发现，就是大部分书籍是我在图书馆“消失”以后阅读的，以前所未有的贪婪。我扑向了另一处无形的、储量无穷的、对我更具压力的“图书馆”，那就是民间。回想起来，我自己也惊异是从哪里弄来的各色各样的了不起的书。

清华图书馆还见证了一次荒诞的劣迹——军宣队迟群他们在那里拿中学数理化突袭“考试”著名教授们，以达到羞辱之目的。常迵教授说他能及格，他努力不让中国知识分子丢脸；图书馆馆长史国衡和另一位（淹远待考）交了白卷——最漂亮的答卷。

小桥边就是校医院

大礼堂后有一道静静的小河，沿河向西不远，小桥边一组不起眼的平房就是校医院了。

校医院不应该是年轻学生熟悉的地方，因此去校医院就医，我有印象的只有三次。

头一回是因为溢脂性皮炎——现在的时称是“青春痘”。医生的处方是“别拿香皂洗脸”和一小袋烟酸片。

若说那一回是轻描淡写，第二次可就是重墨泼涂了，不过“挥椽的画家”既是校医院，又是北医三院——多亏校医院的大夫将我及时转院，否则我意外突发的急症（好像是急性胰腺炎）就要出大麻烦了！那是在第一、第二波“大串连”的间歇期，学校里没多少学生，田聿新、沈利生几个同学挺身相助，于我是虽不言报却又不可或忘的大恩！

一九六八年入夏，清华派性斗争升级，我的宿舍窗口就装了一个大喇叭，当它忘我工作的时候，桌上的碗勺会跳舞，小提琴会呻吟……我有一个星期无法入睡，躲进主楼也不得安宁，是校医院给了我一瓶刺五加解救了我，后来应常振工、常振明之邀搬去他们家九公寓“避难”一段日子才得以恢复。

关联到校医院的还有一件趣事。宿舍桌上多了一包白砂糖，我问哪儿来的，聪明且爱走偏锋的向正举一本正经地回答是校医院发给他的，我们越是怀疑，他越是肯定。我拿起勺吃了一口，再问，仍坚持，结果大家都来吃，快吃完了，他的笑容僵在那里，到头没承认闹了个大笑话。

时兴往身上打鸡血那阵子，我眼瞅着一个人夹着花公鸡走进了校医院……

黑夜卧谈

我想说的不是十点半熄灯那会儿正常的大学生生活，而是被狂言漫卷搅昏了头、被文化凌霜凉透了心、被青春激素壮足了胆的非正常时期，我们那时方二十岁。课没得上了，对“胡闹”厌倦了，人却在徒然长大。我们很悲哀：赶上了这么个荒唐年代；等我们成熟了我们又觉得很庆幸：假若没有这一场惊天动地的“大海啸”，我们又会怎样呢？一九九三年我亲眼看见了失路茫然的俄罗斯，它的人民要么会醉死在虚假的梦幻里，要么锈死在因背离人性而速朽的庞大机器上，除非找到全新的路。我不禁后怕中国差一点走在同一条老旧的没有前路的险途上。

宿舍不再强制熄灯，明天无须早起，而黑暗更适于遐想。我们几个睡在床上交换见闻，评说天下，更多的是游骋在书的世界。意外的发现，惊人的观点，心会的妙处，冷峻的冲击……眼睛虽然是闭着的，可思绪却在飞旋，或高远，或深潜，或幽若谷，或灿若星。几个年轻人相互映发，兴不可遏，直到万籁俱寂，有人鼾声微起……

与谢方相比，我觉得自己要幼稚得多，许多名著他在初中就读过了；他常有深刻的见解，甚至有本领借某本书的布景讲自己的故事，撩拨得林同学第二天就勇敢地去向一厢情愿的暗恋对象示爱……

王普所知淹博，唯惜恍惚欠稳；杨士元内在单纯，用心默记暗诵……我们几个像海绵一样从书中吸入知识，以交流捕捉智慧，在那段日子的漫漫长夜里，我们的心迅速地丰富了起来。

那滋养了我的、终生难忘的夜谈啊！

班会春秋

在小学、中学，固定的教室既是学生的学习中心，也是活动中心；大学则不同，大课教室（不同的系、班在一起上）、小课教室（外语课以及由助教来上的辅导课或习题课）、系馆教室（以专业课、专业基础课为主）是流动的，要到课表指定的不同教室去上课。这样一来，班级活动多半只能搁在宿舍里。

我们企〇二班（电机工程系工业企业电气化自动化专业，1964级／1970届——清华那时是六年制）共有25人，女生仅4人，21名男生除鲁华龙一人住体育运动队（国防体育：无线电定向）宿舍外，分住在两间半宿舍，而516、517门对门，房门洞开便充当了我们班的活动中心。

开班会之前这两间宿舍要匆匆洒扫以便纳客，当贾玉平铜铃般的话音在楼道里响起的时候，标志着女生们驾到了。接下来的节目，不变的是长身玉立的班长姜彦福胸音浑厚的开场白，和动辄脸红的团支部书记杨德发认真投入的宣讲辞……我们也曾经吃着瓜子杂果开联欢会，照例要请出贾玉平神完气足地唱一曲“麦浪滚滚”或者“人说山西好风光”，那时我取出竹笛伴奏，引得周边宿舍纷纷探头观望……

失去理智的年代也给过我们晦暗的日子：我们在同样的地点召开过批判会、斗私批修会、“可以教育好的子女”划清界线讲用会、平反会……这是包括我们在内的六届学生“专美”于清华历史的不凡经历。我们班的同学们大都能心照不宣地把这些看作是虚假的表演，我才能在回首那段往事的时候内心泛起的是欣慰。

这也就是近年来我们企〇二班特别企盼校庆日团聚——已经是以越洋网络视频会议的形式——的理由。

节庆的日子

算起来在清华度过不少个节庆的日子，最难忘的当然还是一、二年级的时候。

在电机系十一号楼宿舍和自控系十二号楼宿舍之间有一片空地，节日前夕，晾晒衣被的铁丝上张起了彩灯，排上了桌凳，再挂上谜语纸条，最浑朴的游艺晚会就在系学生会的操持下打理停当了。在那种场合，我总是做同一件事：下围棋。六字班的“笑之泉”侯玉琨、九字班的“愣将军”蒋寿炎，这两个铁杆儿棋友就是在那时候萍水相逢的。雨天、寒天游艺晚会改在七饭厅，也是因为围棋，结交了建筑系九字班的倜傥才子金柏苓。

校一级的迎新年活动在最大的室内空间——西大饭厅。

“十一”去天安门受阅和参加国庆之夜天安门广场狂欢，这是给大一新生和大六毕业班的特殊待遇。九月入学以后，我们花不少时间操练队列和学习集体舞；党史课上老师出彩的演讲把我们的渴盼吊得足足的，对伟大领袖的崇敬已到了动辄热泪充盈的地步。

十月一日零时刚过我们即起身，带着干粮（馒头、咸菜、粉肠）和夹衣步行到清华园火车站，乘火车驶往安定门，再步行至王府井大街待命，其时曙色刚开。十时许号令下来，游行队伍依次自东向西（后来“文革”中有人提议改成自西向东——妙解“东风压倒西风”）移动，等到我们经过天安门，天已近午，我们盯紧天安门城楼上的中心位置喊呀蹦呀，忘乎一切，个个坚信看见了人民的大救星毛主席。意外的是城楼上的人影微小难辨，且大救星也有进去休息的时候，不过谁也不这样认为罢了。

我们在临近西单的石驸马大街一带席地休息。待暮霭四垂，我们重返天安门广场，这回是紧贴金水桥，清华与北大的“领地”东西相望。看着广场上华灯瞬间齐放，听着数不清的音柱流出欢乐的乐曲，终于到了数十万人踏歌共舞的时分了……那样的纯情、舒心和放纵以后再也没有过。

天飘起了微雨，不同肤色的外宾从天安门下来与我们同舞，这时腾起满天的礼花，牵起一阵阵浪潮般的欢呼声……

兴浓中，我忽然发现佩戴的校徽不见了！顿时失了魂儿似的发蒙。说来真巧，一会儿就有人捡了回来，失而复得，心情雀跃！那枚刻有学号的校徽我至今珍藏着，珐琅面上看得见那次留下的细微裂纹。

下一年，我们班只有我又参加了一次国庆游行，我行进在清华的民乐方阵，任务是吹奏竹笙。我去校民乐队报考的行当是笛子，队长安排我学吹笙，我没用心练，可应付游行反复吹奏几支曲子并不难。

我们还有过参加“五一”游园活动的任务。春光波俏的颐和园里人头攒动，首都各大文艺团体纷纷出动，相去不远各自围场，为群众演出。我和王普几个同学在石舫附近被总政文工团的表演深深吸引，清越尤富甜美，动静不乏诙谐，《五好红花寄回家》《洗衣歌》《库尔班大叔您上哪儿》那几个表演唱真是美不胜收，自此深深地印在了我的脑子里，一生也不会忘怀。

后花园

清华大学的西北角是清华附中和热电厂，路西便是曾为万园之园又承载国耻奇辱的圆明园了。

榛莽一片、残石散布的圆明园就好比是清华园的后花园，我在那里多少次感受过骄阳下的躁动、朔风下的萧索。喜爱长跑的学生比大家更熟悉圆明园废墟的落霞。

后来才知道，清华园不过是圆明五园之一，系康熙始建，咸丰赐名，荷塘中的“荒岛”乃是同遭圆明园之火才有的忧愤之称。

我们电〇年级的级主任沈振基老师九十年代成了呼吁保护圆明园遗址的名人，他主张找回散落民间的圆明园建筑部件，对于百姓它们不过是瓦石，对国家却是历史与文化。

我不赞同修复圆明园的任何短视的计划，不忍心看一眼为了获利而附加的巧饰与雕琢。这不应该是由政府官员和地方乡镇决定的事。遗址的精神力量是无穷的，西洋楼的残柱与颓石直刺苍天，那是泣血的反省，那是永恒的控诉；五千多亩园林、一百五十余处美景的芳魂无时不在向国人发出自强的呼唤！

另一处后花园当数颐和园了。说此大话，是因为一种特别的情感：我们多少次出清华西门步行到那皇室的夏宫，买廉价的门票，下昆明湖游水履冰，上画中画凭栏远眺，循后山路识树，在谐趣园观鱼……它与清华园似有分不开的关系。不与外人道，藏在心里总可以吧？

我们还骑车一路驰骋，掠过颐和园奔香山而去，如果那里也可以算后花园的话……

立在心中的大礼堂

大礼堂是清华的早期建筑之一（一九一七年始建），是美国建筑师墨菲和达纳仿照美国弗吉尼亚大学图书馆设计的，属古希腊的爱奥尼亚风格，我入学时，它已近四十七岁了。它那端庄、凝重、敦厚的形貌是每一个清华学子心里分量非常的纪念碑。

大礼堂里楼上楼下只有1200个座位，故而只能举行高度浓缩的活动，譬如校庆日只有毕业三十年的校友才有资格坐进大礼堂里；“文革”中大会多，大礼堂便只作为主会场。据鲲西老学长回忆，二十世纪三十年代大礼堂里有一块“寿与国同”的匾额（指诞生于一九一一年），已经不知所踪了，倒是留下了另一块匾额“人文日新”，总是保养得簇新明艳，想来另有缘故也说不定：自左向右念，好一个“新日文人”！

大礼堂就是清华的电影院。我自小也是生活在大学校园里，每个星期六傍晚扛了凳子去看露天电影，到了清华才感觉到看电影成了生活的一部分。尽管很自由，也没有人成天看电影，只是好电影不大会漏过。电影票采取分配制，由文娱委员王普领回来，再分发给想看掏钱的同学。

孙道临、谢芳出演的《早春二月》、外国科教片《獴岛》（关于战胜蛇患的生态故事）给我留下了抹不掉的印象。纪录片《革命赞歌》里，郭兰英为大型团体操主唱的一曲《丰收歌》传遍了全中国；《军垦战歌》的插曲《边疆处处赛江南》以其婉媚、风情和健朗成了我一生的最爱，直到现在听了仍会悠然陶醉，不过要听巴哈尔古丽演唱的，“黑鸭子”之类或华丽、或逐异的演绎远离了原歌的精魂，我不认。

一流的演出团体来清华是常有的事，我记得在大礼堂欣赏过中央民族歌舞团、中央广播文工团的演出。清华文工团（“文革”中团派的部分）搬演的歌舞《井冈山的道路》我虽没看，却感觉到它的热腾，听多了，一首主题歌《八角楼的灯光》烂熟于心。

“文革”初起，北大学生“点火”与清华教师“防卫”那场漂亮的遭遇战就在大礼堂。蒯大富最初与工作组交锋，在大礼堂对阵马列教研组的寇世琪老师，几乎成了寇老师灿然口才的个人表演。半年后还是在大礼堂，蒯大富已身着军大衣，喊出要“跟毛主席上井冈山打游击”，形势一片扑朔迷离。

与校文艺社团擦肩而过

清华园里活跃着体育代表队和文艺社团，体育和文艺尖子随班上课，集中生活。

清华诗社选编了一辑《朗诵诗选》，趁一次诗歌朗诵会的热乎打铁，一下子售出了不少，成了当下热门的话题。我听熟了傅胜初摇头晃脑吟咏赏叹的：

> 云中的神啊雾中的仙，
> 神姿仙态桂林的山。
> 情一样的深啊梦一样的美，
> 如情似梦漓江的水……
>
> 贺敬之《桂林山水歌》

文艺社团里还有民乐队、弦乐队、合唱队、舞蹈队、话剧队、手风琴队……我们电〇年级的薛锋进了舞蹈队，慕绥新去了手风琴队。而我与民乐队只有过一次短暂的接触。

笛子——最省钱最便利的乐器，我在中学已经吹得很像样了。进了大学，自从在东安市场狠狠心买了一支好笛子，就时常在宿舍楼道里吹奏，那混响效果既浏亮又干净。这一来先后惊动了两个人：企六二班的王有章和电〇一班的慕绥新。

有章学兄是校民乐队的二胡乐手，琴艺娴熟，风格深沉。在他的宿舍里我听他拉了《江河水》，它那哀怨欲绝的旋律被音乐舞蹈史诗《东方红》移用；借来他的乐谱，让我知道了民间艺人瞎子阿炳的传奇。学兄是古道热肠之人，极力鼓动我报考民乐队。我找到音乐室“灰楼”的时候，他们正在排练民乐合奏《俺是个公社的饲养员》，奔流收煞余韵绕梁，那场面令我既振奋又羡慕。

考试包括吹奏、乐理与试唱，后两项是我的长项：我几乎能够看着乐谱和歌词直接唱一首生歌；再说考我的那个节奏型，不就是《越走越亮堂》那首歌的结束句嘛。结果我被录取了，可是分配我学吹笙。

笙的吹奏方法单调，音域狭窄，表现力有限，我实在提不起兴趣，除了国庆游行用过，那笙就一直如歌里唱的“闲挂在墙上”。后来我就改练小提琴和手风琴了。

老慕从手风琴队撤回十一号楼以后，收下了我这个徒弟。

那时我对音乐的感受与理解正处在郁勃发育的阶段，如果正常地演进下去会是怎样，谁也说不清楚，因为两年后便“天下大乱”了。不过恰恰因为“乱”，我走上了另一条苦练与实用的路子，平心而论，压力的鞭策和频繁的磨炼对我的音乐有着塑造之功。整个七十年代，我在工厂、集团公司、省市的舞台上就有过音乐灵感的喷发。尽管这样，不可改变的历史是，我毕竟错过了在清华文艺社团接受熏陶的机会。

当兵的经历

一年级结束，又到入夏，我们开赴位于昌平县的第三工程兵学校接受军训，那时还不叫“学军”，而且与日后的“学农”“学工”大不一样——我们是一群幸福的、受人尊重引人羡慕的年轻大学生，还没有沦为必须施以“再教育”、强制改造灵魂的“臭老九”。（按：走笔到此，忽然起兴上网搜讨一下“臭老九”，但见十等人“……八娼九儒十丐”起自元代，混账得很；更有百度百科轻轻一笔“‘文革’谑称”，不禁心寒。将来关于此项的史笔不可遗漏如下史实：民间流传“文革”歇后语：“知识分子好比臭豆腐——闻起来臭，吃起来香。”样板戏《智取威虎山》有一句著名台词：“老九不能走哇！”正是“臭豆腐”之说的弦外之音，遂广为流布。）

我们住进军营，不着军装，也没有与战士为伍，而是有连长、排长操练我们，过了半个月新兵式的生活。我学会用最简便的方法打背包：把背带预卷在被子里，将背包绳结成套马索似的活动的环，纵向一勒，横向三道箍，打好上肩绝对不超过一分钟。

实弹射击扣扳机时脑子里一刹那空白，“横竖就是它了”，居然打得还行，回来一路《打靶归来》是唱得最有滋味的一回。打靶的有趣细节装在了沈利生的脑子里；执钢钎铁锤打炮眼的体验则存在了傅胜初的记忆匣子里；而我印象最深的，莫过于沉沉黑夜扛枪拉练了。

有一天半夜紧急集合，背包扛枪，进山夜行军。小路崎岖，月光如水，四下树影幢幢，地上藻荇交横，我高一脚低一脚地走着，忘了身在何处，累困交加，边走边睡了起来，真是奇妙的体验！经过一处山村，“沙明山静，犬吠声若豹”，像极了明代王思任妙写剡溪的意境。

上午，队伍进了一个村子，高大的栗树，厚重的磨盘，一位老妇裸着上身端着碗观看我们，朴野的感觉迎面而来。中午烙的玉米饼很香。我们倒在炕席上呼呼大睡，全然不顾刚做过饭的炕头过度的热情……

夜里我独自在山上站岗，柔润的月光下一片静谧。我当时想，多少年以后我会怎样回想起此刻的心境。

在苦闷中歌之舞之

二十岁遇上“革文化的命”，我们这一代人的天性遭逢怎样的桎梏，若非亲历是很难想象的。

我和王普平素走到哪儿唱到哪儿，我们会的歌数不清，连前奏、过门也哼唱得一丝不爽，如《双双草鞋送红军》之类，轮唱、重唱精准默契，张口就来。音乐舞蹈史诗《东方红》《长征组歌》和《革命歌曲大家唱》里的歌曲我们是真心地爱唱；同时我又偷着苦练小提琴、手风琴，拉“敏感”的外国乐曲，一本接一本地啃“禁书”。

军代表率领我们到昌平农村拔麦子，需要打快板鼓舞士气的宣传员和乌兰牧骑式的演出小分队，电机系文艺小分队就这样应运而生了。

毛主席发布最高指示“历史的经验值得注意……”那回（一九六八年冬），上面要求连夜谱出一首语录歌来，于是我冥思苦索（话语体的歌不好弄），星夜躞行，老慕挎着手风琴和一帮同学守候着……广播电台记者半夜录好了音，清晨的新闻节目就播出了。

学校里只剩下我们最后两届学生了，“斗批改”仍无穷期。参加电机系文艺小分队的，我们班就占五个：林初善舞，王普、叶大田是歌舞说唱全行，傅胜初甩着浓发深沉地拉他的二胡，我除了伴奏还负有编创节目的使命。回想当时如火的热情，三分之一是忠诚，三分之一是无奈，还有三分之一是青春的躁动，套用古人的诗，可谓“青春三分革命志，二分无赖是混沌”。

电机系各种集会活动开始前，有时像解放军那样互相拉歌，有时由我来教唱新的革命歌曲，老慕立在一旁伴奏。有一次教唱完《满怀激情迎九大》：“长江滚滚向东方，葵花儿朵朵向太阳……”晚一年的女生赵天川走上前，纠正我说：“不是‘葵花儿’，是‘葵花——’。”那情景我至今记得。

工宣队的师傅们都很质朴，也挺友好，小分队的同学们少不了和他们嘻嘻哈哈、打打闹闹——多一点“糊涂”，多一点轻松，多一点和谐，总没有什么不好。

再教育：旧体制大学生的赎罪

以后大学还要不要办，面向什么样的学生、怎么办，那只有天知道了。最后两届大学生成了旧教育体制的替罪羊，在将被扫地出门之前还必须脱胎换骨地改造自己，从而衬托出教育革命的威力。

伟大导师第一次接见全国红卫兵那天（一九六六年八月十八日），我们不再坐火车，改乘卡车前往天安门广场；世界人民的领袖声援美国黑人抗暴斗争（一九六八年四月十六日），我们是列队徒步走向“世界革命的中心”——天安门广场。从那以后，随时开拔苦行即成了磨炼我们的固定模式，我们也是这样背着背包步行六十余里到昌平乡下支援秋收，苦其心志、劳其筋骨的，即使“天”并无意“降大任”于我类也。

我们的任务是拔麦子——双手抓紧麦秆用力拔起，顺势在脚上一磕，脱去泥土以后码在一边，如此周而复始。为了趁露水，两三点钟即起身出工，中午回来接着睡。几天下来，手上伤痕累累不说，手指已经攥不起来了，躺在麦秸铺上，两手疼得钻心。

尽管如此，精神还是十分愉快，一来人人不甘示弱，劳动也是表现革命情怀的机会；二来还搞起了联欢晚会，我们即编即演，非常成功。那时我刚开始学拉手风琴，夕阳下背起老慕的意大利名琴“小月亮”，少不得流出几句苏联歌曲的旋律，被一位笑面菩萨似的老师打小报告奏了一本，好在领导我们的工农兵谁也没理会。

辛苦不算，还特意安排了一顿“忆苦饭”，明训不得忘贫贱、不得忘恩德的意思。有了对比反衬，下一餐的肉龙（盘在笼屉里蒸出的裹肉馅的面卷儿）实在是太好吃！

随后我们去过北京热电厂、首钢、石景山热电厂高井电站，直接接受工人师傅的再教育。我们搭脚手架，干永远灰头土脸的瓦工，更换耐火材料外表的保温层——矽藻土砖，熬到下班第一件事就是挖鼻孔和用笤帚狠狠拍打工作服。干这种粗活的师傅们实际上就是半个农民，敦厚、和气，下班前经常留一点尾巴不干完，等汽笛一响，起身拍拍屁股说："明儿再说吧！"

奇想神兮的王普成了人人羡慕的对象：他说服了工人师傅，搞起了机械化生产铁扎丝（扎脚手架用，预先将铁丝拧出一个小圈，整体如刀币的轮廓）的"技术革新"。我们总是拖着疲惫已极的身躯经过他发挥聪明才智的小屋，屋里的"胎儿"越搭越臃肿，怎么看怎么像十八世纪欧洲术士鼓捣的玩意儿。后来我们撤了，"怪胎"也就认命了。

我们在高井电站一直待到冬天，竹席棚子里的围棋鏖战成了一帮稍有围棋灵性的同学相当重要的精神调剂。军代表小吴——一位"左"得令人叹为观止的八三四一部队基层干部——对这"黑扣子、白扣子"可是深恶痛绝，他的忠诚心和优越感越来越多地遭遇大学生们的嬉皮涎脸，强压的怒火眼看着化作了哑火的炮弹。

国事、家事、自己的事，郁闷透顶的时候我就唱歌，加拿大民歌《红河村》、墨西哥民歌《你就是幸福》、阿根廷歌曲《小小的礼品》，不知怎的我唱着唱着就满含泪水，音调颤抖起来……同一时间在湖北潜江的农村，女朋友雅华和妹妹昌军也正偎在草垫上，将两本《外国名歌200首》从头唱到尾，再从尾唱到头……

收音机里注入几多无奈、几多不甘

我在清华生活的后期，一种“产业”不约而同地在电类专业（电机系、自控系、无线电系等）的学生中悄然兴起——动手制作电子管收音机。

是专业天性的诱惑？是学业荒芜的不甘？是空掷年华的惶乱？是怀玉遭弃的反弹？这些理由都有。此外还要加上——我承认多少有一点——对未来岳丈家的显摆。

室友林初精于民族舞，忌恨下围棋，钝于解幽默，痴迷无线电，遂开我们班自制收音机的先河。我借在电工厂劳动之机，遮遮掩掩地谋了一尺见方的废钢板，布完局，然后钻小孔、拓大孔，用原始的办法、以愚公移山的意志砥磨之，用台钳夹紧弯曲之，撑起一部电子管收音机的坚实底座即告成功。

接下来三番五次地到德外小市采买廉价的无线电零件（一元货），6U1、6N1 电子管啦，可变电容器、电位器、中周啦，喇叭和成组的电阻电容啦……同学之间彼此借鉴，互通有无，倒也忙忙碌碌，把所有烦恼一时忘得一干二净。

记得我们班乐此不疲的同学还有杨纪成、傅胜初、王舜远、王成全、鲁华龙、杨士元……少数已升格摆弄晶体管收音机了。

当“婴儿”发出第一声啼哭，不管它多么飘忽、多么缠杂，在我们心中漾起的喜悦不亚于初诞爱子的母亲！

这件送给未来岳丈的特殊礼物有两个缺憾令我久梗在心：

靠区区二十元的生活费，我买不起十六元的变压器（新品），雅华知道后告诉了她的母亲，是未来的岳母替我补上的。

这部收音机一生都没有外壳。

记忆碎屑的不灭幽光

高考那年，中学高三年级教室走廊里贴出了许多高校的招贴，其中清华大学的招贴标题十分醒目：“美丽的清华园，工程师的摇篮”，像梦幻一样撩动人心。那年恰是“向雷锋同志学习”的“大学”之年，“工程师”的理想不知不觉淡出了，代之以“永不生锈的螺丝钉”，教育我们的目标清楚明白地强调听话和牢靠。这样一来，坚固性是有了，那么创造的活力呢？

清华为新生设置的中共党史课堪称精彩，马列主义教研组的教师们（几乎一色都是“清华造”的青年才俊）能在课堂上鼓荡得学生们个个心潮起伏，热泪盈眶。“文革”初起的几场“保卫战”，更成了他们表演的舞台。

“反右斗争”时我还是成长在另一所大学里的孩子；在清华接受入学教育时，去图书馆参观了这所大学的反右展览。印象尚存的有两个：钱伟长是“空头科学家”；一名右派学生居然说：开放国境，从脚印的流向判断社会制度的优劣。后来想想，国境的关卡是两道，只开放一道是无效的，四处乱走的脚印还是回到了老地方。

有一次我从图书馆借了一本国外出版内部发行的《西方经济学》，见卡尔·马克思的理论列在各种经典经济学流派之中，可见在资本主义世界马克思也并非被视若大敌，而因其影响巨大在经济学领域占有一席之地。这在我年轻的心里引起的震动非同小可。

外宾参观清华大学机械厂，问一位劳动中的女同学："你会做饭吗？""不会。""那你将来结婚成家了怎么办？""我们吃食堂。"校刊《新清华》作了正面报道，褒赞那位女同学既大方，又得体，体现了社会主义大学生的精神风貌。可是毕竟饭还是在家里吃才好，做饭可以学，关乎情感温馨，又乐在其中，生活不就是如此？那个年代"左"倾思维成了习惯，机关、工厂、单位、学校自然也就"未能免俗"。

说清华做学生工作臻于炉火纯青并不为过。对学生的要求与管理强调宽松（当然是一定条件下的宽松），例如曾经取消起床铃，理由是"有人想多睡说明他需要"。形势报告等大型集会从来不硬性要求参加，不吆唤、不点名，可是越是这样，同学们反而一人不落、一次不落。学校找准了"自重自律自主"的穴位，取得了以简驭繁的效果。

我生活在南方，又是"百湖之城"武汉，游泳居然是弱项。我的围棋小徒弟常振明有过经典的童稚之问："武汉还能养鸡？那不都掉进长江里淹死了？"所以我不擅游泳，连他都不信。有一年暑假我没回家，荷花池边的游泳池便成了我的消夏之地、发奋之所。最后能游上十个来回（1000 米）了，臂膀变得浑圆黑亮。从那以后，越不时时亲水就越与水生，通体不放松，即便下水，也无欢趣可言。

一九六四年在九饭厅第一次看电视，节目信号是黑白的，电视机也是黑白的，播的是大型音乐舞蹈史诗《东方红》。围观的人层层叠叠，只能搬了凳子站在上面远远地看。

清华大学的标志性建筑二校门原是康熙行宫的大宫门，"清华园”三字乃军机大臣、大学士那桐所书。逢年过节二校门必有装饰，百花团簇，有一股清丽之气，人们争相借景留影。可是一九六五年我的一张单人照上只看见二校门上张挂“国庆”二字，不复有繁花装点，气氛穆然。这一变化在“文革”中偶见“内部讲话”才豁然得解，原来下来一道精神：花卉“为封建士大夫、资产阶级的情趣，劳动人民不宜”。

圆明园被英法联军焚毁，清华二校门逃过一劫，作为历史珍物，引多少人流连低回。谁料幸存的它在“文革”中再度遭劫，在吾国学子的手下粉身碎骨。一队教育泰斗、重镇大师在威喝凌辱下为它收拾残躯……后来在二校门的旧址立了一尊领袖塑像。那个时代消失了，那尊塑像随之也消失了。十多年间二校门的旧址空空荡荡。现在的二校门是深圳校友会发起、广大校友捐款，于一九九一年复建的，我也为此举出过力。据说尺寸略有放大。

一位一起玩排球的邻班同学，卷发、爱笑的小广东，有一次说起自己的家庭出身是资本家。解放初期划阶级成分时他家里开小作坊摇糖球，200 元资本，雇请了三个人，刚刚够上“资本家”的那条线。而同班一位女同学来自上海，是有私家汽车坐的阔小姐，家庭出身也是资本家。说到这儿，他眼中弥漫出深深的怅惘。（事隔 50 年后，澄清了那位女生的家庭出身是革命干部，因为在“可以教育好的子女”讲用会上做典型发言而被误会。不过清华学生里来自钟鼎之家的确实并不罕见。）

十一号宿舍楼活动室里不知从哪儿“漂”来一本小人书《杨乃武与小白菜》。小时候父亲出差北京，看过同名的经典评剧，曾经把情节讲给我们听。稍稍重温，忽有顿悟：翻案的清官鲠吏是表，幕后的权势角力是真，小民玄乎的命运也就成了传奇。在清华那会儿“念书”不足，经风沐雨倒不少，在心理上、认知上多少有所长进，抚古阅今，不由得仰天一叹。

东区男女生宿舍楼之间的露天垃圾围子常常表现欠佳，尤其当无情风起，污物旋飞，君子淑女，只好视而不见。四十年后，昔日遗迹应该消散无痕了吧。

2007 年 12 月

附记：留住烟云

——清华忆旧写作感怀

一个时代过去了，就像尼罗河畔的现住民浑然不识前世烟尘一样，往日的壮丽或悲哀早已烟消云散。可是，只有在亲历者的脑海里，一幅幅图景不仅依然存在，而且鲜活着，流走着，重复着，比电影真实千万倍。记忆真是个奇妙无比的东西！

一九六四年初秋我第一次走进清华大学神秘的大门，一九七〇年早春收拾起寒酸的行囊、揣着一纸派遣证嗒然离去（简陋的毕业证书是后来补发的）。我在那里的梦太浓太烈，留在那里的同学（他们由杂役渐渐变为主角）很多，所以到底还是令我牵肠挂肚的地方。我给母校写过信，以求获得传说中的“回炉”的机会，在我的希望还未完全泯灭的一九七九年，我考上了清华经济管理系第一届研究生，引出了我在日本的经历与思考，和携带上小学的儿子（那时妻子在武汉抚养刚出生的女儿）同读清华园的故事。

一九八三年我们举家迁往深圳，是改革先驱袁庚和他打造的招商局蛇口工业区的时代新风感召了我，那段记实被媒体反复引用，作为袁庚先生的陪衬。有朝一日倘若有人留意蛇口工业区的创立及其演变的话，也许会发现我的踪迹。我最终选择了去做一点更自在的事情，那是九十年代末，蛇口撩人的理想色彩已成过眼云烟。但是接下来的十年我也并不曾轻松过，反倒看腻了利欲与扭曲。我的心灵，莫非早早许给了校园？许给了书斋？

凡是经历过的事情，我都想从容地有个交代。撰写《六十年代清华生活琐忆》这段日子，我好像又回到四十多年前的大学时代走了一遭。随兴撒出的记忆之网挂出小鱼小虾、残叶水草，多少折射出那个时代的风貌，以及人们的意识与情感。我何其乐意有人和我一起回味那个既单纯又无知、既热情又偏激、既阳光又冷酷、既清贫又富有的时代，并因有一些这样的效果而心感满足。

清华围棋纪事（1964—1983）

一代人的悲欢、奋斗与友情

那金刚瞥我一眼

在武汉十五中最后两年迷上的围棋，一路上陪伴着我，须臾不曾分离。一九六四年考入清华的时候，我的棋力也就业余 4 段的样子，急着到处找棋下。有人告诉我教工俱乐部里常有棋局，周末前往，偏偏有一老头把守，不放杂人和佩戴白色校徽的学生进门。我徘徊于门外，情牵于室内，最后终于寻个破绽才蒙混过关。

有一桌正在对弈，观者如堵，笑语声喧。我挤近桌边，见一黝黑壮实如金刚的中年男子一边悠然落子，一边念念有词，不外逗弄与调笑；对面一恂恂老者受让数子，显然已被盘内及盘外的招数搅得乱了方寸，憨笑着听凭众人摆布。我路见不平，拔刀相助，为老者支起招来。那金刚瞥我一眼，并不言语。这时有人用胳膊碰我，眼风示意老者说：“你知道他是谁吗？”我摇头。那人再次向我俯耳：“钱伟长。”

我一怔。那时大科学家“三钱”（钱学森、钱伟长、钱三强）的威名还鲜为人知，我只知道头戴“清华头号大右派”荆冠的钱伟长！在入学教育的反右展览上我看到的是他反苏谄美，在科学界的“假头衔”有几十个之多。今天与之不期而遇，近距离观察，他非但平凡，甚至稀松，感觉不到半点崖岸的高峻。那位老师提醒我的意思，究竟是不可与右派站在同一“营垒”呢，还是提示给我此人稀松平常背后的分量呢？我到底也没弄明白。

过后知道，轻轻教训我的是倪振伟，多年以后的“中关村下海教授第一人”；那尊“金刚”就是清华附小老师关培超。

许纯儒先生也在这里出没，起初他非让子不跟我下。许先生是工程物理系主任、教授，薄不胜衣的样子，飘洒得颇有点仙风道骨，但行棋凶悍，落子如飞，一股霸气让对手没脾气地矮了三分。等“文革”烽起，师道变得不那么尊严，我与许先生时常同室操戈，共同打发了许多苍凉无奈的日子；我毕业十年后再回清华读研，技痒难耐的许先生不时会找上宿舍来，我们成了一对旗鼓相当的好对手。

京城访棋

邻班的北京同学周宝瑄不下围棋，但对棋事挺关心。有一天他说他们街坊有个赵秉义，下围棋远近闻名，还带了不少徒弟，问我有没有兴趣登门造访。我初到北京，正愁无处继续学棋，一听欣喜异常，说好星期日便进城。

宝瑄家是北京胡同里的典型民宅，一张宽阔的大炕，敞亮的窗棂射进冬日的阳光，暖暖融融。大伯大妈又和气又热情，忙着抻面给我们吃，把我都给看傻了。

赵先生家院落十分开阔，墙下的石锁、石担暗示着此时的安静只是平日热闹的间歇。右手边有一小屋，正中摆放一方日式棋墩，这就是棋室了。主人不在家，我和宝瑄坐下静候，一面品味着周围的一切。

不一会儿有人进来，我俩起身，原来是赵先生的朋友。“有事吗？”代理主人问道。“找赵先生学棋。”“会下吗？”“会一点。”“来吧，摆九个子。”不由我分说，气盛的来客就按高手对初学的棋份跟我下起棋来。不用说，我把他搞得相当惨，这位在打火机厂上班的同好几乎要打出火来，我心中直后悔不该如此恶作剧。正尴尬中赵先生出现了，果然是“掌门人”的气度，他看了看棋局说：“这棋没法下了。”说话间闪进一个戴眼镜的高个少年，是赵先生的高足、北京市的名手彭申久。赵先生让他授三子与我试下一局，我赢得很漂亮。

撤了棋，我说了求师问道的愿望，看得出来赵先生挺高兴。

可是由于意想不到的变故，我再也没有机会重新踏进赵先生的院门。

宝瑄现居承德，他发“伊妹儿”说欢迎我们夫妻去他那里度假。我想，有朝一日若能在避暑山庄共同回忆皇城根下的往事，该是别有一番情趣。

围棋小屋

“文革”的狂潮一阵横扫过后，学生们经历了若干惊心动魄的事件和四下“串连”的折腾，到一九六七年秋，大多数人已从高度亢奋的状态重归平静，且因经历太多荒诞不经而变得心灰意冷，斯文扫地的清华园笼罩着令人压抑的冷寂。

喜欢围棋的同学多起来了，住在同一层楼的电机系〇字班（1970年毕业的1964级）的同学平时耳濡目染，早有一批初悟妙道的观棋君子，现在姜彦福、吴元更是全身心地投入。有一晚，我一觉醒来还听见姜彦福啪啪打谱（演示棋谱）的声音。他们毕竟聪明，进步神速。同时蒋寿炎、侯玉琨几路“枭雄”也主动向我们靠拢。冶金系那边丁琢如聚集了一帮围棋迷，七号楼107宿舍简直像祭起了围棋的香火，自我们加入以后，棋友日夜云集，随时快意手谈，笑语欢声不断。我至今也没搞清楚究竟谁是这间宿舍的主人。

当时我和建筑系的金柏苓在清华的大学生中并有“围棋教主”之谓，与丁琢如、刘桂槐、商铭渔、陈章沂、蒋寿炎、侯玉琨、姜彦福、吴元一伙人把围棋小屋闹腾得春意盎然。不久又有工程物理系许纯儒教授与清华附小关培超老师加盟，益发呈现“盛世景象”。

一天晚上，棋盘上硝烟弥漫，有一人推门而入，以四川腔朗声打招呼：“听说你们这里棋风很盛……”只见他身材粗短，平头，戴眼镜，笑嘻嘻地四下一扫，不等我们反应，马上就又客气地点头告辞：“改日再来，改日再来！”门刚关上，爆发出哄堂大笑……完了才知道他是西南局书记李井泉的四公子李新桅，是住在九号楼的无线电系的同学。我们常常模仿这两句戏韵十足的念白，可是改日也没有见他再来，听说后来他受牵连吃了很多苦，愿菩萨保佑他能渡过波云诡谲的鬼门关！

诗才横溢的金柏苓曾经口占一律，就是当年小屋风景的真实写照：

> 陋案厅前才罢饭，小窗灯下又鏖兵。飞关扳打凭君走，拆立挖门看我行。半晌沉思棋一步，终盘惊道夜三更。输赢原乃寻常事，付于清宵阵阵风。（按：飞、关、扳、打、拆、立、挖、门都是围棋手段的术语。）

围棋小屋的名气不胫而走。有一天，几个半大小子摸上门来，说是清华附中的学生，想找大学生学棋。说着话，窗外还趴着一个孩子往里瞧——他们怕他碍事，把最小的留在了门外。我们唤他进来，惊异他居然会下棋！小家伙十岁，上清华附小五年级，身着褪色的旧衣，眉眼间透出灵慧之气，叫人一看就生疼爱之心。我让他九子测试了一局，他竟赢了。能看出他棋路虽野，却琢磨有心，尤其是不肯被上手牵着走，这是看一个孩子下棋禀赋的关键。让七子再弈一局，他输了。我只顾望着小家伙笑，金柏苓在一旁使劲撺掇："你收不收这个徒弟？你不收，我就收了！"我高兴地应允了，满屋的人一起哄，也就象征行过收徒拜师之礼了。

这孩子名叫常振明，带他来的是上初二的哥哥常振工和孙立喆。常父是学部委员、无线电系名教授常迵。这帮少年都玩围棋，常家兄弟、孙立喆、郑清诒、史青、张铁梁、方胜、庞云、张克澄，加上后来的陈小悦、刘红阳、马迅，一群风神奕奕的清华子弟。他们的质地那么优秀，个性那么鲜明，我怎么也料想不到，与他们的交往使我对清华的深层结构与血脉传承有了超乎寻常的认识，尤其是从收围棋小徒、走进常家开始，竟演绎出深婉动人的故事……

当野花遇到了阳光

丁琢如兼有上海人脑子活络的精明和北京人目空一切的气度，在百无聊赖的日子里，他突发奇想，给国家围棋队的顶尖国手陈祖德写了一封信，邀请他到清华园来做客。当得知陈祖德欣然同意的时候，我们这帮棋迷如同堕入了梦里，迷迷瞪瞪地在徒有三个双层木床和三张课桌的“迎宾大厅”（围棋小屋）里张罗起来。

一九六七年十二月二日，我和金柏苓代表满满一屋子棋迷，冒着脆冷，前往 31 路清华园车站迎候尊贵的客人。看着陈祖德和曹植林跳下汽车，我有一种突然被照亮的感觉……我们推着自行车穿过纵深的校园——比这更朴素的礼遇便是后座伺候了，但毕竟不好意思。

按预定计划，我和陈祖德下第一盘棋，让四子。陈祖德落子很快，敏捷地手臂轻轻一送，棋子便珍珠落玉盘似的飞到棋盘上；而对面的我呢，好像刚从冰库里出来，两颊木然，从深心到脊背一阵阵地闪过激灵——我那时的模样一定可笑极了。桌边、身后、上层床铺上堆满了人，连窗户也遮满了人影，本来就不大的小屋只剩下两张棋盘上方的空间。我下的棋就像我的表情一样僵硬，又被几个变招乱了枪法，只好推枰认输。

接下来，金柏苓、许纯儒、关培超、丁琢如、姜彦福轮番上阵。许先生发挥正常，弈出一盘好局，只见陈祖德身陷险境却微微含笑，拼杀中双方一招一对，竟然下出一个神来之笔“倒脱靴”来，绝处逢生，妙不可言，小屋里爆发出轰雷般的欢呼声！

到姜彦福受九子那一局，气氛已融融洋洋，妙语、笑声此起彼伏。有一处纠缠是白方无理，我心一急忍不住迸出术语：“‘大头鬼’！”我的徒弟会心一笑，稳当操刀，取得了局部胜利，陈祖德但笑不语。另有一处对杀，眼见黑方已快一气取胜，从上铺传来老侯山东腔的呼喊：“再加一刀！”众人不解，老侯煞有介事地一板一眼解释“侯氏法则”：“跟低手下可以宽一气，跟高手下要紧一气！”满屋子人个个捧腹绝倒，陈祖德、曹植林也笑得喘不过气来……

小家伙常振明这次也得到和陈祖德过招的机会，陈祖德笑眯眯地与他盘上嬉戏。这是一个值得纪念的开头，多少年以后回过头看才能理解它的含义。

陈祖德十九年后在《超越自我》一书中这样回忆：

> 我这一生中表演过很多次，观众密度最大的要数清华大学的学生宿舍了。然而，这种超密度却给予了我那样的温暖，晚上我睡在这简陋的学生宿舍里，觉得枕着温暖，盖着温暖，很快就美美地进入了温暖的梦乡。
>
> 是大学生们的热情招待使我首次品尝了方便面……

从这两天的围棋盛典开始，清华的围棋强豪们与围棋国手们结下了亲密的友谊，缔造了友好往来的传统。

一九六九年毕业以前我给陈祖德写信：

> 我们像连自己也习惯了的、被人遗忘了的墙角的小花突然受到阳光的沐浴一样，沉浸在欢欣和感激里了……在我们每一个人的记忆里，这宝贵的一段将记载在最瑰丽的一页上。

陈祖德在书中还写道：

> 在清华大学的那些日子是令人怀念的。对于爱好围棋的师生来说，可能是我辅导了他们棋艺；然而对于我来说，是他们在我空虚无聊的时候给我增添了生活的乐趣，也使我更坚定了对围棋事业的信心。

九公寓 26 号的融融春光

清华派战的激化起先表现在校园广播上，音量越来越大，时间越来越长，有的狂呼“革命生师”（以示反拨“师道尊严”），有的整日哀音滚滚，两派都力图压倒对方，那交响的噪音令耳膜欲破，头脑昏胀，却逃遁无门。更难堪有一度高音喇叭绑在我们宿舍的窗口上，只要它出声，碗勺便在桌子上跳舞，小提琴的共鸣腔也会不情愿地哼哼。我严重失眠了。

常振工、常振明兄弟邀请我到他们家去住。

清华九公寓是教授楼，走进26号，除了主人的热情之外，我立刻就被这一家融融的温馨与和谐吸引住了。我依稀知道常迵先生是从美国哈佛回来的名教授，因为对苏联教育模式有看法而被加上了“右冠”，现在更是从精神到肉体承受苦难的极端时期。可是这一切都像尘嚣一样被屏在了大门之外，家庭里有的是理解、关爱和幽默，永远荡漾着和煦的春风。有一天在八饭厅里无端地站了一排“黑帮和权威”低头示众，无意中闪过了常先生的面影，我心头一震，竟不忍多加一眼去辨认。晚上一家人坐在灯下有说有笑，常先生依然神清气朗，好像外间发生的混乱和疯狂全都与他无关一样。

常先生的学识自不必说，在“怎一个乱字了得”的局面下已经开始思考信息科学的问题了；而对三个孩子，如平辈共处一样，既民主又开放，叫人不由不感触良多。有一次常先生面露得色，说新编了一套无线电专业教材“适合工农兵学员不同水平的需要”，三个孩子立刻群起而嘲之，常先生笑呵呵地躲进书房去了……

正因为实为学术权威的父亲在兄弟俩的心目中不是一个权威，我这个年轻大学生才受到他们近似崇拜的亲近，他们的父母后来索性通过我来转达他们的某些主张。这种关系在下棋之外，进而影响他们接触文学和理解音乐的时候，又有了进一步的加强。

有一天晚上，我睡的小屋里来了一群半大的孩子，听我给他们讲外国小说里的精彩故事：普希金的《射击》、果戈理的《画像》、爱伦·坡的《金甲虫》……讲《画像》的时候我故意关了灯，当讲到“黑夜中响起啪嗒啪嗒的脚步声”时，我的听众们不由自主地发出紧张的唏嘘声……第二天我回来得晚，听说更多的少年听众等我，挤满一屋子……我相信，故事里枪手的潇洒、古画的神秘、藏宝的诱惑会在日后坎坷的经历中一直伴他们同行。

此后我常去九公寓，度过了许多难忘的好时光。常家姐姐常放在家的时候，也喜欢与我交谈，她阳光而自信，热心读书，愿意探讨“重大的话题”。

一九六八年春天清华开始武斗，我曾经悠闲下棋的楼间坪地成了砖石纷飞的战场，我和同班好友杨士元再度住进常宅避难。其间发生过一个小插曲：

半夜里我忽然被喧哗声闹醒，灯光雪亮，走廊里挤满手持“长矛”（钢管锯出斜刃而已）的红卫兵，一家大惊。其中一人向我问话，两人对谈了几句，气氛急转，旋即退兵。大家忙问所以，我笑着说：“他是无线电系的学生，常来我们班宿舍看老乡。”

振明十分聪慧，我与他对局切磋不计其数，眼看着棋力上长，直逼哥哥振工、孙立喆之辈。凡有趣之事，他皆有灵敏反应，旁人的话语有不谐之处，很容易被他抓住，如哥哥小时候的经典病句“我家住在二楼阳台上”啦、“我是培养前途”啦，振明略加点染，呵呵一笑，惹得众人捧腹抹泪。有一回我同常师母（王漱瑱老师）说到家中养鸡的事，振明插嘴：“武汉也能养鸡？”“为什么不能？”“那不都掉进长江里淹死了？”稚心童趣，叫人忍俊不禁！不过对我，小家伙自然地小鸟依人，调皮时会爬到我的背上来。振明正是小学毕业的年纪，适逢国家板荡，学已不学，常家的掌上明珠将来的命运，几成靠自己，又几成播弄于纷乱难解的历史呢？

一队自行车向崇文门外驶去

自从陈祖德、曹植林亲临清华与我们结下棋缘以后，又有一扇神奇的大门为我们打开——我们可以到国家围棋队去下棋了！这一福音顿时使我们变成天下最幸福的围棋迷了！一个星期天的清晨，我和金柏苓、丁琢如、姜彦福、许先生、关老师几个骑着自行车，风一般地穿过北京城，向崇文门外体育馆路国家队宿舍驶去。金柏苓与我并辔而行，路上他问我听没听过一首慨叹世风的打油诗："琴棋书画诗酒花，当年件件不离它；而今七事都改变，柴米油盐酱醋茶。"……

国家围棋队两人一间宿舍，带盥洗台，比清华学生八人一室要宽绰多了。今天两间宿舍的桌子上都加摆了棋盘棋子，等着我们到来。陈祖德、曹植林而外，一下子遇到那么多国手，不亦快哉！那天邱鑫让我三子，王汝南、黄进先、黄良玉、朱宝训亦分别和我的同伴捉对开战。一片剥啄声中时而有人移动着隔岸观火：吴淞笙侧身托腮，罗建文抱臂颔首……我这边一个"大斜"定式遇到陷阱，苦思冥想，应对居然还行，最终赢了下来。对局后认真的复盘等于实战指导的开始，国手剖析指点，学生心领默记；回来在灯下回忆棋谱，清晰抄录，标注得失，当日的学业方告完成。

中午"打卦"（中场休息），因运动员食堂不对外，细心的主人推荐我们去附近一家包子铺，三毛钱一两，边吃边侃，一路欢谈，话题不离那半盘棋局。一两包子三个，九至十二个大饺子一般的包子装填下肚，返回再战。以后次次如此。

蹬车回来的一路要比去的一路吃力得多。

侯玉琨、常振工、常振明、孙立喆、郑清诒也都经受过这样的超级熏陶。不用说，那一段时间是我们棋力猛长的黄金时光。

从一九六七年开始，得天独厚的交往跨接了三个年头，直到国家围棋队撤销，陈祖德、王汝南、华以刚、曹植林等下到北京第三通用机械厂当工人，罗建文、黄进先则发往河南省“寄存”，清华棋友们陆续星散，不久我也毕业南去了。谁也不知道将来会怎样。关老师他们想下棋了，就会找到三通厂。

金柏苓

我在多年以后写了《严冬里的潇洒》一文，稍稍平抚了说一说柏苓兄的情结。起首有一段感慨之言：

> 对于“棋迷无坏人”一说我虽觉谈笑多过精确，但是围棋所赐予我的，除了纷纭棋局带来的至妙感受之外，确实淘出了人品和才华都十分优秀的朋友，而这后一种收获——我简直相信——恐怕非围棋这一尤物而难以使然！

在我一九六四年走进清华园的时候，身上并行着两套“搜索系统”：一套追求知识和学问，另一套则指向爱好围棋的同道。我潜入过教工俱乐部，跟着北京同学进城踩过点，剩下就只能在节日的学生游艺晚会上——或者在饭厅，或者在坪地——过过棋瘾，碰碰运气了。

金柏苓是第一个找上门来的旗鼓相当的对手。这位建筑系九字班（1963 级）的学兄脱去风衣响亮一问的飘逸洒脱印象，一直定格在我的记忆中。我们俩不仅在横跨“文革”的年代把清华棋坛鼓捣得沸沸扬扬，而且十多年以后又回归清华同读研究生，再续棋缘，就像不愿分离的双子星一般。金柏苓的棋风堂堂正正，又有一种胜固欣然、败亦可喜的大将风度，是棋友圈子里颇负人望的“柏苓兄”。他的弟弟金国苓也是京城业余高手，且书法造诣不浅。我去过他们家北海羊角灯胡同老宅，自家居住虽然缩在了边角，仍然幽幽吐纳着爱新觉罗氏先祖的气息。金柏苓手持的折扇是他休学养病期间亲笔手绘，工笔病马，微以自况，棋枰倚坐开开合合，何其风雅之至！更难得他有赋诗填词的本领：“陋案厅前才罢饭，小窗灯下又鏖兵”是清华围棋小屋岁月的写真；“弈道虽微，盈亏各分，谁可着着皆占先？盘终计，有哗群妙手，虽败何惭？”既有叹送华年的苦涩，又含人生感悟的玄机；而一联“一去阳关万里缘，谁论金角复银边”，围棋格言妙用双关，写透了风雅学子逐放西域的悲壮与酸辛。当年我抄寄陈祖德，他也惊为妙制，与我两地同声浩叹！

清华建筑系学生多承美术、文学、音乐的熏陶，极富才情。金柏苓早我一年分配到青海当瓦工，同班同学天各一方，青春蹉跎，他们鸿雁往来，不乏伤感、凄美的唱叹。有人将之整理为一辑《不多余的话》，又录成配乐朗诵，金柏苓因选了我的信文，放给我听，听得我心驰神飞，荧荧欲泪。不知这一弥足珍贵的杰作如今安在？

终于有一天，柏苓兄当上了北京市园林古建设计研究院院长——这对他再合适不过了。你看他一有机会就把“得月园”建到了德国柏林去。

不知怎的，柏苓兄向我描绘过的“崇山衔雾，疏林挂日，悬冰拍水，乱石截流，平野远眺，牛马交奔”的高原风光，竟成了我的一个抹不掉的悬想……

蒋寿炎

蒋寿炎与我同一专业，比我高一届，宿舍则比我低一层。国庆之夜在院子里下完棋的第二天他便来找我，从此占尽楼台近水之便。起先他行棋粗疏，我授他四子，弄得他左支右绌，甚是好玩，而他每当随手落子，欲悔又缩，乃至顿足哀鸣。蒋寿炎是“忠义之邦”——江阴的农家孩子，深度近视，憨态可掬，却心细如发，床头自制一小架，英语、诗词、歌曲等书册一尘不染，奇怪的是偏偏下棋草率，可见积习深重，很长时间才调整过来。他买了一副大号棋子，登门时捧持而来，此君一心急便口吃，时有站在门口问“余……余……”，端着棋盒憋得左右摇晃，我的同屋立刻截住：“不在！”有一次与清华附中学生孙立喆对弈，孙立喆棋也凶蛮人也张放，下着下着不知怎的突然一阵狂笑，蒋寿炎忽地站起，涨红着脸敲着桌子恨恨地一字一顿：“笑……什么笑！”见一向厚道的老蒋怒不可遏，孙立喆傻在那儿，脸上凝固着残笑，好一会儿才苏醒过来，赔尽小心……蒋寿炎是清华围棋群落的一抹浓彩，那种执着与率真留在遥远岁月的欢歌拍岸的青春波澜里了。

蒋寿炎一九六八年底分配到抚顺石油一厂做管工，他写信说“连这儿的麻雀也是黑的”；他感慨清华那样令人神畅的围棋氛围不可复得了，现在每天劳动疲累，政治学习多，回到宿舍翻一会儿自己订的《人民日报》就睡了。他信笔写下的霎那的感触特别令我动情：

> 今天在硫铵液水塔上换管子时，看到了电网边的一小块土地上豇豆苗出得很整齐，想起去年武斗期间回家时自己种豇豆、苋菜钓小鳑鲏鱼的乐趣。其实在家里当个农民也不错的……

他们这一届同学的着落确是凄惨不堪：在钢厂推小车的有之，在盐碱滩掘地拔草的有之，在碳素厂抡铁锤每天砸四立方石块的有之……而今我还在清华园，轮到我因扑朔迷离的分配去向而困顿，他不忘叮咛老朋友：

> 现在我体会到了毕业分配确实是一件大事：命运把种子撒到水边，长出了随风飘拂的杨柳；撒上高山，长出了耐寒的松柏；撒进沙漠，长出了光秃秃的仙人掌。

他依然爱棋如痴，研习资料匮乏，便不惜相隔千里向我借书：“一定尽快抄完，完璧归赵。”说完了同学说围棋，说完了围棋又泛起了缱绻的思乡之情：

> 国庆节每人配给半斤猪肉、二两酒，让大家欢欢喜喜过佳节。今年的中秋和国庆是接踵而来……在抚顺竟然买不到月饼，那天晚上天黑沉沉的，没有月亮，于是这佳节也就默默无闻地过去了。然而，我想起了老家的那棵桂花树，大概已经开花了吧！弟弟妹妹们现在又怎样？我仿佛闻到了清新的桂花香……

一九八七年蒋寿炎通过报端消息找到了我，事隔十八载，他已经十分沉静，连笔迹也变得端庄流转了。他说考研的计划因家庭变故而中辍，否则我们将会得到何等神奇的历史恩予啊！他引了莎士比亚的话：“风平浪静的海面，所有的船只都可以并驱竞胜；命运的铁拳击中要害的时候，只有大勇大智的人才能够处之泰然。”

他说：“围棋和桥牌伴我度过以前那犹如漫漫长夜的峥嵘岁月……”苦难过去了，伴随苦难的青春依稀在远处招手，这里有着无法掩抑的伤感：

> 八二年由省体委定为业余初段……过后一直没有升段赛。横向对比，四年前我在原籍江苏江阴县下棋时几乎没有对手，但他们的水平一年一提高，我今年正月回家探亲时去玩玩，不少人都高于我，由于人竟让我三子，可见不中用了。

> 一般我星期六晚上玩桥牌，星期五晚上玩围棋，由于地方狭窄，围棋只能放两副，输者下台，五六个人车轮大战，直至夜半。

蒋寿炎随信附来电脑打印的《蒋氏围棋藏书目录》，意思是让我见机行事，为他补缺搜新。那时围棋出版物已不再稀罕，我也就没怎么上心，蒋君可有怪我？不料一晃又一个十八年过去了，我已不知到哪里去寻他，也不晓得他是否知道我十分想念他。

姜彦福

有道“国运兴，棋运盛”，着眼的是大台唱戏的社会环境；而我所经历的“国运衰”，围棋在民间野草般地顽强生长，证明了它不仅是特殊魅力所在，而且有寄托人心之功。对于个人来说，“文革”一本账很难理得清，因有棋之长进，我也算“失之东隅，收之桑榆”，多少得到一些损失回补的安慰。

五年半的耳濡目染，我周围不少同学得以一窥围棋之门径，出去唬人绰绰有余；但真正从头下过一番功夫——即使只有一段时间——而且“不辱门楣”的，唯有姜彦福、吴元、金信远三人而已。

姜彦福是我班之长，长身玉立，翩翩有兄长之风。那时经过“革命大串连”的大学生背后都有难忘的故事，他从山西归来，似乎万念俱灰，一门心思地钻研起围棋来，以至有了深宵棋声的风景。自那时，小屋比赛也好，与国手过招也好，人高马大的他频频上阵，怯生生的神情透散着率真。染指围棋，爱与不爱是能否“上路”的分水岭，正因为姜彦福对围棋有过真心的一度缠绵，所以用较短的时间走过了通常需要数年走完的路，而且从此一往情深无穷期。一九六九年我们在石景山高景电站“接受再教育”，住在山坡上的席棚里，军代表小吴呼唤集合，大通铺上棋局未完，七八个脑袋乌云一般密布盘上，不耐烦的吴代表便拿班长是问，只见姜彦福起身，边走边回头，走到出口又被无形的绳索拽了回来，“万般事小，生死事大”，继续对一块棋的存亡高声力辩，全然没有了平时宽厚圆转的影子。吴代表把头伸到棋盘上来看，不解魔力何在，两眼几乎冒出火来……

我在一九七九年选择报考清华经管系研究生，实拜姜彦福极力怂恿之助，那时他是参加建系、继而筹建学院的教师，因此他于我亦友亦兄亦师，相得相依。如今他是清华名教授，又是风险投资、公司治理与国家经济安全的高级专家，纵然许多事情在变，唯有我们不管在何处相遇、弈上一局棋的程式不变，像一壶会心对饮的远年的酒，一道不可省却的清醇的茶。

吴元

邻班的吴元是校游泳队员，也就像游泳运动员那样浑身既丰厚又绵软，似乎这也决定了他说话的神态，甚至进而影响了他在棋盘上的棋风。

在大学里迷上围棋、从此怀着发现宝窟似的热情的爱棋者，通常是天生的长考型，就像低版本的人机对弈软件，虽长于运算，却缺乏经验，往往生发出似是而非的招式来。吴元就属于这种聪明棋，连定式也要苦苦琢磨，失算了就腼腆地深深点一下头。有一阵吴元灵光闪现，怎么下都顺，曾经蹿到了清华一流水平的边缘。

有一次电机系队与组合联队在围棋小屋展开对抗赛，吴元出场决胜局。不知是谁出的主意：为了确保吴元有恃无恐，在关键之处由我在棋桌下暗中给他支招：用手在他的大腿上“刻划”落子的坐标。不用说是我方获胜了。事后吴元抱怨信号传输的准确率并不高。这绝对是唯一的一次捣蛋式作弊，对于我们的对手已经成了永久的秘密。

吴元是烹调的高手，他做的闷毛蚶、煎馅饼和毕业聚会的清蒸鲥鱼都令我难以忘怀。吴元的讲述有传神之妙，比如他从上方山云水洞游玩回来这样描绘：“那老和尚诵经到某一处，抬头张嘴，一滴泉水‘啪’地落进嘴里……”我们听得情迷神飞。还有一回，他讲解吃烤鸭如何蘸酱、如何加葱、如何卷饼：“……送进嘴里这么一咬，啊——精彩！”一屋子人听得像是朵颐大快、齿颊犹香般的过瘾，在场的小不点儿常振明日后一次次模仿，每次都笑不能禁。

吴元毕业分配在太原西山矿务局东风矿，下井锻炼期间回宿舍“一下子扑到信上，仿佛周围更亮堂了”；后来去了鸡西，再回到煤炭部，到如今还是跟煤炭打交道。不过最近来电说，中国神华已在香港上市，他是总裁。

关培超

“文革”乱世把清华的棋客没大没小地聚到了一起，有一条谁也没有说穿的共同理由：

> 在文明遭受凌辱的日子里，这些心怀良知的人们选择这样一种生存方式，回想起来，既是对乱世的逃遁，也是对恶行的鄙弃！（另文《严冬里的潇洒》）

清华附小的体育老师关培超可谓清华棋坛的中流砥柱，我与他有过三度“风云际会”的机会——两度在清华，一度在深圳。关老师毕竟是多朝元老，几十年来传承着清华围棋的薪火，近年有恙在身，以棋为寄托，以棋为良药，爱棋之心不见稍减，反而愈炽。

一千个棋迷，有一千个遭逢围棋的故事。我不清楚关老师与围棋怎样初恋，但知早年二年级学生用“聚精会神”造句，一个班有二十多个孩子写道：“关老师聚精会神地下围棋。”

坐在棋盘前的关老师像一座山，他的棋也像山一样朴实厚重。支流和新潮的东西他每每知道，可见他毫不放松盘下的修炼。关老师下棋时通常不苟言笑，但言必有分寸，且富于幽默感；每当关老师“晴朗”了，对手也就散开了“多云”的心情。有一种情况，关老师会舒展一下坐姿，回过头来主动与观众打招呼：“请提批评意见！”这在对手听来，与“投降吧”具有同等的威力。

有一次关老师正在对弈，刘桂槐从旁闲话：“关老师，您有几个孩子？”关老师闲闲落下一子：“……没有。”“那……那好！”再拍下一子：“好什么？”“……清，清静……”刘桂槐慌不择路，若不是关老师放他一马，他准得撞昏在哪棵树下。

我一九七〇年毕业离校以后，为常振明学棋拜师的事写信托付过陈祖德。许多人尽可能照拂常振明，关老师进城“请益”回来，转达过祖德老师对小振明的关切之意，后来再去还带过他，小振明的棋由此便不至于荒疏，且能得到开眼的机会。

关老师对围棋像对菩萨那么虔诚，我想菩萨也会保佑他。

许纯儒

我认识许纯儒先生是在棋桌上，所以只能说我熟悉一尊雕像的一个侧面而已，不过在那荒唐的“革命生师”的年月，除了围棋也不可能凭借其他的视角。不妨加上一句：棋如其人，透过围棋观人，澈如也！

许先生令人肃然起敬，一来他身份高——名教授，工程物理（原子能）系的主任；二来他行棋凶悍，常在老干部云集的杯赛上直取桂冠，该收手时不收手！

许先生出身于杭州世家，幼时曾经亲炙围棋名宿，行棋颇带古风，亦即嗜杀成性，曾经视布局与官子如草芥，现在当然早已不同。若说古稀之年的许先生如苍劲之松，那么盛年的他则有一种飘逸的神韵，是袖藏之剑。我们常在围棋小屋里手谈，有时他耐不住寂寞，也会到学生宿舍来找我，他长我也长，呈互有胜负之势。只是他落子太快，而我每每长考，磨得他频敲棋子，如坐针毡，偏偏许先生有时躁中失手，便抱怨不迭：“太慢太慢，我一着急就出错……”

一九八一年我在清华读研，一日有工物系学生因棋造访，自称与本系许主任相识，说话间许先生冲了进来，不容分说，把桌上书册一推，端来棋盘就要下棋，那位访客呆在了一旁……

二〇〇一年我随祖德老师赴台参加“两岸名人围棋交流”，从同行的北京前辈得知许先生病后恢复不错，又闻许先生对邓丽君慕宠有加，非邓丽君的歌曲不听，并因邓的忌辰恰是自己的生日而深信有缘。后来趁赴京公干，作家葛康同陪我往清华探望许先生，叙谈之后，照例要下棋。一别二十年，纹枰对坐，不禁兴沧桑之叹。这局棋我下得轻快从容，已没了二十年前的凝苦，许先生反而踌躇再三，他总算觅得一着妙招脱离险境，挽颓局而胜之。许先生心情大好，破例提议再弈一局，不过必须静听几曲邓丽君，裨补元气。随后我又惜败一局，许先生喜不自胜，连夸我下棋速度今非昔比。看着许先生神情飞扬，我心想如此输棋，太值得了！

我和葛老师辞去。不待我们各自到家，这两局的消息已经传遍了京城。

丁琢如

冶金系七字班（1961 级）的丁琢如身材挺拔，团脸浓眉，机敏自信不愧为上海人，通达随和又像极了北京人。他能将七号楼一间宿舍张罗成围棋圣地，容下一帮清华棋迷在心无所托的“史无前例”之中得以逍遥于尘嚣之外，是一件如梦如幻而又意义非凡的事。尤其是他竟然有魄力投书陈祖德，硬是把中国围棋第一人请到清华园来，给众棋迷带来了狂欢节般的快乐，开了围棋国手与大学生交流之先河，实在是功不可没。

从丁琢如的棋能读出他的理论功夫，积淀不浅，行棋多是“一般分寸”，却稍苦于纠缠相搏和随机变化。然而依仗聪慧敏悟，棋力节节上升，一度达到我让他一先的棋份了。丁琢如一旦沉浸于盘上，表情丰富，姿态俯仰，常见他时而一手托腮，侧身斜睇，时而双眉紧蹙，悬身盘上，十足的棋侠风韵。某次比赛之中，人人敛声，棋子剥啄，忽听得丁君“啊呀呀呀——”高声惊呼，旁若无人，众人举首顾盼，随即会意莞尔。

我猜他能做好想做的任何事。有一次提起打羽毛球，起身便与我小试，果然功架慑人，出手不凡，说他有“业余高段”水平毫不为过。

听说琢如旅居美国多年，似乎事业有成，且推算年纪已该进入人生的“棋之境”了。他留下的印象是鲜活的，配上鹤发长眉一定很有趣。

侯玉琨

古人说“人以文传”，其实人有特色即可传。侯玉琨当年是清华一帮棋迷中的“笑药”，有了他便笑声不歇，也就成了我们温馨回忆里不可或忘的快乐因子。

侯玉琨是自控系的调干生，年龄约长我十岁，一九六六年临毕业被“文革”截住，儿子已经放羊养家了，他还在清华园里晃荡。某日他也是找上门来，满脸堆笑，好似说山东快书般地表白：“昨晚我看你下得好……”老侯一向胡子拉碴，笑眼常眯，一颗牙俏在唇外，我不由联想起唐太宗眼里的魏征“我但见其妩媚”的味道。

老侯若是挑出一杆“侯”字旗号，熟悉的人能透视出藏在背面的“诈”字来。他的玄巧机关不知怎么那么多，偏会有人一步一步掉进他设下的陷阱里。遇到高手，他常顾左右而言他，盘外招暗施无痕；或者做出甘愿称臣、随时就范的姿态。而经验告诉我，在他最谦卑却又不肯放弃的时候，就是他最接近阴谋翻盘的时候！

老侯爱悔棋，当你执意不让，他便婉媚地央求：“摆一摆，研究研究！”几个变化摆下来，当你指出对他有利的一式，他立刻按住你捡子的手，脸上堆起赖兮兮的笑容：“就这么吔，接着下吧！”屡试不爽。

老侯自有他称王称霸的地方，正如陈祖德所谓的“低棋的阎王高棋的饼”。老侯评棋绝对有哗群之效，首先那缓缓的山东腔就惹人想笑，更别说那天外神来的思维，如陈祖德第一次来清华同欢，他从“上座”发出的极认真的劝诫：“跟低手下可以宽一气，跟高手下要紧一气！”笑倒了所有的人……

老侯离校最早，从此失去了音讯。我想象他在某一处地方，仍然是一剂讨人喜欢的笑药。

孙立喆

对于成长中的中小学生，“文革”的狂潮除了带来家庭的动荡，还把社会上最丑陋的东西揭给他们看，他们像在冰河里浸泡过的婴儿，早早就懂得什么是坚强。教育的时钟停滞了，时光却不会停下脚步，他们只有懵懵懂懂地四处奔突。

孙立喆与常振工是清华附中初二年级的伙伴，围棋使他们与大学生结下了不解之缘。与我们相比，十三四岁的孩子是那么无虑和纯真。他们好学颖悟，棋力见风就长。两人性格各异，比如遇到有趣的事，常振工掩口，孙立喆狂笑。孙立喆好动，一刻也不得安宁，浓眉密须，说是自幼多病吃激素吃的；一着急就口吃，说是学结巴学的。

在棋盘上孙立喆大刀阔斧，凶悍无比，落子作金石震击响。得手则放声大笑，连蒋寿炎那样的忠厚夫子也不堪忍受。那年月虽说前景难料，但他那凌驾一切的气魄和胆大心细的风格早已在黑白方圆的世界里显露无遗了。

一九六九年初，他们分别走向农村改天换地去了，一年后回京探亲，带着啤酒、熟肉、午餐肉罐头来看我，他们已经没有了昔日的惶惑，却依旧保留着过往的乐观。最超乎想象的，孙立喆竟已是陕北知青中名播远近的“神医”了！原来他久病成良医，起初拿出自备药品给知青同伴和老乡用，后来索性做了赤脚医生，倒也免除了地头劳作之苦。我好奇地问：“女同学不介意你打针？”“除非她愿意跑几十里地上县里。”“你也能拔牙？”“用老虎钳。”“真有揭开棺盖、起死回生的事么？”“我发现那农民就没死，扎一针就活过来了。”……

听到这里，我和姜彦福、杨士元、王普、吴元几个同学喜而跳，鼓而呼，为之绝倒！

接着孙立喆表演了扎针：捋起裤管，不管穴位，由我们指哪儿扎哪儿，但见他稍事消毒，手捻银针，顷刻没入……观者目不暇接，叹为观止。

此后不久，孙立喆被钦点为全国五个知青典型之一，在体育场知青万人大会上"讲用"，还登上过卫生部领导成员的宝座……"文革"劫后，他读书，出国，学医、学工商管理、学金融，以多病之躯回国创业，投资电子、印刷……最后搞起图书版权引进，以独到的眼光，做出了对中国出版业从观念到实务的有力推动。有道是人生如棋，信然。而从围棋陶冶出襟怀、谋略、定力、王者气象的，其实远非孙立喆一人。

常振工

就在孙立喆青云之上、身不由己的那一段，常振工踯躅在山西农村和北京老家之间，背着一架手风琴，梦想去改变被人遗忘而又正悄悄长大的自己的命运。若论苦练技能，像常振工那样不知疲倦、如醉如痴的世上一定不多。乒乓球是他的汗水浸出来的童子功，围棋是他自觉认识世界、认识朋友和挑战智慧的文化取向，现在手风琴又成了唯一看得见的出路。他的围棋功夫被弟弟常振明的光焰遮盖了，平心而论，在常振工身上是琴艺第一，球艺次之，棋艺第三。其实他的棋力已经很是不俗，只不过手风琴和乒乓球的水准相对来说更是了得。

为了投考地方歌舞团，常振工两次南下武汉，他与我以棋、琴厮磨，留下了夹杂欢乐与苦味的故事。在那以后他又尝试过铁路电气工程与计算机系统方面的工作。“文革”噩梦过去，国家和每个人都揭开了新的篇章。一九八六年我们在纽约相见，常振工开着替餐馆送餐的旧车陪我游逛，眺望自由女神像和双子星大厦；后来他苦读计算机科学硕士学位，在加拿大创办了数据恢复公司。二〇〇四年他站在了加拿大杰出华裔创业家的领奖台上，事后传来照片让我分享，电话里我感觉出他竭力按捺的激动……

苦尽甘来，常振工不忘为围棋出力，以多伦多中华围棋协会会长的名义，延请了“聂旋风”为海外的围棋赛事壮声添色。他还偷闲代表加拿大参加世界业余围棋赛——能领略这种惬意的人恐怕不多。

郑清诒、陈小悦、刘红阳

清华子弟里，北大附中的郑清诒当数围棋强手之一，他被“文革”冷冻在了高二年级，按年龄正好镶嵌在我和孙立喆、常振工之间。若不是多了一副浅色镜架的眼镜，颇有唐三藏的丰朗之貌和端庄持重哩。心智成熟，也就懂得自觉修炼，郑清诒钻研棋谱很是用功，几番炉锤，棋风变得坚实厚重而有内涵，自诩为“木谷流”，被视为清华园里的围棋重镇之一，不容小觑。

一九六八年五月，清华武斗升级，我避之武汉老家。一日接郑清诒来信，报告他的心中之寂寞和武斗之荒唐：

> 武斗以后，没有什么地方下棋，人都走了。就和关老师下，他也没事，我们几乎一天一盘。孙立喆棋颇厉害，昨天吃了关老师一个大中盘。……本想利用这段时间好好学棋，可是没好手教，又买不到书，所以很盼望武斗结束，你和金柏苓回来好学习一下。

他又报告了新的一次两派冲突之状，临函惊心，略去不表。

以后我返校、下乡下厂接受再教育，他则和众小友一样，奔赴广阔天地去了。流年似水，何时再见，当是鬓发成霜了。

清华下棋的中小学生里，陈小悦不仅年级最高（高三），而且个头最高，且声望在清华子弟中亦属最高。听他的崇拜者们说，北京中学生运动会他是跳高冠军；高中还没毕业，已经学完了大学一、二年级的高等数学；外语更没说的……总之，十年“浩劫”截断了陈小悦的瑰丽的梦，但只要这一粒“千年莲子”在，命运总记得还他一个原本属于他的未来。

我喜欢这些聪明活泼的少年，他们也拥戴我，像拥戴“孩子王”一样，这不仅来自围棋的神秘，还因为他们着迷于听我讲外国名著里诡谲、侠义、奇巧的故事，陈小悦便是在这样新鲜刺激的气氛中与我相遇的。他下的绝对是聪明棋——凭有限的基础知识和强大的大脑即时演绎的习作。不能要求更多了，他还有太多需要加以关照的东西。

上山下乡开始了，陈小悦主动去了北大荒，后来又辗转到了陕北……是种子总要寻回属于它的土壤，待到春回大地，陈小悦参加了重新恢复的高考，可是清华新生里竟然没有他那传奇的名字。熟悉他的同学耐不住了，帮忙查出了黄土高坡企图留住他的“美意”。教育部干预了，当陈小悦终于出现在清华的课堂上，已经开学三个月了。后来他赴美留学，回清华读完汽车工程博士……数年后任清华大学经济管理学院副院长，国家会计学院院长。

当年武斗期间我回武汉，将一包中外名著抱去陈小悦家托他保管。事隔四十年，他可还记得？

刘红阳说不上是我的“徒弟”，因为他既没有登门讨教，也不曾堂而皇之地到我的宿舍或者围棋小屋下过一盘棋，但他与孙立喆、常振工、常振明十分要好，又从骨子里爱棋，任风雨飘摇长年不辍，只因他的父亲是被打倒的“走资派”——清华党委副书记刘冰，自卑心理使他不得不徘徊在相当低调的生活格局之中。因他生得眼大，常被那几个“徒弟”嘲谑以“大眼吃小眼”（围棋格言），红阳只是笑笑，依然侧脸看他的棋。我记得在公寓台阶上与他下过半局，那时授三子他尚不够下。前几年他常在南方游走，来我家会过几次，每次都缠着下棋，好像极想借以吐吐过往年月的窝囊气。他的棋已经很好，依然什么都不在乎，只在乎棋。有一次我输了，他品味回环良久，意不能释。

围棋看客与花花絮絮

五年半的大学生活如同六十六个月的风雨同舟，相互濡染已经十分充分。在我的影响下，有的同学与围棋结缘，但不算多，大部分人居然“尤物”当前而没有感觉，令我好生奇怪。其实大脑的选择性适应加上性格因素就是答案。围棋没有“美女”那份招惹，却深含“才女”的慧心。

更多的同学，宁愿永远充当围棋的看客，热情如恒，关心至微，却从不下海搏浪。我有点儿纳闷：他们有“旁观者清”的飘逸，远离了鏖斗顽敌的煎熬，却不会有痛失好局的怅恨，更不用身经推枰认负的凄凉。当然，也就不会有指挥千军、壮心大展、笑傲江山的快乐。

身旁的王普、沈利生、顾茂林、向正举，机械系的陈章沂……已经熏染得有了相当的手眼，逢棋必观，观棋必评，终于不曾向“棋手”迈进一步。邻班的福建林同学有一次凑上前来，闲立半晌，忽然指着棋盘说：“这式个指屎了（这四个子死了）！”引来众人哈哈大笑。

王普与我是形影不离的好友。此君异常聪明，又随和得令人心软。比如我邀他：“走，陪我去照澜院买东西！”“不嘛——我不去。”“去吧去吧，再买一瓶啤酒。”“那么买两瓶？”他上课不大听讲，成绩却不含糊。他和我曾经在高等数学课堂上画纸围棋。我从国家围棋队借来油印棋谱《平行型布局》，他自告奋勇替我抄录，逐行抄下枯燥的数字，历时数十天，三册手抄本告竣！我心怀感激地在扉页上写下了纪念的文字。王普只观棋不下棋，假设他爱上了下围棋，他又将是怎样一种棋风呢？我想不出来。

但凡沉迷于围棋的人，浑不觉围棋扰人。“文革”中百无聊赖，挑灯夜战也是有的，我虽自觉一不喧闹，二不太迟，怎奈宿舍太挤，客有忘情，同室“街坊”心中烦躁不满滋长也在情理之中。有一晚棋战正酣，观者如林，突然电灯熄灭。出外探查，走廊有灯，左邻右舍也有灯，我顿时悟出是同室的广东林同学所为，意在逐客。看来他摸清了电路，蓄谋已久，但何苦如此阴损！棋废人散，我佯装糊涂，管自睡去。过了一会儿灯光复明，唯独林同学自己加装的一盏灯泡不见了踪影，林起疑追问，我说那灯泡不亮，准是坏了，我已把它扔了出去。他闹了个哑巴吃黄连。几天以后，我从他的自制收音机的喇叭后面取出灯泡，悄悄还了原，彼此心照不宣。

武斗过后，工宣队通知学生返校，宿舍里一片狼藉，残破的木架床散乱堆叠，还是几个月前作为防护工事的模样。同学们安置下来不久，不知风打何处起，有些人找来工具，锯锯刨刨敲敲打打做起木工活计来。几天工夫，不少床板变成了一个个大木箱，越做越精，有的工巧不让木匠。我觉着好玩，也跟着做了一对围棋木盒，买了一小瓶棕色油漆涂上，瞅着有一种莫名的心情。

没多久工宣队煞住此风，自由散漫和化公为私的行为遭到严厉的批评，私做的一切器物自觉上缴，我的围棋盒当然也就随之而去。后来学校举办了一个专题展览，我找到了那一对棕色的围棋盒，虽然很小，自己看着怪扎眼的。与之告别，心里恢复了轻松。

六十年代中期出现了匀整的玻璃棋子，不好买又不便宜。我那一副中号棋子是雅华师妹的，我从武汉带来，数年为伴；后来附中胡晓明送我一副大号棋子，也才有了换一副木盒的事。蒋寿炎曾用药片和图钉分别当作黑白棋子，我和他用这种怪异的棋子下过棋。吴元找来一包骨质小圆片，花纹镂空，他将一半染黑，权充黑白棋子。同班贾玉平义务做附小辅导员那会儿，曾命我帮她调教顽皮的小男孩，用的就是这种绝无仅有的镂花棋子。忽然忆及，聊备存史。

活跃棋坛的俊杰们

丁琢如回上海，在火车上巧遇陈祖德与曹植林，一路侃谈，说到北京高校热爱围棋的风景，祖德认为以清华最热闹，水平亦最好。

“文革”中的北京高校里，在清华之外还活跃着“围棋三雄”：北大的陈大均、北航的唐腾、北师大的蒋锡久。他们都来过清华的围棋小屋，与我皆有过手谈之谊。

陈大均个子颀长，在广东人中算是巨人了，素有数学天才之誉，后来到广州大学理学院执教，几十年爱棋如痴，捧得过几届名人教授杯的桂冠。

唐腾后来赴东瀛求学，一去便是五载，有棋做伴，想来不会寂寞；回国后我与他在中日围棋会馆久别重逢，雍容闲雅地弈了一局纪念之棋。数年来日本友人来华参赛，唐腾当仁不让承担了“总接待”，其用心之细、照拂之殷，令中外悦服。

蒋锡久也是来自武汉，上学比我晚一届，棋龄却较我为长，我启蒙时他已出名了。蒋君静若处子，言谈温雅，不知这些年称雄在何方。退休后他在华中科技大学执鞭传授围棋，情在其中，乐在其中。

高旭光是北京城里的围棋怪童，十三岁的孩子授我二子，凭此就已令人起敬。我记得在围棋小屋里他站着下棋的样子，硕大的脑袋耷拉着，仿佛脖颈不胜其重。那盘棋我赢了。我毕业以后高旭光与常振明要好，振明棋力稳步上升有靠他的帮助，特别是他将振明引入了围棋前辈国手过惕生的门中，振明才有了进入北京队的下一步明确的目标。振明说小高打听过我，欲报前次“一箭之仇”，岂料几年以后他竟忽罹重症，做“小仙”去了。惜哉！

每当棋迷朋友结伴来访，小屋便自成一方，与宾客来一场友谊比赛。有一次金同实与一人同来，金同实对阵金柏苓，“那金”胜了“我金”；我的对手是特钢厂的老郑，好像我也输了。业余强豪金同实在北京圈子里早就名闻遐迩，近年得了电视直播番棋赛（多局制的准决赛、决赛）“终身裁判长”的美名。一九九二年中日企业围棋赛期间，在中国棋院同实与我匆匆然“友谊”了半盘，他很强，胜负几无悬念。听说金同实让子棋功夫牛得邪乎，九段高手让四子的他能让六子。这可是一门学问，哪天做一番理论探讨，够得上体育学院的优秀硕士论文。

“文革”期间，武汉棋坛蹿出了一匹“黑马”。毕业于南京工学院的欧阳世承从内蒙调回了武汉（中南煤炭设计院），他的棋有如突然得道一般，竟然横扫江城，名宿新锐如同萝卜遭遇快刀，一城哗然。南工的老教授透露，他是一个喜欢凝读棋谱、能够读出棋中妙义的怪人。有一度欧阳来京游学，我们把他请到了清华学生宿舍，他在木架床边坐下，应我和金柏苓的要求摆了几盘刚下过的棋，其中一盘陈祖德授先，他赢了，引起我们一阵唏嘘。他均匀连续地往盘上布子，一言不发，像一个只会单一动作的机械臂……几年前在武汉再次相遇，他坐在棋院的边厢静静地打谱，见客人依然无语，但含笑致意，毕竟我们是气类相近的同时代人。我在想，围棋既是一种认知，也是一种技能，不应有规律之外的异象和神迹，欧阳世承现象值得研究者关注。

“紫竹院不让游客下棋了”

我们因厌倦了“派战”而聚到了一起，又因校园里的枪声火影作鸟兽散，学生们纷纷躲回了家中。常振明、史青、郑清诒他们几个出生、成长在校园里的孩子，此时就好像“驻校观察员”似的向我通风报信，远在武汉的我对清华发生的一幕一幕就跟亲历目睹一样。

一九六八年五月初，常振明用稚嫩的字迹写信报告说：

> 大概双方都抽不出兵力占我们这儿……我哥哥他们经常去大学看武斗……

几天以后，他们推举史青“汇报清华园发生的小冲突”：

> ……两派交兵，百姓遭殃，小河那边的团派长矛队揭民房上的瓦向动农系馆打去。致使事后住在民房里的职工不得不搬走了。

不出半个月，史青又来一信，详细记述了在学生生活东区爆发的空前绝后的大武斗：争夺的是我吃过5000次饭的九饭厅，攻防的是涤浣身心的东浴室，同室操戈在平日里欢愉跃动的大操场！那是清华大学历史上最荒唐、最令人悔恨蒙羞的伤疤，现在我有何心境，又如何忍心触及它……

到了六月底，常振明用明信片传来了仍然让人不安的信息："……大概每天晚上都能听到双方在试枪。"

七月中旬，难为振明继续报告给我新的消息："……现在双方在僵持中，等待中央表态。"又说："陈小悦立志要去北大荒。军训团没批准，他就扒着去北大荒的车，去北大荒了，现在还没回来。"

进入九月，工宣队、军宣队的进驻使清华园终于恢复了平静，虽然不知道又将有什么在等着我们，但总算与透顶的荒诞和无情的炮火告别了，找回一个能放下平静书桌的校园。小家伙振明经过战火的洗礼也明显长大了，他写信盼我回来：

> 自从工农毛泽东思想宣传队进校以后清华就变多了……各处老太太老头儿都组织起学习班，早上七点请示，晚七点汇报，金柏苓他们也不像以前那样随便了，工人还给他们安排了读报时间、早上出操……现工农毛泽东思想宣传队在北京站迎接回校的师生，你一下车就可以上卡车一直拉回校，在主席像前报个到就可以回自己的宿舍了。
>
> 告诉你一个消息，紫竹院不让游客下棋了，所以我们就经常到金柏苓他们宿舍去下棋……我们还老约棋下，背着两副棋满

处转。

你要回校的话就把哪天的火车告诉我，我去接你。

最后的晚餐

国家队的棋手也要参加十月一日的游行受阅，尽管这样，黄进先、邱鑫仍然在十月二日来清华以棋会友。他们与我们年龄相仿，黄进先说过，若不是稍一犹豫做了棋手，可能现在也跟我们一样在校园里找棋下哩。

这一阵是清华的棋友人数最齐的时候，但是一想到这是“最后的晚餐”，心里就很不是滋味。高班的侯玉琨、丁琢如走了，金柏苓、蒋寿炎也快了；常振工、孙立喆、郑清诒、陈小悦几个中学生，山、陕乡村和北大荒已经在向他们招手了……想一想除了许先生、关老师和小家伙常振明，清华学生眼看只剩下我和姜彦福、吴元几个了，棋友们心有戚戚地四处流散，一股忧伤袭上心头，挥之不去。

就连国家围棋队的去向也是悬在头上的隐形的大问号。我给陈祖德写了信，他回信说：

近来搞清理阶级队伍较忙……我们已有一个半月没有安排下棋了，可以说连卫生棋（按：下完一局抹去再来的快棋）也没有下过。目前运动正在向纵深发展，形势一片大好。

……你信上提起的油印材料现在是不可能买到的，我们自己也已经有两个月没有看到日本杂志了。我们将来怎么“改”还不知道呢，我相信党会对围棋项目作出最好的处理和安排。

你们快要踏上工作岗位了，我感到很高兴，不过你们要离开北京我还感到有些依依不舍呢，因为我们已经是见过多次面的棋友了，是吗？我们还会有机会见面的。

我这时正在拼命地苦练手风琴，常振工更是扑在手风琴上，仿佛预感到前程的艰难与颠簸。振明下棋之余也开始摸琴，人小心灵，上手快，却赶不上哥哥刻苦。

一九六九年新年没有带来任何新意。大学生们还在迷茫中猜测有关出路的消息，北京的中学生们已经像潮水一样翻卷着、泼溅着，往贫穷落后的乡村和边疆而去了，没有人知道未来的命运，每个人悄悄怀揣着虚渺的希望。常振工来信回忆道：

那天我们从城里回家，盼着能见到你，心情特别焦急。很远就看见了你的影子，你正在阳台上微笑着向我招手呢。我紧跑了几步到了家……我们走出楼，当时虽还有男子汉大丈夫气概没有掉泪，但喉咙似有什么堵住，说不出的满怀的知心话，只想起紧紧地握住你的手，说了声：“再见吧！”就这样含泪告别了……

从振工写自山西太谷的信里感觉到，他是沉浸在围棋小屋的余温里顽强地逐步融入新的环境的：

回想起七号楼的灯光，就想起了很多的伙伴……不管环境怎样，你总是能耐心地帮助我们，给了我们很多的知识，体现了兄弟般的情谊……共同的爱好把我们的心连在一起了……往事一幕一幕地在脑中出现，我们一起相处的日子是多么幸福啊！我为我认识你们这样好的朋友感到自豪和骄傲。我们都是亲如手足的兄弟！

这位“战斗在太行山上的农民兄弟”竟然做起了诗人般的梦：

我们小队总共只有十几户人家，六十多口人，一百八十亩地，加我们二十多个劳动力。每个工分八毛……我十分怀念你们，没事就假想我们将来相见的时候，那是多么令人兴奋！我甚至朝门外望了许久，盼望你能从大门飞进来，我们又能一起游玩、下棋、畅谈……这虽是假想，但我坚信我们一定能够相聚的。

我们的心是连在一起的……

“它是一道吃不厌的菜”

一九六九年不少时间是在校外度过的：在热电厂、昌平农村、首钢、石景山发电厂，边干活边“接受再教育”。下棋之于我、姜彦福和吴元，岂止打发了白白流走的时间，更带给我们多少心智的满足和纯净的快乐呵！每当回到学校，我就会钻进九公寓，那里有昵人的小家伙、豁朗的常先生、嘘寒问暖的王老师，还有可以大快朵颐的美食！

五月份我再拿起笔给陈祖德写信，一诉心中的惆怅：

> 无聊的派战点燃了我们“棋坛”的灯火。现在“棋坛”冷寂了，但这灯火还依然亮着，在我们的心里。当时我那只是下棋……但现在最忆念的却是下棋之外的接触到的心灵。

两日后接到祖德的回信：

> ……看到你这热情洋溢的充满着内心的真实感情的来函，我怎么能无动于衷呢？除非我是个木头人。
>
> 只有会下围棋的人，才能真正地了解围棋的价值，才能享受其无比高尚、奥妙的乐趣。围棋能把年龄不同的人结合在一起，能使性格截然相反的人成为知心，它有无穷的乐趣，它是一道吃不厌的菜。我看到许多项目，当搞上了专业后，兴趣就不大了，就感到枯燥无味了，而围棋却不同，搞了专业兴趣仍不减，我自从下了围棋后，其他趣味都消失了。当我看乒乓和其他球类表演，即使再好，看上一、二次也就差不多了，如果我不会下围棋，也许不会这样了。我深深地体会到围棋这个艺术的价值，我多么希望它能蓬勃的发展起来，遗憾的是目前会下围棋的人是那样的少，少的可怜。我是从事围棋事业的，我不但要尽量地把我国的

水平迅速地提高，我也很希望广大人民群众都能享受这门艺术的乐趣。……当我看到有年青的围棋爱好者，我就很希望和他们来往，我希望通过这些爱好者对推动围棋事业的发展有所益处。你信上对我的夸奖我实在不敢当，我是有很多缺点的，譬如骄傲就是我相当大的一个缺点。平时我是不善于交际的，然而当我见到围棋爱好者就觉得格外亲切。我深信工农群众是能够、也一定会喜爱围棋的，问题是现在他们没有接受，特别是很少有人传授给他们。……金柏苓说的："一去阳关万里缘，谁论金角复银边？"确实很有道理。……我想金柏苓可能是青海省的围棋冠军了。

学生时代是美好的，……我深信，你会在新的工作岗位上作出贡献的。

马上就要上火车了。你有空来玩，黄进先说了，星期天有空你们来下棋，他星期天是不出去的。我过半个月就回来了。

九月在石景山收到了祖德又一封来信：

自从我回京后经常想到你们怎么不来玩，想不到你已去工厂劳动这么长时间了。石景山该是个好地方吧，"十、一"地下铁道通车后，从石景山到市区只要半个小时了，那时我也想去石景山玩……

你们这些棋友都拆散了是有些可惜的，我很难想象金柏苓、丁琢如他们能否在自己的工作岗位上找到一个下围棋的对手。……围棋无论如何是我国很好的一门文化遗产，而今却没有使广大劳动人民享受到。尽管如此，我深信它本身的生命力。我们斗、批、改还没搞，专业队要不要还是个未知数，但是我对围棋迟早会得到发展这一点是深信不疑的。随着祖国的繁荣富强，人民群众是需要高尚的娱乐的，而围棋本身健康的、浓厚的趣味是会被越来越多的人接受的，爱好的。当然以上只是我个人的看法，或许是自己美好的理想，事实上完全正如你提到的，是“不以人的意志为转移”。

二十大庆即将到来，从九月初开始，我已投入到紧张的操练中去，对我来说，操练是很累的，然而想到自己以前从没游行过，而在祖国二十大庆时能受毛主席的检阅，不由得增添了力量。……围棋虽然不容易长进，但也不容易后退，我还是希望自己能为赶、超日本尽一点儿力量呢。

“十、一”地下铁道通车后，我们就有见面的机会了。

我把心情和身边的事告诉祖德和黄进先：

每一个星期日的到来，对我们都像节日一样宝贵。上礼拜天和同学们就近去了潭柘寺，据说这是北京最大、建筑最好的一个寺院了。尽管爬山非常累，但它的古老的气息、幽僻的处所就是给我们最好的报偿。

我们最不愿发生的事终于发生了：一九六九年底，国家围棋队被撤销。

清华饭厅的小伙夫

一九七〇年三月毕业离校的时候，“在我的行囊里有三分之一是清华传统的沾溉，三分之一是‘浩劫’磨难的体验，还有三分之一是与工农兵接触的感受”(另文《我朝大礼堂看了最后一眼》)。

塞进我的行囊的，当然还有微不足道的棋艺。

我被分往武汉的工厂。面对崭新的“人生棋局”，可选的“大场”不少，“急所”只有一个，就是必须艰难地打磨自己，以尽快适应完全陌生而又绝对现实的生存环境。同时我与清华依然保持着割不断的联系，主要是牵挂常振明——他的成长，以及与他的命运神秘相关的围棋。

振明已上初二，分手时的棋力我已只能让先了。对于我俩来说，下棋这件事好似一棵舒展的圣诞树，本已是纷披有致绿云怡人，可它的枝丫上不知不觉挂满了各种神秘的小盒子，里面装着棋盘远远盛不下的知识的精华，这些才是人生更重要的东西吧。他是一个高天分的孩子，不巧成长在扭曲、冷漠、难堪的年代；现在姐姐、哥哥都下乡走了，他们何尝不是和父母一样，为了振明可走的路，时时仰天念念着轻声的诉求。常先生和王老师不止一次向我吐露盘亘的心结，舐犊之情令人心动。

分别的情景还在眼前浮动，很快收到了振明的来信，我无法不为之动容：

你走了以后，我自己又高兴，又难受。高兴的是你分配到家了，大概这是你最满意的地方了；难受的是我和你分别了，我又失去了一个最好的朋友……那时候你们拿我当弟弟一样的亲切对待，你们的笑容都深深地印在我脑子里。现在这就剩下了我，我怎能不感到难过。你临走时对我说的那些话，还在我头脑里回响，每当我想起这些话就仿佛看到你的人影，仿佛又跟你在一起。我是永远忘不了你的，这封信是我几乎含着眼泪写下来的……

现在我玩少了，很想看看书掌握一些知识，因为感到知识太少了……你给我的任务我完成了，给金柏苓写了封信。

没多久常先生就开赴江西鄱阳湖鲤鱼洲，到血吸虫为患的清华农场“脱胎换骨”去了。逢到王老师下乡劳动，家里就只剩下振明与七十多岁的老二姨相伴。我嘱咐他常去找留校工作的姜彦福、王普——我的值得骄傲的朋友们，任何需要帮助的地方，他们都会像我一样对待他。辅导振明制作晶体管收音机的任务，也由另一个朋友杨士元接了过去。我在信中有很多话要对他说，只恨幅短而路长：

我知道你在渐渐懂事的时候，是不会允许自己做一个“混世虫”的。你若是读过安徒生的美丽的童话《海的女儿》，就会深切感到作为一个人的骄傲。人要了解自己周围的一切，要创造，而且对自己的必胜坚信不移……

我常见一些中学生因怀疑学的东西将来是不是正好有用而在学习上犹豫不决，我觉得是有两个问题没有弄清楚，其一，古人讲“开卷有益”……；其二，……学习的最大收获是形成了对世界的科学的看法，清晰、正确的头脑，而这个对于无论什么行业的人来说，都是最宝贵的。

振明替我买过小提琴弦、样板戏《红色娘子军》总谱；托他找书那回难倒了这个“小当家”：

《电工学》我家有五六本……妈妈那本《宋词一百首》我还不知在哪，我已给她写信了。寄哪本，下次来信告知。你这些书（看看）大概哪些有毒，不然邮局不给寄……

两年间小家伙不知不觉蹿高了，我最担心的消息也开始频频入耳：“我现在根本不下棋了”；“我现在已经很久不下棋了，主要是没人与我下了，棋友们各自东西了。回想起当年七号楼‘小窗灯下又鏖兵’的时代，觉得那真是像做梦一样。大概今后我再也不会经历像棋友那样多、那样无法形容的快乐的时光了。”常放也来信说起弟弟：“围棋自你走后一直就不再长了……”

振明写来一往情深的信，说他不会忘记我和我对他的殷殷寄语；现在他是最孤寂的时候，而钻研围棋需要伙伴，亦需要心情。他渴望学习更多的知识，又因无可适从而深感苦恼，而初中毕业这一道前路未卜的门坎已经临近了。

我是对待你像对哥哥一样说话的……

每当看到压在玻璃板底下的你的像片时，我就十分地怀念你，十分怀念和你在一块的时候，好像你又给我讲起了高尔基的童年的故事等等。每当我想到这些，总爱拿起一些书来看，你对我说过："书可以使我们了解更多的东西。"

……如果现在再不好好学习，那怎能用自己的文化知识为社会主义增砖添瓦呢？以上是我的一些体会，望来信多多帮助，特别要替我想一些学习的办法，学什么好，仅满足于课堂上学的那太不够了。

我是七一届毕业生，大概快分配了。我刚十五岁，能分配到哪呢。一想到这里就茫然了。

一九七二年一月，高中的大门在常振明的面前訇然关上，清华附中军代表冷冷地说："你们家书读得太多了，该让工农兵读了！"

托政策的福，可以有一个孩子留在北京工作。一个月以后，清华大学六饭厅来了一个烧锅炉的小伙夫——常振明。

围棋这条路

振明这个看上去少不更事、嘻嘻哈哈的孩子在狂暴的风雨中过早地成熟了，就在同一幢公寓里，发生过示众、上吊、投河那样惊魂摄魄的事，还有在学校里承受的歧视，无时不在啮噬他那幼小的心灵，可是他从来也不说。

振工告诉我振明辍学的消息，又多说两句："我弟弟……比过去更有上进心了。……确实有了不小的变化，知道了今后道路的艰难。"

此刻我非常担心振明，怕他因此而颓废，怕他从此而迷失。我倾尽了心力呵护他：

想不到你参加工作比我早得多！……你主要的还不是"挣钱"和自立，而是继续学习，顽强地学习。……早早工作有它的好处，高尔基不是在作坊里、在码头上念完最好的"大学"吗？虽然不会是很轻快的，但只要努力（相信你会这样），一定会把自己锻炼成为一个很充实的、出色的人的！我自己深深体会到，上学不是为了一张文凭、做一样工作，重要的是培养科学的头脑，清华给我的正是这样。在各种环境里要坚持学习，多读书；不论做什么工作，都需要社会和科学（自然）方面的知识，它教会我们做一个真正的人。

你是非常听毛主席的话的，要热爱自己的工作，好好地为人民服务。同时，还要看得很远，要最有意义地度过自己的一生。

这就是我在春风将至的时候想对你说的话。

遭逢了无情的挫折，十五岁的振明居然出奇的平静：

最近几个月来的变化，使我思想上经历了一次重大的考验，使我懂得了一些在学校不懂的东西和事情。我现在一有空闲的时间想到的不是玩，而是学习，练练手风琴……

我现在可以说基本上不下围棋了。如和日本来往，围棋可能是日中邦交的一条纽带，我今后可能找小高学学棋，不能把围棋扔掉。

全家的砥柱常迥老师从容面对，他勉励三个孩子“打破优越感，换上为人民服务的思想感情”，一面也接受了振明在围棋上求发展的想法。八月里，我收到常先生的信：

听说围棋一项，还要恢复。……振明想在这方面深造一下，或许能创出一条路来。但他苦于没有人指点，如能像过去你在北京时那样，就好了，可是现在没有这个条件。他想找陈祖德等国手学习，又苦于没有什么机会。……原振明学棋，本从业余出发，不想进入专业，现为形势所迫，能进入专业也算不错了……关于这个，很希望听听你的意见，并希望得到你的帮助。

我正在为振工投考歌舞团寻找机会，我认为“化优势为现实”是他和振明当今看得见的出路。我的看法是：

他们都相当单纯、有天分和超乎一般的意志……这些品质还会在他们一生的道路上发生作用。他们有前途。

……想不到当年我们的娱乐，如今这么严峻地“坐”在我们面前了！外国有一句谚语：“世上没有不好的职业，只有不好的匠人。”细心体会，只要专心和敢于创造，的确哪一行都有出息的，何况这两门艺术呢？……我还想再说一遍：现在选的职业并不等于终生的事业——人的一生会有多么大的变化呀！

我旋即给祖德写了信，恳切拜托他关照小家伙在围棋上的发展。信是寄给庄则栋（我见过他和祖德下围棋）转的，因为我不知道上哪儿找到他。

振明每天从饭厅下班以后，只要不开会，便又认认真真地接着上“下一个班”：学数学和练手风琴。我一再提醒他学日语，因为时间是用来日积月累的，他起初抱怨顾不过来，后来也“准备找找书，可用上班时间背背单词”了。在生活的压力下振明懂事多了：“你临走时对我的教导，当时听不进去，现在才真正理解。”

十一月，高旭光带振明去见有“北过”之称的围棋大师过惕生老先生，这是一次关键的推动。过老授三子测试了一局，振明赢了。“过老说，我的棋没经科班训练下成这样相当不错。”振明像被点燃似的兴奋起来，“以后过老上班，我和小高可去他上班地点去下棋，他在什刹海体育场看门。”与此同时，关老师也偶尔带振明去祖德那儿“磨刀”。

眼见振明的围棋之路大致铺就，常先生十分欣慰，几次登门拜望过老。而在内心，这位学界泰斗喜极还忧：

振明头脑还比较灵活，如有机会，专攻数理，是会有所成的。……可是目前学习科学的道路，是很难得到的。如能由棋入门，或有可能触及一二，以遂其愿，未可知也！你以为如何？

就在此时，我和雅华婚期已定，大家构筑了一个浪漫的计划：来年春节将佳期搁在北京，就住在九公寓常家。听到消息首先雀跃的是振明："我们等待着你们，我一定最盛情地欢迎你们！……你临走时，咱们睡在客厅，你给我讲故事那情景，又出现在我眼前。那真是难忘的日子啊！"常放则说："弟弟争取星期二休息去找陈祖德，这样，等你来时，便有个局面了。"至于托付他们购买的新婚衣料，常放报告说："反复推敲下不了决心，再加上妈妈们说我全无审美观，尤无'南气'，只好每次在柜前站一会儿拿不定主意。等我妈妈有空，她自认为可以买到合适的。振工说他也可以参谋一下，被妈妈拒绝了……"

如梦佳期

一九七三年春节，清华九公寓26号很久没有如此热闹了，三个孩子像收线的风筝回了家，武汉来的一对新人增添了喜气，道贺的老同学也多，大家像三年前一样欢笑、阔论，和着棋声，衬着琴声，一时忘掉了各自的郁闷，褪去了生活磨砺出的老成。

振明比我高了，嗓音粗了，那股亲近劲儿没变，可是笑里总像藏着一丝苦味。大家都小心地谁也不去触碰可能引起伤感的话题。

我们计划了一次长城的壮游，唯有振明假期短要上班，而长城他又怎能不去，于是才有了集体蓄谋骗取病假的事件发生。

振工听来一个邪门儿，说在腋下快速摩擦体温表可以使读数升高，我们立马试验，果然有效！晚上准备停当，一队人马拥簇着往校医院而去。

值班医生笑吟吟地递过来体温表，振明在几个人的监护下在一旁“量表”，我缠着医生说闲话。一会儿医生说“行了”，我抢先接过体温表一看：糟了，41度！不等医生抓住，我手一撒体温表摔个粉碎。好脾气的医生连说“没关系”，换过一支再试，这一回才恰到好处，顺利地拿到了病假条。我们高高兴兴地赔了体温表，一出校医院门，憋不住笑作了一团……

长城果然慰藉了我们的劳顿，洗涤了我们的心神。常氏姐弟、王普一对和我们一双，拍了那么多耐看的、在当年近乎奢侈的照片，生生记录下了以苦为乐的青春朝气。

在内心一种莫名力量的驱动下，我终于到振明上班的六饭厅去了一次。远远地，见一个身影在房檐下半沉的炉膛边使铁铲添煤，待他转过身来——是振明！头戴柳条帽，身穿一件竖绗的黄棉袄，脸上和身上抹着黑灰。看见了我，他尴尬地笑着，我猛的哽噎，一个字也说不出来，相对的眼睛里闪出荧荧泪光……

所幸的是，国家围棋队重新开始集训，我约来了黄进先、雅华约来了黄妙龄在九公寓玩了一天。黄进先永远是那么古道热肠，以后振明会有新的需要，有了他便有了一扇方便之门。

振明执意请我和雅华吃了一次“老莫”的俄罗斯大餐，用他自己可怜的工资。为此，前晚常先生、王老师等振明睡了，特意来说服我们：不可拂逆他的这份心意。振明早就说过，一生都要对我这个启蒙老师“执弟子礼”。

我再一次叮嘱他，日语对围棋这一行格外有用，年轻时不学，更待何时。

我想要一本清华校务组编印的《烹调技术基础》，他弄来一本送给了我。许多年以后，这本素装的烹调入门承载的意义只有知情人知道，我还给了他，留作他家的“传家宝”。

令前辈低回不已

一九七三年，小伙夫常振明顺着自己选择的“围棋跑道”加速快跑。围棋资料奇缺，我把吴清源的围棋经典著作寄给他，他研读完后再小心翼翼地寄回来。

振明的信传来令人鼓舞的消息：

> 近来在过老、黄进先帮助之下，我在“棋”上有了一点体会。每次去找黄进先他都非常热情，如有空你可写信感谢他。黄进先人非常好，多亏你北京之行，给我介绍了他。过老对我也很好。最近我与过老下二子棋成绩不坏，过老非常高兴……给我讲棋、研究，真正作为一个弟子传授棋艺了。

还说北京市为建专业队举行邀请赛，过老已经给他报了名。他欣喜地告诉雅华：过老时常把她这个在“文革”前认下的“得意门生”挂在嘴边。

常老师成了儿子强有力的“后援”，包括督促他给我写信。“他很久没有写信的原因，你们可以理解的。一是笔比铲对他来说要重得多，二是还没有搞出什么成绩，当然就比较闷闷然了。”这样一来，常老师几乎充任了振明的“翰林侍从”，或附言在后，或索性代笔，从中我也能感到振明拼搏的强度和节奏。有一次我向常老师提起，围棋的最佳应对应该找得出规律性的思维方法来，触动了这个科学头脑的阀门，回了我长长一篇，从“个别、一般、辩证方法”条分缕析，兴致沛然，还说：“现在能从这方面考虑‘棋艺’问题的人，可能不多。你有兴趣研究一下，定会给棋界做出贡献。”并嘱我务必从这方面开导振明。

常老师还肩负起了给我邮寄《围棋新潮》的任务。《围棋新潮》是日本关西棋院的院刊，是围棋大师桥本宇太郎按月寄赠旷年好友过老的，可以说是那年月仅有的外国围棋技术的“胡志明小道”。振明每次借出两期，由常老师细心包好付邮；我像捧起珍稀文物般地小心抄录、认真编译，然后包好书皮寄回。这些资料湖北围棋队很欢迎，振明也想看，说“一是看棋，更主要的是看看思路和你的学习方法”。这件出于兴趣的工作顺便也使我的日语收获颇丰。

年底的郑州邀请赛，振明在友谊组与齐曾矩并列第八，又去上海参加五省对抗赛。常老师的欣喜溢于言表：“很希望能有机会到武汉去对抗……到那时，雅华、振明很可能对面坐下来争夺一番了。你作为观棋者，一定会希望他们下成个‘和局’的吧！”

从那以后，打打停停，亦工亦棋。每当在北海体育场集训，振明比上班更忙、更累：“我知道条件来之不易，长棋全靠自己之刻苦。”

一九七五年五月，振明在比赛中脱颖而出，入选北京代表队。命运像个调皮的孩子，安排他们搬到清华来备战第三届全运会。“北京天气很热闷，但在这里比起锅炉前是好多了。想想这些更应努力。”八月在上海，振明虽信心不足仍全力以赴，迎接全国大赛的检验。苍天不负，振明居然战胜了黄进先，令这位教诲过自己的前辈低回不已：“小常棋提高不少，他白棋胜我，尽管是大意失荆州，也说明他已具相当实力。”此次战役振明的最大收获是战胜了自己，他已经不满足几十名的位序：“过去唱戏有个小丑这样唱道：‘我挨一刀长一着……’我不能老挨刀，不长着，连小丑都不如。你的信对我启发很大，是应当很好总结一下，望你再来信帮助……”

一九七五年岁尾，振明进入国家集训队。棋坛上升的希望小星同时还是清华饭厅的伙夫，没有比这样的搭配更奇特的了！振明却非常知足，丝毫未敢懈怠：

> 学习条件相当好，我和淞笙、小聂分一个自修组，研究很有意思，对我来说是一个极好学习机会，集训几个月，争取抓紧时间长棋。一会儿在清华干活，一会儿又集训，虽然来回多次，但依然不适应，生活也不太习惯。但慢慢就会适应。

一九七六年是中国的不堪重负之年，也是希望萌发之年。常老师的来函也透露出些微春意：

颐和园玉兰盛开，吸引了不少游人。想现在值江南草长，杂花生树之际，气象万千正是大好春光，不胜驰想……

春暖花开

一九七六年金秋，十年动乱宣告结束。搬掉了压在心上的巨石，连常老师也“当今盛世，人不言老”，“愿借东风勤努力，枯枝也得著新芽”了。此时俯首环顾家中的“残局”，女儿常放固然学医已成，“振工和振明尚不能自立。所谓立者，指立出成绩来，这一点不免耿耿于怀，尤望你们长者多助多导之”。共和国正在喘息之中，振明能否抓住大好契机，是常老师最大的心事：

振明……仍在食堂工作。不久又要参加围棋比赛了。近来知道钻研，有所提高。从各方面看，这个人是有才华的，可惜未能得到理想的安排。好在，大家都懂得了走艰苦曲折的道路。

振明不会让大家失望。一九七八年，北京围棋队破天荒取得全国第三的好成绩，振明立下了汗马功劳。

一九七九年六月第一届新体育杯赛中，振明力克王汝南、王群、江鸣久、程晓流几位名将，追步聂卫平、陈祖德摘取第三名。

这一年，振明考上了北京第二外国语学院东亚系日语专业，怀着“天之骄子”的心情走进了属于自己的大学；我和金柏苓也考回清华，分别在经济管理系和建筑系攻读研究生。

清华的围棋圣火在风雨里飘忽摇曳过，但是没有熄灭，现在又一次变得耀眼，以优雅漂亮的姿态。关老师、许先生、金柏苓……和我重新坐在一起，如我另一篇文字说过的："好像冬天过于漫长了，命运补还我们一个和煦怡人的春天。"

我在东瀛学习期间，东道主安排的4、5、6段业余棋手在我面前一排排倒下。若不是偶然的原因，本可以请出日本业余强豪村上文祥先生，我所在荏原制作所就是他服务的公司，向他讨教一局当然具有特殊的意义。

一个星期天，国家队的何晓任、杨晖几个巾帼棋手来到我们研究生宿舍作客，下了指导棋，令我惊喜的是，同来的还有湖北籍的新秀李杨。李杨小时候在父亲或母亲的携领下遍访武汉的弈林高手，恳切求教，情景很是感人，在我家亦留下她灵动的眼波和串串的笑声。她在一九七九年夺得了全国少年女子冠军，其后进了国家队，一度成为芮乃伟的"苦手"（克星）。昔日"师生"今天各自走上了新的道路，能不令人生兴衰之叹？

听说我临近硕士论文答辩，何晓任托人带给我一支日本的"力保健"，与其说有提神之效，勿宁看作祝祷之心，我拜领了她的好意。这以后，国家女队的郭鹃来过几封信，多是请教日语学习的问题，不久她就远走高飞了。即使她记得我，也只是作为一个符号，因为从未见过面。

一九八三年初夏，我和关老师、许先生代表清华下完海淀区的最后一场比赛，便飘然南下，与南天、海风作伴去了。

振明也在这一年毕业，进入了中信集团，赴日、留美，成长为主管金融业务的中信少帅；二〇〇四年接掌中国建设银行；待中国建设银行在香港成功上市，二〇〇六年振明已是中信集团总裁。他过去曾经赞叹武宫正树的棋说：“下棋得有柔软的态度，这是功夫。”愿他对围棋的理解和对人生的感悟伴随其身，直至永远。

2005 年 9 月

附笔：二〇〇九年八月，张立宪先生函告《读库》拟刊此文。值家妻陈雅华新逝，悲戚萦怀，泪眼婆娑，于恍惚中勉力重订。

那一份平静与高贵（外四篇）

我当时就认为，陶森老师是我一生最敬佩的女性之一。也许因为“文革”集中了太多的苦难、摧毁了所有的梦幻吧，有的人在至痛之中反倒显露出真本色，而更多的人都是不同程度地演戏，其中包括开始独立思考、同情心未泯的一类。他们内心不平静，但只能选择沉默。

陶森是典型的“清华造”的干部，年纪尚轻就做了电机系的党总支书记。浩劫来临，她无可避免地经受折磨，后因两派之战而愈演愈酷，我的围棋弟子（一群清华附中、附小的学生）在给我的信里记录下了一伙人在照澜院上房揭瓦、朝校河对岸飞掷如雨的荒唐的一幕，而双方冲突的核心就是陶森，她那时正被另一伙人逼迫跪在动农系馆的台阶上。我实在不解何以需要一个女人来承受无知的疯狂造成的苦难！

工宣队进驻以后，她又成了电机系清算旧清华的首要对象。我对她的了解完全来自不同规模的批判会，上纲上线越是离谱，越能品咂出她的能力来。奇怪的是，这些倒没有记住，是她的一硬到底诱发出我的敬意来。我没有见过她颤栗，没有见过她痛悔，更没有见过她谄媚，她永远是那么平静，那么自尊，那么高贵。

无论工宣队组织的批判会、学习会，休息的空当她总是孤独一人在远处缓缓漫步，用脚尖拨一下地上的石子或杂草。我假想若是能对她悄悄说一句安慰的话多好，可是那需要机会，更需要胆量。

开会之前要唱歌，我也只是常常教大家唱新歌。我想陶森老师根本不会认识我。

毕业以后，听说陶森老师"解放"了，我给她写过一封打探"回炉"（返校补课）消息的信。

九十年代中，时任清华校长助理的陶森老师来深圳参加校庆活动，我在大会上有一个真诚又不乏俏皮的讲话。会后我走上前去向陶森老师问好，不等我做完自我介绍，陶森老师笑眯眯地握着我的手说："你呀，化成灰我也认得！"

2004 年

附笔：二〇〇四年夏此节往事写完后，辗转得与陶森老师通话，并呈她过目。七月十一日收到老师的电子邮件如后：

昌民学友：

读了你的随笔。你应当学文。文人与只学过理工的人最大的不同是对生活的感受。同一个城市，在工程师的眼里只是错落的楼宇和贯通的道路，而梁思成看到的是音符组成的美妙的乐章。同一件事，有些人只看到它的框架，而文人感悟到的是多味的人生。

准退休时，利用那些无休无止可有可无的会议时间，开始学习《纲鉴易知录》，至今已读了三遍。中国无愧于几千年的文明古国，纵横四海由古到今多少事，在我们的历史中都似曾相识。过去一听说谁学《资治通鉴》，就会说他要涉足政治，野心勃勃。我早已过而立之年，不再有用武之地，我学它就像一首流行歌曲说的，是想明白“今天在重复那些过去的故事”。我给自己定的指标是不论题目大小都要写出读书笔记，免得因年纪大，记忆力衰退，学了半天，了无痕迹。

顺便提一句，谢谢你还记得那些往事，庆幸我这个老师没有给你什么伤害。

陶森

宿舍里的“囚徒”

在“浩劫”中，清华的教师受到的最大伤害，除了“历史反革命”“反动学术权威”两种名目之外，就是对立两派之间的相互瓦解了。有的老师与其说成了某一方捕捉的猎物，不如说是充当了报复行为的牺牲品。

那时的学生宿舍，哪一派的同学多、能量大，就决定了作为其“营垒”的属性。譬如电机系宿舍十一号楼和自控系宿舍十二号楼突然变成了势不两立的“前沿阵地”。

有一天，不知是谁将一个被拘押之人从主楼转移到我们宿舍，那失去自由的人是我们电机系留美归来教授顾廉楚。顾老师头发胡须又长又乱，我不由得想起《红岩》里的“共产党重犯”许云峰。我不知道他因什么把柄身陷“囹圄”，也无心打听，只听说某同学在主楼打过他。谈论起这件事，同学们便飘出不齿的眼神。大家对顾老师谨慎地保持冷峻的语气，唯有曾经施以拳脚的那位对他呼来喝去。顾老师不熟悉我们这些低班的学生，只是温和地打量我们，似乎在判断什么。

有一次，我拿出清华版的《科技英语》来读，突然顾老师友善地纠正我的发音。这好像一把神奇的钥匙，气氛一下子缓和了许多，那位看守人赶忙起身闩上门，口吻顿时判若两人。我猛然憬悟：每个人都在活用着自己的假面具，谁也不说破游戏的规则。

见顾老师顿顿吃窝头咸菜，我特意在食堂多买了一份烧肉加馒头，冷冷地递给他说：“吃剩的，给你吧。”顾老师吃得格外香，看着令人心里发酸。

后来趁没人的时候，顾老师对我说：“同学，我想麻烦你办点事……”见我没有退缩，接着说：“请你到我家拿几块钱，买一把理发推子，来给我剪剪发，推子就留给你们了……”我答应了，我从心里愿意为他做点事。

不料宿舍里的“囚徒”忽然被转走了，不知去了哪儿，我答应的事自然也就不了了之。我曾在心里安慰自己，好在理发不是什么大事；可是现在想起来，我不禁骂自己真是一个大笨蛋：我何不就充当一回信使，难道还有比亲人的音信更重要的么？

不知该不该说一声：对不起

我的武汉高中同学喻钟黔一九六四年毕业以后去了湖北省知青下农村的试点青年队，“文革”烽起没人管事了，来北京求解，住在清华十一号楼我的宿舍里。他来的是不是时候，我说不是，他说是；清华乱到了顶点，我觉着丢人，他兴奋得不行：难得一见哦！

首先，他不得其门而入。正赶上两派冲突升级了，十一号楼两头的大门被木床堵死，同学们从南面（向着八饭厅）的一楼宿舍的窗户进出；北面是十二号楼，两幢楼忽地成了阋墙的兄弟，狼狈之态如镜像对称。那一天我们班几个“观点”相左的同学没敢回来，余下的同学帮着搬出他们的被褥和书本。时而有人从楼上往下扔东西，是其他楼层的同学做着和我们一样的事。他们也和我们一样心里翻腾着厌恶和愤懑之情。

第二，我的客人眼见了一个守楼勇士的诞生。他与我们班的留守同学已经混熟了，当推想本楼需要守护战士的时候，他忽然发现其中一人用一组铁片鼓捣护颈的项圈，不由得真心佩服那人的勇敢，同时叹服他的精明。

他还亲眼目睹了在平时无法想象的景象。放在一楼的自行车被“征用”了，准确地说是车轮里的橡胶内胎，它们被绑扎在窗楹上，演绎出了巨型的弹弓！于是乎半块砖头开始在两楼之间飞来飞去，不时传来“咣啷”的玻璃破碎声。理工男生不乏急智，又纷纷在窗口张挂起抵御的防护，当然是把没人收拾的棉被钉在窗框上。我发现那时刻无论介入的人还是旁观的人，在心里鼓荡的不是什么仇恨，而是游戏的心情。

喻同学的梦幻之旅终于迎来了高潮。有一晚忽然一阵骚动，勇敢者的队伍紧急集合，准备“迎击来犯之敌”，喻同学说什么也要跟着去看热闹，要亲身感受不寻常的历史时刻。回来后他情绪有些萎靡，勉强笑笑说：黑暗里糊里糊涂地头上挨了一闷棍。冬天里戴着长绒帽，幸好没有大的伤害，但足以令他终生难忘。

这样的学校待不下去了，班里同学一商量，各自回家去了。少数忘乎所以的人，折腾到一场闹剧黯然收场。

每当想起喻同学的清华遭遇，心情上想对他说声“对不起”；可是又想：我是代表谁赔不是呢？似乎不应该是我；也不是清华大学；说是历史吧，茫茫然够不上，我又哪有这个资格。于是也就什么都不说了。

2018年5月

我朝大礼堂看了最后一眼

跨入一九七〇年，终于临近“毕业”了。“斗批改”已经力疲词穷，“接受再教育”也去过了首钢、北京热电厂、石景山高井电站好几处，我们一九六四、一九六五年入学的最后两届“老”大学生（清华的学制在我入学时是6年，后来在这两届向5年半、5年过渡）承受了不短时间的消磨，如今心情一换：对于未来，各自都提着一颗心，紧张地等待着命运的宣判。

那两年向解放军学习，电机系组成了文艺小分队，支农、下厂、开会、庆典的场合，这支小分队很是活跃，节目创作快速多产，歌舞说唱热情汪洋，而我是其中的灵魂人物。万万没想到，这一点爱好和顽皮竟使我与工宣队的工人师傅们混得倍儿熟。这些工人师傅们朴实、善良，可是在思想教育上与我们毕竟是施与受的关系，何况又掌握着“生杀大权”，所以大学生们宁可和他们在一起打打闹闹，却总是聪明地避开严肃、沉重的话题。我猜想在工人师傅眼里，我们这些二十出头的大学生既单纯又活泼，而我当属于印象鲜明的一个，我总有这样的感觉：这个印象在毕业分配上帮了我的忙。

所谓身上打着旧教育印记的最后两届大学生，在清华军宣队头目迟群的眼里并非毫无利用的价值——他有一个把清华搞到年产值一个亿的野心勃勃的计划，谁来干活呢？结果是，拿我们班为例，三分之一同学留在了清华，好朋友姜彦福、杨士元、王普都在此列（事先对恋爱对象的情况摸过底）。他们头顶的是“新工人”的名号，这样就可以与未来的“革命新作品”相区别。历史不接受玩笑，这批“新工人”在很多方面都是空前绝后的，清华有幸，他们之中许多人后来成了撑起清华教育与科研的脊梁。

留校之外，贯彻的是“面向工矿，面向农村，面向边疆”的分配原则，没有人躲得开“一榔定终身”的困扰。消息纷纭，一日数惊。听说同室邻班的谢方分在北京，在厕所里碰到时我向他道喜，他惶顾左右，竖起食指封住嘴，仿佛提前说出来他的好运就会飞走……

方案揭晓，我们班同学的去向除了留校，有内蒙赤峰，河北邢台、邯郸……一双堕入爱河的情侣竟被分配到农村当农民。而命运对我说：“回你的老家武汉去吧！”

一帮跨班级的好友按事先的约定，各奔东西之前在吴元家中凑份子聚餐：留校的，以及分回老家、进工厂、与女友团聚三条圆满的出五元，缺一条的减一元，全缺的免出……我出了五元。那天吴元表演了他的拿手菜清蒸鲥鱼。

一九七〇年三月，考入清华五年半之后，我朝大礼堂看了最后一眼，顺着立在二校门旧基上的伟大领袖挥手的方向告别清华南去了。在我的行囊里有三分之一是清华传统的沾溉，三分之一是“浩劫”磨难的体验，还有三分之一是与工农兵接触的感受。

同一列车上的北大学子在河南境内便下车了，据说他们还需要到农场过渡。这是我们最后一次沾清华的光……

2006年

满天月亮一颗星

每天午饭桌上，外孙女清清和孙子渟渟轻松愉快而自由奔放，他们照例说谜语、出歪题、改古诗、赛调侃，要不便来个“瞎编电视台开始广播”，争抢着射出一梭子妙语来。

一天，我忽然记起深埋在记忆中的一段顺口溜：“满天月亮一颗星，千万将军一个兵，老鼠吃猫米吃鸡，老团保护邵斌。”

很快孩子们明白了说的都是大反话，第四句不懂，于是我解释给他们听。

我说，“老团”是四十八年前清华大学的一个红卫兵组织，他们受到敌对组织“老四”的攻击，说他们保护了“保皇派”邵斌，于是有人写出这样的话别致地加以反驳。

那年月天下失序，北大、清华先乱，不上课了，校园里扎满了芦席墙，上面层层叠叠贴着阔论革命、豪抒高见、你攻我伐的“大字报”。二十岁出头的我走过大字报最密的地段，看见了这四句话。

清华的年轻学子真不同凡响，连搞运动、斗争也才华闪现。我喜欢这顺口溜——如果政治意图是餐桌，兵戎所向是盘子，我只喜欢盘子里的那道菜。

比这稍前，那场野火刚熊熊其焰，我们去力学数学系十三号楼看糊在尖子学生宿舍门上的对联，即有“二阶导数处处为零”入句，用数学语言揶讽某人在“群众运动”中圆滑无迹。我已经记不全了，问同学，回复说“早忘了”。

故事没完哩。十二年后我回清华读研，经管系的副书记正是邵斌老师。我被选送日本学习，回校后又过了两年，邵斌老师和我谈过话，以惯常的呵护的口吻，大大的眼睛放射出柔和的涟漪。

对于我三言两语浅浅的说明，清清渟渟似懂非懂，只管兴致勃勃地接起茬来：他们已经熟记“满天月亮一颗星”那前三句，一遍遍拼上自己编的第四核心句，不亦乐乎。

2014 年 12 月

恩师

纪念常迵教授百年诞辰

常先生的授课我一堂也没听过——我是电机系的学生，他是无线电系的教授。其实，另一个原因才是决定性的：那是连续好几年大学里文武兼施“闹革命”，学生晃荡、教师心惊的日子。

我去清华九公寓小住的时候，并不知晓常迵教授厚积渊深的学问、学界泰斗的盛名，是十一号楼宿舍窗台上的大喇叭几乎震碎了我的神经，常振工、常振明兄弟——我的围棋小弟子，一个初二，一个小五——见我日夜不得安眠，同情地说：“上我家住吧！”那真是匪夷所思的年代！

我也是在大学校园里长大，可家庭的气氛不同：家父的神情里透出来的是“威严”，而常先生身上流溢的却是“和悦”：他总是从书房兼卧房那道门里踱出来参与我们的话题，有时一句妙语让大家乐不可支，有时又会遭到聪颖的孩子们的“反击”，憨厚地笑着缩回他的斗室里去……

我想这就是美国式教育的风格吧，宽厚的长辈，热情的主人，平等的人格，幽默的情趣，我感觉不到他是科学的巨人，也窥伺不到他那曾被“右冠”重创过的忍辱负重的灵魂。他的孩子们——在北平解放的隐隐炮声中呱呱落地的女儿常放和她的弟弟振工、振明，就是在融洋祥和的气氛中自由地成长。

以“师傅”的名分，我这个大二学生对振工、振明自有不寻常的影响力。除了下围棋，我们一块儿玩手风琴；掌灯时分，我给他们和闻讯而来的小伙伴们（包括后来演绎出不凡人生的孙立喆、陈小悦）讲西方文学里的故事，如爱伦·坡的《金甲虫》，果戈里的《画像》，普希金的《射击》……讲到幽玄慑人之处，我故意把电灯熄灭，弄得孩子们簌簌难已，又欲罢不能。那时不远处飘忽的噪音、宿舍间飞射的砖石我都不去想它了……

一天夜里，我忽然被唤醒，刺眼的灯光下晃动着被放大的幢幢身影，原来是无线电系的红卫兵，被坚执锐，不知是为了“兵饷”还是图的震慑，总之一派大难临头之势。说来也巧，我一眼认出其中一人，是我班福建籍同学的老乡，他问了我几句，勇士们便退潮而去了。这个插曲是我们对那一段特殊年月的共同记忆，它发生于不讲道理，却收尾在人情依稀。

常家仿佛成了我的远亲。去那里我能吃到爱吃的炖肉，或者几种馅的饺子，要不，贤淑的师母——清华附中王漱瑱老师——会打发振工去中关村福利楼买一两个菜。这位外柔内刚的女主人（她曾经面斥对丈夫落井下石的小人“卑鄙无耻”）挚爱亲人，洞察世态，好似这个家的定海神针。

那时，校园的气氛就像穆索尔斯基的交响曲《荒山之夜》描摹的那样阴森诡谲，我心中感到九公寓26号对我有一种吸引力，因为在那里我才能遇上人性的温煦、理性的柔光。一天中午我走进八饭厅，十几个“反动学术权威”被指令站成一排低头示众，我忽然瞥见队列里的常先生！我心头一紧，匆匆走开。当晚我去了九公寓，竟看见常先生依然谈笑自若。再深重的屈辱坦然面对，一己承担，那是何等的襟怀与人格！想到在南方的大学里家父此时也正在“牛棚”里煎熬，平添了我对常先生的理解与尊敬。

学堂不再，人人自危，教学科研放失抛荒，除了少数幼稚的学生，更多的人无不怅叹光阴的流失，更莫说正值盛年的科学大家如何痛惜生命与机遇的代价了！常先生一九四七年毅然离美回国，将哈佛大学博士帽扔进太平洋里，当年三十岁；成为清华大学最年轻的教授时三十三岁；三十五岁担任电机工程系副主任，主持无线电技术的教学与科研；一九五七年被错划“右派”（一九五九年摘帽），时年四十岁；下一站十年“浩劫”起，年方未满五十岁！待到春回大地，天纵之才忽焉已成髦年，真叫人徒唤奈何！

我国电路与系统学界的学术带头人常先生自然心急如焚，但他所能做的，只能是埋头国外科技学术刊物，用心研索。见我好奇，常先生说：“世界科技的发展日新月异，许多研究方向、思路与成果会刊载在这类重量级的刊物上。篇篇俱到是不可能的，你看，每篇论文的前面都有摘要，它们是发现重大选题和选择性学习的门径。只有愚蠢的民族，才会对世界发展的潮流不闻不问。”就是在那段万物萧索的日子里，学养深厚的常先生嗅出了信息科学的发展即将改变未来，从而为今后奠定中国信息工程学科的基石做好了充分的准备。

常先生循循善诱的教学风格是出了名的，既然我无缘聆听，就管窥一下其女常放的忆往小文《吃西瓜》里传神的记载吧：父亲给三个幼小孩子分西瓜成了一堂妙趣横生的“分数课”。经过测试，三个孩子全都获得了褒奖，理由是：挑选“二分之一”的姐姐“中规中矩”，挑选“一分之一”的哥哥“富有创意”，小弟要的是“一百”——他“还不到三岁就参与了数字游戏”！

大学停办了，我们这些“旧教育制度的最后残余”就等着被扫地出门了，二十岁便无学可上，心中的不甘与焦虑与日俱增。我的隐衷常先生何尝不知，他传授给我自学的方法：“每学完一章，要用自己的语言把课本的内容归纳出来，不超过一页纸，这是咀嚼消化和深入理解的过程。”他又从书柜里抽出一套苏联版的《电工学》，递给我说：“这是非电专业的电工教材，如果是复习和自己往下学，就从它开始吧，好像是降格以求，却是一条行得通的路。”

古人以仁、知（智）、勇为君子之德，在常先生那一辈知识分子中，爱国忧民、治学深湛、胸怀坦荡的不乏其人，但在培育子女时润物无声的谆谆切切，说常先生堪为典范并不为过。孩子人品与性格的底色在日常的化雨春风中老早已经决定。

在三个孩子的心里，“不求收获，只问耕耘”如同融入血脉的家训，陪伴他们历艰越险，直至成功。两个孩子农村插队，父亲的嘱咐是“打破优越感，换上为人民服务的思想感情”；女儿做了村里的养猪姑娘，父亲挥写家书唱诵道：“宝剑锋从磨砺出，梅花香自苦寒来”；为了鼓励初中毕业即已失学的小儿子报考大学，父亲平静地开导：“考不上不是你的责任，只要你拼搏过；考上了一切重新开始。”在孩子们的成长之途，父亲这一座灯塔、一石砥柱无时不在他们身边。

毕业离京对我来说既有如鱼归海的渴望，又有难舍忘年情谊的痛苦。十三岁的小振明与我同床夜话，听着我的叮咛噙着泪花点头……三年后我与新婚的妻子回到这里，见到的振明已经是清华学生饭厅的伙夫了！

随着中美关系解冻，常先生昔日的师长同窗相继回中国讲学，他们都已是世界知名的大学者了，彼此见面想说的话和睽隔的日月一般长。霍普金斯大学应用物理研究所基础研究中心副主任任之恭来了，常先生和他坐在校方临时搬来的沙发上，用英语急速地交谈学术话题，唯恐时间不够，不觉暮色四合……纽约州立大学电机系主任张守廉来了，那天在科学院做完学术报告，刚进家门就嚷着要吃嫂子亲手做的炸酱面。而就在一小时前，当主持人在讲堂上“感谢张守廉教授为祖国做出的卓越贡献”的时候，这位挚友说了这样一番话：“今天，充其量我讲了一整天，可是像我的西南联大同学常迵教授，一九四七年他从美国回来了，潜心教学、研究、著述二十五年，如果说我今天对祖国有一点贡献，那么，他的贡献比我大！”

我问常先生：“四人帮”在北京高校上演了“考教授”的恶作剧，践踏学问与人格的尊严，对国宝级知识分子极尽羞辱之能事，是否确有其事？常先生回答：清华的那场突然袭击是在图书馆进行的，考题内容是中学的数理化。面对人人皆知的险恶用心，教授们取两种态度：有递上白卷拂袖而去的，图书馆馆长史国衡和另一位著名教授就是；也有拼命解题力求突围的，常先生便是，“估计可以及格”，他是想尽最大之力维护高知群体的面子，不愿意让阴谋得逞。

清华、北大教师被发往江西鄱阳湖鲤鱼洲（血吸虫区）“改造灵魂”，常先生的体重骤减了四十斤，还作诗讴歌劳动的豪迈。他苦心编写适合工农兵学员的教材，在绵阳分校顶着酷暑刻写蜡纸，抱病讲解四则运算……这看似平常的种种，其实是前辈学人的善良、忠诚与坚忍不拔的意志在熠熠闪光。

而就在他的膝下，十五岁的振明辍学了。清华附中的军代表冷冷地宣布：“你们家书读得太多了，该让工农兵读了。”

接下来是最艰难的一段日子：一家人分在干校、林场、外省乡下好几处地方，清华园里只有小振明和年迈的二姨相依度日，幸亏我的大学同班好友姜彦福、王普、杨士元留清华工作，只要他们在，家里的大事、连带振明的学习多少有了照料。

振明写给我的信，能看出稚气迅速褪去。食堂工作有夜班，围棋训练与比赛又马虎不得，有时就由父亲代笔了。常先生略带心酸地写道：“笔比铲对他来说要重得多。”

天资颖慧的小儿子未来的路，无疑是常先生深藏的心结，他在信里写道：“振明头脑还比较灵活，如有机会，专攻数理，是会有所成的。……可是目前学习科学的道路，是很难得到的。如能由棋入门，或有可能触及一二，以遂其愿，未可知也！你以为如何？”（1972 年 9 月）当时我们所冀望的，就是改变“小伙夫”的命运，哪怕是小小的一步呢！而孩子的过人之处，是对围棋的颖悟和专心，尽管智力得到锻炼，境界得到拓宽，相机而动、统驭全局的能力化作了可贵的禀赋，可是对社会的价值——那时岂是谈个人价值的时候？

我觉得只能边下围棋边找路，于是托请四散的国手朋友帮助他，眼看着业余棋手振明攀上了可以比肩职业棋手的高度。知子莫如父，常先生心里揣着更宏阔的期待，他在信中写道："从各方面看，这个人是有才华的，可惜未能得到理想的安排。好在，大家都懂得了走艰苦曲折的道路。"（1977 年 3 月）

有一次我突然心有灵犀，设想能否探索围棋的思维模型和指向最佳应对的思考方法，不也恰是出身理工科的人发挥所长的方向？常先生看了思绪涌动，写了一整页信纸，条分缕析，大加肯定，且赞许道："你提出围棋最佳应对可能存在规律性的思维方法，现在能从这方面考虑'棋艺'问题的人，可能不多。你有兴趣研究一下，定会给棋界做出贡献。振明知识面太窄，不可能理解得太清楚，如能从这方面开导他，或许能逐渐深入下去的。"（1973 年 12 月）囿于时代背景，既有数理知识不够的遗憾，更没有电子计算机作为依凭，不过是一闪之念而已，而常先生的敏感反应，是因触及了他脑海里的模式识别与智能控制，莫不是他已经感觉到人工智能微露的晨曦？

一九七六年春天的来信，像是祈愿，又像是预兆："颐和园玉兰盛开，吸引了不少游人。想现正值江南草长、杂花生树之际，气象万千正是大好春光，不胜驰想。"（1976 年 4 月）接着迎来了举国上下喜泪翻飞、歌之舞之的秋天。年底，常先生一纸长翰，将跃动的心境化入了诗篇里：

……四害已除，祖国免于颠簸，后继有人，舵手已在掌舵。像把压在心上的一块石头去掉了，像是黑夜过去后见到了曙光。人心大快，人心大振，人同此心，心同此理。本想于明岁六十花甲之年退离教席，漫游名山大川，以娱晚年，而今形势逼人，不得不考虑再为社会主义大厦，添上自己的一把土。革命先辈的“生命不息战斗不止”的伟大形象，又在自己的头脑里出现了，在教育在鞭策着我们前进。感怀之余，凑上四句，奉上一读以示心意耳。

感怀：一九七六年初冬

寒凝大野沃春华，惊雷动地百花发。

愿借东风勤努力，枯枝也得著新芽。

（1976 年 12 月）

捧读恩师大札，冉冉有画意显现，我顿生一念：何不敦请我的中学老师、著名国画家端木梦锡老先生依题挥毫作一幅枯枝新芽图，以成双璧？端木老师凝神听完我讲述的常家故事，欣然应允。

常先生闻讯，飞书一封：

谈及请端木老先生为拙诗配画一事，感触颇深。诗言志，偶有所得，随笔示君，聊作一夕谈耳。今得青年如君和老人如端木先生的如此知音，于心足矣。希能于画头署君名和老先生大名，做为知己者，不审可否？日月请取丁巳年二月初四日。正好有友人与荣宝斋久有交往，当托彼做为精品安排，吾当珍视之，亦我一生中的一面重要的里程碑。画成之日，请代谢端木老先生，如得机遇，当面谢。

（1977 年 3 月）

不久，一轴生机勃勃、花树交映、款题“常迥先生诗境甚合老怀慨然写之请昌民同学转赠”的国画条幅在常家客厅张挂出来，顿时四壁生辉……

次年，常先生路过武汉，住在我家，他想看看一米七轧机工程的控制系统，未能如愿；我们去华中工学院拜访他的哈佛时代的好友、经济学博士张培刚，也不巧未遇。倒是在我追陪杖履的几日间，对我报考研究生的心思大加鼓励，对我报考的方向、自身长短的认识、复习的方法等，给出了颇有启发的意见。一九七九年，我考上了清华经管系研究生，再次回到清华园，天公终于开眼：振明也成了北京二外日语专业的大学生！

花甲之年，是萌生寄情山水之想的人生台阶。常先生和友《沁园春》有句：“残卷陈篇，有愧桃李，岂敢自恃误后生。鬓已白，望稍释负背，山水从容。”可正值万物复苏的大好时节，他却奋袂振起，以“老牛应识前程远，不用扬鞭自奋蹄”的情怀扑向教学与科研，为中国信息科学的发轫与进展立下了杰出的功勋：

创建、领导了模式识别与智能控制博士点（全国首批）；

任中国图像与图形学会理事长；

任中国电子学会电路与系统专业委员会主任委员（1981 年起）；

当选中国科学院技术科学部学部委员（1981 年）；

当选国际模式识别学会主席团成员（1982 年至 1986 年）；

获全国教育系统劳动模范称号，并获“人民教师”奖章（1986 年）；

一九八七年因脑血栓偏瘫，坚持指导研究生、著书立说、参加学术会议；

获首届全国高校教学成果国家级特等奖（1989年）；

美国传记协会授予金钥匙奖；入选英国国际传记中心的世界杰出科学家名人录和世界前五百名人册（1989年）；

获中国科学院荣誉奖章（1990年）。

一九八三年，历尽风霜的常先生加入了中国共产党。

一九九一年六月，常先生在师母陪护下来到深圳大学，坐在轮椅上主持电路与系统学会年会。我去看望他们，用相机捕捉下常先生在窗下静思的珍贵镜头。我挑选了一家可以“无障碍”进出的餐厅招待老师和师母——我在常家吃过无数次的饭，这是第一次做东道，想不到竟是最后一次欢聚了……

两个月后，八月八日午夜时分，常先生突发心肌梗塞，溘然长逝了！

床榻上他的手边是未写完的《信息科学的发展展望提纲》，如常挺秀的笔迹写着：“生物神经元网络与人工神经元网络；知识工程的总结与探讨；认知科学的理论基础与应用发展”……

而今，常放已是医学博士，美国著名心脏医学专家，美国医学科学院院士；常振工在数据恢复领域取得骄人成果，二〇〇四年荣膺加拿大杰出华裔企业家；常振明被公认为当今中国金融巨子，国企巨舰中信集团的掌门人。常先生、王老师，你们可以含笑九泉了！

二〇〇六年，常先生的铜像安放在清华大学信息科学技术学院。在商量铜像底座上铭刻的时候，常氏姐弟问我能否以六个字概括他们深爱的父亲的一生，我沉思良久，写下：“赤子·学者·良师”。

2017年2月17日

走过肖家湾

人性的考验

二十余年“寒窗”，对我来说这种渲染并不准确，因为我一路上学并不曾挨过冻，而且可以说是玩着读书的，不在乎考试，甚至有些喜欢考试，像所有的好学生那样。我不知道当掠过了中年、进入了老年，这些好学生是不是也像我，偶尔会梦见要经历一场大考，偏偏是成为“苦手”的那一门，或者课没好好听，题没全部做。梦醒时分，不由得舒心吐气：天哪，这辈子再也不用考试啦！

不惧怕考试，不等于不把考验放在眼里。我们这一代人，经历过大大小小各种考验，无外乎忠诚、坦白、服从、缩小乃至贬低自己，心存虚悬却要准备牺牲。我们顾不上深入去想为什么辉煌的理想偏偏与个人的需求格格不入，为什么动辄可以扯起“考验”的幡子——多半都是人性低下了头。

我有两次接受考验的遭遇刻骨铭心，无法忘怀。

七十年代初，我在武汉冶金机修厂尝过了当钳工、电工的滋味，被调到牙轮钻车间技术组做电气技术员。我们车间的张书记是工人出身，五短身材，一双烁亮的眼睛透闪着精明，他总是笑着说话，但是眼睛的光芒却有所不同，随话语的分量与严肃性而变。

他喜欢掏出短短的铅笔在两个火柴盒大小的本子上记点什么，年轻的大学生好奇地看了看他，和善地笑笑，书记的眼睛和煦地一闪：“好记性比不上烂笔头。”此话像真理一样印在了我的脑海里。

下一次就没这么动听了。车间的悬臂电葫芦一负重就倾斜掉电，我架梯攀上轨道观察，测绘了数据回到图板上画图，张书记走进来左右看看，知道了我正在设计一个附加装置，他拉长了声调说：“搞设计画图纸要到现场去，知识分子就是有脱离实际的毛病！”他的眼神饱含着责备与告诫。

我曾经拿部队诗人李瑛的诗作谱成歌曲，与他有过书信往还；“四人帮”倒台后，他寄给我怀念周总理的长诗《一月的哀思》，解放军文艺社长长的信封十分惹眼。张书记出现在我的身后，他看看信封上的红字落款，又看看我，眼睛里恍漾着疑惑，我也看看他，传达出一种自信。他又扫了扫四周，走了。

我头一次清晰听到“组织上”要“考验”我，是父亲告诉我要搬家——大学在蛇山上的教工住宅楼划给演出样板戏的省歌舞团了，我们家则搬到工人平房去，而家里除了被整得身心交瘁的父亲再没有别的家人了——他们分别在不同的乡下。我向车间领导请假，张书记立场鲜明，眼光坚定地说：“这是对你的考验。”

我不得不屈从于这一逻辑古怪的考验。这件事让我一辈子愧疚于父亲。

一九七三年初冬，我的第一个孩子临近降生，车间派我参加考察组到西北出差。老师傅好言提醒我："小余，这时候你不能走。"我缺乏生活经验，期期艾艾地将实情报告领导，指望得到温暖周全的安排，可我再一次听到了伴随冷冷的眼光放出的冷冷的话："这是对你的考验！"

我在兰州得到消息，从北京折回武汉，见到孩子已经是他出生第十三天了。临盆那一夜急送医院，是邻居援手的；胎儿中度窒息两次告危，我不在场，连家人那时的焦虑慌张也一无所知。我差点付出高昂的人生代价，只为了那虚妄、诡异、践踏人性的"考验"！

很多年过去了，听说后来张书记定力不够，在色欲的考验之前訇然跌倒了。

我退休那年，去社保局领了退休证，从台口扔给我一个密封的纸袋。"这是什么？"我问。"你的人事档案。"对面回答。"你们不管啦？"我没回过神来。"你自己收着吧！"

我的人事档案，一生中最重要、最隐秘、最晦暗、最欠诚实的东西，今天归我了！可是我实在不想知道里面都有些什么，那一次次的"考验"，不过是挂在嘴上的驾驭生灵的利器，多半不会有吧。转念一想：如果连"成绩单"都没有，那么多的牺牲岂不都白搭了？

2015年1月

有一座山我登过

铁炉融融，吊扇呼呼

武冶机修厂牙轮钻车间上马是七十年代后期的事，我从冶金部设立的牙轮钻专用机床设计组开始，与西北冶金设计院的工程师们一道工作，对组合机床的电气控制边钻研边设计。牙轮钻投产后我就在这个车间工作，在实验间一端的二楼，几张带图板的三屉木桌两两相对，一看就是技术人员的小天地。

一九七〇年进厂第一天便吃了军代表的下马威："你们北京来的大学生不要乱说乱动！"我们两个——我和低一届的清华同学吴贵强——没啥可以"乱说"的；若说"乱动"是有的，那就是暗中给自己"补课"。他不小心泄露了在蚊帐里用功，我听了会心一笑。那时真的别有一番滋味在心头：学业被"文革"阻断，人家会怎么看呢？生产中的"电气"课题，何时才能应对裕如呢？

一九七八年恢复研究生考试，不啻闪现了重大的人生机遇。已经站稳了脚跟的我，研究生不考则已，考则只可胜不可败！于是开始了一整年扎实准备的漫漫征途……

十多年来俄语早已荒疏了；很想学好英语，偏偏完全没有环境，如做亏心事一般，几度逡巡，终不能前；后来我开始自学“看似容易”的日语，六年下来，苍天不负，七八种课本手摩袋揣，纸张已经薄软透光了……备考的外语不成问题，而高等数学和电工基础两门基础课已经冷藏了多年，深入严谨地重修一遍能行吗？

用功要有不停电的灯，还要安静，我就在车间办公室里度过了很多个夜晚。又湿又冷的冬季，描图员周海南下班前好心地给大铁炉添加了煤块，这样我晚上温课不至于呵手瑟缩；燠热闷蒸的夏天，大吊扇嗡嗡地呼扇着，日光灯嘤嘤地哼叫，好像不间断的揉弦；远处传来几声或钝或利的金属敲打声。等到窗口有人影掠过，那是中班工人用餐的时间到了，他们顺路探头看看，熟悉的丁双来、陈建德们则会打声招呼……

一年过去了，我钻研了全部旧课本，摘录了一本又一本笔记，做了习题集里的所有习题，那投入和认真超过“不知愁滋味”的弱冠学子多少倍！高等数学偶然遇到疑难问题，雅华便带去一治四中，托付给同事陆云庭老师。陆老师是华东师大数学系的高材生，冰雪聪明，术业专精，从他那里我获益良多。

忽闪的灯火

那年月如果住家不停电，那欢喜就跟过节差不多。老百姓买不起电扇，没见过空调。在武汉这个有名的火炉城市，就算有了电扇、空调也白搭。可是我准备应考，有光亮才能读书。

肖家湾镶嵌在武钢厂区边缘，住家首先成为让电的对象。天黑了没电，间或听得见抱怨声；如果灯光亮着又被无情地切断，听吧，紧跟着从四面八方汇集成一声巨大的叹息！

不过当停电几分钟以后，家家又先后漾起了亮光，这光是飘忽的，空气中伴有丝丝异样的气息。在民间各种奇巧发明里，肖家湾有一种实用的嘎斯灯（电石灯），武冶机修厂的专长是金属结构，“百炼钢成绕指柔”，用于氧割气焊的乙炔发生器必不可少，电石灯不过是十几分之一的乙炔发生器而已。

我家的电石通常从左邻右舍讨来。先用斧头将电石块砸成鸽卵大小，适量装进对扣的金属罐体内，螺扣旋而不紧，置于装水的外罐之中，呈悬浮状，水渗入罐体，电石遇水生成乙炔气，从罐顶的曲颈铜管逸出。罐头焊有用注射针头改制的喷嘴，火柴一划，便喷出一截耀眼的白焰，明亮极了！如果电石将尽或电石质量不好，火光抖动，只须调节螺扣的松紧，依然可大体控制进水与气压的平衡，令人叹服！

在“抓革命”而难“促生产”的压抑的大环境下，工人们自有消磨精力与技艺的对象，彩色塑料丝编织的水杯套、鱼形的不锈钢钩针就是我见过的精美艺术品。电石灯也有人花心思精工巧做，花样翻新。我家用的是别人的淘汰品，外形憨拙，锈迹斑斑，可正是它为我家的光明立下了汗马功劳。

如果电石或者针头不好，电石灯也有胡来的时候，火苗一会儿似长蛇吐信，一会儿似幼龟缩头，忽而强焰，忽而幽光，这时赶忙用备好的细钢丝（邻居萧师傅给我的扬琴弦）捅针头，再不行干脆拆了换料重来。我在这样的灯火下看书做题，时常眼睛疲累不堪，曾经有一阵我的眼睛一触书本就疼，令我好生紧张，幸好一个多月后苦难终于过去了。

我打算每天啃下一粒铁豆来

翻开大方砖头一般的《现代控制工程》，里面夹着两张草稿纸，写满了推演的数学算式，翻过背面，一张纸上记着歌谱，另一张抄着歌词，潦草而且断续跳跃。自从我那时合上这本书，已经二十五年过去了。

日本学者绪方胜彦的《现代控制工程》自一九七八年翻译出版就名播全国，当年准备考研的我还不知道经济管理专业这一回事，自动控制的专业课让“文革”给冲掉了，为了应考必须攻下这一本书。这哪是复习，完全是从头学起，而且是自学。如果换个时候，只要瞅一眼它的个头，再看看里面连篇累牍的复杂的数学推演，我绝对没有了往下苦读的勇气。可是当年不同，感觉到了历史罕有的眷顾，整个生命都处在拼搏的状态，就算是一本铁书，我也打算每天啃下一粒铁豆来。

在六百多页的篇幅中，已经有两百页我画满了标记，填补上推导，还演算了习题。看着当年留下的含辛茹苦、奋发自强的痕迹，就像仰望古人在绝壁上开凿的小径，我不禁默然良久。

一九七九年春我到四川出差，火车在晃动，我捧紧这本书，埋头在纸上运算，邻座一位年轻战士不时投来敬慕的眼光。不知疲倦的列车广播开始播放久违了的中外电影歌曲，一下子攫住了我，《阿诗玛》过后是《丽达之歌》，接着是《黑妈妈的摇篮曲》……多年的渴念和委屈在我心中激荡。我翻过草稿纸，飞快地记下那旖旎的旋律。那战士睁大了眼睛，忍不住问我："你是搞音乐的吧？"我笑了笑，他哪知道这恰是我的拿手好戏哩！

这两张纸就这样化作了历史。后来同学姜彦福怂恿我报考经济管理系，我转而复习其他的功课。《现代控制工程》的后四百页就像登山家眼里的远山，只要山在那里，他们就一门心思去征服。可是我的任务也算完成了，有一座山我尝试着登过，在我认定该做的时候，我曾经不乏勇气和能力。

相信自己就是最好的

我今生两次最重要的考试——高考和考研——前一夜都是伏枕难眠，其实我既不胆怯也不慌张，只不过心有大事而已。一九六四年七月，正值武汉酷暑，我在蚊帐里辗转反侧，汗浸草席，那感受至今历历难忘。一九七九年夏天好似当年的翻版，露宿坪院也唤不来一丝凉意，发愤一年迎来的大考成了不想之想，熬到天光渐曙，我带着发木的脑袋恨恨地上路，情绪糟透了。

从肖家湾骑车上武汉钢院考场，正好坪院台阶上的近邻李老师与我同路。李老师身长体瘦，鹭伏鹤步，硬发如丛，镜片如螺，俨然一位旧时代的教书先生。我俩并把前行，李老师看出了我的浮躁，开导我说：“你要这样想：其他考生的把握还不如你呢！”

这句话竟有那么大的神力，我完全放松了，木样的脑袋也没妨碍我正常地发挥。

后来在很多次面临竞争的场合，我都这样鼓励自己：其实谁都没把握，相信自己就是最好的！

2006 年

如风的兄长

二〇〇六年四月清华校庆日，我们班——已有四十二年班龄——分处五湖四海的同学们享用了互联网视频聚会的飨宴，团支部书记杨德发出差日本，届时还跨海打来了电话；班长姜彦福出外地讲学，不免遭到昔日同窗的同声“讨伐”。事后我这样记述：

> 企〇二班里个头最高、年龄最长、道行最深的要数班长姜彦福了，他是多数的“鸡”与“狗”、少数的“猪”之上一只当之无愧的“领头羊”。他今天出外讲学，把满足送给外人，把遗憾留给了我们。一班学子从十八、九岁入校，蹉跌家难，谁没有沐浴过他那深沉、关怀的目光？……国势鼎革，大江奔流，他总能站在浪尖上，挥洒他那纵横捭阖之才。（《跨越山海的相聚（五）》）

这位来自丹东的同学从二十来岁起便被我们以“老姜”相呼，

全因他“长身玉立，翩翩有兄长之风”（《清华围棋纪事（1964—1983）》）。十年浩劫初起，他见多了而心灰意颓，做了我的围棋弟子，入了门上了路，围棋成了他一辈子的风雅爱好。也多亏了那场风暴粉碎了天真的绮梦，裸出了人们的灵魂，他这个红得发紫的革命青年与我这个少不更事的寒儒小子竟然心心相契，相携相师。毕业前不久，有一晚我们二人联床夜话，黑灯瞎火中他告诉我，他已和我们班一位女生迸出火花——这位女同学健谈善歌，性格开朗，顽皮的男同学们少不了评短论长，我知道老姜不希望我再去附和那些口无遮拦的辛辣与不敬。说也奇怪，从第二天起我便觉得眼光大变，在种种场合不知不觉地扮演起了回护与调节的角色。

一九七〇年他们俩留在清华做陪衬教育革命的“新工人”，我分回了渴盼回归的武汉做产业工人。那以后离多聚少，但每一次短暂的机会都是那么热烈，那么甘醇——我们是同一炉冶炼出来的料件，无论走到哪里都难再有这样的单纯与赤诚。一九七三年春节是我和雅华的新婚佳期，是在北京、在清华老师和同学们的馨香祝福中度过的。我们因清苦和压抑中自己营造的欢乐熏醉了。那时他们刚刚有了我们班的第一个孩子，老姜夫妇给女儿取了个含有深意的名字——姜至（将至）。

我保留的老姜写给我的信，几乎都是刚毕业被思念烧得发昏时期的遗迹，很快越来越稀，终于仅仅凭心的彼此感应各自忙乎去了。直到一九七九年，当时老姜已由校机械厂调到筹建中的经济管理系，正在上海学习，为了我报考研究生的事，一连写了四封信，今天读来，往事如潮，老姜渴望团聚之切，劝我进取之殷，鼓励关助之诚，一一重现眼前，回荡心中……

一九七九年是恢复研究生招生的第二年。我下了一年苦功，努力使荒芜十多年的学业改观，其时家无长物，女儿（老二）初诞，妻子默默地承负起一切，保证我一心拼搏。对于我这样上了二年级便被“扫地出门”的含屈的“旧”大学生，即使有纵身一跃的机会，太有可能因选择学校、选择专业不当而功亏一篑。不久前常迥老师路过武汉，与我在马路上一边走一边沉吟：“专业课……家庭……看来还是考华中（工学院）吧！”

在这关头，我收到老姜寄自上海的来信：

……考是一定要考的。如果你还没最后决定（考什么专业），在我不了解你的具体情况下，我愿意你报考我们专业。

我们专业招收十七名研究生，准备和科学院的研究所合办。我想，我们国家是太落后了，但这也落后，那也落后，而管理科学（系统工程的主要内容）更落后，国家要上去，这是绝对不可少的。

当然，以前人们都轻视这门科学，以我今天的感受，这正是愚昧无知的表现。这门科学是真科学自不待言，以其深度和广度也是一般人所不知的，我深信，它的影响和作用要比一般学科更深远，在可以想象的将来——许多学科已是枯萎凋零之际，而系统工程却将灿烂耀目。……以“系统”的观点看待分析问题，才能得以建立预测未来的“未来学”，才能全面正确评价某种东西的利弊……当然，我是爱上了这门学科，以我所知，是不能谈论这些问题的，因为连门还没入哩，因我强烈希望你报考清华这门专业，我才又写了以上这些话，但我绝不是仅仅出于我们的情谊而不顾其他，我也是确实赞同你走这一条路。目前我国在这方面几乎空白，有这方面学识的人也稀少异常，很多学校要办这类专业而苦于无人，且水平也低得很，我们这些人正好赶上同时起步，机会亦难逢也。

清华的条件（我专业）大概是其他学校难以比拟的，教研组人少（现不到20人），但和科学院合办研究生班，运筹学课有了保证，这种教学质量我估计是国内难得的。

我的同事（现在也在上海，52年毕业于清华，留苏的）非常赞同你考，……他的招生思想是要头脑解放，思路敏捷之人，他认为这样的人有前途。所以只要不是考得太差，我总觉得有希望。……

我专业（系）招生，将来基本上都留清华，这也是吾愿。当然，雅华的意愿是决定性的。只要雅华愿意——总能调到北京吧。当然，要做拖一段时间的准备，有备无患嘛。……

雅华，我是太为此事而激动，而尚未好好问候你，我深信不疑，你是昌民的好参谋，你们共同商量决策吧——决策论正是我们专业的一门课程，但此时，它肯定也是无济于事的，我的话只是参考而已，望你们深思熟虑，速定。

附注：电工基础考的深广度我不知，……调节原理是用自动化系的题，但取分会低些的，因为那东西对我们并不是那么重要。外语重要——由专业性质所决定。经济知识基本上可以不予理睬，我估计只是相相面罢了。数学要重视——对我专业重要，这门考得好，就很主动。

（1979 年）

我决心“赶考”令老姜十分高兴，他很快又来一信，一方面鼓励我报考清华，一方面希望这一超负荷的决定是出于家庭的意志：

知昌民考意已决，甚快！

关于考校，我上信中谈了些，也望你和雅华细议再决。至于最终报清华还是华中，如果撇开其他不谈，只谈考中与否，我想清华也不见得几率小，故决定性的因素还在于你俩的权衡。

……望你和雅华商定，我也希望能在下信中能见到雅华的字迹——雅华的愿望，不须昌民代劳。因为我想雅华的意愿是最值得重视的。

（1979 年 3 月 31 日）

老姜的循循诱导无疑给了我们巨大的推动。时过半月，得知我报考清华的决心后，老姜来信再次描绘经济管理专业的迷人前景：

收到了来信，我的心和你们一样，顿觉安定了。期待着你们成功！

雅华要有思想准备，因为昌民上清华后，基本上不会再分回武汉了。要经过努力，以使团圆—分离—团圆，那时我们就是近邻了。

努力吧，在某种意义上，我们是新学科的开拓者，这门以运筹学、控制论为基础，以信息论为理论，以计算机为工具的新学科必将在中国大地上扎根，我预料它给民族带来的作用要超过一般技术学科。

……我不多说什么了，有什么问题请来信。我把你报的情况今天也写了信告知了我系的一位负责人，先打个招呼。望你集中精力，在人生道路上再次拼搏胜利。

（1979 年 4 月 15 日）

剩下的日子里我完成了决定命运的一次冲刺。我一年来的准备可谓充分，临场发挥却肯定会有令人遗憾之处。我很久没有像考过以后这么轻松了，在新时期的风云莫辨的气氛里听任命运的宣判。七月伊始，老姜来信了！

我是今天得到了昌民考试的一点情况，才赶紧提笔，因为我一是懒，二是我想，对考完而不知结果的昌民，在这段令人忍耐的日子里，只说些宽慰或祝贺之类的话，是无意义的。因此，我也心焦地等着，等着。

我系研究生试卷已阅完，近日开会（学校）颁布招收原则。在未和你谈及考试情况之前，我可以告诉你们，近些日子来，我心中一直不安。因为早先系里来信告知，我系今年投考者与招收名额之比例是清华第一，5.7 ∶ 1；其次是自动化系，5.2 ∶ 1；

而全校则是2.1∶1。在强手云集的清华考生中，5.7∶1是太高了——也出我意料之外。因此昌民来信告知考试简略情况后，我心中的焦虑大概只有你俩可体会了。

目前，招生的名单尚不得知，因为大概现在——在我给你们写信的日子里，那边或许正在搞着这项工作吧。但昌民，大概可以放心，因为在你所考的专业中，名列第二！

但你们先不要声张。因今年招生的原则是宁缺勿滥，所以，昌民虽是十拿九稳，但你们除了亲友庆贺之外，兴奋之情暂不必溢于言表。以发榜之日为准。

好了，我心中的石头总算落地了。

请代我喝一杯！（家庭庆祝会还是得开吧！）

此外，沈利生亦报考我系计算机专业，他是全系第一名，肯定录取。这样，咱们三个同班同学竟在分手九年多之后，又要成为“同事”了，喜悦之余，对人生之途，颇多感慨。说真的，在我俩毕业分手之日，我总不觉得我们从此分手，总觉得时日不会将我们分开。如今，竟要走向现实了。我多希（盼）望雅华到清华园定居的时光。

……我大约七月十四—十六日回京。……届时北京见，也望你们在我离开上海之前，能来一信。

我与你俩共享快乐。

（1979年6月30日）

我引录这四封信的大部分内容，是因为它们记载了影响我报考研究生这件事的全貌，而对于老姜，它们就像他手里放出去的蝴蝶，早就不见了踪影。何况自那以后，除了邀请他到深圳偶有过联系之外，二十多年他再没写过一个字。这频密的几封信导致了我的命运的改变，而浸润其中的心思、远见、人生态度和至诚的挂牵，能不让我感怀一生吗？

二十多年过去了，彦福早已是清华经管学院的名教授、博士生导师，且是风险投资与国家经济安全的高级专家。他的弟子的总“段位”相当不低；他的讲学效果极佳，各路邀请应接不暇。我嫌他忙，二〇〇一年年底在贺年片上戏谑他：

> 教授名赫赫，腾云意翩翩。起落蜓掠水，来去风回旋。
> 无暇赋闲情，故友少留连。敢梦围炉坐，啜茗忆华年。

可以想象得到，他读了又是那么狡黠地一笑，片言只字也懒得回。他正悠游在“自我实现”的最高境界里，像一股风那样看不见影踪，但在朋友最需要他的时候，我想他会出现。

2007 年 4 月

岳母三十三年祭

和一般新婚的家庭不同，我们是在岳父岳母的家里筑起了自己的小巢。一九七三年的光景，我父母的家已迁到促狭的平房，一进门便看见昏黄灯光下斜倚床上的祖母。若不是岳父岳母把小房腾给我们，他们和两个姨妹挤在大房，我们不知还将承受多少生活的艰辛。

和一般成长的家庭不同，仅仅过了一年，岳母住院期间意外去世了，把我们留在了深切的痛楚中。她留给心爱的外孙一双亲手做的小棉鞋，可怜不足百日的激儿从此没有了外婆的抚爱，更别说在那以后出世的外孙女滟儿了。

但是我和岳母相处实际上已经好几年了。

我和雅华算是同一所中学围棋训练班的师兄妹。举国板荡的“文革”岁月，我们分别被冷冻在大学二年级和高中一年级，自然地发展着亲密的关系。有一次我回到武汉，雅华来我家看我，谁也没注意时间，后来岳母不知怎么找来我家在蛇山上的大院。我第一次与她面对面，既紧张又困窘，而她只是看了看，没怪我，和雅华说了几句就回去了。

后来涌起了“串连”大潮，雅华和二妹各自都出了门，岳母听说会来北京，就瞒着岳父给我写了一封信，担心女儿钱和粮票不够用，担心天冷了没有衣服添。“我只读了一年书，信写不好。”她吃力地写道，“找了很多麻烦，辛苦你了。告诉雅华快回来……”

岳父是个梗直倔强的老宁波，从上海到哈尔滨、从哈尔滨到武汉，八级老钳工在大厂里“一榔头一榔头地做生活”，慈祥贤惠的岳母操持着下有三个女儿的五口之家。岳母会裁剪，又掌握了机器缝纫，尤其手工做的丝绵袄特别好，间或受人请托，竟有零星的收入贴补家用。日子尽管简朴，老伴有老酒喝，女儿们有整洁衣裳穿，雅华需要的围棋、小提琴都省出钱来没耽误；我在大学宿舍里学着装了一台电子管收音机送给雅华家，最后配不起十几元的变压器，岳母知道了掏的钱，成全了我这一辈子特殊的一次重大表现。

“气候”一天比一天坏，雅华把我放在家里的几十本中外名著搬回了她的家。没想到居“红五类”之首的工人家庭也不保险，有一天“革命派”突然闯进了他们家，把书籍、我保存多年的苏联小朋友的来信全部抄了去。那时我父亲的日子很不好过，是我们家牵累了他们家。这样的惊吓和屈辱岳父岳母承受了下来，日后竟一次也没向我提起过。

我幸运地分回武汉工作的时候（一九七〇年），雅华还是在乡下筑堤、植棉的知青，那时我的父亲正在遭难，母亲下放干校，妹妹弟弟全在农村，每个周末我从工厂回到城里，去岳父岳母那里吃一顿温馨的晚饭，他们已不把我当外人。我有时陪岳父下两盘象棋，有时把我创作的文艺节目比画给岳母看，清冷的家里多了一点欢乐。

有一次我病得不轻，烧得闷头昏睡，大汗淋漓，岳母给我擦身、换干爽的衣服。我一向清瘦，形影单薄，岳母总是念叨着要给我补身体，有一次用当归炖了一整只鸡（是私下从农民小贩买的），由不得我推辞，看着我一个人吃下去……

雅华回城以后，在建筑公司做钢筋工，我们只能在周末短暂聚会。雅华参加了文艺宣传队，有一回去乡下巡演好多天，没有按时回来，我等得心情沮丧，悻悻而返，岳母看在眼里，悄悄地说给了雅华听。

一九七三年春节，在家里一张桌上——圆桌面是岳父从对面的宝通禅寺借来的——办完简而又简的喜宴（结婚证上签注着“肉已购”“鱼已购”），我们就坐上开往北京的火车，到清华园找我的老师同学们去了。我俩的丝棉袄、的确良罩衣，还有雅华的绒里大衣都是岳母一针一线缝制的，又轻软，又合体。

我的工厂很远，搭乘“野蛮式公交”早出晚归太辛苦，婚后我也只是一半的日子能回家，节假日就好比在天堂。下围棋是我和雅华的共同爱好，有时晚了还在忘情地说笑，那边厢早寝的岳母便会喊一声：“阿喔呀，打皆打咪烟高啦（阿华呀，洗脚洗脸睡觉啦）！”这么多年过去了，雅华老在说，真想再听到妈妈催我们休息的呼唤声！

岳母每天拎一个竹篮子去买菜，那时生活匮乏，国营菜场里人多菜少，有一次她竟空手而归，把竹篮一摔，长叹一声：“没有菜！”我记得这一幕，是因为岳母平素从来不抱怨，日子再难，最多在厨房里自言自语，同事来了留饭，她也只是不动声色地忙碌着，变也要变出应景的小菜来。愧疚的是我们住在那里，吃的岳父挣的、岳母做的饭，却没想到给他们钱。起初雅华学徒工资十八元，后来我俩加起来也不过七八十元，又有了孩子，没有那个能力，也不懂事。

雅华怀潋儿的那个夏天岳母病倒了，在医院观察室留了好几天，医生告诉我们怀疑是脑膜炎，需要抽取脊液化验，要我们拿主意。我们同意照医生说的做。我背负着岳母去做的检查，雅华有孕在身，我是女婿，这样的事非我莫为。那一次岳母的病痊愈了，但她的体质遭受了损害。我们非常悔恨那时对健康状况的各项指标全然不懂，可怜的医学知识就在一本绿皮的《赤脚医生手册》里。

一九七四年二月，潋儿出生刚刚三个月，我在北京出差，岳母又住进了医院。紧接着我突然收到电报：住院的岳母夜间心脏病突发，骤然去世了！事后知道岳母因肝炎住的院，医生查出她有糖尿病，用了胰岛素，而对于心脏不好的病人，这是多么可怕的疏忽啊！我们被意外降临的灾难震蒙了，一家人顿时坠落在悲云惨雾之中！按亲友们的说法，长婿如同长子，我含着眼泪、怀着歉疚，一身当先给岳母送了终……我们的生活乱了套，失去了岳母，一切都要重新开始，一切又都是那么难。生活不再轻快，心绪不再舒展，远景雾蒙蒙的一片。九年以后，郁郁寡欢的岳父也在乡间辞世了。

痛不欲生的雅华怨诉苍天的不公。她说，妈妈爱家人，有一点好吃的全让给丈夫和孩子们吃；妈妈心眼特别好，路上有块小石头都要弯腰捡开来；常常把住宅的楼梯从上到下擦洗，感动得邻里做了流动值日牌；谁家孩子不舒服，妈妈主动陪人家上医院……苍天啊，为什么先走的是妈妈啊？她才五十岁呀（小女儿还只有十五岁）！

二〇〇二年夏，我们带着溦儿、儿媳去了宁波乡下（滟儿那时在德国上学），在林莽丛生的山丘上祭扫岳父岳母的陵墓。次年三月，大病初愈的雅华与我再飞宁波，在移葬到新公墓的岳父岳母陵前献上了心香，合十祈祷，墓碑的两侧镌刻着我写的挽联："夫刚妻贤共度清寒岁月；儿孝孙慧永念温润慈恩。"

宁波乡下一位九十多岁的老太告诉我们，岳母年轻时便勤劳聪慧，练就了做衣服的好手艺。不仅如此，我从岳母身上看到了中国劳动妇女的许多美德，她是一个家庭的灵魂，是善良、慈爱、勤劳、忘我、宽容的种子。我无法不永远怀念她。

我们来到南方已经将近二十四年了，岳父岳母的外孙、外孙女都已成人，我们也已经有了外孙女。现在的日子与当年不可同日而语了，岳父曾经得意地说过的，"你们两人的工资加起来也别想超过我"，如今成为艰苦岁月的遗响了。雅华常说："爸爸爱喝酒，如果他还在，我什么好酒都让他喝个够。"每当我们漫步在沃尔玛超市里，在令人眼花缭乱的商品中穿行，我总会想起岳母，我设想她还活在今天（也就八十三岁），不再为买不到菜愁苦，在孙辈、重孙辈中间笑得开心……

2007 年 1 月

父子同读清华园

一招险棋

一九八一年九月，又一个新学期开始了，这次是我和潋儿一起登上北上的列车——滟儿刚刚三岁，雅华在武汉，我在北京，只能一人带一个孩子。那时昌军妹在清华附小任教，这是我们胆敢下出这招险棋的关键所在。潋儿进清华附小上三年级，我刚从日本研修回来，一边补几门课的学分，一边转入硕士论文阶段。同学陆续毕业，宿舍也宽敞、清静起来。在“文革”刚过的几年，有儿有女读研究生并不奇怪，遇上假期，宿舍走廊里跑来跑去的孩子也不少，但像我们父子同睡一张床、同吃一盆饭、同在一个校园里上学的，恐怕并无二例。经济管理系打算留我执教，对我实在宽容得可以。

潋儿比我起得早，负责到食堂买油饼，小电炉上前晚就备好了奶粉跟砂糖，兑水煮开，吃一半留一半；中午我则提前打好开水，买好午饭用热水煨着，潋儿进门就有的吃。逢到食堂变花样，潋儿嗅嗅便知道："嗯嗯，有饺子！"

平斋昌军那里的家常饭，对我们来说是得以改善的美食了；九公寓常家王老师手艺高超，每每令我们大快朵颐，有一次潋儿离席，主人唤他，小家伙自有道理："我散散步回来再吃！"

冬日天黑早，一日潋儿迟迟未归，我正纳闷，一伙孩子蜂拥而入，只见潋儿以手帕捂头，血迹斑斑，七八张小嘴争抢着报告放学路上的飞石事件，肇事小子低头啜泣。我查看了无甚大碍，又好气又好笑，训导了几句了事。

临近毕业活动增多。那时我已有南渡计划，在研究生会干事劝诱下周末初涉舞场，意在学习，曾经带去日本探戈节奏的歌曲磁带，惹得众人讶异。有一天晚归，昏暗中忽见潋儿伫立三号楼门边花坛的沿上，据说已号啕多时，抽噎未止，手执毛巾一条，其委屈之深，其嗔怨之切，尽在那情态之中。

来了一个湖北妹

滟儿周岁是我考取研究生重返清华的日子，其后几年便离多聚少，女儿在我的印象中呈跳跃式成长，多少天真妙语和可爱童稚淹没在岁月的匆忙足音之中，再也无法追寻。

一九八二年的暑假我们决定在北京度过。雅华携滟儿自武汉北上，我和潋儿往北京站迎接。只见不足四岁的滟儿白白胖胖，黑发齐额，明眸皓齿，左顾右盼，旅行的新鲜令她兴奋不已，却因旷别生疏而羞于开口。从 11 路无轨电车起点站上车，就座甫定，滟儿似乎发现了什么，抽抽鼻子，以浓厚的武汉腔粗声粗气地说了一句："嗯嗯，风油精味儿！"

月亮不来仙鹤来

因地理位置的关系，在清华人眼里，圆明园、颐和园好比就是清华大学的后花园。

一九八二年夏日，姜彦福贾玉平一家、王普昌军一家和我们泛舟颐和园昆明湖上，小至、啦啦、潋儿、滟儿四个孩子拨水嬉闹，很是开心。昌军是清华附小的语文老师，忽而新意萌发，说孩子们何不作诗？平日这些孩子并无这方面的训练，一时哑然，不料最小的滟儿突然冒出一句："月亮不来仙鹤来……"让我们足足吃了一惊！昌军对啦啦启发诱导，啦啦情急，"哇"的一声哭将起来……

一辆自行车坐一家人

清华园之大，非生活于斯不得体会。宿舍在东北，早课在东南，接着奔西北……大冬天还没有奢侈到戴一顶帽子，从十一号楼步行到航空馆小桥，两耳准时冻得疼起来。六十年代在校园里骑车的学生是稀有族。

八十年代读研究生时，校园里已成了自行车的海洋。我在武汉上班骑的永久牌自行车是托人在北京搞到券买的，这下又“骑”到了清华园，除了上课、生活的代步之外，有一度还需要早早把潋儿送到最靠南的清华附小。

雅华和滟儿来清华探亲，用的还是这一辆车：儿子先爬上横梁，我骑稳后，妻抱着女儿小跟几步，偎上后座，一家四口坐在一辆自行车上，悠哉游哉。有人可曾看见当年清华园的这道风景吗?

日本歌的配器迷住了蒋大为

歌手蒋大为在庆祝“四人帮”垮台的连台演出中一举成名，六年后我与他竟有一次同席之雅。一九八二年，赴日研修回国一年之后，中华青联在全聚德烤鸭店招待日中青年研修协会的日本客人们，请来了著名歌手蒋大为献艺助兴。蒋大为照例唱了一曲《北国之春》，一曲《拉网小调》，在掌声中回到我右侧坐下。我对他说：“《北国之春》的原唱歌手是千昌夫，他是用北海道方言唱的，有特殊的味道。‘那北国的山岗’（日语）一句是两个三连音的切分，注意了就地道了。”蒋大为神情一振，我接着说：“我非常喜欢日本的民族风的演歌，在日本期间我录了七十盘磁带……”蒋大为兴致好极了，立刻约定要到清华来听歌。

下一个礼拜日，蒋大为来到清华三号楼研究生宿舍，我用马兰士分体音响播放准备好的曲目，一边加以解说。蒋大为凝神细品，最后感叹了一句："配器太棒了！"这时间闻风而来的同学挤得水泄不通，我向他建议："有卡拉OK带，唱一首怎样？"他笑笑："（调子）太低了……"

我说日本的演歌意境很深，歌词很美、非常生活化，不同场合都有相适应的歌。蒋大为希望我为他挑选并且译配一盘日本歌曲，我答应试试看。后来忙着硕士论文，这件事一放竟淡远了。直到现在，中国对日本歌的译介仍然很不够，当初要是执着一点，我怎么也能整出一组精品来。

2006年

不苟一生

我的朋友金森利也

一九九二年二月，应三菱重工董事长相川贤太郎的邀请，我们招商局金属结构制造考察团一行前往日本。飞抵东京以后，我们住进了位于大田区大鸟居地铁站附近的和敬寮。不住饭店而选择一家公司的白领公寓是有情由的，那就是十二年前我在著名企业荏原制作所学习期间在这里生活过三个月，强烈想回来寻觅往日的影子。荏原的老相识村濑广先生早已为我们安排停当。

不用说，和敬寮当年的管理人姥山夫妇已经不在了。与藤泽市荏原藤泽工厂独身寮的田村夫妇一样，老两口向入住的年轻人提供家庭式的方便、照顾与温暖，不同的是东京的和敬寮住的是白领，几十号人，连一日三餐也是姥山夫妇操持的，不像藤泽的独身寮有一个现代化的大食堂，吃完的餐具随着传送带自动走进洗涤槽里……

阔别了十二年，和敬寮有些陈旧了，我住过的房间几乎还是老样子，但是墙壁上、家具上、窗帘上明显增添了岁月的苍痕与皱纹。尤其是寮的周边，陡然变得那么拥挤，仿佛社会发展全部体现在了建筑密度上。屋前停放的私家车多了一倍——已经是两辆车上下重叠，使用钢结构的立体停放装置。当年的小公园、小街衢若是还有些僻静怡人的话，如今怎么说呢？

依旧不变的是，地铁车站检票口的检票员们习惯性地抖动着打孔钳，发出连片的玎玲声……

和敬寮的起居间也是用餐和小饮侃谈的地方，当年我和同伴、清华学兄方立言常在那里同姥山和寮生们神聊，图的是见识和语言的双丰收。

我在一天的日记里写道："和寮生闲聊，谈到共产党、红卫兵……金森利也正派而和气。"

这便是我结识金森利也的开始。

一九八〇年夏秋之交，我和老方结束了在藤泽工厂的大开眼界、影响深远的研修学习，迁徙到东京大鸟居的和敬寮，开始了第二阶段在荏原总部的学习，成为姥山夫妇精心照料下的特殊客人。老两口曾经在中国东北生活过，总是笑眯眯的，话语不多。老太太喜欢看电视里的职业摔跤，我忍不住说："你竟然看这么残忍的东西！"她朗声一笑，头也不回："是表演，不是真的！"

金森利也年龄比我小，个子比我高，镜片后的眼睛透出敏锐和爱思索的消息。他在荏原总部从事专利方面的工作。

日本人对彼此的兴趣爱好十分感兴趣，因为既是自己得意的资本，又是一扇可以窥伺对方深处的窗子。金森的爱好是棒球和钓鱼，谈起来眉飞色舞，情动于中，他甚至说棒球比政治更重要。至于出海钓鱼，他刻意常备着不容怀疑的佳绩证明：手提"猎物"与船长的合影，还有七八十公分大鱼的墨色拓本，上有见证人——船长的签名与指印。有趣的是，金森钓鱼归钓鱼，他是不吃的，全拿去送了人。

饰演过寅次郎的妹妹和影片《远山的呼唤》女主角的倍赏千惠子凭着朴实的面孔和精湛的演技，后来也得到中国观众的赞赏，叫人纵使不至铭心也肯定无法忘怀。而我最初知道的是歌手倍赏千惠子，这全因为她是金森唯一崇拜的演艺明星。“我只收藏她一个人的唱片。”金森告诉我，“她的人品没说的。”我去金森的房间听唱片，继惊奇于藤泽工厂本木忠夫的音响效果之后，再次沉醉在立体声的晶莹剔透中，并且被倍赏演唱的《宵待草》《雪镇》《妈妈（意大利）》和《春天呜啦啦》等歌曲深深打动。

当我进入感悟日语的阶段，金森无疑是个理想的老师。有一次我问他副词“ちゃんと”（规矩、好端端）的语义把握，他歪着头想了想，举了个“香蕉‘好好地’长在树上”的例子，又不满意地摇摇头，羞涩地笑了。那场景始终保留在我的记忆里。

金森来我房间聊天的时候，我时常写写画画以助表达，一向愤世嫉俗的他借题发挥：“日本现在的年轻一代没有人像你这样拿广告的背面来写字！他们只顾眼前，远没有你们这么好学。”他还说：“日本的教育不利于创造。老本快花光了，已经没有什么值得学习的了，因此我现在关注中国的道路和前途。”听到日本人如此批评他的国家，又对我的国家抱着友好与期待，激动得我热血贲张，拿出一支景泰蓝笔杆的英雄金笔来送给他。

中秋节到了，忘了我怎么买来了月饼，请金森过来品尝，一边给他讲了中国人吃月饼的象征意义。金森显出肃穆的表情，说想把月饼带回去，供一供之后，再小心捧起来吃。他告诉我，他会在别人不大经心的地方用脑子，比如朋友结婚了，他便订一年的《暮らしの手帖》(生活记事本)杂志送给新人，厚厚的画册满载着生活的智慧，既别致，又实用。

有一次，荏原系统分布全国的工会女干部集中到东京活动，管理员姥山告诉我需要临时调整房间，希望我们能合作，并深表歉意。这当然没说的。结果金森故意“兴风作浪”，弄得来自广岛的高桥久美子登门来道歉。金森显然与高桥熟络，借机与之调侃，我从旁看得十分有趣。高桥不期遇到一个中国人，清新、好奇的气息益加焕发，她也席地而坐，施礼不断，说去中国看看是她的一个美丽的梦。金森指着高桥小姐说：“我们属于棒球粉丝的不同营垒，因而成为了‘敌人’！”他又炫耀了他的钓鱼的辉煌，我也趁机吹嘘了我的烹鱼术，其实不过是肤浅的理论加上有限的实践而已。

不久后我收到了寄自广岛的一封信，还附有一个华美的伴手锦囊。这件代表日本女孩子温雅细腻的礼物后来一直伴随着我的妻子。

金森讲过有一天在末班电车上无意听到政客与黑道之间的秘密，机警地装作闭目熟睡的一段经历，难怪他一谈起政治来便会神色鄙夷。

我下决心买了一台二手的马兰士分体音响，请金森过来品评。他像个专家似的“测试”了一番，让我墩实了正确选择的满足。那时国内正处在追求“三转一响”(结婚必置的手表、自行车、缝纫机和卡带收录机)的阶段，我的金色的马兰士(键钮的风格类似音响组合)简直就是一部分的幸福！慷慨的金森索性把他硕大的立体声耳机送给了我，给骏马配上了金鞍。

当家里传来父亲检查出癌症的消息，我的心情十分烦乱。金森听说后，买了两本关于癌症常识的书送给我，也算是爱莫能助的慰藉。

分别的日子终于来临了，金森买来最好的音乐磁带，把他收藏的倍赏的歌一曲一曲地录下来送给我。我把备用于不时之需的单声道《梁祝》的唱片留给了他。

当我们去了另一家公司继续矻矻以求的“资本主义社会、企业及其管理研究”，金森常有信来。他说想送给未婚妻一支英雄金笔，在信里夹了五千日元纸币，我把钱退还给了他。我始终把这件事记在心中，一回到北京就买了寄给了他。

后来我在清华带着儿子续修研究生学业，和金森仍有鱼雁往还，直到来了相望港澳的南疆，才如天边的云丝，淡远了……

转眼已是二〇一〇年。

一封日本来信居然走了五个月！

金森利也在网络上发现了我荣获清华校友紫荆奖，一封长信寄往清华大学。校友总会电话通知了我，可惜地址漏写了一个字，转寄大费周章，令我望断南飞雁！

三十出头的金森变成了六十出头的金森，多么神奇呀！他还是满腔热忱、一丝不苟的他吗？

三十年的暌隔，我自己何尝不是“沧海巨变”了呢？当年唱着歌“爬坡”的我俩，现在各自吟着霞“下山”了！

信是打印的，每个自然段分别换用日、中、英三种语言，他是怕我的日语已经打回原形了吧。而所谓“中文”是用翻译软件翻译的，看和不看相差不大。

最后有一处签名，附有一张小照，不是他本人的，而是一支钢笔，注明着：“我就是用你送给我的这支英雄金笔签名的。”

这就是金森利也！

他看了我的博客，看图会意，读不懂。他告诉了我他的“个人主页”，不知什么原因，我打不开。

电子邮件一封又一封，他反复地、一次比一次详细地说起令他萦绕于怀的一件事：关于一种能使农作物产量大增、滋味显著改善的自制肥料，原料寻常丰富，方法十分简单。按他的说法，有一种土壤生产的葡萄酿造出了世界上最昂贵的葡萄酒，可惜上帝赐予地球的这种沃土极其有限，那没关系，依样去调理就可以了。

他说：“我想让更多的人了解这一‘美好的现实’，并加以仿效利用。因为它可以给亿万人带来幸福。”

他还说：“如此一来，那种葡萄酒就不会是100万日元一瓶了；上海世博会上的日本苹果也不可能卖到2500日元一个了。”

他整理了配方和流程，甚至寄来了样品：“告诉你的朋友们——关心农业、人类环境和健康的，让他们了解和思考吧！”

现在该我为难了。他要是能和国务院总理或者省委书记对话就好了。

那天，为了新逝的妻子造像的事去广州，友添学弟开车陪伴我。新近他请缨去了地方扶贫，脑子里装的都是如何“授之以网”的念头。我提起日本朋友和他操心的事，友添听了说：“太好了，对我有用！”

一个中国老头子对一个东洋老头子说：金森先生，你的济世情怀和良苦用心不会落空了！

2010年7月

也曾南海学弄潮

理想者袁庚

在深圳地铁水湾站口，可见一座挺拔的大厦，它的主人——当地原住民为它起了一个深情的名字：“水湾，1979”。那一年，一位老人来到蛇口这个荒滩渔村，指点山海，擘划蓝图，从他超人的胆略、瑰丽的构想，国家领导人看到了希望。这就是改革开放的重大国策进入试验与操作的源头。

——2016年深圳文化名片评选演示《万事皆有源头》

北京乎？深圳乎？

在清华经济管理系第一届（1979级）研究生里，我像一个用实验性工艺制造的产品，经历了赴日研修的特殊过程。这一机会来得偶然，却从根本上改变了我的下半生。我像漫游了奇境的小姑娘爱丽丝，亲历了几分相似、几多不同，又与中国的前景不无关联的“未来世界”，经受到种种冲击，生发出联翩感悟，收获之巨绝非走马观花的游历所能达到。就考察现实中的企业管理和管理学科建设的初始目的而言，可以说飘飘忽忽而去，回来时已经稳稳地站在了地上；而对社会系统的了解足足拓宽了我的视野，对理论与实践的差异比较，深深影响了我对事物本质的思考。如果按原设计我留在清华执教，将来教学与研究不乏建树似乎已是顺理成章。

回校已是一九八一年秋天，那以后忙于补足学分，同班同学毕业了，剩下我好比失行的孤雁，事事自己操心。那时我和八岁的潋儿是清华园里“同吃同住同学习”的“父子兵”，代表了时代的特色。到我这一届研究生分配，听说有“不造成新的两地分居”的中央精神，在人才奇缺的国情之下，可以解读为加大了以家庭为重的政策力度——如此富有人情味的“国策”令我们这些刚刚走出“文革”惊魂未定的“臭老九”受宠若惊，心里不由得升起融融暖意，真真感受到全新的进步的时代来临了！

然而经管系和我都碰到了难题：经济管理学院成立在即，培养不易的师资面临流走散失；我对清华感念犹深，可是新的分配政策多少唤醒了我心中的家庭意识……系领导心急如焚，决定努力为我争取“妻子借调，孩子借读，住房借用”的三借政策，为我留校创造条件，并且答应在最终落实之前，我可以试探其他的分配途径。

站在人生歧路上的感觉是很微妙的，仿佛一支上弦的箭，随时就要朝选定的方向飞去，再也不会回头。比如选择去国家经委，解决家属户口的神通想来非清华可比，且弟子能去国家机关工作，导师潘家轺教授倒也可以释怀，那样就会走上公务员之路，套一句评论围棋的常用语："那就是另一局棋了。"我确为此事联系过中国企业协会潘承烈副理事长，很快便收到热情的回信："能来经委，十分欢迎。我想我们今后共同在一块儿工作，探索符合中国国情的企业管理途径与模式，当是大有可能的。我很同意你信上的一些观点，你的论文题目也是适合当前我国企业需要的。"能有可以施展抱负（多大程度不好说）的去处备选，我心里踏实了许多。

那天在三号楼宿舍前与许亚因聊天，我第一次听到了"蛇口"的名字。"他们来清华招募了好些学生。"这位热心帮我誊抄论文的老同学对我说，"那里是经济特区，你去挺合适。"这个话题竟然使我怦然心动，遥远开发区的一帧帧场景交替浮现在我的想象里，甚至感觉到了那里最新鲜特立之处：没有包袱，没有顾虑，没有条条框框，没有疲沓和说风凉话的人……这一切似乎与广袤国土上的固有状况相去很远，却与我刚刚熟悉的日本很接近。

接下来我听到了各种评说。一位仁兄对我历数道："第一，'好景'不知有多长；第二，那里是'鸟语'之境，等于须再学一门外语；第三，广东人有排外陋习（不知依据何在）；第四，教育尚处蛮荒状态，误了孩子事大……"老班长姜彦福如临大事般沉吟道："也只有在那边能做点事情……"老同学吴元斩钉截铁："即使从锻炼考虑也应毫不犹豫……"同宿舍王章练的设问也是一理："好比再去日本三年，带家属，你干吗？"恰巧低一班的同学、"名嘴"樊康随北大林炎志等人考察蛇口，一回来便来找我，讲述得神采飞扬："与那里相比，"他指着周围说，"这里就像是原始社会！"我还听到在武汉一冶工作的连襟更为夸张的描绘："建筑机械二十四小时不停，工人玩命干活，奖金是港币，用簸箕撮！”那是后话了。

体验过了日本，即将告别清华，数不清的想法在脑海里翻腾，究竟去哪里最适合我呢？依我的习惯思维，如果向后方不耐、左右边又不屑，那么即使看不大清我也会选择向前走。如今现实的家庭因素、体制因素已经容不得我做教科书式的缜密选择了。樊康和清华团委的曾新群——他在招商局隶属的交通部工作过——热心地充任了我去招商局蛇口工业区工作的推荐人。从他们那里得知，开创蛇口的是一位传奇老人袁庚，魅力四射，爱才如命。看来袁庚将是我做出最后决定的关键。

一九八二年年底我给妻（她身边的女儿已经四岁了）写信：“我的幻想又开始以南方的半岛为背景展开了……这条路是丰富多彩而又带异种情调的……”

夜访袁庚

我的“推荐人”曾新群带给我消息：袁庚回京开会，很高兴安排一见，樊康连说这是天意。一九八二年十二月二十二日晚饭后，我与小曾双双骑车出清华西门，向西苑中调部宿舍而去。

叩门而入，袁庚起身迎客，欢笑着伸出宽厚的大手。我一面听着他那广东腔的普通话，一面奇怪这位“南人”居然身材挺拔。室内温煦如春，他身着中式便装，一副雍闲之态，一点看不出身经苦狱的影子和正在为蛇口的命运“上蹿下跳”的负重感。我随着小曾称呼他“袁董”。

我们谈了蛇口以及我自己的情况。看得出来我的专业、学历、工作经验和出国经历与蛇口当时的需求非常吻合，他像猎人面对一个找上门来的猎物一样喜出望外。我说工资待遇和住房条件我都不在意，我只要求带着妻子、儿女举家南迁，在蛇口实现团圆的梦。这一算不上条件的要求其实正是自信的表现，而我的真实想法确实是把自己和蛇口的事业熔铸在了一起。袁庚一直在微微地点头，我不知这是他边听边思索的习惯，还是内心满意的表现。

接下来我们的话题越谈越宽，我发现袁庚了解美国并且特别喜欢谈美国，比如进取与开放，而我却言必称日本，比如敬业与团队精神。我们从西方说到东方，再从东方拉回西方……一老一少两个理想者谈得兴味盎然，不觉时间已晚。

袁庚当即给蛇口打电话交代了我的事，对方是当时负责劳动人事的乔胜利。

回来的路上一点也不感到冷。

袁庚那年六十五岁。我对他只有远距离的印象和朦胧的情感耦合，除此以外尚知之甚少。

十五年以后，一九九七年八月，我为总参撰写了一篇他的小传：

袁庚，1917年生于广东深圳大鹏镇，少年时代就读于广州广雅中学，1935年投身广东燕塘军校，1938年参加中共领导的大鹏湾抗日自卫队，后编入东江纵队，抗击日寇于惠（阳）、东（莞）、宝（安）及港九新界之间，并以出色的情报工作为国际反法西斯统一战线作出了重要的贡献。1945年日本投降，以中共华南游击队上校代表身份赴香港与英军谈判。后随东纵北撤，历任中国人民解放军两广纵队作战科长、炮兵团长，转战于华东战场，直至南下解放珠江口沿海岛屿。在建国后多年的外交官生涯中，一面出色地工作，一面观察与思考，其胸襟益趋拓展，谋略更臻成熟。“文革”中含冤入狱五年半之久，恢复工作后曾任交通部外事局负责人。1978年调香港招商局任常务副董事长并主持工作，因锐意改革，使百年来历尽沧桑的招商局在短短几年里重新焕发青春，成为香港著名的多元化发展的企业集团之一。特别是在十一届三中全会后，创办了我国第一个对外开放的经济开发区——招商局蛇口工业区，进行了全面体制改革的勇敢探索，被称为中国改革开放的具有特殊意义的“试管”。民主选举干部，舆论监督权力，以及活跃的社会团体，完善的社会保障，公平的经济秩序，和谐的人际关系等，这些鼓舞人心的理想追求在蛇口工业区得到了生动的演练，引起了国内外的极大关注。1993年退休。其传奇般的经历、卓越的胆识和极富魅力的人格在中国改革开放史上留下了耐人寻味的一笔。

袁庚只改了一个字：将原稿最末的“一页”改作了“一笔”。

跟随校长的蛇口之行

一九八三年三月十七日，我和徐国华老师陪同刘达校长登上了南下的列车。刘校长是袁庚盛情邀请的宾客，全新的事物蛇口此时太需要理解了，刘校长是全国人大常委会委员、国家教委负责人，如果他能看出蛇口的亮点并且有感而发，可是具有特殊影响力的声音。这种萌芽状态的公共关系不断地在进行尝试，选准对象对于蛇口非常重要。校长要求经济管理系派两名教师随行，系里安排了我。

这是经管系精心构思的一步“妙招”：要达到将我留在清华的目的，需要创造约定的条件，现在就是寄望于一校之长“发力”了。十多天的朝夕相处，杖履追陪，不就是为“创造条件”而创造条件吗？

我们在蛇口龟山别墅面海而居，建设指挥部就在海边临时修建的一排“土别墅”里。我们参观了早期的几间工厂，认识了口音纷杂、精神振作的一批拓荒的人，其中和蔼诙谐、腆起肚子好似资本家的许智明副总指挥，神完气足、笑声爽朗的刘清林副总指挥，“合资经营第一厂”中宏制氧有限公司热衷改革的虞德海经理，还有供水公司言谈持重、踌躇满志的吴云民经理，都留下了深刻的印象。眼前所见，耳畔所闻，使我心中不时漾起与他人不同的亲近感。在铁皮食堂里我们初尝了整棵的生菜和球状的草菇，在唯一的华苑酒家被招待以爽口的斑鱼和驰名的炸蚝；傍晚散步在工业大厦前的干道上，见身着鲜艳运动衫的打工妹如彩云流走，竟恍如身处异国他乡。有一次遇着顾承原、郑奕几个清华毕业生在散发自编自印的诗刊，与落霞、海风合成了一派不可言喻的清新……

袁庚从香港赶来，激情四射地向我们介绍引进外资、引进先进管理的蓝图。我们听到了人的行为发生了奇妙的变化，随之工作出现了奇迹的许多动听故事。百废待兴的中国需要多少次维系生死存亡的探索，又需要多少思想开放，甘于像干将莫邪一样把自己炼进剑里的勇士！蛇口可能带给历史的非凡意义一直在我们三人的意识里盘旋。

风衣软帽、情态神秘的梁宪被看作袁庚的智囊，他友好地告诉我“老头子”为我的事正一步步向刘校长“进攻”。蛇口考察的最后一个乐章就在我这个管理研究生去从的问题上结束了，主人的期盼、学生的意愿、对蛇口的认识和清华的利益交织在一起，刘达校长只好表示：“我现在不便做出决定，回京后研究吧！”归途中我听到校长喃喃道：“我要给小平同志写信！”校长是老资格的领导干部，在战争年代曾任陈云的秘书，看来清华留不住人这件事触动了他，惹起他心绪难平。

“在人生的关键必须奋而力争。”受这一信念的指引，我给系领导写了一封诚挚的信，大意是将清华的培育之恩珍藏心底，把经济特区作为舞台……几天过后，董新保书记找我谈话，告诉我学校批准我分配到蛇口的消息。董书记最后补充了一句：“即使你没有留下，我们对你的看法也不会变。”如朋友们的解读，单位领导如此的评价堪称一生的财富。我想，纵使我飞向了远方，这“财富”将伴我一生。

离校前我去看望刘达校长，校长拿出一封袁庚的来函转送与我。行文古意苍苍，文采斐然：

刘达同志：

迭获来书，喜不自胜，前蒙不远千里而来，使海角生光，今又一再赐教，感奋难已。

拜读《考察报告》后，深感您以如此短促时间，深入实际，捕捉了事物的本质，七点意见不仅笔触爽朗，而且画龙点睛，切中要害，如能……争取在《人民日报》公开发表，将是对工业区的极大支持，对内地和港澳人心将产生良好影响，未知以为然否。

关于小余之事，同志们对您大公无私精神至为赞佩，清华失一小余，无妨大局，蛇口得之，如虎添翼。……行看清华桃李满天下，工业区将受其惠。

如有机缘返京，当趋庭聆教，但班门弄斧则敬谢不敏了！

暑假如南来，请不吝再移玉南山。近来形势大好，每登微波楼，均有清新感，此均拜各位长者之赐。临风北望，每任翘企。

专此奉达

并叩教安

袁庚

五月二日于蛇口

跟随刘达校长的日子里，偶然听到他疾恶如仇的几段故事，我不会忘记；还有他那件开了线的毛背心。他喜饮咖啡，来蛇口后我找到适合糖尿病人的甜叶菊精寄给他，七旬老校长不忘亲笔函告他的欣慰之情。

士子的倾诉与贤者的回答

如果在旧街老巷厮混惯了的人们——各怀欲望，品性不同——原模原样地跑进了新花园，这个新花园能否长出芳草名卉，又能热闹多久便大成问题。

在蛇口急速发展的早期，袁庚意识到人的素质的优化以及进步观念的树立将是改革能否成功的要害之所，于是才有了他去名校招募毕业生的故事。

蛇口并不是孤悬域外，它是母体上极小的部分，所以在建设初期拉拉杂杂什么都带了进来。脱胎换骨有待时日，而每一寸变革都可能伴随着抵牾和摩擦。

一九八三年夏天我来蛇口报到的时候，第一届管理委员会及其职能机构刚就位不久。我来到企业管理室，岗位是“主任业务员”。很久以后管委会副主任熊秉权告诉我，是他反对袁庚让我担任室主任的安排意图，情由很在理：因为缺乏了解。考查兼锻炼开始了，我感觉自己好比草草拼装起来的机器，总觉得哪里有点不对劲。

上班的当月我即被招商局抽调去香港，参加中美泰日四方合资的浮法玻璃大型项目谈判。我只顾了兴奋，竟不察觉身边一个小小圈子渐渐弥漫起不平之气。主持工作的室副主任是一位外表朴拙的上海人，工农速成学校毕业，有文书经验，心思却老在捂而不宣的生意上，吃过几次哑巴亏。我发现他们对待我的温度与我工作的热情成反比。投资项目报批的工作时有出错，我设计了流程图张贴试用，周末就被扫进了垃圾堆；潘老师打来电话找我，接听的人没好声气，惹得老师焦虑不安；香港招商局对口的同行进出企管室，见面打招呼失口称我“主任”，那才叫“哪壶不开提哪壶”，我还来不及蹙眉，说不定就有一支冷箭从耳旁飞过……

我写了关于三洋蛇口公司的研究报告，手写稿直接呈给了袁庚董事长——我是故意的，要不就会被改成寻常公文，或者干脆把这不伦不类的东西压下不报。董事长果然非常重视，批示“可以争取在《经济日报》上发表”。报告是成功的，可是我却吃了不谙世故的苦果。

我的不谙世故还有一种表现，就是对低俗的挑衅回应以清高，结果反而更糟。美国影片《教父》中有一句著名的台词：“亲近你的朋友，但更要亲近你的敌人。”如果我那时听到而且理解了这句话，尽管心狭的同事与敌人是两回事，我肯定会比那时做得好。

后来我被聘任为企管室副主任，但是微观环境仍旧难以改善。吃着“夹生饭”，我心中盼望着能有这样的机会：做一次塑造优秀团队的试验。

这份委屈直到我后来主政发展研究室时期才彻底化解。我在那里与大家一道营造出了令人企慕的人文环境，完全覆盖了前一段的低迷，我们的《研究室公约》至今被网民看作“史上最牛的办公室公约”——带来“振衣千仞岗、濯足万里流”精神体验的文明宣言。

一九八六年圣诞节我给袁庚写了一封长信，向他倾诉三年来郁结于心的苦闷和洪流下潜流的情状：

> 对于您“搞好工业区企业管理”的重托，我可以说是尽心尽力的……从认识到您具有政治家的气度和敏锐的宏观感觉时，我

便暗暗决心搞好实际经济工作，为蛇口工业区的稳固而出力了。

由于长期配角地位所决定的矜持，由于情趣、爱好的差异和社会工作的原因，尤其“人未到却声先闻”带来的抵触气氛，使我所处的环境先天不足……我是尝够了这种好心结出的果实的苦涩。

我还说，能人相轻、拉帮结伙的风气与蛇口的使命不相称。由于没有机会独当一面，有志难伸，已届中年的我竟以少年郎的气盛设问：“站在蛇口事业的立场，我该替谁惋惜呢？”

我最后说：“我对蛇口已有很深的感情，我会努力不令蛇口失望，也希望不会有我对蛇口失望的一天。”世事波诡，谁也想不到多年以后……

我问袁庚为何会有“优秀分子政治进步难”的潜规则。我提到写过三次入党申请书：在毛泽东逝世后不久（当时在工厂），被派往日本学习之前（当时在清华），投身蛇口之后，都是最容易血脉贲张的人生时点。我不懂得怎样才是“主动靠拢”和向谁靠拢，顺便发出一个天真书生轻轻的叹息。

回看这封信感觉稚气满纸，唯有真心袒露可嘉，我没有去想袁庚读后以为如何。

不久后，招商局的梁宪找我做了一次深长的谈话。他告诉我，袁庚不无感触地说：“我来做他的入党介绍人！”

蛇口的长河起伏泼溅，我这只小船随波浮泛，演绎出一连串另外的故事。

蛇口三洋的故事

日本松下和三洋的录音机渗入中国，是七十年代尾的事了，赴日研修之前我在长沙铁道学院集训日语，同伴的黑乎乎的“一块砖”令我歆羡不已；曾几何时，武汉市民开始时兴“牵回一只羊”，意思是买一台收录机，即便不是三洋牌的也这么叫。

一九八三年年底，三洋电机在蛇口开办了一九四九年以来中国第一家外商独资企业，这件事无论对日本三洋集团、各国投资者还是蛇口工业区，都具有非同一般的分量。我对日本企业十分熟悉且感悟深刻，今天我看蛇口三洋，也就带有不同于一般人的感情和眼光。袁庚陪同谷牧国务委员视察蛇口三洋那一次，是我充当翻译，自那以后，我去三洋办事也就更为方便了。

蛇口三洋的总经理很年轻，像是被轮流派到海外锻炼的课长（科级干部）。无论辻井先生还是中文讲得不错的桝谷先生，身上少了一种厚重和对中华文化的体认，而这些，只能从我的日本老朋友——中老年知识分子那里找到。年轻的日本人喜欢自我封闭在小天地里，时不时流溢出令人不快的优越感。有一次辻井隔着玻璃指着外间的中国员工对我怪怪地一笑：“我喜欢人民币，可是他们喜欢港币！”气得我从此不愿再理他。

一边是考察“日本管理模式”的同胞纷至沓来，一边是日本人、中国香港人与中国内地员工时有纠纷，引起了我的思考；蛇口三洋收音机厂岳魁厂长运用仅有的生产指挥权和人事调拨权，带动员工创造了罕见的高生产率，这件事从另一方面启发了我。一九八四年四月，我撰写了《蛇口三洋厂的启示》一文，既阐述了一定的自主权如何改变了管理者与被管理者的行为，又证明了蛇口三洋的管理只能说是介乎日本式管理和中国式管理之间的香港式管理，因为日本员工太少，主要倚重香港人实施管理；在员工待遇与福利上没有日本本土那样的成熟契约与社会压力，也就没有必要多下功夫；而且对前途谁也看不透，自然也就取一种且试且看的态度。但是即使照搬日本管理模式也是行不通的，需要寻找最适合自己的混合管理模式。

袁庚看了这份研究报告，欣喜地写下鼓励的话："这份材料写得很好，透过这篇文章初步总结了合资厂和独资厂面临的带有共性的问题，揭露了一些我们一时还难以克服的致命弱点。……我个人意见可以争取在《经济日报》上发表。"

一九八四年十月，在蛇口三洋一周年的庆典上，面对越洋而来的三洋电机总裁井植薰一行，袁庚端起酒杯这样开始了他的祝酒辞："四十多年前，井植薰先生是侵华日军中的一员（按：在上海办军需工厂），我是华南抗日游击队的一名战士，我们处在敌对的阵营，枪口向着对方，水火不能相容。四十多年后的今天，我们又走到一起，在融洽、友好的气氛中为真诚的合作碰杯……"宾主个个屏息谛听。最后，会场回荡起袁庚石破天惊的声音："我们吸引你们来这里投资，当然要让你们有利可图。如果你们亏了本，失败的首先是蛇口；如果你们赚了钱，不仅是你们的成功，也是蛇口的成功！"有心为中国的发展尽一份力的井植老人紧紧握住袁庚的手……

不久又新开办一间三洋半导体（蛇口）有限公司，董事长、总经理表现出与前完全不同的亲善姿态。为了融入环境，他们做出了很大的努力，日方人员要跟我学中文，向我表达对中华文化的尊重，甚至告诉我，在思维层次与行为方式上他们与其他三洋公司迥然有别。我有一种好戏就要开场的感觉。后来若不是《蛇口通讯报》总编韩耀根发现了企业管理室的内部通报，轻率地拿去发表，在三洋系统内部引起了不小的波澜，那么，这间公司很有可能发展成为中日文化交融、成功合作的典范。

两幅标语：改革者的宣言

沿南海大道往蛇口港方向西行，经过微波山下转弯处，一眼就看到醒目的巨幅标语："时间就是金钱，效率就是生命。"这两句在市场经济社会被奉为铁则的著名口号经袁庚力倡，在开放之初的中国现身，曾经掀起过惊天波澜。一九八四年邓小平第一次南巡后加以肯定，北京国庆游行的行列里便多了一辆特别的彩车，这幅标语欢欣鼓舞地在天安门前亮相。历史就是这样，人们回首远观也许觉得浅薄而可笑，可在当初，坚持推动哪怕小小的观念革命，也需要何等超人的勇气，多么坚挺的脊梁！

二〇〇〇年深圳经济特区二十周年，深圳电视台以这一口号为专题，前来采访我的感受。我这样回答：金钱具有时间价值，从借贷生息、分期付款到为了延长生命而付出代价，已经是不言之理。再看中国，几十年来由于太多的政治运动而自耗自伤，现在到了一心发展经济、维护地球村"球籍"的关键时刻了。此外还可以解出第三层含义：早年的经济特区开拓者中许多人都有窝窝囊囊、不堪回首的过去，若不奋力拼搏，如何补得回逝去的青春？采访记者深感在理，满意而归。

西方人很自然地视时间为一项重要的资源，故以金钱喻之。富兰克林说过："你爱生命吗？如果爱就不要浪费时间，因为生命即是由时间组成的。"这就是我们花了那么大代价才弄清——不是弄清，是大胆认同——的道理。

一九九二年，蛇口树立起了另一块巨幅标语："空谈误国，实干兴邦。"如果说前一条标语好比冲锋的号角，那么这一条更像坚定改革步伐的宣言。已经被"姓资姓社"的理论之争纠缠得烦从心生的袁庚巧妙地利用它堵哓哓者之利口，壮实干家之声色。这个口号不胫而走，很快成为全国最时髦的流行语之一。

十多年过去了，有关"空谈误国，实干兴邦"的出处众说纷纭，甚至被人做为"传统格言联"收进了《古今妙联分韵集锦》。二〇〇五年，我特意询问袁庚是否拥有这句话的"著作权"，他略加沉思后说："应该有几百年了。"

魏晋的风流名士以清谈为风尚，尽管只限于谈谈玄理，仍被王羲之针砭为"虚谈废务，浮文妨要，恐非当今所宜"。后人更是批评两晋之亡，亡于清谈，遂有"清谈误国"之说，据考出自明末清初的顾炎武，距今三百余年。至于清谈是否必然误国，公允地说并无直接的联系。

邓小平一九九二年南巡时在武汉对湖北省委书记关广富说："空谈误国，实干兴邦，不要再进行所谓的争论了！"具有现实意义的

“空谈”嵌入古典名句的间架，一联贴切当今的醒世箴言就这样诞生了。

会议风景：润物细雨和猎猎战旗

在八十年代初期，中国还没有一个地方像蛇口那样，青年人受到关注，身边潜伏着发展的机会。清华毕业的郑奕刚从蛇口管理干部培训班结业，就选择了就任上海酒家经理，他的朝气和创造力广受好评，不久便穿上船长的制服，去“驾驶”“海上世界”那艘蜚声中外的陆上巨轮了。管理干部培训班里代不乏人，各路热血青年又纷纷云集，蛇口几乎成了青年人的天下。

蛇口早年召开管理委员会或者“两委”会议，身兼主任和书记的袁庚端坐席首主持，委员们前排列坐，职能处室和直属单位负责人环坐外围，或陈述，或诘问，或应答，或插话，很是自由，气氛如金秋天气明爽可人，不像后来的董事会时代，不是董事连提案也没资格提。

有一次会议出现了两个小高潮。

管理员工社会保险的劳动服务公司副经理李振南汇报工作，当时蛇口这项全国首创的社保改革风头正劲，这位英俊小生讲得头头是道，既有克难创新又有理论提升，大家静静地听，袁庚稍稍后仰，脸上漾着满意的微笑。

接着研究规划问题，规划室主任孙绍先说到土地不够用已经严重制约了蛇口的发展，这时我突然灵感一闪，发表了这样一番见解："古希腊哲学家赫拉克利特有一句名言：'人不能两次走进同一条河。'这既说明事物无时不在变化之中，也不妨理解为可以在貌似不变的环境中求得质的上升。例如花果山住宅的施工质量很差，将来为什么不能推倒重来呢？蛇口还是蛇口，就像河还是这一条河，但只要不断更新，就会永远有新鲜的生命力。"这时候袁庚的眼睛发亮了。

会议总结的时候，袁庚夸赞了李振南和我。

我经历过的开放、民主、高效的会议，有时如润物细雨，有时如猎猎战旗，怎能不令我永远怀念呢？

如果不想让腐败滋生

当年蛇口若不是有了一点特权，怎么可能破土而出、报出春天的消息呢？

充足稳定的电力是从香港买过来的，计划外的包装肉食是经出口转回来的；奖勤罚懒可以不受老制度的约束；人才流动不再屈从于原单位的梗阻……如邓小平一九八四年所说："深圳发展很快，蛇口发展更快，为什么？因为给了他们一些权力……"

当袁庚从早期的香港班船踏过跳板而下的时候，有人过来搀扶，有人趋前张伞，袁庚警觉了。

袁庚反复对我们引用一个世纪以前英国剑桥大学教授阿克顿勋爵说过的名言："权力导致腐败，绝对的权力绝对导致腐败。"这一现象不仅在过去，并且不幸地继续在将来不断地重演。

在袁庚的力主之下，蛇口首先取消了出国人员的置装费，继而将出国、赴港人员免税进口“大件”的指标集中，另行公平分配。要说清除腐败根源的最关键的举措，是推行领导班子的民主评议制度，并在一九八六年进行第二届管理委员会的民主选举，分别在一九八七年、一九九〇年和一九九三年进行招商局蛇口工业区有限公司董事会的民主选举。与之相配套，还有报纸的新闻监督、与公众对话的新闻发布会、鼓励支持所谓“压力团体”的社团组织等。

开始时选举看上去很好玩，入围的后备领导演说时都比平常谦恭，答辩时面对诘难不免露出窘迫，与会群众很是开心。有一届选举答辩我一场不漏，总是尽量公平地向每个候选人提出启发性的问题，心想的是推动选举更成熟，效果更理想，好像只要如此，蛇口未来的光明图景就会越接近。我曾经对袁庚说：“现在的选举有点像知名度的比赛，真正优秀的人才不一定选得上来。”袁庚稍加思索后说：“是的，真正优秀的人才不一定选得上来，但是坏人绝对选不上来。”

一九九〇年的董事会选举曾经有过迟疑，还是如期举行了，显然袁庚的存在起了作用。他斩钉截铁地说：“如果不想让腐败在蛇口滋生，如果不想让‘空降’的某个官僚哪一天凌驾于蛇口人民的头上，就必须坚持民主选举领导人的制度。”正是蛇口选举的命运不明，使得这一届选举成为群众参与度最高、助选活动最活跃的一次。在发展研究室同人们的鼓动下，我和陈安捷参选，大家派发资料、四处联系，可谓不遗余力。经过推选、演说、答辩、投票，我当选了。

但是参选的体验越多，感觉到的问题越突出。随着政府职能的消退与终止，蛇口工业区还原自身的企业角色，蛇口区域不同产权关系的单位、不同属性的人参与选举一个大型国企的董事会，毕竟难以成理；虽然始终把选举人限制在大专毕业以上的知识群体，基于同样的原因，相当的人不关心赋予他们的使命已经毫不奇怪；如果选举产生的机构足以决定公众的前途，那么民主意识的教育与培养则必不可少，可是事实上有意无意地，并没有谁负责研究和解释“董事会”的性质与权力、作为“董事”的责任及必备条件，也没有哪个部门甄别、评价候选人公之于众的信息。于是不等蛇口的选举走向成熟，有人已经会然于心，在暗中引领潮流了。

我怀着不安参加了一九九三年的选举，我选择阐述对蛇口前途的担忧，也许这并不聪明（但不是一个错误），因为会场已经弥漫起关注经济实惠和小集团、小群体（譬如选举人最集中的医院和学校）利益的氛围，还有谁听你徒唱“子规夜半犹啼血，不信东风唤不回”呢？有了有线电视转播，比往年加强了现场表现的分量，又能启发多少人去思考全局的、根本性的大事呢？这一年袁庚退休了，蛇口的选举就此谢幕了。

退休后的袁庚走在蛇口的街道上，身份是一介平民。有一次一个不认识的职工跳下自行车，激动地抓住袁庚的手：“袁董，我们好想你呀！现在很多事情都变了……”袁庚笑笑说：“你们自己的事，相信你们自己会做好它。”听袁庚对我讲起这件事，耳畔想起几年前他对我说过的话：“就算你们选出的是狗屎，你们也必须接受他，下一次把他选下去就是了……”

历史的困惑

一本内容丰富、图文并茂、激情四射的纪念画册，倾注了一班人的大量心血，在已经完成制版、审校、打样，甚至不惜信守合约向香港印刷公司支付十五万港元，却断然放弃了成书，这样的事除非在极特殊的背景下不可能发生。

一九八九年，为了下半年隆重庆祝招商局蛇口工业区创建十周年，我受命主编、设计一本大型纪念画册。那时，无论蛇口的事业还是个人的状态，都像是飞车畅行在海滨的快速道上，风光无限，意气高扬。摄影协会的友人们在我的鼓动之下把自己的积存倾箧献出，不乏珍贵、稀有以及饶有趣味的照片。我和曾兆惠大姐、唐文勇商量，要用好这组生动的素材，娓娓讲述一串动情又含藏激励的故事。我把这一册朴茂亲切的《我们在蛇口》(*Shekou With Love*)定位为常备在家庭的客厅里、打工青年枕边的“开拓者史诗”……

画册的书衣以苍朴的织纹为底，托起“夸父追日”的镂雕。封里是沙滩上的一列脚印，象征着青春燃烧的十年筑梦、一路苦辛。在其导引下，目光移到扉页上的一段醒目的献辞：

> 献给／把年华、汗水和才能／挥洒在这片土地上／向着光明的未来／执着追求的／人们（余昌民撰）

翻过一页，扑入眼帘的是崖壁上遒劲盘错的榕树根：

深圳湾畔的蛇口，有一株古榕……躯体虽已老，热血犹未寒，苍凉的梦境里，依然闪烁着蓝色的星光；闷郁的胸怀间，始终有一个悲壮的声音，穿透历史的迷茫，呼唤着碧绿的、生生不息的春天……（曾兆惠撰）

在深情地讲述了英雄群体的探索、奉献，他们的生活、学习和爱情之后，画册最后结束在以下几段深沉的文字里：

思索着蛇口的未来和危机的蛇口人说：在光明之中能看到黑暗，在关键时刻敢挺身而出，蛇口就有希望。

当初我们刚踏上这块向往的热土，就奔向大海——我们热爱海。海的开阔、气度、勇气和自由，如今融入并重塑了我们的性格。

爱海而能理解海的人，不会失落，爱海而能了解海的人，不会拘束。

你欣赏一句诗："天空虽然没有留下痕迹，但我已经飞过。"

我想起一个古老的神话：夸父跟太阳赛跑，一直追进太阳里，终于渴死；夸父死时，手杖落地，吮吸着他的骨血，化为绵延数千里的桃林。

有人感慨夸父是失败的英雄。

有人赞美夸父是胜利的英雄。

无论怎样，夸父总在我们民族的血液中！

（唐文勇撰）

这一年的初夏是一个多事之夏，画册不能不考虑最新的政治取向以及党和国家领导人的变迁，可是我们必须把党和国家对“改革开放的试管”——蛇口的巨大关怀和重要支持镌刻在蛇口发展的里程碑上。我试着撤换照片，印刷厂勉强容忍着我们一次一次的局部改版。六月初，就在开机印刷之前，局势发生了急剧的变化，我把画册的尴尬提请招商局高层领导研究拍板。

江波、梁鸿坤、梁宪、乔胜利集中在香港招商局大厦董事长室里，我讲述了撤换照片跟不上局势的困窘。老总们个个神情凝重，寂静得似乎听得见呼吸声。袁庚询问了各人的意见，最后轻声地说：“再改就不是历史了。”

我用《我们在蛇口》的试印彩样做成了粘贴的珍本，一共五册。

大雁飞过的痕迹

一九八四年九月，章含之住进了蛇口太子宾馆，她是应袁庚之邀前来临时工作的。蛇口工业区第一本现代风格的《投资指南》扉页，袁庚的署名《前言》纵横捭阖，洋洋洒洒，英译这样的文字恐怕非章含之这样的大手笔不可。外交部有什么样的优质资源可资利用，袁庚心中有数。

我梳理完袁庚手书的草稿，他通读几次，提笔再做局部的修改或添加。完了他在清稿边上摇曳生姿地写给章含之：“如认同，劳您大驾代译为英文后掷下。”

雍容娴雅的章含之篝灯夜战，我特地从南油服务办公室借了一位小姐协助打字。黎明时分，这位弱不胜衣的小姐突然晕将过去，为这一特殊任务平添了一抹壮美的色彩。

在招商局第一书生梁宪手里，“袁庚风格”每每得以浮现出来，因为他熟悉袁庚通常讲话时散发出的广博、睿智与清新。我两次主编过《招商局集团》画册，一九八七年版行文悠婉的《前言》便出自他的手笔：

> 姑且不论一百多年前的洋务运动的功过是非，一八七二年，在我国水域里，一方面是外国列强的坚船利炮横行无忌，另一方面是本国民间的橹声帆影日渐式微，这时出现了一家拥有第一批铁壳汽船的近代式航运公司，总不能不说是一个进步。
>
> 这家公司便是清皇朝北洋大臣李鸿章首创的招商局。
>
> 自那时起至一九四九年，招商局历尽沧桑，显赫的时光无多，辛酸的日子不少，从某种意义上说，她正是中国近代航运史乃至近代企业史的一个缩影……

若要在文字工作上帮得到袁庚，使他满意，其关键与其说在于文笔清顺、句法俏丽，不如说要能像他那样思想，倡其所倡，忧其所忧，突出最鲜明的概念，又不乏文化意蕴和历史感。我能有这样的陶冶机会深以为幸，渐渐地我自觉思想大为开阔，境界已然不同，与蛇口共命运的忧患意识竟也从此难以释然。

《招商局集团》一九九〇年版的《前言》我苦索数日，以旁枝斜出开篇：

一位西方朋友曾对我说："一个不同凡响的名称大都有其独特的考究。'招商局'看来也是如此。"我欣赏这位先生的机敏。

袁庚读了颔首。接着是一个颇为得意的转折：

我并不相信世纪轮回之说，然而招商局在百余年里两次充当中国改革开放的先锋角色，令人振奋、感慨与深思，这是事实。

不料袁庚的感受不同，经他点醒，我果然觉得有些意态张扬，强项得似乎不容置辩，不是今天的招商局应有的持重。我只好忍痛割爱，几易其稿，改作了：

在招商局的身上，既渗透着古老企业的深厚与睿智，又闪烁着年轻企业的理想与活力，因为她本身就是一个多世纪以来中国历史变迁的见证和果实。

袁庚嘱我写信遥请章含之又一次译成英文。
我格外偏爱文章的最后一段：

我特别要提到蛇口工业区，这个充满朝气、性格开放而又永不知足的港口社区是我们和海内外投资者以及数万名员工的共同作品。她毕竟不是完美无无瑕的，但是她那吸纳人类文明精华的强烈动机使她同时具备了对于暂时挫折的承受能力。我深深体会到，创造良好的“生态环境”比引进资金和技术远为艰难，而唯有如此，即给人以尊重、关心和理解，激发观念的进步，他们才能最大限度地发挥聪明才智，释放出无可估量的能量。

这里道出的是改革勇士袁庚的理念与追求。这一类实用文字太容易被忽视，往往是雁过无痕，可它又是那么重要，不在于出于精心结撰，而是因为它是核心人物最充分、最精炼的经典表达。我想应该在历史上为它留下一个恰当的位置。

海边的风，赤子的歌

有两篇文字我什么时候读到都是那么亲切，都会激起热血鼓荡的感觉。

随着《招商局蛇口工业区十年回顾展》成为历史，它的《导言》和《结束语》好比过眼的流星，隐没在了无际的苍穹，唯有我了解它们的深刻之处，知道它们“隐居”在哪里，时常从“造访”中重温昔日的辉煌。

十周年是蛇口工业区最充实、最超拔的时光，自那以后，蛇口这个超能力的孩子逐渐失去了灵性，几乎归于了凡俗。

撰写它们的时候，我感到自己像一个通灵者，完全被一种无形的力量所左右。我的感受，是一群蛇口开拓者的感受，我的表达，是深情赤子的——也是智者袁庚式的表达。

展览是一组耐人寻味的照片，配以或真率或新巧或飘洒或深远的说明。作家蒋子龙看着看着一回头："这是谁写的？"

不知为什么，总能感觉到一缕掩抑不住的忧思。

这类文字往往回旋一阵就过去了，就像海边的风。正因为它们是蛇口历史、蛇口之魂的特殊记录方式，作为好事者，我试图让它们连同产生它们的一九九〇年留下痕迹。

导言

蛇口，这个十年前鲜为人知的名字，如今成为人们关注的一个热点。

正如每一个踏上过蛇口的土地、呼吸过蛇口的空气的朋友感受到的那样，一个洋溢着青春风采的现代化工业小城——蛇口工业区如今梦幻一般出现在昔日的野岭荒滩。这里的工厂与港口、草坪与浴场、效率与风貌无不凝结着四万建设者的汗水、智慧和开拓精神，这里发生的一系列深层次的变化汇成一曲对党中央十一届三中全会路线的颂歌，她因改革开放而生，她与改革开放同在。

蛇口工业区在党中央的哺育和全国人民的滋养下长大，她是一个刚刚步入少年的孩子。经过十年的探索，她已经养成不安于平庸的性格；经过十年的磨砺，她已经练出走向广阔世界的能力。

她毕竟还是一个孩子。一个不畏艰难、执着追求的孩子，一个矢志效忠祖国的孩子。

在弹丸之地的蛇口发生的丰富的经济现象和社会现象是耐人寻味的。无论成功也罢，失误也罢，只要能引起今后的改革者的兴趣、起到一点借鉴作用，就是蛇口工业区的意义所在。

结束语

在你踏上这个小小半岛之前，脑海里一定有过一个想象中的蛇口。坦率的朋友说，即使抱着善良的愿望而来，一想到这里是外资企业云集的“淘金者”的天下，也不免预感将会目睹资本主义社会的林林总总的腐朽、一片文化的荒漠以及中外文明匆匆嫁接而生的荒诞之果。

几天的走马观花，你接触到一个具体的蛇口：新颖的建筑是靠创造积累，怡人的花草是以汗水浇灌，繁忙的港口表现出气魄与远见，多彩的街市展现着稳定与繁荣。你几乎见不到无所事事的闲人、追逐外宾的游民和心理变态的辱骂宣泄；你有感于服务员的微笑、管理者的素质、青年工人的勤劳、企业经理的精明。你容忍了某些暂时不够协调的方面，一种长年追求又若有所得之感使你与蛇口迅速建立起亲近的联系。

如果你有足够的时间领略培训中心的夜读、四海书店的熙攘、俱乐部的汇演、“沙龙”里的雄辩、新闻发布会的对话、评长论短的报纸、“双向选择”的认真、企业经理的观念、咨询委员的坦言、人际交往的习惯、新婚风俗的进步、现代家庭的气氛……，经过几个不眠之夜，你真正理解了蛇口，你与蛇口人有了共同的脉搏节奏，成为蛇口人诚挚的同志和诤友。

党的十三大指出：“我们最终要在经济上赶上发达的资本主义国家，在政治上创造比这些国家更高更切实的民主，并且造就比这些国家更多更优秀的人才。要用这些要求来检验改革的成效。”蛇口工业区正是以赤子的热情对中国式的社会主义道路进行了勇敢的探索，并且满怀信心地接受全国人民的检验。

我们从来不满足于已有的作为，总是通过对自身不足的揭示和果断的改革获得新的生命力。我们每时每刻思索着明天的目标，鞭策着今天的奋斗。

我们因你对蛇口的关心和批评感到荣幸，蛇口的前程会因此而更加美好。

蛇口属于全国人民，也属于你。

我们的神话英雄

在蛇口，以上古神话为主题的大型雕塑作品有两处：南海酒店的浮雕“后羿射日”和六湾海滨的圆雕“女娲补天”。

“后羿射日”为建筑设计师所安排，镶嵌在南海酒店面山的玄关前充当照壁的山脚处，矫健的后羿虎步弯弓，箭矢指向扭曲顽张的十头火龙，每当人工瀑布飞泻而下，幽光燃起，只听得喧声一片，倒从中悟出片刻的宁静来。在我编辑蛇口十周年纪念画册的时候，把它与咏赞打工阶层的文字相配：“……你是蛇口坚实的基座，无名，但却伟大！”

建造“女娲补天”的事，我是出席它的设计稿评审会议才知道的。一九八六年夏，著名雕塑家、中央美院教授傅天仇带来一个高不盈尺的石膏小样，向我们讲述“女娲补天”的设计思想，准备安放在海滨浴场围堤伸向海湾的顶端。与会的人都感觉人首蛇身的女娲造形表现欠佳，细看小样，身姿直板，发型与现代女青年近似，尤其是傅教授特意将面部处理成为“阴阳脸”，即从左右两个方向看去表情不同：朝内地的一面恬静安详，朝香港的一面怒目圆睁，借以传达“对社会主义、资本主义的态度截然有别”之深意，更令大家困惑不解。不待深入探讨，主管地产的蛇口工业区副总经理陈金星桌上一拍：“就这么定了！”

我以为傅教授吸纳了有见地的意见，正式作品定会加以改善。没想到“女娲补天”完工以后，身板依然那么挺直，发型依然那么现代，我特地从两个方向观察女娲的脸，果然是一怒一善，她就将那么伫立着，多少年……

“女娲补天”为海滨一带增添了韵味，观光客也多了一处留影的佳处，细心琢磨的不多。塑像基座上的铭文是蛇口老文化人邹富明所撰，大体是录自《淮南子》的引文，没有做赋予新意的展开。有一次我随袁庚行至此处，他在铭文前驻足片刻，若有所思地说：“什么时候重写一次才好……”

时光荏苒，女娲和蛇口的人与事一样经过了风雨岁月的磨洗，从袁庚住宅阳台向外望去，她已经不是悬立在海边，而是被并入内陆了。袁庚昔日的感觉——一种代为承受的百口莫辩的矜夸——已经得到了验证，确切地说，有过依稀的阴影。我说，神话是民族精神的源泉，任何时候崇拜自己的神话英雄都不为过。阴阳脸也无须掩饰，那是时代观念的印痕。女娲关爱人类，勤于创造，无畏翼护，而且掌管人类的婚姻。就让伟大的中华女神保佑蛇口长久平安吧！

战士情怀

十岁的蛇口成了珠江口的一颗明珠，新的思潮和经济发展的浪潮已呈席卷珠江三角洲之势。一九八九年一月二十三日，我随袁庚夫妇、梁宪夫妇、梁鸿坤、乔胜利到广州珠影审看样片《啊，蛇口》（后定名为《蛇口奏鸣曲》），之后借道顺德、江门、新会、中山、珠海缓缓而归，边行边看，就是因为袁庚想感受一下三角洲地区经济迅猛崛起的“浓浓春光”。沿珠江而下，车窗外时而掠过突兀的小山，有人轻声自问：“平原上哪来的山？”“那是曾经的岛……”我心里想。

一九九〇年三月八日，袁庚带着助手们向东考察完惠州澳头港，经过了刚刚破土的熊猫汽车城，往北朝博罗境内的岭南第一山——罗浮山驶去。梁启超的《饮冰室诗话》里有一阙《双双燕》：

> 罗浮睡了，看上界沉沉，万峰未醒。唤起霜娥，照得山河尽冷……

可见其雄浑幽峭的姿色。

我们来到东晋葛洪结庐炼丹之处——冲虚观，读罢“典午三清苑，朱明七洞天”的门联，一转眼瞥见“东江纵队司令部旧址”的标牌，方恍然大悟今日为何而来。

袁庚和许智明顾问今天站在这里，一定重又沉浸在五十年前的抗日硝烟之中……“他那时候很神气，挎着盒子枪跑来跑去，”许顾问指着袁庚说，“那后院我可进不去……”我连忙招呼许顾问和陈肇源、肖向前两位前大使（招商局顾问）靠向殿前，按下了快门。

回程很长，一行人累了，话语渐稀，我漫视着窗外的海景。经过深圳溪涌附近，一道溪流挤出乱石泻入海里，袁庚抬手指着对我说：“当年护送邹韬奋去香港，就是从那里下的海……”

美国人的眼睛看袁庚

袁庚在花甲之年创立了蛇口工业区，试验了多项重大改革，是中国当代改革开放史上奇丽的一笔。回顾这一段路程，他常拿《木偶奇遇记》里的杰佩托老人自比：他只不过雕刻了一个木偶皮诺曹，而皮诺曹像一个顽皮的孩子一样经历了种种奇遇，是因为碰巧用了一段神奇的木头而已。袁庚在这里把成功归于了“神性”——改革开放的时代潮流。有一家媒体把这一比喻曲解为“袁庚像童话里的木偶一样有很多奇遇”，实在乏味。

我再细细一想：倘若不是杰佩托老人，或者杰佩托老人没有拿这段貌似寻常的神奇木头雕刻木偶，而是做成桌子腿或者当柴烧了，那么这个家喻户晓的童话岂不要改写？

美国人也没有放过这位杰佩托老人。一九八七年九月，袁庚意外地接到了美国宪法诞生二百周年纪念活动主办机构的邀请，受到国宾般的礼遇。在纪念典礼上，当主持人宣布“世界上三个对美国历史有重要影响的客人”，念出“来自中国的袁庚先生”的时候，全场掌声雷动，令韩叙大使吃惊得睁大了眼睛。

一九四五年三月，袁庚领导的东江纵队对外联络处向美军提供了极其重要的军事情报：发现了诡秘“蒸发”了的日军精锐力量波雷部队的踪迹，以及他们在汕头、东山岛一带的工事布防，美军据此及时中止了在中国东南沿海登陆的作战计划，结果改变和加快了战胜日本法西斯的进程。

美军一直对情报的提供者怀着深深的感激，美国人将美利坚合众国的摇篮——费城的金钥匙赠给荣誉市民袁庚也在情理之中。然而显而易见的是，随着蛇口受到世界的关注，袁庚由于他的历史功勋反而蒙受的苦难，和他被誉为“中国改革开放拓荒人”的明星形象，也是唤起美国人真诚尊重的另一重原因。

有人说袁庚一生做了两件光彩夺目的事：抗日战争中出色的情报工作和蛇口工业区的创立与改革。有趣的是，美国人把这两件事连在了一起。

转圜的智慧，仁爱的柔光

在需要纾解难局、调控氛围的场合，外交家袁庚的表现可圈可点。一旦遇上机不可逸、强取不能的难题，袁庚便不动声色地祭出柔韧的太极功夫，把事态引向皆大欢喜。即使面对党与国家的大人物，他也不止一次为体制外的蛇口争取到他想要的东西。

臻此境界，首先因为他对事理人情的通达。在蛇口早期，有一次医院领导汇报工作，说到区内工厂打工妹未婚先孕的情况多了起来，建议立条规束约之。袁庚听了淡淡回答："那你们多准备些安全套吧。"见听者茫然，又添上一句："这种事情若是很痛苦，人类早就绝种了。"豁然开朗原来就藏在情理中。

再者，袁庚深谙顺水行舟，动之以情。袁公子中印给我讲过一段非常时期的往事。

早在一九七六年夏，博茨瓦纳总统访华，时值"文革"末期，没有国家主席，中央老干部一片凋零，外交上只好采取"礼宾降格"，派时任交通部长的叶飞将军接待陪同。交通部外事司负责人袁庚随行。

那时叶飞部长的处境也十分艰难，江青借风庆轮（事关国产万吨轮质量问题）向邓小平发难，那位靠"为革命卖菜"起家的人大常委会副委员长挟"批邓"的余威，不久前刚刚指斥叶飞部长"官僚主义"，他说每句话办每件事都如履薄冰，如临深渊。

外交部派出的是上过联合国、跟过国家领导人的大牌女翻译，这时岂把叶飞放在眼里，宾主的谈话她想译就译，不想译就草草带过，华侨出身的叶飞部长并非不知，却对她的倨傲毫无办法。

在参观马桥人民公社的时候，总统说了不短的一段话，翻译了两句话就完了。

叶飞部长诧异地问她："还有呢？"

大牌翻译冷冷答道："你没有必要知道。"

叶飞部长感到这样下去必然影响工作，就对袁庚说："老袁，你去做做工作吧！"

当晚袁庚找心怀强烈政治优越感的大牌翻译聊天，她恰恰是出生在马桥一带的人。

"回到家乡了，感触很深吧？"袁庚不动声色地问她。

"是啊，家乡的变化很大。"

"小时候日子很苦吧？"袁庚随口一问。

"家里很穷。是共产党送我上了大学，培养我有了今天。"

"上海解放的时候你多大？还记得那时的情景吗？"袁庚轻轻地一转。

"那时我八岁。看着解放军攻进上海，感觉我们的苦日子就要结束了。"

"你知道叶部长那时做什么吗？"快见真格的了。

"叶部长？不知道。"

"叶部长就是率领十万大军解放上海的三野十兵团司令。"

……

从第二天起，大牌翻译就像换了一个人，不仅翻译得认真饱满，而且鞍前马后，对叶飞将军呵护有加。

回到改革开放年代，来感受一下袁庚转圜的智慧与仁爱的柔光。

一九八四年一月二十六日是蛇口人的一个大日子：邓小平来了！近中午，小平登上“海上世界”（落座海滩的退役法国邮轮明华号）休息用餐，我的任务是值守在明华轮对面的购物中心，邓夫人卓琳在那里参观。购物中心其实也就一百来平方大小，是中国首家中外合资经营的外币商店，我被指派为董事长。

小平那天的兴致很好，还挥毫留下了“海上世界”四个字的无价墨宝。下午离船的时候，不少群众闻讯涌来，小平与家人、省市首长还有袁庚坐上一部中巴车，警卫负责人催促司机：“快点开！快点开！”

看着潮水般趋前翘望车窗又纷纷避让的人们，袁庚不急不忙地说：“大家想看一眼邓大人，守候了很久了，车开快了，撞到人了怎么办？还是请市长先生协调一下吧！”

梁湘市长还未及反应，小平听了，连连说：“慢点，慢点。”

曾宪斌与蛇口的因缘

一九八八年初遇曾宪斌的印象已经淡薄了，那次他只是流水般的众多访客之一，为采访实际上蛇口无浪、域外生波的“蛇口风波”而来。我说过些什么不记得了。这位身材敦实、凤眼平头的广东小伙言谈舒缓，虽不黏人却令谈伴感觉舒服，仿佛面对的是熟人同道。

我没有参加一月十三日晚间三位著名青年思想教育专家与蛇口青

年的对话，那是一次共青团安排的寻常的讲座。第二天，我的下属讲述了前晚的遭遇，再细听在场的珠影导演吴厚信碰巧录音的实况，我就像身历其境一样，感觉到三位老师在思想观念上同生活工作于斯的蛇口人有着明显的距离。他们精确地记得过去各次演讲时获得掌声的次数，他们表白去了一趟沙头角“只买中国这边的东西，不买香港那边的东西”，他们情不自禁地质问与之论争的青年的名字，大有不会善罢甘休的意味——他们果然没有善罢甘休，后来在很多地方宣扬蛇口的青年没有理想，以至于令一位在西安读书的蛇口子弟痛苦万分……这是一次不经意的碰撞，自然无拘地升级，谁也不曾预料到。若论蛇口这一方究竟存在着什么样的基础，那就是这些青年生活在现实里，并且习惯了直言他们的感受和心声。

《人民日报》八月六日头版刊发了曾宪斌的《“蛇口风波”答问录》，引发了空前激烈的讨论，在国内外掀起了围绕新时期思想政治教育的真正的蛇口风波。这位在人民日报社实习、海军出身的中国社科院研究生展示了他在新闻把握、提炼方面的出色才能。我在文中的角色被敷演成了一句似乎不屑与论的“隔世之感”。不久后我去北京，他领我拜访了人民日报评论部，看到支持蛇口的来信来稿澎湃汹涌，尽管如此，编辑们还是努力关照论辩双方大体的平衡。

二十世纪九十年代初以后，“蛇口风波”受到重新审视，有人“文革”遗风未泯，还想把它扯上某种思潮的源头。年纪轻轻的曾宪斌坦途不再，这位曾经闪光的新闻新秀转而开始“为稻粱谋”，他要么在锤打中变形，要么在磨砺中新生。

一九九二年七月，曾宪斌来找我，三年来沉重的包袱已使他看起来疲累不堪。他希望能到蛇口来工作，因为难有比蛇口对他更多一些理解、与他也更多一些契合的单位了。尽管社科院研究生院已经证明这位“优秀研究生”“品学兼优，学习成绩和新闻业务能力突出，已在新闻实践中写出了一批有影响、有分量的作品，显示出新闻工作者的良好素质”，并且“头脑清醒，没有任何问题”，却依然躲不开“风波”带来的微妙影响。袁庚曾经很多次问到曾宪斌，倒不是因为他笔下的言论记录（《人民日报》1988年8月6日第1版《“蛇口风波”答问录》）将袁庚定格在一个开放睿智的领导人形象，而在于一个手眼不凡大有作为的年轻人因为牵连蛇口而受到如此巨大的冲击，心中感到不安。

我建议曾宪斌直接向袁庚叩门，一月之后专函寄到，同时向我说明破釜沉舟的决心：

> 遵嘱已将信写好，请你转交袁董。我已决意到蛇口来。商业电台分给我的三室一厅我已退回去了。这段时间先在香港的超顺公司干，策划一个与北京新闻单位合搞的“十二亿的期待——致国际奥委会的一封信”征文活动。如果蛇口同意接收，我可以随时辞掉这里的事情去那里，如果党委系统的单位有困难，其他部门也都可以。总之，一切由你替我定夺。

我去香港把曾宪斌的信面呈袁庚，袁庚郑重批示后转蛇口新来的党委书记办理。我听书记说了一句“可以安排在蛇口消息报社”，就再无下文了。

一九九三年六月，曾宪斌带着宠物养殖中心的梦想来找我，说老家一处废弃的卫生院可资利用，种犬没有问题，要做东南亚最大的“狗王”。我觉得这个项目新鲜有趣，还为它起了个“相依”的温情名字，等到他知道我拿不出入伙的十万元，他看着我这蛇口的中坚干部惊异得睁圆了细长的眼睛。

我带他去拜望袁庚，勾起了老人久远的关于一只法国军犬的故事：这只军犬落到了我方，经过驯养，威猛机灵，善解人意，立下过战功。有一次越共领导人胡志明前来开会，在抓取茶杯的刹那，军犬的眼里忽露凶光，幸亏化解及时，险些造成“国际影响”。殊不知这件事在“浩劫”中还是成了袁庚的一条罪状。老人在哈哈大笑中结束了故事，我们的“相依宠物中心”也就随之远去了。

曾宪斌后来打来电话，告之已在广州天河区委工作，我和袁庚老人都松了一口气。其后通讯工具换代更新，彼此断了音信。事隔十一年，为了写关联他的文字，上网试搜，见项下是“原《房地产时报》执行部编辑；大连万达集团董事、总策划师……清华大学客座教授”，疑为他人，仔细查对，居然无误！据评介，这位失意的新闻新星早已走出荒漠，“主持策划全国各地二十余个大型房地产项目，均创房地产销售奇迹。其策划手法独特，倡导‘赋予楼盘一种思路，一种文化，一个灵魂’。在全国各地做过几十场大型演讲报告，所到之处反响强烈，引起极大震撼，被媒体誉为‘曾旋风’”。

房地产策划、演讲报告之于曾宪斌，肯定再合适不过，只要给他做的机会。当年曾宪斌若是来了蛇口又如何呢？蛇口也许会给他一条不宽不窄的平稳的路，而他却东冲西撞，最终走上了自己蹚出的通衢大道。曾宪斌有幸，真为他高兴，那么蛇口是不是也品出一丝儿涩味呢？不管怎么说，袁庚老人可以告慰于心了。

中部，有过一个梦

湖北省省长郭树言怀着加快中原地区改革开放的急切心情，一九九一年初率团访问香港，与招商局、中银两大集团首脑“碰撞”出一个突破性的构想，长袖善舞的袁庚就势鼓动起了港澳工委、爱国港商及财团的热情。三月上旬梁宪从香港赶来，向我说明了这件事情的轮廓，一周后袁庚又找我详谈了思路，构筑方案的任务便落在了我的肩上。几天之后，发展研究室的区域规划好手唐文勇执笔完成了《八省十方联合，中部腾飞有望——中州保税区设立构想》的草稿，我统改一遍，火速报出。我觉得正如袁庚所说：“这只是一个粗线条的草图，但它展示了一抹熹微的晨光。”

三月三十日，我收到了袁庚仔细修改过的文稿，并有一大段批语在后：

> 我匆忙看了一遍，粗略地旁注或添加了一些想法，不一定妥当。总之，这是一个庞大的系统工程，涉及面之广之多之深可能我们现在还认识不到，体会不深，我们虽有十三年实践经验，但难免坐井观天，加之国情、党情、人情千变万化，光怪陆离，不可预见之事难以考虑进去，因此这只能是一个幼儿园孩子画的

图画似是似非。

但无论如何总算朝向突破性方向走去，希望能引发许多仁人志士去思考，去完善，去实践，头破血流之后可能走出一条路子来。

因为对方催得紧也不能迟误，请再修改、抄正送去，前言说明要极度谦虚为好。

完善后的《构想》很快送达湖北。紧接着我又先后随同袁庚、招商局副总经理王世桢两次赴湖北考察、商洽，一边是乡情拂拂，一边是诚意殷殷，无奈关乎八省之计，止于湖北一家是不行的，郭省长随后也奉调主阁三峡委员会去了，雄心勃勃的构想就此搁置了。

古人有“不可无一，不可有二”的说法，蛇口突破的模式看来只能是特定条件下的孤例。中部的梦已成为过去，不过我始终萦怀的是袁庚的那种无所羁绊的创新精神和那段深邃的表达，苦索着怎样才能超越如同孩子图画的似是似非。

花开无缘

一九九三年六月，一批欧洲、中国海峡两岸及香港的专家学者住进了幽静的蛇口美伦山庄，由法国国际跨文化研究院主办、法国维泽莱协会和人类进步基金会资助的国际环境与发展（中国）研讨会在这里举行。他们把蛇口作为中国的一个案例，蛇口也非常乐意从组织、参与国际交流活动找到新的发展契机。

九月底我随袁庚飞往巴黎，应邀出席有三十多国参加的地球综合状况预备大会。我们刚好住在当年钦差头等大臣李鸿章下榻过的旅馆，招商局第二十九代掌门人与招商局的创办人相隔九十七年在重洋之外不期而遇，其使命与境遇已完全不同，怎能不令人感慨万千！

会址在郊外一处苍古的修道院里，草木蓊郁，色彩斑驳，如同置身古典油画之中。袁庚以《样板胜于雄辩》为题发言，提出发达国家应该以科学技术帮助发展中国家处理好经济发展与环境的协调问题，建议利用国际力量扶持若干成功的试验区，会场气氛顿时活跃了起来。

在布鲁塞尔的欧盟总部，外交商务部亚洲司负责人霍夫曼对袁庚说：欧盟从未像现在这样关注中国的发展，中国亦不应忽视欧盟的经济力量，欧洲国家与中国都有着深厚的文化背景，这是合作成功的重要条件。欧盟即将批准一个促进欧中企业界交流与合作的计划，希望蛇口能成为推动这一计划的合作伙伴。

我对霍夫曼说，我们正在筹备的《华商》杂志是塑造现代企业家的高级读物，如果得到欧盟的协助，这份杂志将会更加强大。霍夫曼高兴地说：“这是一个很好的提议！”

袁庚和我在巴黎约瑟芬的宫殿里受到法国银行界、工商界的盛情款待，亲身领略到了欧洲古典的礼仪、法式大餐和法国贵族的风度。制衣商、珠宝商、办公家具商和包装设备商等提出了有关中国的种种问题，并向我们咨询他们脑子里的访华计划。我惊异法国企业界对改革开放中的中国知之甚少，后来向中国大使馆反映，大使馆无奈地解释说，他们对国内的了解仅限于《人民日报》的信息，同意确有必要利用民间渠道广开中欧相互了解之门。

我们访问了国际跨文化研究院，他们在进行文化比较研究的同时帮助法国政府和欧盟策划相关的计划。他们谈到打算拍摄一部反映蛇口的影片，我们当然承诺将会给予种种方便。

东道主还安排我们拜访了世界著名建筑雕塑家卡拉万的家，他准备设计一件象征不同民族的理解、合作与人类进步的巨型雕塑，这件惊世之作将分立在三大洲，只有欧洲、非洲和亚洲全都走过的观光客才得以看见它的全貌。在亚洲的部分选择安放在何处？法国人想象的是蛇口……

这次出国，袁庚获得邹家华副总理的批准；回国以后，又把活动、见闻、感想和建议写进了呈送副总理的报告里。

遗憾的是，袁庚毕竟已经退休，在招商局的上层没有人能够理解，更没有那份能力推动他亲手开拓的新局面了，相反还有过说三道四的小麻烦。感觉力不从心的袁庚转而想到了上海，一九九四年三月拟遣我代表他晋见黄菊市长，在准备面呈的函件中写道：

> 鉴于前述对上海的新认识，我认为此举以上海为主更为适宜，经欧方同意，特向阁下推荐。随信附上有关资料和欧方起草的文件，供参阅。我看此举属新的视角，对引进技术、资金和国际化发展必有新的推动。阁下如有兴趣，我们再进一步磋商细节。

无奈这一努力在蛇口当时的背景下显得不合时宜，加上我职务变更，结果并没有成行。向前的时钟停摆了。

然而欧盟方面没有停滞。不久传来第一批上海企业家赴欧洲交流学习的消息；一九九四年十一月，中欧国际工商学院在上海成立，五年以后，该学院连续跻身全球商学院一百强，亚洲前三名，是中国大陆商学院进入世界排名之唯一。

我注意到学院的使命："为中国培养立足本土、面向世界、适应全球经济一体化趋势，具有参与国际合作与国际竞争能力的高级经营管理人才，为中国经济发展服务，并促进中国经济融入世界经济。"这使我想起了袁庚欧洲之行的初衷以及蛇口今天的梦想。

只能对蛇口说遗憾。

文章太守

宋代欧阳修一句"文章太守，挥毫万字，一饮千钟"，成就了一类官员的千古美名，作家夏坚勇盛称他们"具有一流的文化品格"，其"所作所为便成了一种溢彩流光的文化现象"。与他们不同的是，袁庚还曾经驰骋沙场，我想象不出他在戎马生涯中是否有过"朝携壮士，夜接词人"的洒脱，毕竟历史造就出一个集小学校长、军校学员、游击战士、上校情报官、炮兵团长、外交武官、部委外事局长、集团企业董事长于一身的袁庚，在二十世纪末的中国改革开放潮流中崭露炫辉。

袁庚的出色口才为他赢得了魅力的光环，无论工作在蛇口或者关注蛇口的人们都把听他发表讲话视作精彩的压轴戏，不容错过的盛宴。他在中央会议上的发言精警得体，在干部大会上的讲话恣肆纵横，对学者的谈话深邃幽默，在国外的演说妙趣横生。一九八四年在“海上世界”前巧妙地“疏导”中央首长的车队；在早期简陋的蛇口管理干部培训班的平房里，袁庚朗声宣称“不改革者不入此门”。在美国大匹兹堡商会的宴会上，袁庚针对浮法玻璃项目技术转让条件的僵局，阐发了如此的妙论：

> 我们的祖先早在千年以前就将四大发明——指南针、造纸术、印刷术和火药无条件贡献给人类，而他们的后代子孙从未埋怨不要专利权是愚蠢的，相反感到光荣。请问各位，那时候你们的祖先在哪里？恐怕还在树上哩。请各位看看自己的胸前，是不是特别多毛……

在哄堂大笑和热烈的掌声中，谈判向有利的方向转化了。

一九八八年十一月十二日，出席中国经济改革回顾与展望国际研讨会的中外经济学家、企业家参观了蛇口，袁庚在南海酒店欢迎酒会上做了洋洋洒洒的即席演讲，被来宾盛赞为“最精彩的论文”。面对带有袁庚亲笔修正字迹的记录稿，我发现几乎包罗了他所有的思想精华，声声贯耳，字字珠玑。睽隔三十年，今再做整理，大体可窥全豹：

女士们、先生们、朋友们！

感谢各位知名度极高的中外经济学者和企业家光临这个天涯海角，使这个本来是小渔村的年青社区添加了新的魅力。

对于研讨会中涉及的重大理论问题，本人不敢班门弄斧，但面对这么多专家学者，又不能不讲几句。

我以为，要引进外国的资金、技术、设备等等，并不是十分困难的事，而要创造一个适应这个经济发展的社会环境，则要困难得多。进步的社会、进步的人，是任何一个国家和民族经济起飞的大前提。有人问："蛇口是怎么发展起来的？"我回答："是从人的观念转变和社会改革开始的。"

这个地方，是由跻身香港的一个中资机构——招商局全资开发经营的，而不是运用政府的行政功能开发的。这里的企业百分之八十以上是三资企业，这就意味着，蛇口自出娘胎就先天具有适应国际化市场经济的功能。作为一个企业，如果没有经济效益，没有在国际市场上竞争的能力，是一天也活不下去的。对于蛇口来说，开拓国际市场尤重于国内市场。人民的创造力和自由意志完全是按照国际自由竞争机制和经济规律、价值法则所规范的，而这种创造力和自由意志的充分发挥，则有赖于各种体制的改革。

在蛇口，当基础设施初具规模以后，我们做的第一件事就是淡化特权和官本位，冻结了过去在内地的行政级别和工资级别。如果你问某个蛇口人现在是什么级别，是局长还是处长，那将引起哄堂大笑。这里的许多干部更乐意在企业施展自己的才能……

我们进行社会财富再分配时，非常重视它的公平和合理性。比如住房，任何人不能靠特权获得，在商品面前人人平等；至于薪酬，则要根据他的才能和贡献来确定。包括国务院明文规定的赴港出国允许携带大件的特权，我们早就主动取消了。

我们还主张，领导层要有透明度，人民要有知情权。当你作出有关人民利益的决策时，人民理所当然有权过问你。……谁都明白，如果地球没有自己的轨道，没有制衡的力量，那就可能撞到太阳上去而毁灭掉。

我们提倡宪法所规定的言论自由……所有这些，加上人才的合理流动、职业的双向选择，都是使人成为真正的人，充分发展自己的才华，受到社会的尊重，而不是违背自己的良知，扭曲自己的个性。

有一位诺贝尔奖获得者，三个月前在这里和我见面时曾经有过一段对话。他问道："开发蛇口的哲学思想是什么？"我说：我们不仅要继承和发扬中国的一切优秀传统文化，而且要学习借鉴西方的优秀文化，包括科学、技术、工艺、管理。我们要创造繁衍现代文明的土壤，但决不能提供色情、暴力、毒品、艾滋病滋生的土壤。我们要避免和防止西方的道德危机。

刚才有记者问："蛇口今后的希望在哪里？"我想，蛇口的希望就在于，在光明中能够揭露黑暗，在前进中能够看到落后。八十年前，招商局历史上的一位知名人士郑观应写过《盛世危言》，曾想力挽招商局的衰败，但随着改革派人物谭嗣同的人头落地，当时的招商局也就跟着一蹶不振。以史为鉴，可以知兴废。

今天，我们还是要用《盛世危言》警惕自己，如果在座诸位能够不客气地为我们指出缺点和不足，指出今天招商局、蛇口工业区的阴暗面，那才够得上真正的朋友！

谢谢大家！

袁庚动笔之勤、思路之宽、文采之斐然，在同一代老干部里实属罕见。我见过几篇袁庚亲自起草的重要文稿，游龙般的行草很是漂亮；由于熟读历史、细察世界，他的风格纵横捭阖、恣肆汪洋，而这等思想境界与文墨功夫上的距离，换了别人往往无从下手，所以多数情况下也只能由他亲力而为。一九九五年他在《站在新世纪的门槛上》原稿中这样写道：

二十世纪即将过去。在人类历史长河中，只有在这个世纪的前五十年发生过两次世界大战。今年正好是第二次世界大战结束的五十周年。两次战争的惨酷经历，幸存者记忆犹新。新生代只能在诸如《辛德勒的名单》和长崎、广岛灾后纪录影片的荧光屏前屏息静气，莫明所以，不了解他们的祖父辈何以如此愚蠢可悲……

袁庚写得一手古雅的书翰，如一九八三年致清华大学校长刘达：

暑假如南来，请不吝再移玉南山。近来形势大好，每登微波楼，均有清新感，此均拜各位长者之赐。临风北望，每任翘企。专此奉达，并叩教安。

几封写给我的信封上“袖交”“袖送”“袖呈”信笔挥就，每每变化，飘逸从容，感觉很是舒服。“宝安袁庚”的词作仅见一九八四年《念奴娇·登微波楼》一首：

微波楼上，雨初晴，水浸苍穹澄碧。极目纵横宇宙小，探手银河可摘。鹰掠浮云，鸥翻怒浪，何惧风雷激。掀天揭地，方显男儿胆识。梧桐山挹群峰，若游龙，直卷屯门西北。滚滚珠江南入海，洒满伶仃春色。厂舍鳞排，帆樯队列，似神蛇添翼。中华崛起，英雄豪杰辈出。

题记附后：“时维甲子，序属清明，雨后登蛇口微波楼，有清新感，兴之所至，填念奴娇。格律工否，非所计也，取其义耳。”

袁庚在商界朋友众多，其中亦不乏风雅之交。台湾企业巨子黄周旋将稀有的《四库全书萃要（善本影印）》一部赠予袁庚。这部体量庞大的“四库中的四库”运到，袁庚吩咐蛇口图书馆特辟专室收藏，成为该馆的镇馆之宝。

袁庚酷喜读书，内容驳杂。多年间我与他无数次的闲谈中，读书成了说不完的主题。我曾把有关帕尔梅的文章和《第三只眼睛看中国》之类的奇书拿给他看。袁庚对帕尔梅这位力行平民化，也因轻车简从而殉职的瑞典首相怀有深深的敬意，提起来便感念不已；《第三只眼睛看中国》没过几天就已经填满了累累批注。然而更多的时候是他就刚读过的书籍与文章有感而发，他的记忆力准确得惊人。

袁庚告诉我们，据第一代国家领导人著书回忆，毛泽东在延安窑洞描述过未来“自由民主的中国”。由此可见蛇口实行选举与监督领导干部的大方向是正确的。

袁庚还说，毛岸英有着极好的政治素质，一九四七年三月他在山西土改时给父亲毛泽东写信，那时就说：“没有群众的监督，没有民主，干部便必然变坏，必然会在人民头上为所欲为。”

他讲了范文澜《中华通史》中的一段故事：武王伐纣之前，三次派间谍查勘商殷的国情，第一次报告说：“坏人执政当权，昏乱极了”；第二次说：“好人全被斥逐”；到第三次：“百姓闭口不敢说话了”，这才判定时机已到，武王出征，牧野誓师，一举灭掉了殷纣。他说，足见当百姓闭口不敢说话时，国家就到了崩溃的边缘。

他能指出邓小平的某段讲话在《邓小平文选》的第几页；他引用欧阳修的《纵囚论》，说明唐太宗的度量以及“恩德入人之深、移人之速”；他时常推介某种思想理论杂志的某篇文章值得一读，例如一九九六年五月二十一日我收到手札一封：

《告别中国最后一个公社》一文是十天前不知是谁送我阅的，看文章是已发表于九六年三月二十七日《万科周刊》，文末注明作者供职于青岛沿海传播广告公司，莫婴鸣是笔名。从文章看来作者对蛇口历史沿革尤其近况了如指掌，为文目的不言自明，是有心人之作。与两年前《投资导报》:《蛇口——中国的乌托邦》有异曲同工之妙。

兹送上参阅。

一九九七年八月四日又见袁庚的短简：

蒙馈赠余英时及刘梦溪之著述，不胜感谢。前者在数年前在港曾拜读过（似王佩仪博士处送来的），而今重读另是一番韵味。刘梦溪之著述读之确含藏充实，气势磅礴，惜乎论述只及于晚清；如今知识分子之苦，有口难言。因学术独立于权势，学术思想之多元，学派之纷繁的局面，可能下一世纪才会出现。

至于小传（按：某名人录索要），可登可不登，无关宏旨，如有裨于蛇口小局，请酌可也。

当我倾听袁庚谈古论今的时候，当我展读袁庚函札亲沐教泽的时候，当我陪伴袁庚信步巴黎的时候，他在我的心目中不再是位尊名高的大人物，而是这样一位儒雅宽容的文章太守。他现在退休在家，仍然期盼着二十一世纪的进步，牵挂着蛇口的小局。

今日约数人海阔天空

在我的工作日志里，一九九一年十月十四日记着这样一行字：

“袁董约（我和）乐俊人、唐文勇海阔天空。”我现在何其后悔，吝惜多写几个字，丢了一段生动有趣的回忆。

接近退休的袁庚在蛇口家里的时间渐多，我们这些晚辈也就有了时常与他不分老小地“海阔天空”的快乐。隔一段时间他就会打来电话，我和过永鲁、乐俊人、王克朴，偶尔还有陈安捷、唐文勇、周为民，就会欣然前往。这样的“雅聚”不仅增长见识，而且可以倾听老人的侃言，得到长者的提点，春风对坐，其乐融融。

我们谈有意思的书，也评过眼的电视节目。袁庚说看到一部纪念刘少奇主席的电视片，其中有出访东南亚期间遭遇敌特暗杀阴谋的情节，他批评传记片的细节不应偏离史实太远。我们对他的权威性深信不疑，因为袁庚正是一九六三年四月在柬埔寨破获国民党特务“湘江案”的功臣。

对于中国的国民性阴暗的一面，袁庚像鲁迅一样疾首攒眉。他说：“一旦遇到不同的意见，英国人举手，拉丁人拔剑，中国人搞阴谋。”若是碰到“暴富者无度，暴贵者横行”的事情，老人就会一反往常地激昂起来。

“中国的希望或祸害”竟与知识分子的表现有关，熟读历史又反思苦难的袁庚发出痛切之叹。他还说：“人身依附是社会进步的最大阻力。”他全力推动的著名改革的核心，就是试图清除造成人格扭曲的根源。

在他看来，有知识、有自主意识的中产阶级可能是中国的希望。他认为高官显宦的子女纷纷出国学习和发展未必不是好事，这一代人的兴起对未来的法制建设和政治民主可能会起到一定的作用。

袁庚认为经济规律是企业生存的法则，招商银行、平安保险、南山开发公司（赤湾港）的发展令人耳目一新，就是因为经营者全心全意对全体股东负责。“李嘉诚这些大老板最怕中资企业不按经济规律行事，因为中资企业的信用可以无限大。”他还说：“过去交通部长李清下令不干预蛇口，蛇口才有了后来的发展，若是把政府行为移植到企业，结果肯定是完蛋。”

香港曾经是袁庚从事革命斗争和改革开放的舞台，他对香港的观察和感受要比一般人深刻得多。他说：“香港回归了祖国的怀抱，我们应该看到，贫穷落后的香港变成了举世闻名的自由港，英国人留下的除了城市的家底，还有成功的法制环境与公务员制度，值得我们好好借鉴和研究。”

袁庚望着远方深沉地说：“一个有效的政府自会得到人民的尊重，而人民尊重政府才能遵守政府的各项法规。我们应当想一想：为什么香港人在香港能够讲卫生，一过罗湖桥就吐痰？”

不知袁庚从哪里听来那么多的顺口溜，我们的畅谈往往在黑色幽默引发的哄笑中结束。

真正的仁者

被中国百姓抚养大的日本遗孤井上征男问过一位日本绅士，可能为无家可归的孤儿做什么，绅士说，他会给他“宝贵的同情”，在追问下绅士表示还会拿出——五百日元（约合二十五元人民币）。如此廉价的仁慈，没有也罢！

“文革”结束后，袁庚走出了被囚禁五年半的秦城监狱，隐忍下破碎的尊严与敌视的磨难带来的痛苦。当后来清算人员拿出照片请他辨识某个最嚣张的看守时，袁庚摇摇头说：“我已经不记得了。”

清华一位团干部在反对“四人帮”的“小白花事件”中有过英雄式的表现，却又在一九七八年的自由化问题上失足，对他的追究牵延到了天涯海角的蛇口。出于对青年人能力与前途的珍惜，袁庚多次对他委以重任，同时尽其所能奔走周旋。数年过后，浓密的阴影总算化去。对这件事袁庚这样表态：“我拿晚年的政治生命孤注一掷，再也不能把年轻人的政治生命当作用过的例假布条一样说扔就扔。”

一九九三年我随袁庚飞往巴黎出席地球综合状况预备会议，其间应邀前往布鲁塞尔与欧盟的官员会晤，就民间企业的沟通与合作交换意见。这也是法国国际跨文化研究院推动的《欧中经济合作新展望》课题下的内容之一。研究院担任翻译的于硕博士曾经是中国人民大学的教师，来蛇口做过《转型社会中的过渡心态》社会调查，这位聪明、坦诚又带几分爽气的才女不仅与我熟识，也颇得袁庚的喜爱。现在，袁庚对她从事的工作颔首称许，也对域外学者的清苦有感于心。我们离开欧盟总部大厦，赶乘返回巴黎的火车已经有些紧张，而当晚法国银行界在约瑟芬宫里为我们安排了隆重的宴会。尽管于硕一路解释法国人对迟到如何习以为常，我们还是在袁庚的催促下开始小跑。突然七十六岁的老人脚下一软，我伸手一扶，还是跪倒在了月台上……没出大事真是万幸，我和于硕都吓出了冷汗。我们坐在空荡荡的车厢里喘息，刚才的一幕挥之不去，我心里想：老人把于硕的“饭碗”看得很重，为了她不出差错尽了自己的力量。

军旅生涯打造了勇猛刚烈的性格，反谍岁月锻冶出疾恶如仇的神经，身经人生的大风大雨又能常怀宽仁之心，若非真正的强者与智者，恐怕是难以做到的。

耗子去了

我在一九九八年十一月为蛇口工业区二十周年纪念文集《见证蛇口》撰写《真诚的年代》一文，是这样开头的：

> 没有比“人生苦短”更精炼、更深沉的彻悟了。人的极有限的一生，又因命运的转折划分为色彩各异的段落，一如宋词中的“少年听雨歌楼上”“壮年听雨客舟中”“而今听雨僧庐下”，数说着沉遇的变迁。九年前我在《研究室宿舍公约》里曾经写道：“我们发誓恪守本公约，以理智、自尊、豪爽和潇洒之情尽到自己对于值得永生回味的人生之岛的责任……”如果可以把一段宿舍生活比作人生小岛，那么蛇口迄今的历史则巍然一座灵秀神奇之岛，因为它汇聚了数万生灵的人生精华。我自己最重要的岁月就留在了这里，从三十七岁开始，十五个春夏秋冬。

虽然这段文字掩不住我对这十五年光阴的留恋，这段经历还是打成了一个齐齐整整的“包裹”，存入了我的“个人历史博物馆”。平心而论，本来不应该是这样，从当年向蛇口走来，她就是我选择的人生归宿。

蛇口工业区十周岁的生日暗淡无光地过去了，从那时起“英气而恣肆的蛇口”（我的《辞呈》）便很快地消失了。一九九六年七月，记者鞠天相为《争议与启示——袁庚在蛇口纪实》一书四处采访，蛇口这汪静水漾起一点微澜，袁庚轻轻叹道：“新书应该突出蛇口今日令人失望的转化。”

一九九七年六月，那时我经历了蛇口工业区企业管理室主任、发展研究室主任、总经理助理的岗位，正在文化艺术发展公司总经理的任上。我去看望住院的最高领导和人生导师袁庚，心绪复杂地告诉他我准备辞别蛇口，在以后的年月“换一种活法”。

在迄今的袁庚故事里，袁庚从清华把我要了来始终是好事者不可或忘的作料，这样的终结将是具有什么意味的符号呢？斜倚病床的袁庚静静听完，以他惯有的诙谐笑着说：“聪明的耗子打算弃沉船而去了！”接着他问我将去哪里，嘱咐我“不要去是非之地”，要好自为之……我走出病房，感觉到如巨石落地的轻松。

对于因不同的原因先后离别蛇口的人物，我从未听到袁庚有过苛责，有的只是挂牵。他的“局面”如此之大，把蛇口人在外边的作为也看作蛇口的成功。他曾经欣喜地告诉我：“南海酒店的职工联谊活动来了那么多人，如果把他们在各地管理的酒店加起来，简直就像一支‘舰队’！”

一九九七年七月，袁庚在《东方之子》节目的快语引起社会反响，他在电话里兴奋地对我说，能不能把历来的蛇口精英团结起来，再推动一次蛇口的振兴。几天以后，他又打来电话，说“告别而去”的事情是否可以再等一等……

年底，我向交通部新委派的总经理周祺芳递上了《辞呈》。我把副本拿给袁庚，不久我又听到了他的声音：“《辞呈》写得很好，有理有利有节。要保存好，不要散失了……”

附：辞呈

招商局蛇口工业区

周祺芳总经理：

我真诚地请求不再担任文化艺术发展公司总经理，并且不对我委以任何带有职务的工作。我保证认真履行目前的职责到今年十二月三十一日止，以期妥善完成我曾经认承的使命，并因自然过渡而使影响趋于微小。

我三十七岁投身蛇口，至今已经将近十五个春秋，在蛇口这座大厦上凝有我宝贵的年华和可触摸的印痕，总算可以告慰于心。随着岁月的流逝和世事的变迁，我与相依的蛇口有了一种非常不情愿的日渐生疏的感觉，欢跃的湍流也只好一天比一天安静而深沉。过去英气而恣肆的蛇口惯坏了我，使我一向对某一境界的东西穷追不舍，居然不觉老之已至。重负至此，深感疲累；勉力以求，谈何容易。走在前面的蛇口“老人”，或已遭忘却，或借力腾达，似都不是我心中的归宿，因此现在终于到了作片刻休憩、该与天命对话的时候了。

我任现职四年，在百般艰难之中使关乎“灵魂”的蛇口文化略成气候，今日的明君和将来的百姓会自有评说。托机遇的福，本年收益较丰，我大体实现了构筑的种种计划并清理隐患，连工业区“加码”的期望也基本兑现，可谓问心无愧。

我与您相知尚浅，却因蛇口有您的强有力的推动而喜，也因我迫于年岁和体制的痼疾，不能面对难局聊尽绵薄而深以为憾。尽管如此，我会永远铭记和感谢那一次晤谈感受到的您的坦诚与热情，并在任何时候不拘形式地奉献我对蛇口事业的那份割不断的关心。

请安排我的离任审计。恳切希望允许我在心灵没有压力的休息之中静静思考人生的方向。

您的属下　余昌民

一九九七年十二月十八日

两种版本的“三剑客”

家住上海的内弟阿增去新马泰旅游，偶然遇到蛇口的一位游客，提起蛇口和我，那人神情飞扬：“认识认识，蛇口有名的‘三剑客’之一……平安保险、招商银行就是他们侃出来的！”

“三剑客”的雅号倒是不假，但是“侃”出了什么企业巨舰就纯属附会了，可以推见此君即便认识也知之不深。

蛇口的“三剑客”话题有两种版本，倒是都与我有关。

当年发展研究室的我、过永鲁、陈安捷算得上思维活跃，在改革谋划、体制创新上每有奇想，又时常结伴而三。一天去南海小筑袁庚家中忘了侃哪座大山，完了告别出来，袁庚兴犹未尽，送到门外，拍拍我们朗朗笑道：“好个三剑客！”这话怎么传出去的，或许袁庚又在其他场合提起过，就不得而知了。风行草上，话传口中，名谓下的事实免不了随意拼接、添枝加叶，于是生出了离谱的情节，闻之只好哑然。

平安保险、招商银行是远见和时运结出的佳果，成为蛇口的骄傲，虽然不是神奇地一侃而生，毕竟是由于某些人物的突出努力和众多机缘奏功，一步步演进而成的。跨出蛇口、走出工业是当时的一种思潮，我曾有幸参与其中。“侃”的说法倒是记录下当年蛇口的一种生机勃勃的氛围，的确令人怀念呢！

“三剑客”的说法，有文字记载的见于人民日报记者鞠天相的《争议与启示——袁庚在蛇口纪实》一书，书中有“清华园的三剑客”一节，是将我和周为民、顾立基拢在了一起。

当年袁庚老人骑自行车到清华大学招兵买马，改变了一批清华学子的命运。我们三个在不同历史时期入学：我是“文革”前（1964年；读研是1979年），周为民是“文革”中（1973年），顾立基是“文革”后（1977年）。由于史无前例的大学荒芜，迟来十三年的顾立基只比我小两岁。

时代的差异竟然令我们如此不同。我像一个老派人物，待人以诚，心有所守，相比之下也就最凡庸。顾立基是“老三届”，当过工人，在上海市团委熏陶过；上清华时他发起了经济管理爱好者协会，一九八〇年积极参与基层民主选举试验，当选为海淀区人民代表。周为民一九七六年因为“小白花事件”坐过“四人帮”的大牢，牢底未尝磨损便当上了团中央委员，紧接着又狠狠撞在了北京西单的一道墙上，年纪轻轻给入了另册。顾立基自然是中共党员，周为民曾经是，后来又不是了；我则始终待在门槛之外。周和顾都曾在蛇口的大公司独坐一面江山，顾立基更是位至蛇口工业区有限公司总经理，而我——前任总经理的助理——卸任以后，遁迹到文化艺术发展公司，一厢情愿地去缀补蛇口“乌托邦”，追寻以文化求转型的“梦”去了。

既想要固守十年辉煌的“遗产”，又不失远虑超前的思维，是我始终解不开的心结。可是袁庚退隐之后，再没有人让你去从事，甚至很少人理解你想做的那些标举精神高度、探求社会完善、取径文化创新的事了。例如我力主办好文化沙龙，为日趋肤浅焦躁的人们保留一角安顿心灵、相互启迪、亲近文明和品味友情的绿洲；我构想国际化高水平的管理杂志，怀着要执天下新生代经理人牛耳的野心；我推动创建国际管理学院，以图蛇口优势之发挥臻于极致……总之既有那么点孤怀耿耿，又一肚子的不合时宜。那时蛇口有识之士一叩则鸣、相与筹谋的氛围几乎无存，况且当家老总心思在更急之务上，他曾经风格鲜明地宣言：“不是关系到三千万利润的报告，我不看！”

一九九八年，我和周为民前后辞去了蛇口的工作，他与我是不是一样心情复杂不得而知。又过了三年，一次登顶南山，我与顾立基不期而遇，那时他已让位于北京派来的周祺芳。俯临熟悉的海湾，老顾忽然说：“当年没有支持你的《华商》杂志，很后悔。”听他诚意流露，我一时无语。他又说：“你招纳培养的一批青年后辈，如今个个都成了蛇口的栋梁之材！应当给你立一座碑。”我淡淡一笑：“这是哪里话！弟子成长，自然感到欣慰。那都是袁董的教诲：爱惜人才，放人出头。”

人非圣贤，孰能无悔

袁庚常说蛇口的事最让他后悔的有两件：李先念划出整个南头半岛他没敢要；没拉住霍英东、李嘉诚一起干。

前一句话是以追悔的形式表达的豪语，干出辉煌了还故意模糊掉历史条件“悔当初”；后一句话则是针对跳不出国有体制手掌心的痛烈语，面对潮打城还，兴浩然之叹。

当蛇口工业区以新型社区的姿态引来世界的目光的时候，曾有智囊精英建议将不够时尚的“工业区”改掉为好。他们哪里想到，当年即使名称上的细微差别，也可能致使中国第一个对外开放加工区的“准生”成为悬疑。选择工业作为蛇口的立区之本，走一条稳健之路，在所谓“撑死胆大的，饿死胆小的”极不规范的市场环境中，虽然避免了崩溃的危险，却也失去了暴富的机会。

在一千七百年前的历史学家陈寿眼里，真实的诸葛亮“应变将略，非其所长”。袁庚雄略如江涛，人格似冰雪，却多少弱于经济方面的考量，这既与政治正确总是第一位的有关，也由于现代经济思想、经营知识恰是老一代革命者先天的短板，他们只好依靠经验形成的感觉，而经验是需要时间来积累的，甄别它们还需有反省的精神。

在倚仗地区差、汇率差和“批文”神通做贸易大赚其钱的年代，袁庚以“无商不奸”吡而远之；在诸路公款汇集深圳大兴房地产的时候，袁庚按兵不动，甚至做着“蛇口不可像香港那样高楼林立”的自厢清梦；当股份经济崭露头角，蛇口安达首批进入了证券交易所，中国经济格局发生重要改变的时候，袁庚和他的幕僚们还没有从惯性中回过神来，错过了战略调整的绝佳时机。那时，蛇口不可自铸风险是第一义的，不能不谨而慎之。

“想象力比知识更重要”，这句名言固然有冲开思想束缚的良效，却不适用于在海水河水交汇之区围造海滨浴场。科学原理一时淹没在了众人的热情里。没过多久，终因不能低成本地解决净化机制，只好弃用，改作了陆地。

为了蛇口港疏流，募集资金投资兴建平南铁路，是一种大局眼光，但对运输方式未来发展的前瞻研究不够，加上设计规格过高，以致使用率低，积重难返，最后以失败终局。

二〇〇五年，当记者一一细数这些锥心之问的时候，老人未加回避，反而尽揽于身，不无沉重地说：“没有听高明的意见，我很后悔。”

一九九八年鞠天相的《争议与启示——袁庚在蛇口纪实》一书出版，袁庚赠我一册，他在书的扉页这样题写：

争议、缺点、错误，上帝没有给我时间改正过来。至于启示，让后人来评价吧。

题赠昌民弟　　八十一老翁 袁庚

莫要像星星那样疏远

“天上的星星，为何像人群一般的拥挤？地上的人们，为何像星星一样的疏远？”齐豫演唱的这首老歌的歌词，今天却勾起我淡淡的哀伤。

我虽然未及体验旧中国尔虞我诈的悲酸，却经历了“文革”中人情泯灭的炎凉，我梦想着——哪怕一部分也好——一同走过的人们彼此的眼光和微笑里流溢出理解和关爱，这也属于袁庚追求的“最适合人类居住的环境”的应有之义吧。蛇口的气氛曾经清亮得让人感动，可惜由于一代代后继者境界的差异和功利上的拘谨，这种追求不再，于是一点点地从灵境又回归了凡俗。现在莫要说有力的握手、期盼的聚会，连多年相识的人们相遇，竟有的眼神发直，招呼也懒得打了。

经济奇迹也好，社会理想也好，离不开高素质的人，但仅仅起点高还不够，重要的是要长久保持个人状态的良好和彼此之间关系的和谐，还有不断更新向上的渴望，而要做到这样，靠的是人类文明精华的浸润，还有多样化的平等的交流。弹丸之地的蛇口在经济上的作为怎么说也是有限的，在“人”的旋律上产生的天籁般的启示却真正无价。人的行为、人与人关系的改变正是蛇口这首交响曲的华章。

清代画家石涛的诗句“菜根切莫多油煮，留点青灯教子书”，何时读来都心头一热。俄罗斯作家索尔仁尼琴的这段话更像照亮心灵的火把：“人们的精神生活比疆土的广阔更重要，甚至比经济繁荣的程度更重要。民族的伟大在于其内在发展的高度，而不在于其外。”我和带着心灵追求汇聚到蛇口的朋友们一样，眼见蛇口文明之花绽放，又眼见它芳华褪去——或许有人看法不同，但他们多半不会是前十年辉煌的亲历者——感受到莫大的失落。一九九四年蛇口工业区领导班子换届，我交接了总经理助理的工作，请缨管理和开拓蛇口的文化去了，还是因为留住梦想、整合出一种局面的痴心。

四年时间一晃而过。当蛇口对文化运作考核利润的时候，当开始对文化设施的原始投入加计利息的时候，当每一个创想（例如与俄罗斯音乐家的合作项目）受到轻视、嘲讽的时候，当大剧院添置一台售票电脑都要受到干预指责的时候，当把蛇口孩子的组画《你好，二十一世纪！》送给总部新厦多媒体会议室，竟然遭到冷遇的时候，当干部大会结束后人群漫然散去，对刻意招待的国际获奖影片《黑骏马》不闻不顾的时候……耳边一个声音说："你可以离去了。"

辞职以后，根却依然在蛇口。潋儿和怀宇一九九八年十月二十五日举行婚宴，我邀请了蛇口的故旧共亲朋百余人荟聚一堂，欢谈笑语又唤出了前尘影事、旧日情怀。令所有宾客备感惊喜的是，竟有袁庚老人做首席嘉宾。在百余双眼睛热切的注视下，在情不自禁的欢快掌声中，袁庚接过话筒，再现了往日的风采：

"二十年来我只参加过两次婚礼：司机小陈的和这一次……

"今天的新郎是伴着蛇口长大的，他的父亲——当年建设蛇口的热血青年，如今已经升格做了'新翁'。

"参加今天的聚会，未婚的年轻人一定憧憬未来，暗暗打算加快步伐；过来人虽然也有过温馨的日子，大多随着时光的流逝而淡忘了，现在恐怕像我一样心中升起一种怀旧之情，恨不能再来一次。

"新人们将会比我这一代更懂得爱情与家庭。祝福你们！

“我主张以后多举行这样的聚会！”

一对新人得到了蛇口开创者袁庚老人为他们主婚的幸福。

一盏灯勇敢地闪亮过

多少年之后，当人们回首中国发生在二十世纪末的历史性转折的时候，一定不会忘记率先弄潮的南疆一隅蛇口，还有蛇口的奠基人——在改革开放实践中披荆斩棘的传奇人物袁庚。他那丰富而坎坷的人生经历，浓郁而清新的文化气质，晚霞一般绚美的开放与宽容，一直引起人们深深的兴趣。

在众多聚焦袁庚的通讯、记事、传记、访谈之中，由于事非亲历终觉浅，像岭南作家李士非的《热血男儿》那样形神毕肖的作品可惜不多。更有巧舌轻薄者利用古稀老人的宽仁从其身上榨取所谓的“爆料”以套取文名，无端地给受访者带来麻烦。因此，当二十周年纪念文集《见证蛇口》编辑出版，需要袁庚发出自己的声音，可以想见无论对于蛇口，还是关注着蛇口的历史学家、社会学家，乃至袁庚本人是多么重要了。

一九九八年八月，一群蛇口成长的见证人开始沉浸在百感交集的回忆里。我把听来的“蛇口——一支躺在海滩上的破碎的试管”这样俗白而怪异的命题说给袁庚听，一笑之后，转而谈论蛇口真正的意义所在。这一话题其实已经谈了近二十年了，今天则是最新最专注的一次全程回顾：拼搏过……辉煌过……风光难再，薪尽火传，就像……爱迪生的最初只亮了八分钟的白炽灯！

袁庚历来欣赏观点鲜明的坦荡，但是老练如他懂得保持缄默的底线；他有一副勇于担当的男子汉肩膀，同时顾全大局总是坐在权衡裁夺的“首席”位子。说不定他也如常人那样，内心里会有这样那样难以言说的苦闷吧。当《记忆、理想与爱迪生的灯》一文大体成形，袁庚恣肆的思想与风采已经浮现，他反复吟味，又提笔删改修磨。我将前后的文字仔细比较，上一稿恰到好处的锋芒消失了，些微的亮色涂覆了，我顿时感到深长的惋惜，同时心中升起一丝莫名的酸楚。尽管我完全理解他的良苦用心，还是按捺不住给他写信，“斗胆提出不同意见”：

> 文章的观点和思想是写给后人和研究者看的，特别是需要给同道看的，而不必顾忌某些保守的官僚和有异见的人。
>
> 报纸上把袁董写成“任性、天真的游侠”……而真的袁庚在哪里？只有在您的署名文章里，在这一本历史的回顾与反思里。
>
> 我以后人读者和历史的名义……恳请您留给我们一个真实的、坦率的、磊落的、与您一贯形象相符的记录。

袁庚毕竟是袁庚，他听取了我的进言。于是，我们现在看到的仍是最佳版本的《记忆、理想与爱迪生的灯》。

附：记忆、理想与爱迪生的灯

倘若人类不是有健忘的弱点，这个世界一定比现在繁荣、健康得多。

我在一九七三年刚从炼狱返回人间那段日子，常于北京西郊颐和园附近骑车代步，感觉到扑面而来的季风里回旋着自由的因子，荷红柳绿的景色中流溢着超脱的悠然。冷不防，风驰电掣的轿车擦身而过，又绝尘而去，让惊惶闪避的骑车人备受轻蔑与压抑，那时，我着实痛恨车中显贵的霸道与世事的不公。

不久后我恢复了工作，有了自己的“衙门”和专车。当我行驶在同一路段上，瞧着窗外的自行车竟象一股浊流，那种视而不见、充耳不闻的迟钝与混乱无序，岂不就是这个国家积重难返的象征？

感谢上苍，我还不至于把昨日握把蹬轮时的心境遗忘得一干二净，随着镜头的切换，我感到一阵如芒在背的愧赧。

数代人多少年来为之奋斗的“人类的解放与自由”，其应有之义究竟如何，恐怕如我等寻常之辈已难以说清。但是反省我们经受的种种苦难和不幸，每每发现毛病不是出在信念与视野，就是出在脊梁与胸襟，换言之，由于长期忽视人的多种需求和全面发展，铸成了苦涩与动荡的根源。被时下诺基亚电话机“以人为本”的广告撩拨得心动的人们，可能不记得马克思设计的社会主义有这样一条主要原则：要让每个人得到充分自由的发展。

遭受十年浩劫摧残的中国大地一片沉寂，沉寂得能听见新生命的种子发芽的声音。二十年前一场春雷甘雨，蛇口工业区诞生了。她颇像一个喜欢没完没了提出问题又亲尝屡试的孩子，从总设计师“什么事情总要有人试第一个，才能开拓新路。试第一个就要准备失败，失败也不要紧”的教导汲取了巨大的精神力量。由于触发了思维定式的改变和传统观念的更新，许多人惊异于她的热诚与直率，也未免有人蹙眉于她的活泼与任性。蛇口发生的社会变革的实质，可以说是为优化人的生存空间、激发人的创造精神所作的认真探索，一系列改革的试验与对人的逐步完善的关心互为因果，终于展现出一个较为理想的社会的雏型。一位著名学者以“人的状态”这样来表征一个社会的健全程度：“每个成员充分发展其独立性，知道善与恶的区别，能够自己作出选择，有信念而不仅仅有意见，有信仰而不是有迷信或模糊不清的希望。……”对此我颇有同感。

蛇口这个引人注目的异数，很早就被人涂敷上乌托邦的色彩。作为对社会进行反思的独特方法，乌托邦追求完美社会的理想永远具有激荡人心的力量。但是若把蛇口与乌托邦等同起来，至少会产生逻辑上的麻烦，因为“乌托邦”一词来源于“美好”与“乌有”，而蛇口则经历了含有成功与缺失的丰富的社会实践。

有先哲说过：如果人类的祖先没有理想，今天我们就会依然蜷缩在树上或者山洞里，身上裹着树叶或者兽皮。

可惜总有人把先人不满于现状的奋争也连同山洞、兽皮的感受一块儿忘却，又无心重温自己儿时的美梦，于是便会对身边的革故鼎新不以为然，甚至侧目而视，挑剔求全。这种人接受不了“想象力比知识更重要”这样的“怪论”，其实——我一天比一天体会到——这是何等睿智的思想！

革命先行者孙中山先生为求中国之自由平等，一百零四年前上书李鸿章时就曾指出：“……固患于能行之人少，而尤患于不知之人多；国家每举一事非格于成例，辄阻于群议，此中国之大病源也。”依我之见，多回忆早年朴素的感受，有对符合天性的遐思奇想加以宽容的效果；有这点宽容，自然于个性的创造有利，“大病源”不说根治，至少不会再在急待呵护的国土上肆虐了。

一八七八年，爱迪生在门罗帕克实验室最初点亮的白炽灯只带来八分钟的光明，但是这短暂的八分钟却宣告了质的飞跃，世界因而很快变得一片辉煌。最初那盏古拙的灯泡，它的纤弱的灯丝何时烧断并不重要，重要的是它真真确确留给了人们对不足的思索，和对未来的希望。

一九九八年十月

涌泉的歇绝

《锁麟囊》这一折听起来清同叩玉的戏名，屡屡出现在电视晚会上，先闻其声，后识其形，近读曹聚仁的书，方知本于《只麈谭》中的一段故事：两家迎娶，一贫一富，道中偶遇，贫女因愁而哭，富女解荷包赠之，内有黄金二锭，贫夫妇据以经商，成为巨富，于宅后起楼供奉荷包，以志不忘大恩。后觅破败富家女为乳娘，乳娘抱儿往后楼礼拜，见荷包不觉泪下。翌日主人请来族长四邻，奉乳娘夫妇为上宾……实为一本皆大欢喜的传奇！

然而值得称美的尚在后边：

主人夫妇双双下拜："今日的一切，全从荷包中来，愿将全部财产物归原主。"乳娘辞道："发财是你家的福分，荷包倘在我家，也会逝同流水。若执意要还，便还原物好了，最多加上一倍吧！"宾客们主持公道说："道旁见赠，是为仁；倾家之还，是为义；你辞我让，是为德，在场各位也备感光宠。愿为你们平分财富，仁义各不相伤，以为如何？"

有道是："滴水之恩，当涌泉相报。"这一传统美德便是这出名剧的主旋律。

报载歌手丛飞十年来拿出三百余万元行助学义举，众多穷困学生由此改变了命运，待到丛飞身患顽症、穷于支付住院费用的时候，已经大学毕业、羽翼丰满的受助者中竟有人说："没有人强迫他资助，任何事情都有所图……不去帮，因为钱不够花；不去看，因为忙，没时间。"一名当了大学教师的受助者还给丛飞打电话，要求永远不再提受助的往事。

蛇口的袁庚既爱青年之才，又容青年之过——他认为促其改过奋起比令他断送前程"更符合社会发展的规律"（袁庚的常用语）。为了这样的事，他宁愿承受很大的风险。

当我听到遗响中的另一种音调的时候，忽然悟出所谓的"风险"还有一层含义，那就是被救助者事后的反应——虽然袁庚本人不会也永不可能介意。

据说当很多年后采访者重提往事的时候，已经位高名显的一位被救助者说了一句：“那是他有这个需要。”

我仿佛听到了数百年前《锁麟囊》的伦理对社会现实的嘲笑。得人之助，非但不感恩图报，还贬损慷慨义士的高尚动机，不禁令人齿冷。涌泉没了，痈疽孳生，如此情状一天得不到重视，任何崇扬高尚、见义勇为、报效社会的呼喊都是枉然。

但愿听到转述令我错愕的那一句话不是真的。

姑妄言之姑听之

十六集电视连续剧《激情年代》在中央电视台黄金时段播出，明知是以招商局蛇口工业区的发展历程为背景，我却避而不看，倒不是出于“近乡情更怯”的躲闪，只因提前知道了剧中的经纬，于情不忍罢了。

二〇〇一年十一月八日晚，蛇口党委宣传部长约我到小江南吃饭，递过来一提袋电视剧脚本，说是吴厚信执笔的《春天的故事》（后更名），中央电视台即将开拍，作为十六大重点献礼，金韬导演有意听听我的意见。我与蛇口渊源太深，虽然与之分手已经三年，这类事情想起我并不奇怪，我答应一周内读完。

珠影的吴厚信书画均佳，能写剧本，又迷上了执导，一九八九年摘取金鸡奖的纪录片《蛇口奏鸣曲》便是他的作品，当年他与我少不了切磋，片名还是我福至心灵，半夜打电话给他敲定的；更不论后来我撰稿的宣传片《我们在蛇口》了。要说比较准确地感觉蛇口，老吴的优势没说的。

然而这个本子竟然未能免俗：脸谱化的角色，不自然的激情，率意勾连的情节……读来就像看了形神皆差的特型演员硬要再现历史场景那样浑身不自在。老吴大失水准了！我给袁庚打电话，他说本子他是不看的，可又追问我的看法，我概括以“不忍卒读”，听说梁宪的反映也差不离。

既然故事脱胎于真实，便不应偏离真实太远，尤其要善待有价值的真实。脚本中人际关系中的钩心斗角，在蛇口偏偏得到了比较有效的遏制；借酒作为故事的推动力，不免有俗笔之嫌；招商银行是民营企业，行长岂能想派就派？“海上世界”是合资企业，自负盈亏，哪有管委会为汽车案受罚埋单的道理？闹出国的原型是我发展研究室的上海海运学院毕业生，袁庚给她回信婉语相劝：往远看，不要仅仅把蛇口当作跳板……这件事非但与袁庚女儿无关，更不可能冒出一个犯事坐监的女婿，袁庚的家风清如溪水，在这上说戏岂非多此一举？

“细节即魔鬼”，决定神似的是真实的细节而非奔放的创造，这就是迄今蛇口题材的影视作品总令亲历者感到魂不守舍的原因。

宣传部的小唐在电话里将我的批评一一记下，金导演终于没能抽出时间了解我的感受。我想起一则幽默：猎人举起枪：“来不及上子弹了！”砰！

一位老资格的蛇口人说：“既不是花蛇口的钱，又没说演的是谁，那么认真干什么！”

得知了我对脚本的反应，吴厚信老师没有开罪，只有万般无奈的倾泻。因为我们是因蛇口结缘的好朋友。

2006 年

附记 平视袁庚

人生真是难料，不知道几次面临人生歧路，更不知会遇到什么样的关键人物，足以影响你的一生，不管是朝哪个方向。

袁庚于我就是这样，那年我三十六岁，民族像走出荒谷的部落，经济特区刚刚准生，连雏形都说不上。

当年吸引我的，与其说是袁庚的宽厚、睿智和激射的热情，莫若说出于这样一种惊喜：竟有这样开放、灵活、敏学、多情的老资格共产党干部！

袁庚的地位太特殊了，他做成了许多过去在中国想也不敢想的事情。而对于我个人，他的期许几乎造成了我的“灾难”，他的人格使我们长期维持一种有距离的平淡，和基于理解与信任的亲近。

借一次为他起草小传的机会，我曾提出留下一部口述历史的设想，他沉思地摇摇头。他的生涯太复杂了，他鼓励我们敢于说话，自己却选择把许多秘密带走。

做伟岸的大文章等于自讨苦吃。我不想虐待自己，只是低角度地观察记录一个注定要与中国当代改革开放同辉的不平凡的老人，透过我亲历或熟悉的事件。这一组长短不一的文字我大都打印出来给袁庚看过，有些内容向他核实过。

中国改革开放三十年了，在纪念活动中我应邀会见过许多中外媒体，找到我完全是因为袁庚，他的风采由于他的年事正在逐渐远逝。

尽管如此，不久前在我的爱妻病重的时刻，收到了以袁庚夫妇名义发来的祝福短信，令我在悲戚中深感慰藉。

2009 年 8 月 23 日

金贵大叔

金贵大叔不是大山里或者小河边的老农民，他是蛇口工业区第一届管委会分管企业事务的副主任，我从一九八三年夏在企业管理室工作，他是我的主管上司。

三月里我曾陪同清华大学刘达校长到蛇口做客，还只是盘桓在六湾海边形制老土的“别墅”一带；到我八月再来时，蛇口管理机构已经迁入了紧靠码头的“蛇口工业区大厦”——它因为叶剑英的题字而有了几分英气。我从那里眼见着明华轮一寸寸挪向六湾的浅滩，坐稳，变身为几起几落、宠辱不惊的“海上世界”。

王金贵副主任和熊秉权副主任共用一间办公室，铁皮桌，折叠椅，简素得就像那个时代。王是北方人的大个儿，有一种任什么事都不大在乎的神情，眨着眼瞅着你身后的远方，那是在琢磨你说的话。熊则身形清癯，有一双莱蒙托夫笔下皮却林的“类似光滑的钢的闪光——眩眼”（《当代英雄》），似乎能把你看透，这在他以后的检察长生涯肯定很有效果。

王主任总是乐呵呵地，我没见过他发过一次火。正因为脾气好，手下的小青年们比较放松，“太岁头上动土”也时常有之；直属企业（不知为什么）下半年要调整一次利润指标，不免有的单位指望打他的主意，不过要想糊弄这位好说话的领导也并不如想象的容易。

有人说王主任是搞工程出身，意在不恭维他的管理能力。公平地说，尽管他不讲哪门哪派的管理理论，经验赋予了他相当不错的直感，勤以补拙，大局不乱。他在文件上的批示是用硬毫毛笔写的，某位素来傲气的领导夫人有一次把文件往桌上一扔，鼻子一哼：“就‘王金贵’这三个字还像点样！”我看倒未必。

王主任是深圳市工业委员会的委员，第一次会议他不在，派我代表他出席。有一年春节过后，他带着我去拜会筹组赛格集团（深圳电子集团）的马福元，见总体构思是把全市电子企业虚拟地捏合在一起，而不是根据产权关系，出来之后仰天一叹：“这样只怕不行！”

一九八六年十月，中科院十余个所的所长云集蛇口，会商蛇口科健公司的体制大计，秀才论兵，胸中无算，盛情邀请蛇口高层共举此事。王主任与我在科健公司周旋了两天，最后他拍板蠲免所有的管理费收以示对高科技企业的支持，中科院则分予科健公司百分之五的股份作为报偿，王主任出任科健公司管委会委员（即董事）。我领了改写公司章程的任务，立等索要，于是废食加鞭，总算坚持到了掷笔的一刻。科健公司低飞数年之后，振羽冲天，成了著名的上市公司。再看蛇口方面，人事更迭加上管理疏失，似乎被科健折腾出局了，那笔旧账已经很难理会，化为贡献了。

民主选举董事会是一九八七年的蛇口热点，我与大家一样兴奋而认真，还设计了候选人公开答辩的规定试题和自选试题。王主任带着王氏风格的憨厚和满不在乎的神情上台，到了答辩环节，有人讽刺他保留上海户口是意志不坚，他不置可否；有人揶揄他身为“海上世界”董事长喜欢到“海上世界”跳舞，他不躲闪，舞还照跳；回答“自己最大的弱点是什么”，他说了一句听起来没头没脑、又让人过耳不忘的话：“我没有政治家的狠心。”

与他相比，我好像在月球上跳跃着行走，而他却实实在在地站在中国的土地上。他不止一次地强调“内部股份化最适合中国的国情”，并且在任期间一直推动着内部股份化的尝试。我曾随他去考察珠海的建设，我们想避开午餐时分会见主人，便坐着面包车漫无目标地消磨时间，不经意走错了路，在穿过村子的时候陷在了泥里。车上五六个人脱了鞋一次次地推车，而围观的农民越来越多，每一次失败都激起他们的哄笑。最后靠几块捡来的破木板终于脱出了困境，我们洗去腿脚上的泥水，还没来得及抒发胜利者的欢喜，农民就过来讨要木板钱！我们几个年轻人憋屈难抑，这时市政府寻找我们的车辆也已出现，正要一吐这口难咽之气的当儿，王主任静静地说：“给他们吧。很正常，这就是农民。”

王主任处世有一种自然流溢的豁达。有一年出外考察途经三峡，据随行的同事说王主任在江船甲板上口占了半首诗：“朦朦胧胧看景，糊糊涂涂做官。”我能感觉到这里面含有感愤的因素，又不免推想没说出的另外半首诗会是怎样？

渐渐地，王主任落了个“金贵大叔”的称谓。金贵大叔退休早，他现在可好？

2006年3月

香港的“表叔”数不清

我第一次在北京西苑袁宅见到袁庚，他方六十五岁，正着手一个改变中国的了不起的试验。而如今六十五岁即将向我这个缩在家里的寓公叩门，真是愧对先贤！

袁庚虽贵为招商局（李鸿章创办的近代民营企业，后为香港四大中资企业之一）的“第二十九代掌门人”，也推辞不掉香港人加给的令人百味杂陈的头衔——“表叔”。

因为他是根在内地、外派在港的外来户，听共产党的话，守涉外纪律，而且阮囊羞涩。这样的人在改革开放初期并不多，现在早已不可记数，且景况大不同前了。

其实“表叔”并非香港人的发明，而是“活用”。革命样板戏《红灯记》里铁梅唱道：“我家的表叔数不清……”这只是取其形；取其神的是下一句：“……没有大事不登门。”怎么样，透出来的凉薄与讥诮你能不叹服？

我一九八三年夏来到蛇口，随即参加引进浮法玻璃项目的谈判，时常过海去香港。重振前的招商局自有的大厦位于上环，被比肩相邻的楼宇挤压得只剩下窄窄的门脸，局促的通道牵着南北两条马路，中间正对电梯设有服务台，上班时间职工纷至沓来，服务台就会被淹没掉。我最常去的是 20 楼的发展部和 22 楼的研究部。

发展部的业务是项目引进与投资管理，与蛇口企业管理室对口。除此以外，凡因公赴港的蛇口人员都须去它那里报到，然后坐几站“当当”（有轨电车）到西营盘第三街的华达阁，便可在仅可容膝的小单间里暂且安身了（招待所后来改在了招商局附近的华泰大厦）。

当时发展部里最耀眼的角色要数曾南、张诗湘了。曾来自武汉长航，张来自上海海运学院，都是标准的“表叔”。曾瘦削，剑眉英挺，眼珠炯亮；张丰满，牡丹含笑，风度翩翩。曾干练果决，普通话里透出汉腔；张舞步矫柔，普通话里藏着沪韵。说他们耀眼，一方面是能力明显高出一筹，另一方面与我们蛇口来人亲近无间。有一次会议间隙，曾南扯了扯我身上 T 恤衫不对称卷曲的领子，英眉一挺说：“以后别穿这种廉价的货色了！”

曾南、张诗湘这样的“表叔”把家安在蛇口，数年后在蛇口落脚，曾南创建南方玻璃有限公司，成为掌持上市公司的铁腕人物；张诗湘则主理港口机械有限公司，后不慎落马，十分可惜！

招商局的中上层骨干大都有特殊战线的经历，性情偏于阴沉，风格趋于古板。在“表叔”到来之前，员工有三类人：有背景、亲内地的香港人，在内地出生和读书的香港人，土生土长的香港人。例如发展部的部门经理 X 是内地某位著名经济学家的侄儿，属于被信任的香港人，因此在香港员工以及蛇口干部的面前不免张显出优越感。

他会当面嘲讽蛇口人来香港太勤；在美国，他夺去我的蛇口同伴手中准备再次使用的纸杯揉掉，不屑地说：“照你们这样，工厂都要倒闭了！”那一次美国酒店发生误报警，我因照顾老顾问，把一件西服忘在了衣橱里，酒店发现后寄到了香港，他拿给我的时候，好像是做了一件无聊的事，说了句“衣服还不值邮寄费”。后来蛇口一家合资工厂的高管损公肥私东窗事发，据说他也牵扯其中，就此不见了踪影。

宽厚的陈思明、瘦小眼弱的卢良明则对蛇口人平等友好，与他们是半截子香港人有关。卢良明担任过谈判桌上的英语翻译，出场时脸红声结如受煎熬，看着叫人着急。后来他专做接待蛇口人员的工作，渐渐做得有滋有味，交了许多朋友，对蛇口的事件轶闻了如指掌，常常指点月旦，一舒平时委屈压抑之气。那时的规矩，蛇口人员初次到香港，发展部会招待一餐饭，陪同看一场首轮大片，老卢也就乐在其中。早年袁庚说过“在香港看星级片也没什么大惊小怪的，要不怎么了解世界”的话，指的是极而言之的个人行为，可透见观念之开放、环境之宽松，但与老卢分内的工作是两码事。对于“心头的魔鬼”X的栽倒，老卢不禁拍手称快。

一般的香港人在招商局多是做些“跑街”之类的杂事，薪酬偏低，也引不来有本事的鸟，但“表叔”的待遇，比他们还低得多，这种情况许多年以后才缓缓改善。

中信集团掌门人常振明整改有方，曾使巨额亏损的香港中信泰富起死回生。我问过他关键所在，他答道：“敢于用人，用境外的能人。”在这方面，招商局的魄力尚难以比肩。

蛇口工业区的兴旺，也为招商局带来了好福气，最重要的莫过于为招商局提供了人才基地，这看似无心插柳之作，才使得招商局在变革中得以延续着生生活力。

二十多年来，如蒙锡、杨天平、涂波、刘志民等不计其数的蛇口青年俊彦轮换到招商局，招商局才有了今天的图景。他们家在蛇口，往来两地如履平地，加之责权、待遇今非昔比，“表叔”的色彩已经悄然退去。

早年我去香港，同事们托办的事情通常不外乎三样：买味精、买丝袜和冲洗彩色照片。这说明蛇口的开端并不容易。在被香港人视作“表叔”的内地人中，蛇口人其实是比较接近世界、不那么捉襟见肘的特殊的一类，但在我不得不搜求便宜商品的年月，也遇到过轻慢，偶尔甚至坑骗，在我气质成熟、静静打量高档商品的时候，也因被错当作台湾人、日本人而心情酸楚。我不算百分之百的“表叔”，却领略过港岛上“富亲戚”的自然表演，徒生世态炎凉之叹。

拜改革开放之赐，如今内地民众尽管礼仪素质不克到位，钱囊却是鼓得多了，精明的香港人开门延客，内地人的消费带来百业兴旺，对香港走出经济低谷助莫大焉。看到港岛满街满谷欢欣、蒸腾、喧嬉、争吵的“表叔表婶”，不禁泛起当年的苦涩心情。富强之日，不可不知曾经的酸辛之时。

2011 年 2 月

轻履者行远

我与蒙锡从不甚熟悉到熟悉，竟然跟围棋有关。

蛇口工业区第三期管理干部培训班一九八四年结业，有一批年轻人补充到日见老迈的香港招商局中去，招商局企业部成了蒙锡的发祥地。那几年我要是公差到香港，晚上总要被几个年轻人怂恿到上环一带第三街华达阁（早期）和华商大厦的招商局宿舍去，他们为了打发闲愁，正对围棋迷得厉害，怕我对他们这些初心者兴趣不大，便以晚餐相诱，其实自炊的多，上酒楼极少。在他们眼里，我是棋圣，前后呵护甚殷。

蒙锡的棋风勇猛无前，这与他白白净净的京城书生气质完全两样。这一点在他驾驭白话（广东话）的过程中也表现出来。起初他的京腔白话自成一格，有一次勇敢地用来对着一位港商侃侃而谈，完了港商同他握别，兴奋地说："你今天讲的普通话我全懂！"

实际上，与人接触他不只是斯文，简直是腼腆。工业区第二届董事会他是招商局的"官派董事"，我是蛇口的"民选董事"，第一次会议上董事长照例逐一介绍，虽说大家彼此早已熟悉，轮到他的时候他始终垂着头，且越垂越低，桌面上只剩下一头蓬发，遮住了红扑扑的脸。

后来蒙锡出任工业区主管企业事务的副总经理。待我到了管理总部，接手了他的一部分工作，接触才频密了起来。在原则问题上，他有矢志不移的天性，例如某直属公司从合资单位临时借款应付考核，某海外公司夹带私利鸡飞蛋打，他都到了深恶痛绝的程度；另一方面他也会对“强势的意见”无奈地妥协，清醒而有度，冷冷一笑，并不做无谓的坚持。请吃饭、拉关系，他一贯是回绝的，部属们也就断了这个念头。办公会议上风云幽微，我与他尚能彼此理解，乃至有所呼应。

像蒙锡这样能够果绝说“不”的确实不多。我曾经签字核销了下属公司出纳员声称“遇劫”的两万元款子，那人鼻涕眼泪的，经理使劲帮着她说话。我后来十分后悔没要求她拿公安机关的证明来！若是换作蒙锡，恐怕就没那么简单。

翠竹园落成，我们做了楼上楼下的邻居。无论我在位与否，无论他工作在蛇口或是香港，不变的是他时常来我家下棋。他总是选择与我的老伴对弈，而且他坚信他的诡异的搅局和快速的落子能够有效地缩短他野性的棋路同有素的功夫之间的距离。棋盘上一较上劲，蒙夫人催促“回师”的“金牌”（电话）就一道道追来，这辰光蒙锡是雷灌耳若不闻；门铃再响起，肯定就是夫人亲临了。所以一旦老伴同意上楼去下棋，蒙夫人最是欢欣雀跃，果馔佳饮倾情款待。

我有时顺口问他招商局以及蛇口老人的近况，他简短而答，评说的少，会意的多。我听说蒙锡没有什么祖荫可以仰用，上大学前干过司机，平时也不见执着读书，真是不知从哪里来的一股清气与凡事看开的道行。有一回朋友托他带给我几本董桥的文集，他回来一笑说："我都看了，挺有意思。"

最令我费解的是，我一向深信棋如其人，可是蒙锡棋瘾极大，却不屑研习理论，不假思索下快棋，在网上攀上了高段；不时还布伏下一些阴谋诡计。这与工作上的他完全判若两人，实属罕见的例外。收费的围棋频道还是要开通的；下棋对于他不是修炼和学问，更像是一种释放，一种解脱。

蒙锡又回香港履新去了，我也会有一些琐细的小事麻烦他：买蓝黑色的派克墨水啦，买上好的笔记本啦，买某一本书啦……每年过年时节一定收到他的贺年片，近年与时俱进换作电子贺卡了。不论我们家谁去了香港，他做东请客那是一定的。我们孩子没成家的时候，一准儿会有压岁钱——不多，反而有脱俗的意味。

蒙夫人的歌喉不是寻常等级，偶尔一展，技惊四座；还秘藏着演奏二胡的功夫。我们熟了，夫人免不了开开丈夫的玩笑，蒙锡总是红着脸摆摆手："去去去！"依我看，蒙锡大节不亏，小节不乱，属于最保险的类型，夫人玩笑尽管开，多虑倒不必了！

我辞别蛇口工业区那会儿，蒙锡同我恳谈：在蛇口工业区这样的超级公司，社会上的一些黑暗与恶习自然有所屏蔽，出去创业，头不低心不黑，注定会步履艰难。九年过去，言犹在耳，感慨良深。

两年前蒙锡两口子迁入了招商局高管的新的大宅，我们便难得见面了，但一当想起，心中那份感觉没变。前一段又闻蒙锡升任招商局副总裁的要职，不由得想起古人所说的“轻履者行远”来：没有多余的包袱，方能够走得很远。蒙锡是我所知道的企业高管人员中十分独特的一个，他能够健步走下去，一点也不奇怪。

2007 年 10 月

老乔

老乔比我小一岁。当人们还称我“小余”的时候，他就已经冠上“老”字了，这既与他挺拔的个头、顶格的职务有关，更多来自性格厚朴的分量。

他是我最先认识的招商局蛇口工业区的干部。一九八二年正值蛇口工业区草创时期，我还是清华经管系面临分配的研究生，冬天我去北京西苑拜访袁庚先生那天晚上，袁庚给蛇口工业区劳动服务公司经理乔胜利打了电话。不久我便收到他热情的来信，是用毛笔写的——老乔钢笔式握法、硬毛笔书写流丽的行书，始终是令人琢磨不透又不便造次的谜。

一九八三年夏天，我和妻子牵儿带女来到深圳，是他到罗湖火车站接的我们。

老乔是河南新野人。像蛇口的人们多是从各行各业“移植”过来的一样，他过去是南海舰队某部的一名政治干事。熟悉的人知道他是省委秘书长的贤婿。

管委会一九八三年成立以后，老乔担任党委副书记（书记是袁庚），因为外资、合资企业多，工业区党委建制是袖珍型的，但是思想、宣传、工会、青年等各项工作别开生面，生气勃勃。在一九八五年第二届管委会候选人的问卷上，他这样写道：

> 我每天约有十个小时的时间从事工作（包括与人谈工作），其余的时间大多是看书学习思考些问题，星期一、三、五晚上在深圳大学参加工商经济管理课程听老师授课（有时因事逃课）。早上七点起床，边做操边听新闻广播。有时安排晚上到俱乐部或工人集体宿舍走一走。偶然也在海边花园散步。我的爱好是体育活动，篮球、游泳、羽毛球等。

那几年，补充多种知识，尤其是现代管理知识是他不得不逾越的山峰。一九八四年二月在临海的大厦接待厅里，邓小平问他是什么学历，虽然袁庚董事长机敏地抹了过去，老乔可从此再也坐不住了。除了业余去深圳大学听课，他还同我商讨过香港理工大学管理课程的作业；后来终于有了到北京大学经管学院脱产进修的机会，他去了，不惜放弃了深圳市委常委的职衔。深圳市委常委的席位是广东省委拿来关照蛇口、协调条块关系的，老乔走了，顶替他的是虞德海，孰料虞的心思与胆量逐渐膨胀，没几年成了阶下囚。从结果来看，坐在其位，又焉知祸福？

蛇口工业区管委会在一九八七年五月转变为董事会，袁庚董事长就此移交大部分指挥权，而“蛇口工业区有限公司”的第一任总经理谁来出任，众人颇费猜详。谜底出乎所有人的预料：是老乔。

那时蛇口刚进入理想化阶段的最佳时期，成为中国改革试验最有魅力、最有争议、最有希望的亮点，它的全盘行政与经营的分量不轻的担子，经验不足的老乔扛得起吗？

已经八岁的蛇口职能系统渐臻成熟，管理部门平稳地掌控着航船，轻易地升沉跑偏应该是不可能的。蛇口当今需要的，与其说是自以为是而又情绪不稳的“轮机长”，不如说是坚定瞄准下一个灯塔的沉实的“船长”，他必须带来团结，激活人才，维持公正，恪守清廉。

老乔调我主管发展研究室，恰巧是我来蛇口四周年的日子。三天以后，老乔来参加研究室全体会议，给这个专业有些“虚玄”（经济、管理、社会、法律、数学、哲学等）、学历最高、人心最齐的职能部门下达了三个月拿出“施政纲领”——工业区三年规划的任务。他要求研究室要比其他部门站得高一些，看得远一些，要思考全局的工作，虚实结合；要勤学习，广交朋友，汲取社会的智慧。他说，蛇口不能再搞小打小闹的投资项目了。

老乔把研究室当作自己的臂膀，极大地激发了我们的积极性。老乔善于倾听，譬如办公会研究退休待遇的问题（蛇口最先推进社会保险的试验），我主张“退休者有权享受技术进步的成果”，他听得留意，接受了我的影响。他还特别注重在宏观上扩充自己，比如与研究室约定，哪怕海阔天空，“每月谈两次，每次三小时”。对新的知识他很有啃一啃的心情，陈安捷开发的“剩余收益制”（公有制企业体制创新）在广东省和全国影响日增，老乔也能在人民大会堂侃谈一通

“内涵式发展”。

《中国青年报》刊载了首批三十八位 MBA 回国以后遭遇闲置的消息，老乔看了要我代他给报社致函：“……请转告那些仍在学非所用的 MBA，蛇口乐于提供公平竞争的人才市场，竭诚欢迎他们到这里一试身手。”

发展研究室的同人们大体年轻有才，有的心高气傲，他们各自有课题研究的使命，能与总经理对话，能在专题会露脸，故而全室处于精神高扬的状态，在区内区外树立了有知识、有思想、有朝气、有干劲的精英形象。我想录用的人，老乔说：“你看行我就批。”如若辞职而来或超编的情况，还可以特批。

刚过了年，老乔又来研究室，说“蛇口大规模引进方式到此为止”，又给我们列出一串新的任务：编制十年规划，启动战略转型；研究社会保险改革、股份制改革、税收不再返还情况下的经济运作、与深圳市体制的关系、境外发展，以及推行剩余收益制、研究室自身建设等。可见他坐在一把手的位置，脑子里想了不少的事。

我也见过他发怒，一次是听说筹建中的江海公司——后来招商重工的一支方面军——用地被无端缩减，他要拿作梗的人是问，吓得总工程师慌忙解释，立即补救。还有一次，一位个性乖张的干部安排工作讲条件：要先聘任、做正职、提工资和补发工资，老乔念他是“老同志”，一让再让，甚至找我商量要我为这件事“帮忙”，结果他还是哓哓不休以走人相挟，老乔为此激动得不行。

对有些事显然老乔兴趣不大，一是政府召集的务虚的会（那时深圳市与蛇口工业区体制不同，想法也时有不同），有一次深圳市外向型经济研讨会老乔是指定代表，结果他命我去代他发言；还有就是抽象的讲演，有一天他突然叫我晚上去深圳大学代他讲演，连派带哄，害得我叫苦不迭。我硬着头皮走进阶梯教室，黑板上写着“欢迎杰出企业家乔胜利”的醒目大字，我只得首先好一番解释，接下来改成了“答同学问”……

第二个考核年度过后，按照董事会对总经理的考核目标，可提取的总经理基金有百万余元，这笔钱由总经理支配使用。老乔考虑：给中层以上干部带家属休假旅游；购置高级工作服；投资证券；购买人身意外保险。由于种种微妙关系的牵制，仅仅实现了第一项，而且只兑现了一次。

一九八九年十一月，老乔连任总经理。那时我已经是新一届董事会的董事了。

老乔比上一个任期自信多了，讲话的魄力也有了很大的不同，原来暗中捏汗的和冷眼旁观的，这时都已经逐渐习惯了。他的直感、果断和疾恶如仇的个性有时还真叫人生出一些佩服来。

可是权力这东西，拥有的时间一长，不定在哪方面就会松弛下来。总经理办公室的服务很是周到，而且更细更宽，他们已经学会应付老板的意图瞬息变化带来的难度。

有一次，因为找不到老乔，办公例会只好取消。

老乔看到了决策程序中的问题，提出了“四不决策”：无详尽研究的事项，未经咨询的重大事项，没有两个以上实施方案的事项，未经集体讨论的事项，一律不得拍板。

他对研究人员说：你们要敢于讲真话，坚持实事求是；我会努力改善你们的工作条件：提高待遇、给予使用文件信息和专题汇报的权利；对有价值的调研成果要奖励。

一九九一年深圳市评选“十大杰出青年企业家”，蛇口推举老乔，老乔有难色，我说推举的不是老乔自己，而是蛇口工业区，若是蛇口自外于这次颇具声势的活动，“十大杰出青年企业家”里没有蛇口的代表，那才是咄咄怪事。在其他领导的附和下，老乔成了候选人，后被市民评选为第一号杰出青年企业家。下一年评选“深圳市商界风云人物”，他又一次榜上题名。

这年八月，我调任企业管理室主任，一九九三年五月任总经理助理。

一九九三年六月，画家韩美林会见老乔，热情地说：“蛇口缺什么？缺精神！……要用气势宏大的艺术作品提炼和标榜蛇口的精神，让世人和历史都知道。”他拿出铜塑“盖世金牛”的设计图，让我们在座的都眼前一亮。老乔想立起这一头牛，他说总经理基金积累了不少，不让用，留一件有象征意义的艺术品也好。想了一下，他又吩咐临时召集了一个书记、老总都参加的专题会，大家没有异议，老乔特意嘱咐我起草一份《关于金牛工程的决定》。后来暗涌的波澜证明他并不缺少政治上的智慧。

剧作家魏明伦撰写了妙文《盖世金牛赋》，书法家康雍书碑，中国书协主席沈鹏为金牛题名。就在题写就绪进入制作的时候，袁庚老人和老乔分别就《盖世金牛赋》的内容和用语提出意见，袁老感觉有二字使用未安，老乔以为有两句格调俗腻，执意要改。我好不容易说服了袁老，又连忙与魏老师沟通，将那两句改写，再急请书法家补书……十四年后遇到老乔，他还为那一改得意呢。

我写了《韩美林的恢弘畅想曲》一文，阐述了建牛的意义以及文化兴城的设想。《蛇口消息报》整版刊发那天，我的办公室门被猛地推开，老乔竖起大拇指，凝重地说了两个字："绝唱！"

蛇口的地域有限，可是资本的运作不受地域的限制；开放早期香港人可以来深圳发展，为什么我们现在不可以向全国发展？曾经的"不与内地打交道"是对不按规则行事的恨语，延续这种闭锁心理不是盲目自满，就是眷恋安逸。我把向区外发展已经刻不容缓的思考向老乔汇报，提出了"长江发展计划"，得到老乔的认同。他在会上说："组建武汉公司的事定下来，不再上会。工业区支持（只投入，不考核产出）三年。"那次会议结束之前，老乔突然冒出一句："老余的头脑值三千万。"

总经理这句闲话，让我消受了好多年；但它更是釜下的猛火，令我难堪，逼我自警。任何光华终归随着时光流逝而褪色，但有一点我坚信不疑，那就是一位上司需要多么诚恳、多么真率、多么宽厚，才能当众说出这样的话。

有一次老乔出差在外，代理老总执意要处分一位中层干部，原因是他收取了另一家公司支付的顾问费。看样子有可能一撸到底。我在会签意见中写道：业余时间帮同学的公司搞项目，关键在于是不是玩忽职守或者利益输送，单从个人收入，与时兴的"第二职业"尚难区别，建议批评教育。随后我去了武汉与老乔会合，趁在机场候机，我简略地说给老乔知道。回到蛇口，在决定性的会议上老乔说："有的干部做了坏事，惩处了他依然不改；有的干部做错了，即使是批评，他也会牢记一辈子。”处分的结论是“通报批评”。

有一件我倾注了不少心血又深以为憾的事，是提出创办《华商》杂志的构想。弹丸蛇口，唯有以观念、创新、远见与人才的优势取胜。我心目中的《华商》，融合理论与实务、科技与经济、思想与信息、文化与阅读、家庭与健康、理财与爱好，主旨就是推动塑造中国新一代高素质的企业家。这是一种全新风貌的高级杂志，中国正飞速发展，阅读《华商》势必成为时尚，而杂志的成功，仅仅是执未来企业界牛耳的开始。了解了我的策划，深圳市委宣传部长杨广慧称赞“功德无量”；新闻出版总署期刊司司长张伯海高兴得请我吃饭；欧盟也表示了全力合作的意愿。

一九九三年底，我向总经理办公会提交报告：“这是一个关系到蛇口工业区产业结构优化、树立影响中国企业界的地位，并且利益丰厚的重要项目。”老乔在会上说：“蛇口发展了，可是如果文化上像香港，那么特区就是失败了。”他还说：“花最大的精力搞好几个重点项目，反对的声音多是好事，是事情成功的重要因素。”立项在老乔的大力推动下获得通过。好像预感到什么，老乔又补充了一句：“任何部门不得怠慢这个项目，如底下不办我会追究。”

决策会上的决定没有受到下面的怠慢，遇上的偏偏是香港招商局一位老总的漠然——在他的海域里（他过去的专业是远洋航运）没有哪座岛屿或者港口叫“华商”。当办公室主任苦笑着拿给我看“还有很多重要的工作要做”的批示，我彻底相信蛇口的一个重要机遇失去了。失望竟彻底影响了我以后的路……

下围棋有一种“本手”——不偏不倚的本分招法。我这个读书人除了工作，和老乔没有私人交往，往好听里说庶几“诤友”的关系。后期的老乔腻友多了起来，不用说，和他们在一起老乔会感到快乐和放松，但随之工作中有些环节会显得不那么透明，有时曲意回护也难免使过去清刚的形象些许蒙尘。今天老乔回头来看，是否也会深沉感叹呢？

总经理班子届满以后，老乔“升格”为副董事长，坐进了“冷殿”，我则“知不可为而为之”，选择试蹚文化产业的路、通过文化弥缝蛇口的精神衰变去了。一晃过了几年，听说老乔挂冠而去了。交通部指派的新总经理在见面会上数落了几个已不在场的前任领导，其中就有老乔，说他给自己找出路。感到新领导对蛇口不无曲解的成分，我如鲠在喉，给他写了一封有关蛇口改革始末的信，其中说到：蛇口的干部相对年轻，他们放弃了本来终身受用的干部级别（干部入区头一件事是“把干部级别封存在档案袋里”），任期又有限制，那么干到了尽头，让他们做什么去呢？为什么香港招商局不能吸纳他们、为他们设置更大的空间呢？

二〇〇八年春节将近，我和老乔偶然相遇，我们不自禁地拥抱了一下，他说挺想念我。在饭桌上我问他当年为什么没去招商局，他显得有些神情激动：“老余，我这样的人，人家能要么？”

为了改革开放，当年祭起了招商局这个百年老店；当蛇口工业区意气风发创新打拼的时候，母公司香港招商局自身却步履维艰，未脱国企病的体质。老乔说，一九八九年在蛇口四海公园内兴建招商局干部公寓（被群众讥为“特权楼”）那回，他抵制过；集团会议上有人妄评蛇口那件事，他反击过；招商局某老总的公子进口电视机显像管，蛇口某公司准备蚀本买进，被他堵一个正着；那位公子周六要用蛇口的办公用车，他给小车班下令：“谁再把车借出去，就不要回来上班！”

不顾交通部的挽留，老乔毅然地走了。一位高官再来蛇口的时候，已见不到老乔，淡淡一语：老乔是“最早退休的国家干部”。

关心蛇口的人总不免要问：当年袁庚为什么选择老乔？最近我也很有兴趣地问过袁老，他笑笑，似乎在说：已经没有解释的必要了。在蛇口关键的六年，能够秉承开创蛇口的初衷，开明踏实地、有一些洒脱地增添了蛇口的光彩，可以说朴实的老乔稳稳接住了这一棒。

2008 年 7 月

“改革试管”报告：我在蛇口的竞选经历

我曾经是个灵慧的孩子，很招老师的偏爱。十岁时佩上少先队的“三条杠”（大队委员），是小学老师加封的；十三岁时被中学选定为“红色少年”，起于一个小组的自觉理论学习和公益活动，还戴着红领巾稀里糊涂地出席了武昌区青年社会主义建设积极分子大会。这从小织成的玫瑰色的梦在高中时期（六十年代初）破碎了——我已不再是闻名全校的“小班长”了。我朦胧地意识到，这与我出身于知识分子家庭有关。天真无虑的个性开始蒙上了低调的阴翳，从此尽管年轻的心有时仍会跳荡，却总是懂事地向边缘躲开。

这种微妙的迹象其实就隐伏着“文革”灾祸的源头。几年后便进入了荒诞不经的“浩劫”年代，而当人民分为营垒立眉相待，当知识分子被看作“臭老九”（宋元时代有“九儒十丐”之说），当人民迷茫地寻找祖国母亲的时候，这个国家已经濒临危险的悬崖了。

春回大地不久的一九八〇年，我已作为清华大学经管系研究生在日本研修企业管理，同班同学沈利生十一月给我写信，提及清华大学竞选人民代表和学生会主席的热闹，活跃参选的有我们班的华如兴，还有一位本科生顾立基，三年后他与我成了蛇口工业区的同事。

在域外听到来自祖国的任何消息都感到新鲜，尤其在刚刚解冻、万物复苏的时候。我只是想象不出那是怎样一场搅动人心的风云，与相邻的北大有何异同，又有哪些意想不到的后果与创伤。

一九八三年三月我随清华大学刘达校长做客蛇口，就在一个月前胡耀邦总书记到改革开放的前沿视察，在这里感叹“长江后浪推前浪，英雄出自少年郎”的余音犹在。袁庚向胡总书记谈到了一个重要的设想：民主选举领导干部，把掌握权力的人置于人民群众的监督之下。总书记听了说：“好，很好！”（见香港招商局编印的白皮书《文件汇编》）

袁庚试探地对总书记说：迄今历史上的改革者都没有好下场，这次是党领导下的改革，值得冒这个险。总书记说：“现在和过去根本不同嘛！”

两个月后，告别了建设指挥部阶段，第一届管理委员会的投票选举谨慎地拉开了序幕。夏天，我们全家迁到了这个还未脱却渔村风韵的滨海小镇。

管理委员会的民主选举从第二届开始走向规范（1985 年 4 月），唐若昕主持的政策研究室（发展研究室的前身）草拟了选举条例，出谋划策的人不少，而我为入围候选人设计了书面问卷。那时的蛇口就像一张可以随心作画的白纸，在袁庚的认可、审度之下，一帮年轻士子踌躇满志，听凭自己在改革的跃动之火中燃烧。

“袁庚是怎样炼成的”始终是研究者们关心的命题。袁庚曾是国际抗日联合阵线的中共情报官，因工作杰出受到过美国罗斯福总统的嘉奖；他又是老练的外交家和国家安全的功臣。在中国搞民主选举，堂皇其表的，自取其乱的，这两样袁庚都不要。他想用三重保险——选举资格（限大专文化以上、经理助理以上）、组成比例（如十一名董事中投票选举七人、招商局指派在港干部四人）和上级审批（招商局人事部下文）——来防止不成熟条件下的民主跑偏。

袁庚深知不受制约的权力是腐败的根源；他把锻炼民众的自主意识、承担精神看得比什么都重要；他见惯了中国官场的潜规则，不情愿看到忽而天降一个什么人物，从而改变蛇口命运的局面出现。我想这些就是促使他做一个大胆的试验——推动民主选举的原因。

从蛇口工业区的第二届管理委员会选举（1985 年）到第一届董事会选举（1987 年），我都是热心筹划者和积极助动者。我那时是一名中层干部，丝毫不存与那些羽翼既丰的元老略争长短的念想。我的动机很简单：深切关心改革之花蛇口的命运，尽所能回报划时代的改革盛举赋予试验区的契机。

一九八九年是黯淡的一年。我时任发展研究室主任，理一理几年来关系蛇口路向与体制、改革与管理、实用与前瞻的各种研究报告，已经有一百余份，我呈给来考核的市委领导看了这一大摞知识与汗水的结晶、思考与创新的记录，我知道称许的话都属多余，合格的评价才是关键。我当然充满了自信。

第二届董事会的选举年（1990 年）到了，昔日气象清新、情绪蒸腾的蛇口似乎不耐于沉寂，无形中寻找着释放能量的豁口，当袁庚力倡的董事会选举如常举行的消息传开，顿时犹如千树万树一夜花开。

十月，推举候选人的环节揭幕，竟然一反谁在高位谁当然入选的常态，各色人物——从普通百姓到中层干部——或毛遂自荐，或在本系统拥簇之下相继亮出了参选的旗号。宣传品，这是在位的领导不屑于使用、也不便于使用的，每天都有新的品种流传。人们好像忘记了是在选举一个大型企业（实际上是一个社区）的决策机构，在助选活动中尽情释放自我，从中获得开心与满足。

素有“智囊团”之称的发展研究室也坐不住了，大家觉得平均学历最高（博士学位三个、硕士学位十几个）、专业最新、“产出”举足轻重的职能部门，争取一名董事不仅合理而且可能。受年轻人的鼓动，我终于决定参选；本室毅然参选的还有备受关注的“剩余收益制”的主创人陈安捷。经第一轮投票，在进入演讲答辩程序的十四名入围候选人中，发展研究室竟有两人。

“蛇口，今后还成其为蛇口吗？”这才是积压在胸的锥心一问。似乎为了求得回答，蛇口人移情于董事会选举，空前绝后地关心、投入和心情激动。

我玩过一种扑克牌戏法，我总能把你“任意叫出”的纸牌引导向我手中掌握的那一张。这让我想起貌似公平的选举。选举必须真正公平，否则就会对暗中引导习而不察，而引导选举结果的简便方法之一就是姑息因循守旧。

我心里一直有一个声音：蛇口有幸作为“试管”，我们既然历史性地做试验选举这件事，如何才能体现它的真义？

被提名为候选人并不难，可是要在后续的选举中脱颖而出，非得影响选民们视线凝集的古老习惯不可。凭借省心的古老习惯，造就了多少年来的平和，以及不会出格的驯顺。

于是参选的“新面孔”们纷纷编写和散发个人的简介和宣言式的鼓动词。我和陈安捷共用一页宣传单，上面写着：

> 蛇口的生存，蛇口的繁荣，居民的富足，员工的权利，环境的优化，社区的文明，尊重与公平，机会与信任，理解与支持，力量与希望，无不与董事会的质量密切相关。
>
> 未来的董事，你具备必要的知识和经验吗？
>
> 你拥有开拓的勇气和不屈不挠的意志吗？
>
> 你真正为国家利益、蛇口前途而不是私利殚思竭虑吗？
>
> 你会力排众议、坚持真理吗？
>
> 你头脑敏捷、冷静而又处事果断吗？
>
> 你认为人人皆有人格价值，而从内心尊重他们吗？
>
> 你能敬人所长，令周围的人舒畅、进取吗？
>
> 你对庸俗、偏见和丑陋行为疾恶如仇吗？
>
> 你能做到不受左于小人、不屈服于黑暗吗？
>
> 你感到责任的重负而绝不玩忽职守吗？
>
> 你能否定昨天的自己、敢于承认自己的过失和不足吗？
>
> 你能既借鉴过去、又把握现在、又思索未来吗？
>
> ……
>
> 我们诚挚地向您推荐两名董事候选人。
>
> 请理解他们的价值，请判断他们的能力，请考查他们的人格。

早年的蛇口拥有一级政府的权力，也热论过乌托邦式的社会理想，受此影响，这些文字现在看来多少有些幼稚可爱。

研究室的研究者们研究了2900名选举权人（大专文化或企业经理助理以上）的分布，发现在中小学校和医院最为集中。于是他们分头行动，主攻重点，将宣传资料派布下去。据说有一天早晨医院上班，每一名医生的桌上都有我们的传单在等着他。

那时候，一个小小的疏忽也逃不过众人的注意。我的宣传单上出现了“无党派”的字样，日后党委书记淡淡地问起，我才顿悟“弄拧了”：“无党派”自是一派。书记不消多说，我已绝对能牢记一辈子。

助选活动热热闹闹，却也平稳进行。几天后首轮投票揭晓，我和陈安捷入围十四名正式候选人，我名居第三。

下一步程序——十四名候选人演讲（限十五分钟）与答辩（限十五分钟）分三场进行。在这特殊的三天里，暮色始临，就有人群陆续涌进育才中学阶梯教室占座，迟来的便从其他教室自搬椅子，演讲答辩会还未开始，连走道、门边也挤满了人，再晚来的只有站在外面听转播（当时还没有有线电视）。群众的兴奋情绪感染了会场的气氛，既庄严又热烈。回想十七年前的那三天，连蛇口自己也不曾有过，而且从那以后也不再有；经历过的人才相信，这无法用对戏剧性——对领导人的解秘或“拷问”——的追逐来解释，在人心净化、意志趋同的那一刻，与蛇口共命运的人们熔冶在了一起。

我在第一天第三个出场。我平静地读出我的演讲稿，第一句关于知名度的调侃就引起了善意的哗笑，这正是我所期待的。我刚好在主持人摇铃的时候结束，接着公众提问与答辩开始。

候选人除了需要事前模拟广泛的提问——特别是刁钻的、未必善意的——做出认真准备之外，精明的参选助手们通常会列出几个富有扩展性的问题，布置几个朋友适时抛出，以防止冷场、制造展示机会或者不给“攻击者”留下时间。我们也不免俗。我记得有人问过我关于安达股票的问题，安达公司是中国第四家上市公司，我是主要策划人之一，在股票无人问津的情况下我借钱买了一点，略有所涨便心满意足，随手把一张“收据”转让了。我嘲笑了自己的短视和无知，会场掠过了一阵轻松。在一九九三年的竞选答辩中，又有人问起“西村百货（我分管的筹建项目）为什么胎死腹中”，这也是我有所准备的问题，我顺水推舟解释了原委，抒发了心中的郁结。

对于平时作风霸道、不够检点的领导人，答辩会是一道难以下咽的怪味菜，他们不知道会从何方射来一支利箭，尽管他们今天表现出从未有过的谦恭。好在“带毒的利箭”通常是以传递条子的方式，稳健的主持人会加以判断和筛选。马纪凯副书记便是这样一位值得候选人感谢的主持人。即便你不曾树敌，但总有乐于嘲弄别人、习惯暗中“搅屎”的小人，谁说得上呢?

为了博得好的印象，讲广东白话的候选人也经受了普通话的考验，有的念起稿来吃力得好似在克服一群捣蛋鬼的纠缠，甚至惹出几分同情，散场后有人打趣道：“看来广东人演讲很吃亏！”

袁庚在第三天悄悄来到会场，当最后一人的答辩在铃声中结束，他在众人的热情掌声和呼唤中走上讲台。他用惯常的富有魅力的声音说：这样的选举也许选不出最有才华的人，但肯定选不出坏人。无论结果怎样，是你们自己的选择……

阶梯教室里余音未散，激情未散，流连的人也未散，新闻记者兴奋地来回穿行。

正式选举日那天，开票在半夜结束，我成功当选，在七名民选董事中仍排在第三。

站在今天来看，风云蛇口只不过是中国变革中的一种过渡形态。这一基因突变之激烈、之大胆令一部分人兴奋，一部分人茫然，但是公平地说，蛇口改革所昭示的种种可能性，构成了中国改革的端绪与基色。然而既属过渡，其后的转向，以至不同程度的回旋也就不可避免了。

老资格的蛇口人不会忘记，从一九七九年至一九八九年的十年光景，有过一个激情四射的蛇口。自那以后，在社会改革方面，如奔流的岩浆转而缓缓趱进，久久明灭，蛇口人对公益的关心、对平等的眷念、对个性的偏爱、对责任的自许化入了新的热词——“蛇口基因”。

成为蛇口的董事不等于加官进爵，也不影响薪酬，只是借用他们的头脑审度大事罢了。此外，董事会会议的最后一项议题，是审议董事的提案，也就是说董事享有独立调研、做出动议的权利。一九九三年三月，董事长王世桢（也是招商局副总经理）在香港约见我，还请我吃饭，餐桌上他特别说到我提交给董事会会议的提案《以变革求生存》，真率地表示他非常满意。那时我的心情是：对于一名董事（也是下属）付出的心力，没有比这更好的回响了。

把蛇口工业区定位于区域发展商也许是恰当的，它本身就是改革开放的产物，由于历史的机缘，它背负上了蛮荒寻路的历史使命，拥有了“改革试管”的美称。翻开新时期的纪录，由蛇口开创的许多项“中国之最”确实是足以骄人的。不过试管也会有使命终结的时候，当蛇口渐次失去了最初被赋予的特权（税收返还、土地规划与使用、项目审批、人事调动等），它开始自谋生路。可是在它努力变身，连名称都改为有限公司的时候，它仍在为过多的社会责任付出代价。

于是，蛇口选举最大的问题显露出来了：在蛇口的土地上存在各类企业，它们与蛇口工业区的产权关系或有或无，由这些流动性很强的职工来选举区域发展商“蛇口工业区有限公司”的董事会，如何提挈得清呢？蛇口选举这首歌已经不得不接近尾声了。

近似“公决”的民主投票，它的重要条件是成熟的民主意识，以及与之相关的选民素质，当然还有公正高效的运作。一想到此，就知道这件快心的事距离中国尚有多么远。与中国任何地区相比，蛇口在这方面也算作“首善之区”了，但“理想”那东西仅仅火花般地短暂地激发过，便随着大环境的变迁以及设计的失当、运作的弊端，关心度一次较一次滑落。随着心态的淡漠也就失去了严谨和热情，选举逐渐变成了索然无味的游戏。

蛇口的选举试验，终结于尚欠成熟，还是成熟过度呢？都有吧。前者是不善如此，后者是不尽想如此。其实，若是能把选举活动办成审视我们的目标、重整我们的责任、反省我们的问题、振作我们的士气这样一次全员教育活动，我想效果一定不错。

一九九三年，七十六岁的袁庚从招商局退休。这年恰恰又是选举年，十月第三届董事会的选举依旧进行，似乎是给这位老人激起最后一朵浪花的机会。袁庚的一页即将翻去，人们的心头飘过忧丝：蛇口又会怎样呢？新来的党委书记踌躇满志，他看出蛇口的党委机关太小了，根据他的算式，编制可以不少于二百人。

那以后的三年，蛇口默默地变化，泼溅的小溪平静多了。亲手营造蛇口繁荣的共同参与意识似乎成了明日黄花，又去哪里找回昔日的真诚、冲动与热情呢？

我被推举为第三届董事的候选人，第一轮投票入选正式候选人。那时的我思考得越多，越感到迷茫和沉重。当我与党委书记、工会主席、上市公司总经理一同站在竞选演讲台上的时候，当我发现一些参与的群众不再关心未来，而是营营于小团体的利益的时候，尽管培训中心阶梯教室更为宏阔，尽管已经有了有线电视转播，我还是不自主地意兴阑珊了。

最后的投票我落选了。有几分失落，更有几分安心：不用再去拉那一驾难拉的车了。

二十世纪末蛇口工业区的董事选举就在这一届谢幕。

迈克尔·奥克肖特（英国当代著名哲学家和政治学家）说：“政治就是照顾好因天意或人意而聚集在一起的一批人的总体利益。”我没有介入政治的本事，只是想把蛇口的事办得好一些，但是经济问题离不开环境，物质的成就少不了精神，境界一经扩大，还是回到了“照顾好因天意或人意而聚集在一起的一批人的总体利益”上。那些年蛇口的思想解放程度稍大一点，于是我也就有了以上的经历。

2007 年 8 月

楼对楼，窗对窗

十二年前这是一个令人羡慕的住宅园区，这里没有房地产开发商惯有的花哨与抠门，倒很像一个机关大院，素朴而实用，这里所有的人——都是蛇口工业区的早期开发者——有着共同的话语环境，这是一个兴旺大家族的共同栖息地。

四年以后，也就是在蛇口抛掷了十五年光阴之后，我与这个系统分手，带着说不清的心情，总归是关乎日渐明显的心理上的生疏。可是我的家还住在这里，不管走到哪一步，变不了的是对这块土地的万般牵挂。有些事真是难以理解。

从我家窗口北望，能看见他家的阳台和灯光。当他夹着公文包缓缓而归，或者推着自行车驮着老伴往公园遛弯的时候，我常常驻足等候或者叫住他，像共事的往年那样说几句调侃的话。现在他和染疴的老伴撤往北方，住房也处置了，不再回来。其他的人也眼见着起变化，这个有着青翠名称的园区连浑号（省略不录）也与时俱进。怃然的我倍感寂寞。

想不到今天我们居然在博客上相遇了。他用的是“普克尔”的名字，和他过去常用的“艺名”一样，都是把真名颠倒过来，令人不禁想看看戴着随和诙谐、随处找乐的舞会面具后面的真实模样。不过他已经不拿“扑克”说事了，说明玩得更深沉了。无独有偶，他关于“蛇湾”的不了情结与我何其相似，而且因为距离更生出几分诗意。

普克尔出身北大，比我长几岁，因而多了下煤窑的遭际。他初来蛇口时当过教师，我是在他做蛇口报记者的时候与他相识的，他凭嗅觉常来发展研究室“找食儿”，风度谦和友好，雅内俗外裹藏着书卷气。他的面孔常含笑意，放松之中又时时将双眼如照相机似的定点聚焦；两弯寿星眉，走路的姿势与斜倾的双肩相协调。普克尔有诙谐的天趣，逗人发笑的话语张嘴就来。他与研究室的王正德、许泽人均属紧凑身型，一朝相遇，普克尔趋前与二人相携，笑呼“短兵相接”，随后又故作荣耀地补充：“这可是伟人的身材！”

不久普克尔调来总经理办公室工作，所到之处总能漾起欢乐。他不无得意地向我说起堪称经典的段子：某日乘坐电梯，众人相对无言，一熟人指着他的公文包没话找话：“真皮的？”普克尔妙答：“我这上下，除了身上的皮都是假的！”

普克尔深谙幽默之道，与他的专业有关。他学的是戏剧，命运却没有给他安排从事戏剧的机会，但是挚爱戏剧的种子始终在他的身上萌动。有关幽默的书籍他从不放过，我也曾顺便买了送过他；他一定有不少潜心用功的夜晚，平常说说笑话，不过是以戏剧的眼光美化生活的片断而已。我知道他也写，却从不拿来示人，看到我迷惑的样子，他补充说：“我在家里朗读。”

普克尔长于理解和发现，经常在会议上阐发他人观点的深意，或巧妙地为跑远了的话题作结；激动忘情起来，则双眉上举，发出高而不亢的声音。一九九一年蛇口有线电视台（“中国企业第一台”）觅人担纲，我举荐了普克尔，并出面与之长谈。想不到普克尔自忖不是这块料，我也领教了何谓成熟的低调。不过就蛇口有线台我俩畅想了不少，借鉴在国外所见，我提出开设普通人访谈的特色节目，细细品味蛇口人这一本本不凡的书。后来中央台开始这样做了，普克尔曾经玩笑地扬言专利权应该属于我。

以后无论商讨纪录片《我们在蛇口》，还是陪袁庚董事长会客，或者被袁庚召去“海阔天空”，普克尔、乐俊人、唐文勇与我这几个带有文化味的后生便得以时常聚首。这个圈子有太多的共同语言，旨无须尽，应答如响，游曳其中，快心极了。

这时候普克尔的幽默上升到了表演的层次。干部们集中银湖研讨发展规划，普克尔主持余兴联欢，索性搬一张椅子站在上面说话，不吝自嘲，以短为长，是深得幽默之三昧的。在社团联合会的晚会上，他除了穿插推挽之外，还佩戴了精心准备的行头——一条手绘扑克牌缀成的绶带，用情之专，用力之深，令人难忘。

也许文秘的工作多少令他那样的人感到窒息，普克尔痛下决心去安达股份公司尝试了一把，不久即接到他发来的请柬：

昌民兄：

谨订于本月十九日（星期四）晚举行蛇口名流座谈会，仁兄以“三寸不烂之舌、一肚子好水”成为当然座上宾，希就安达公司企业文化建设之“点搞”，侃一轮大山，玩一把虚活。

席设：翠亨村茶寮

五时半恭候六时入席

安达公司

普克尔 鞠躬

公元一九九二年十月十六日

有普克尔在，便有汇集社会文化资源的可能。可惜道终归不同，少不了像战国名医扁鹊怒责于秦武王的：“君与知之者谋之，而与不知者败之”，不多日子他就打道回府，重操旧觚了。

一九九三年十月，我随袁庚出席在巴黎举行的地球综合状况预备大会，袁庚以《样板胜于雄辩》为题的演讲词便是出自普克尔的手笔。普克尔很久没有这般恣肆汪洋过了，他在开篇写道：

当远古时代中华先民出现在东方地平线时，即构建着自然与人的原始关系。他们在创造了无数改造自然包括改造人自身的丰功伟绩的同时，又执著于“天人合一”的民族文化心灵。……当今，看来有必要呼唤女娲的再生，以修复保护地球的屏障。而这女娲在哪里呢？不就是人类的反省与行动吗？

袁庚以他独特的身份与风格向各国代表发出了“关注和支持环境，发展综合实验区”的声音。

一方面是笑口常开，一方面是愁眉暗蹙，这看似矛盾的倾向集中在普克尔身上。我离开蛇口总部那年年底，特别在新年贺卡上叮咛他：

岁月算什么 / 昂起头 / 把笑声放出来（1994 年）

一九九六年春，我的《下午茶与成熟季节》一文发表，其中有一段：

我想说，中年是未忘日出又临晚霞、看得见两头最有人生感悟的年龄；是眼看着过往的幼稚被重复徒有无奈的年龄；是为下一代准备好“派对”躲出去作悠长散步的年龄；是调整着状态暗暗期待着最后一次成功出赛的年龄。

总办主任普克尔见报拿起电话问我：“是否可以理解为有‘转轨’的含义？”

普克尔的同学写的诗句：“为人作嫁终无趣，莫若扁舟觅小诗”，恰为他苦于不能尽展其才的心情写照。他后来主阁的研究室，其功能不过是第二套秘书班子，老的智囊机构随着当年的民主气氛的飘散已不复存在。五十五岁的普克尔已经半开玩笑地为自己“倒计时”了。这时他的幽默已进入“行为艺术——装置”的化境：代表性用品刻意地袖珍化，办公室陈列着“增高乐”的空盒，墙壁上悬一条儿童用的身高标尺……

那一年我离去了，年终给好友写贺年卡，给他的难免露出对蛇口自作多情的牵念：

船头、舵尾 / 舷上、舱下 / 黑夜、白天 / 沙滩、激流 / 总之 / 别让大船失衡（1998 年）

镜头又回到有着青翠名称的园区，马路牙子上两个人倾盖（粤语中的古语遗存）而谈，这回谈的是网上购书，我说“孔夫子”最好用，普克尔说“大洋”送货上门不加钱。

三年前普克尔消失了。不仅是他，过去熟悉的一帮俊彦纷纷星散，我感到失落了一个时代。

忽然普克尔重新浮现了，还依次浮现了更多的蛇口人，朦胧中那个时代又“回来”了——在互联网布下的虚幻之中，我们仿佛又围炉相对。

如今的普克尔可以放松自如地挥舞他的彩笔了，既不用受他人的制约，更毋须求上司的首肯，他随时发表自己的佳作，不必再在荧然灯下独自吟诵了，善意的温煦、闪动的凝想、智慧的珍珠腾越而出，我戏称他为“喷发的老泉”。

昔日把小女儿带来蛇口，而今被女儿牵引着走向世界，普克尔夫妇时而到美国省亲，而有了博客，他仿佛仍然坐在后一栋楼里。

投眼望去，普克尔的故居灯亮着，就算是普克尔读书的灯吧。

2006 年 4 月

---

* 普克尔是王克朴的博名。

霍里耶先生

“缘分”这个词越来越多被挂在嘴上，人们拿来解释说不清楚的得到或者失去。辞典里说，缘分“泛指人与人或人与事之间发生联系的可能性”。生命的形成何其偶然，每个人来到世上本身就是一种缘分，那么与有缘相遇的各色人物的交往不是特别值得回味和珍惜吗？

一位在蛇口工作的日本员工与我一家建立了纯朴的友谊，如今他归国离去七年依然新鲜如初，并且在下一代身上绵延开去，好比淡酒醉人，为生活增添了一品香醇的滋味，随着岁月之河的流淌愈显珍贵。

日本三洋公司初来蛇口设厂的时候，我因工作关系常去走动，自从为中央首长视察做过一次临时翻译，进进出出就更加方便了。那时我刚从日本学习归国不久，尚且陶醉在东瀛的清丽明媚、繁荣发达、勤奋进取和礼貌周到之中。作为友好的回报，我很想为在蛇口人地生疏的日本人做点事，帮助他们早一天与当地融合，多一分便利、愉快和轻松。

我的心愿取得效果并不如预想的顺利。蛇口三洋前两任总经理都比较年轻，他们不是拘谨地蜷缩在外壳里，就是流溢出骨子里的高傲。我不由得怀念我在日本结识的那些既有文化底蕴，又朴实厚道的中年日本友人，他们在学习上给了我真诚的帮助。我觉得，倘若那两个年轻的总经理多一点历史的知识，对中华文化有一些基本尊重的话，他们在这里的许多事情会好办得多。

九年前一个晴朗的上午，我在住宅楼下遇见一张熟悉的笑脸，就像在三洋公司里向我打招呼时一样友善，传递着淳朴的气息。尽管我还不知道怎么称呼他，仍然与他攀谈起来，因为一个日本员工星期天穿着三洋的蓝灰工作服、捧着《新华字典》出现在招商路上，着实引起了我的好奇。他说是到四海的三洋单身宿舍去坐坐，“和工人们练练中国话”。我心里一热，邀请他上楼到我家。

这位堀江正美先生是三洋半导体公司的会计，黑发里过早夹杂了“雪花”，镜片后的双眼总是洋溢着笑意。他比我略微年轻，也有着差不多大小的一子一女。堀江先生来到中国家庭，对一切都感到新鲜，对每道菜肴赞不绝口；他还说在日本的自己家里还没有我们这么好的音响设备……我们之间的交流使用三种语言：他跟我说日语，和我母亲讲英语，对其他人则勇敢地操起生硬的中国话。他憨厚的神态、毕恭毕敬的鞠躬和有点儿滑稽的普通话使那一天里充满了笑声。

从那以后，堀江先生成了我家不可缺少的朋友，我们干脆按日语发音直称他的名字“霍里耶”。由于常常谈天说地，霍里耶的中文表达逐渐轻松，已经相当于上小学的孩子了。有了霍里耶，我的日语也不至于一天涩似一天了，当家人煽动着要霍里耶“考核”我的时候，霍里耶宽容地给出了“小学五年生”的好成绩。

霍里耶突然想学太极拳，托我们给他找一位“师父”。若是换了现在，在公园里走一圈就能办到，或者报名上一个学习班，买一张碟。可是那时却不那么容易。霍里耶如此钟情中华文化，总不能让生活于斯的他在心中留下缺憾呀！几经辗转，母亲终于发现了一位略晓此道的厨师，不知他是因为职业的性质还是故作神秘，竟要求他的日本弟子每天清晨五点钟到招商大厦的草坪上会合。霍里耶十分高兴，完全不在意接下来的那份艰辛。他确实坚持了下来，直到那位厨师离去。

有一件事我不能原谅霍里耶，那就是他的家属来蛇口探亲的那几天，我们居然没见面。我猜想或许有日程的因素，介意打扰的因素，说不定还会有公司制度上的约束？我们只是通了话，随后那一页就匆匆翻了过去，铸成一个不小的遗憾。

一九八八年初春，有一天晚上霍里耶来了，神情带着异样的隆重——他是来辞行的。他已经阔别妻子儿女三年了，我们既因他重返天伦之乐感到高兴，又不由得心头渗出即将失去亲密友人的凄凉。霍里耶留给我一套木刻刀和一摞刻制版画的木板，我们送给他一套功夫茶茶具——今后霍里耶看到它，脑海里便会浮现出对蛇口的回忆。

霍里耶来信了。我们来分享以下的段落：

> 短短的三年两个月，我觉得一定程度上理解了中国人的心，并且算是学会了普通话。我对中国人的含蓄和很浓的人情味感受很深。现在日本发展很快，但失去的东西也多起来，是不是一个

国家的现代化一定伴随着个人主义倾向的强化呢？中国有很多勤奋好学的年轻人，尽管与日本相比他们受教育的机会不够，物质享受不足，居住环境也很差，但是他们相当刻苦，令我非常吃惊。现在住在公寓单间的日本年轻人可以随随便便去任何一个国家，但是他们不是去向人家学习，而是为了游玩，他们面对五六个人挤在一间宿舍里的好学的中国青年应该惭愧地低下头去。

不久，突然收到霍里耶寄来的日本杂志《棋道》，欣喜之余，我不能不感服他的细密之心与关切之情。这杂志须要到书店去买，然后是包装和付邮，仅花费近一千日元，可是每个月重复同一件事的麻烦呢？我不止一次请求他：你的好意我们心领了，可是此事太麻烦，以后请勿再寄。霍里耶则说："围棋是你们一家的共同爱好，这点小事请千万别再介意。"直到霍里耶又到德国工作两年，我舒了一口气，心想就此可以打住了。岂料《棋道》照样每月飞来我家的信箱里，只是封套上的署名换成了夫人千惠子。如此源源不绝，七年来只有两三次脱期没有买到，是以类似的品种代之……杂志的翩翩而至向我昭示着岁月的流程，带给我滋润生活的双料营养。

如果说农家孩子霍里耶留给了我们难忘的朴实印象，那么当我反复重读他的来信的时候，更感受到他善良丰富的心灵。他除了用日文写信，常常还以"不比中国人差的顽强劲儿"用中文写；他家住宅改造的时候，他详细地附上示意图，特别注明要确保的书房；他说电脑时代已经来临，述说想拥有一台电脑的愿望；他做过一个梦，中国人和日本人已经可以无障碍地自由交流；他不止一次喟叹自己是一个

“小人物”，却执拗地要去充当“到了孩子们的时代中日能够共同发展”的“基础”。

有一次，他写了这样的字句：“关于过去日本在中国犯下的罪行，现在的教科书避去不提了。请你务必找一本这方面的史料给我，我觉得有责任让下一代记取历史的教训，世世代代友好互助下去……”我立即行动去执行他的嘱托，凑巧买到了一本图册，和几件礼品包在一起，托付给他的同事捎给了他。一股从历史中升起的正义感从他那儿飘来，此刻驱策着我。欣幸的是，我的朋友有一双审视历史的眼睛，在反思中找到了契合时代进程的步点，尽管他是那样普通。

时至今日，女儿滟与霍里耶的女儿亚希子的通信频度超过了我们。她们交流有趣的话题，互赠贴纸、饰物、图画，谈共同的偶像张德培……每当女儿催我写信的时候，我首先感到的是欣慰。远在日出之国的霍里耶一定也是如此。

我刚从丝绸之路的风尘中归来，准备好的纪念品和日文版导游书即将送往日本。霍里耶先生，你不想看看今日的蛇口，不想践行丝绸之路寻踪之梦吗？真心希望你能安排出闲暇，我陪你去领略别样的山水、古老的风情，千万要带着夫人、孩子一起来！

附记一

当我怀着还愿的心情写完此文的时候，传来了堀江先生在乡间的老父去世的消息。他写道：“中国有句老话‘子欲养而亲不待’，说得太对了。我后悔没能好好对待他……再过三十年等我死了，要去孝敬他，向他道歉，我要和父亲在天国里坐着悠然饮酒和叙谈……”

1997 年

附记二

2007 年元旦，大病初愈的堀江携夫人终于重访蛇口，住在我家。巡看完深圳与蛇口的新貌，我与堀江忙着交流电脑和上网的心得，我还匆匆教给他中文输入法。八年以后（2015 年 7 月）我第一次去日本群马县太田市堀江的家里做客，看了他得意的木工小作坊；书桌上摆着联想笔记本，书架上插着日文版的《史记》、《汉书》。他每天早上一小时抄写中文与韩文；在车上则听越南语、泰国语、柬埔寨语。他说现在的劳务中介工作很需要，还可以防止老年痴呆症。女儿亚希子已经是三个孩子的母亲了，也是为了他们，堀江开心地继续“弹性工作”。如今他的电子邮箱名是“china1984”，1984，是堀江初来中国蛇口的年份。

2015 年

真诚的年代

没有比“人生苦短”更精炼、更深沉的彻悟了。人的极有限的一生，又因命运的转折划分为色彩各异的段落，一如宋词中的“少年听雨歌楼上”“壮年听雨客舟中”“而今听雨僧庐下”，数说着况遇的变迁。九年前我在《研究室宿舍公约》里曾经写道：“我们发誓恪守本公约，以理智、自尊、豪爽和潇洒之情尽到自己对于值得永生回味的人生之岛的责任……”如果可以把一段宿舍生活比作人生小岛，那么蛇口迄今的历史则巍然一座灵秀神奇之岛，因为它汇聚了数万生灵的人生精华。我自己最重要的岁月就留在了这里，从三十七岁开始，十五个春夏秋冬。

回想起来，如果没有一九八二年寒冬在袁庚老人京西寓所的那次难忘的夜谈，没有乔胜利以蛇口人事部门名义的热情来信，也就不会有后来我亲历蛇口的纷纭回忆了。一名刚刚回国的清华大学经济管理研究生，受到如此高格的欢迎，还有比这更值得向往的么？刘达校长交给我一封袁老的信札让我珍藏，其中“清华失一小余，无妨大局，蛇口得之，如虎添翼”数语，蔼然谦逊气度雍容，浓浓透显出蛇口那方热土对人的尊重和求贤的真诚，让我每每激动惭愧，看作无时不在的鞭策。

当我成了蛇口的一员，尤其当我能够“自主耕耘”的时候，也就自然地用心营造良好的人文环境，使之适于有用之材从容栖息，施展才能。在我主持发展研究室的数年间，由于不受“实用”的牵制，又幸而得到顶层领导的支持和人事部门的配合，一批素质高、知识新、活力充沛的综合型人才陆续泊进了这个小小的港湾，找到了成长发育的空间和壮阔远行的起点。蛇口的氛围是蛇口人真心热爱蛇口的主要原因，大环境如此，发展研究室的微环境尤其如此。大家习惯了敞开怀抱，能做到设身处地、耐心倾听，乐于互助，愿意为每一个新来的人拨开榛莽，乃至出头请命。我深切地理解、努力地践行了这样一种认知：锻炼的过程和表现的机会对每一个人（尤其是年轻的“加盟者”）都非常重要。那是不断有所发现的日子，也正是蓦尔蛇口人气最旺的日子。

不久前清理故纸，满是旧日留痕的资料与纸头牵来了一串以“人”为主题的故事……

如果不是一九八四年的一份“紧急报告”，他就会走别一种风景的路了。A 君自蛇口二期“黄埔”毕业以后，在一家不甚起眼的公司从事电脑贸易业务，他不安平庸萌生奇想，找我这位学长相与为谋。那天在我家吃面、夜谈的情景历历如绘。我们谈得投机，随即我写成联名报告《抓住有利时机，兴起蛇口工业区的电脑产业》，送呈招商局领导，文中说“从代理国际著名品牌的电脑起步，借助其声誉、技术和市场，是发展我们自己的电脑产业的一条捷径”；“可以设想蛇口即将出现一家环境静谧、气象井然，运用中国白领的大脑研发出口产品——电脑软件的公司”。新公司诞生了，A 君率先成了独当一面的青年才俊。第二步“软件公司”的机缘迟迟未到，第一步电脑代理确实赚了钱。后来由于外汇严管的原因，公司自我终结得很壮烈，A 君奋而去了美国充电，归来后又在发展研究室栖身。凭借知识结构的优势和能言善辩的才情，像萤火虫那样闪着亮光行进，最近几年已经相当出息了。

我把 B 君收进发展研究室，是看上他财务管理的知识系统而扎实。像他这样具有潜质的硕士生应该去专业部门，但是他叩过一次门了，现在想改叩另一扇门。我留下了他，又一次向上举荐，这才知道对他有“实际经验不足”的旁议。于是我设计了“暂安排到新改组的上市公司协助基础财务工作”一步棋，得到工业区总经理批准。磨炼的过程不一定开心，但磨炼毕竟催化了成熟。归队之后不久，他突然提出想去外资企业工作，我看出他有些耐不住初来乍到阶段的清贫，不无惋惜地说：“如果是这样，外资企业多了一个财务经理，蛇口工业区少了一位财务专家……”我劝他多想想自己的优势何在，不愿积攒力量的短视又是多么不智。结束的时候我添了一句：“你怎么知道总会计师的位子不是属于你的呢？”B 君终于没有离去，我那句激越的规劝话语——奇迹说不定就藏在身边——几年后竟然成真。

C 君刚进门时，不过分地说，简直是个字还要写错的孩子。我半认真地提醒这位系统工程博士永远记住第一次面谈的尾声：“你还有什么需要？”“我没有枕头。”那天他的第一个上司忍住笑让他自己解决枕头问题。这个十四岁上大学的系统工程博士确实还没有长大，负责一个部门却和同事赌气，我告诫他说："与部属闹别扭，肯定是当头儿的挨批评……记住，人际关系的全部精华在于：要懂得'每个人都觉得自己很重要'。"C君是在与香港大家乐集团的谈判、西村百货的筹建和石化公司的改组等复杂业务中快速成长起来的，如今已经老到多了，在基金管理、运作上成绩斐然，并且在本系统自觉承续着那曾经滋润过他的文化。

我提到D君，是因为他曾经带来一道不小的难题。他出自名校，是主修西方哲学和科学社会学的博士，他初次出现时接近崩溃的萎靡令我大吃一惊。我一面消解他的紧张与怯懦，一面仔细听他坦陈原委与现状。这位家乡绝无仅有的博士不无悲凉地向我流露，如果蛇口再不要他，就只有返回河南老家一条路了……我的目光扫过简历中七次获得优秀称号的内容，琢磨着如何向这位本质良好、发展有望的失意学子伸出援助之手。我的第一份报告人事部门没有理睬。几天后，我向新党委书记报告学生求职的情况，特别提到政策尺度问题，书记慨然地说："人皆有错，改了就好，何况青年学生呢？"我赶紧递上准备好的请示报告，看着书记批上"可以接收"几个字，心里想：书记拍板，小计见效，一个博士再生了！接着，我又考虑帮他解决妻子的工作。D君后来经历了港口、银行、房地产几个领域，发展正未有穷期。在洒满花瓣的前路上，不知他是否不忘感谢宽大为怀的党委书记。还有一个隐情：当年他表现诚实。

那确是一个真诚的年代，一个群体与个人、个人与个人相互承担责任，坦荡不虚伪、不乏热情的年代。我那时的职位，加上自己的人生感悟，在一定范围和一定层次上起到了吸纳、储备、锤炼有用之材的作用，同事们一起度过一段美好的时光，无意中形成了蛇口的一道历史风景。这一局面成了永远伴随我的欣慰。

当钢铁大王卡内基宣称："把我的工厂拿走，五年后我会东山再起……"他气壮如牛的秘密在于下一句："……只要把人才给我留下！"

蛇口工业区的持续发展需要人的才能，更需要人的活力与热诚。只有真正建立起重视人、关心人、帮助人、用好人的机制——从观念到措施，而不是仅靠少数人的有限的努力，蛇口工业区才能赢得天下英才和麾下将士的心，才能再现盎然生机，那时就会不断涌出温暖亲切的人的故事，宛如一首首动人的歌。

多姿多彩的人啊，也请你们自重！

1998 年 11 月

---

* 在我整理旧文的时候，他们已分别成为总经济师、总会计师、证券公司总经理、集团人力资源部总经理。

陆上、水里、天空

“企业的竞争就是人才的竞争。”这句话搁在四十年前是罪过，搁在三十年前是警钟，搁在二十年前是时尚，再往以后就当歌儿唱了，唱得太熟，不经意就流出来了。

过去有嘲笑暴发户的：“树小墙新画不古。”经济上得快，国民素质却要靠长期滋补，生活中遇到的“人才”，就是国民中能想到问题、以解决问题为己任、身手不凡的优秀分子。

“不拘一格降人才”是龚定庵的豪语，看来他是不负责或者不相信培养人才的，也不愿意或者不屑于去发现周围的人才。另有一种可能是，他自矜其才，傲视天下：“你们这些凡夫俗吏有够得上人才的么？”

二十世纪八九十年代的数年里，我在蛇口工业区主持发展研究室的工作，虽然没有日常实务的压力，却必须要有前瞻性、总体性、科学性，并且总是不断地在创新。高层老总、基层领导、地方媒体、行政良吏（如办公室主任王克朴）常喜欢到我们这里来坐坐，呼吸点

“新鲜空气”。而这“新鲜空气”的提供者，便是二十来号门类繁杂、颇有点奇情异才的人。

我们这个部门里学管理、经济、社会、法律、航运、环保、哲学、数学、文学、财会、系统工程的都有，三个博士，十几个硕士，年年还有更新。人事部门遇见求职不对口的、专业非实用的、感觉良好而又拿不准的，都往发展研究室送，过筛以后有的留下，有些“转口输出”。总经理乔胜利因信任而默契，在这方面给予了我们特别宽松的权力。

光阴荏苒，人事流转，我后来调到了企业管理室，又调到了总经理室，我带领的一茬茬年轻俊彦羽翼渐次丰满，相继走上了重要的岗位。一九九四年我离开了总经理室——那是一次近似脱胎换骨的班子换届，意外的情况也就在那时发生了。

一九九一年三月，宋向阳来到发展研究室求职。他是华中理工大学经管学院的硕士研究生，这么说是我的清华同门师兄陈荣秋院长的弟子了。巧得很，他的本科专业也和我一样是自动化；我还注意到求职表有一栏写着：“爱好围棋，业余3段。”我与这位生着一双丹凤眼、头发鬈曲的小伙子谈了一会儿专业的事，完后说了一句：“今晚你来我家下棋吧，我让你两子。”他眯起凤眼一笑，起身目不斜视、大跨步地走了。

他后来回忆，他把我说的当成了一句玩笑话，他绝对不曾想到，今生遇到的第一个上级果真拥有高出自己两段的水平！而且那一盘棋他真的输了。

小宋进入了试用考查阶段，他为小汽车出租公司投资项目做完一份可行性研究报告。和他同时试用考查的还有一位西安交大管理学院的小尹，也完成了另一个项目的报告，我让他们交换审读，然后听听他们对彼此作品的意见。小宋有条有理地说着，小尹几次打断他，急火火地辩解；“交换场地”以后，小尹拿出一副鄙夷的腔调，小宋只报以大度的微笑。小宋的报告其实很规范，他表现出的成熟，为自己得了分。

随着蛇口工业区和香港招商局重大项目日多，科学化、专业化评审的需求日盛，小宋的综合素质有了发挥的舞台。我将他随我调到企业管理室，又培养他担任新组建的发展部的负责人，派遣他到内地、到香港开展工作，他先后在钴 60 辐照、荆门炼油厂蜡油裂解、武汉区域经济合作、汉口轧钢厂 Φ114 热轧钢管生产线、宜昌综合食品加工、玛尔姆逊钢琴等投资项目中担纲研究或综合评审。他常常提出独立见解，为避免投资失误提供了坚实的依据。其间他的棋艺也长进神速，在一次升段赛中折桂，升入 5 段，还和我等四人代表蛇口工业区赴北京参加了中日大企业围棋对抗赛。

风云流变，蛇口工业区薪火的继承人一半出于早期特权（政府职能）终结的无奈，一半终归难匹袁庚的境界与胆识，选择了淡出心灵塑造与社区关怀。“洗澡水”没有用了，可是盆里的“婴儿”呢？他们不再在乎平等的身姿，似乎厌倦了直指人心的澄明、理解与沟通，而这正是迄今蛇口上下得以凝聚的至为可贵的传统。如宣言所示，他们专心从事经济活动去了，可是我们奋斗十数年，好不容易得来的“清新空气与白云蓝天”呢？宛如经了一夜秋风，门派悄然显现了；夤缘的小人暗里嘲笑“道长道消”了；资产重组，私心者可以将自己“捆绑出售”了。昔日清通的局面不再，公众在权势角力下收声。梦一般的蛇口逝矣。

人走政息，我离去不久发展部即被撤销，再经波动，宋向阳已经无事可做了，“妥善安排”成了文件上的一句空话。他受不了企业管理室得势头头的颐指气使，又被接手我的工作的某老总冷冷地挂在门外。我实难理解，何以非得俯首认宗、托拜门墙容不下一个年轻人才，偏要叫他不自在，故意让我不开心，把个人之威赫看得比蛇口的大业重得多？我曾陪宋向阳去找过副总经理康健、新总助李桂；蒙锡副总经理从旁也看不惯：“哪能划线对待，把任用干部看成私家的事！”

宋向阳走了，与其被晾在昔日的“改革试管”看人脸色，不如和几个朋友合办一个小公司——就算去做甲鱼饲料吧，反正年轻就是本钱。他揣着深深的失望从陆上走进了水里。

东田河野投资发展有限公司，这个炫惑的名字之下确实是采用来自东瀛的饲料配方，也用到进口的鱼粉和多维矿盐。小宋打理自己的小厂，从敲打钉子到生产营销全由他踢腾。两年间他开车跑遍了珠江三角洲，小甲鱼吃下一斤半“东田河野”饲料，一年能长到一斤重。那段日子他感受了养殖户的淳朴，体会了他们的艰难，得到过同行朋友的好心指点。在风景幽丽、远离红尘的池塘边，他吐纳着城市写字楼里没有的新鲜空气，享受着四处奔波带来的快意——眼前的辛苦和丰富的见闻不就是今后人生的宝贵财富么？

后来他们还是关掉已经小有名气的东田河野，由于资金占用大，账面盈利收款难。宋向阳沉静地寻找新的方向。

一九九八年，广东发展银行控股集团收购了中银信托，50亿资产有待清理。宋向阳这一步迈进了广控，很快便做上了规划发展部总经理。一年后他改任财务部总经理。听说昔日的部下已经管理着七八十亿的资产，我既欣慰，又满足。

二〇〇〇年的最后几天，广控将宋向阳派往年轻的深圳航空公司，任副总经理。他在几年中遍涉行政、规划、发展、财务、信息、总务等领域的管理，好的素质合上了好的机遇，他一步步成长为迅速长大的航空公司——拥有47架飞机，150亿资产，规模全国第五——的“大管家”。他的视野和心思转向了天空。

我对深航有着好印象：空姐们的笑容是发自心里。深航特别重视安全和服务，连续多年被评为服务最优；由于实行全员合同制，深航的包袱最轻（没有老资格航空公司背着几百号“副处级空姐”的现象），效益一直名列前茅。深航矫健的步伐不用说有他的作为溶在其中。

二〇〇二年，雅华的健康突亮红灯，手术、治疗之后，宋向阳出面招待了负责医治的医生。在安徽大厦一家高级酒楼的华丽包间里，医、患、家属以及朋友度过了一个看似轻松的、充满寄托与真情祈祷的晚上。我想那样的气氛对患者是相当有益的，在医生的意识里悄悄增加了“敬请尽心尽力”的分量。

今年元宵节刚过，小宋夫妇来看我们。我知道他忙得像旋风一样，好比打点过了方方面面，送走了客人，该自家人坐在一起放松放松了。他们带来了好酒、名茶，还有湖北土制的灌肠。说完了积存的话，小宋不顾天晚，硬要在棋墩上用日本上好棋子下一盘棋。我调侃夫人小廖“最难挨的时间到来了”，小廖爽朗一笑：“我拍完照片，看陈老师的博客去！”

宋向阳现在飞得很好，他的天空又宽又阔。当年他满腔热情地投身蛇口，可是却没能留在这片土地上。世上恐怕哪里都会有阴暗的心理和巧饰的贪欲，只是有的地方曾经把它们埋进了沟底。不能让这些垃圾从沟底复生，把明媚的蛇口一寸寸拖向衰颓。写到这里，思绪纷纭，唯有祝祷。

我想起二○○一年年底我给他寄过一张贺年卡，那上这样写着：

你终于长上翅膀，/在天空上划出了/一条美丽的曲线。

2007年3月

港商马太同志

她的大名再普通不过了，蛇口方圆不大我认识的就有三个，但很少为人所知，遐迩闻名的倒是港味极浓的“马太”。在改革开放的早年，“同志”“爱人”“服务员”忽然不时兴了，到处是“先生”“太太”和“小姐”，虽然叫着口生，却恍漾着旧景复萌的新意。

一九八三年七月底我们全家迁来深圳蛇口，上级公司香港招商局快速为我办好通行证，几天后就去香港参加浮法玻璃项目的谈判。我是和蛇口工业区办公室主任余为平一道去的，他似乎阔别了香港不短的岁月，一路上喃喃于那座神奇城市的沧桑变化。

在公务接待之外，还有一位香港女子请我俩吃饭，陪我们转街。她四十岁出头的样子，岭南人的短小身材，平直短发，对我客客气气地讲潮汕腔的国语。她与主任有一种老同事似的熟络。主任介绍说，最早在蛇口投资的港商中有所谓“四太”，都是行事如火、来去如风的“女强人”，眼前这位即其中之一，人称马太。

马太其人并不张扬，轻轻地行走，浓浓地微笑，深深地点头，甚至给人些微谦卑的感觉。可是在中环街巷的商铺里，她与店主讨价还价，不合意掉头就走，店主抢出挽留，竟往返再三，直至她大获全胜，足显出她是一位老到的商人，而且内心强韧，意志果决。

好似漫不经心的马太，并不疏于对我暗中观察。那时我瘦削的脸上挂着笨重的深度眼镜，她看不过去，带我们走进一家眼镜店，免费验光之后，她和主任又替我挑选镜架，我想今天就咬咬牙换掉老旧的眼镜也罢，岂料店家报出了500港元！我吓了一跳，窘迫无状，匆匆退走……多年后才知道，马太本是有心为我解囊的，可毕竟初次见面，唯恐唐突，便有了让我难堪的那一幕。马太的用心之深可见一斑。

我在蛇口工业区企业管理室工作早期，有一天和同事老杨陪马太去珠海洽谈生意，朝阳下的大海格外明亮，跳板在海滩与渡船之间颤动。在珠海他们谈了些什么我全然不记得了，倒是忘不了我接触的第一个港商的令人叹服的表演：她像一个指挥家，不必抬头就知道哪一位乐手出了问题，在浅笑和鞠躬中牵引着乐曲朝她预定的方向行进。

马太的香港公司是蛇口购物中心的港商投资者。号称购物中心的百货商场其实只有百十来平方米大小，一片雨棚连着铁皮搭的仓库，粉黛不施地坐对蛇口六湾，寂寞了两年多，才有施施而来的明华轮（“海上世界”）与它做伴。莫小觑了蛇口购物中心，它可是深圳特区最早的外币商店，当年发挥的作用如同它滚滚的财源一样足以令人目瞪口呆。

它的身世便已不凡：一九八一年八月八日蛇口工业区向市政府呈报，十八天之后梁湘市长批办，又过了五十天领取营业执照。允许外商参与投资经营外币商店，绝对是网开一面，三分是因为特区有破例的特权，七分则是隐而不宣的谜。

来自广东汕头的马太和马先生在澳门经营过旅行社，在香港做过陶瓷生意，低调生存、灰色不彰，当年像这样的公司在港澳恐怕不少。一九七九年招商局开创蛇口工业区，不知是出于灵犀还是天意，他们组建了一家发展公司，成了从香港向蛇口开拓者们提供生活及办公用品的供应商：从食品、被褥、蚊帐、铁架床、厨具到办公桌椅。她后来自己描述潮汕人的习性："再小的生意也会去做。"

于是，招商局掌门人袁庚提议与他们合办外币商店，便有了部分的合理性。至于这件事涉及新华社香港分社、国家进出口委、国务院特区办乃至中央领导人，那是知情人"细数玄宗"，信不信也无所谓了。

一九八二年六月二十八日，蛇口购物中心在荒滩上隆重开业了，从香港进货的服装、日用品、小家电之类，就在咫尺之遥的黄色土墅里的九龙海关驻蛇口办事处报关。很快马太找到了从京津沪穗轻工进出口公司长期进货的路数，一时间国产名牌家用商品川流而来，如电风扇、自行车、电饭煲、电暖壶之类，竟然不待卸车就一抢而空！随着彩色电视机、电冰箱、洗衣机时代的接踵来临，购物中心的景况一派辉煌。马太抓住了人民币存在双重汇率的特殊时机，以人民币入货，以港币定价，一出一入便有利润哗哗到来。那些年，蛇口工业区的国家计划物资供应不足，要靠港货补充，职工的工资有一部分以港币发放，故而颇能适应，并不吃亏。

最初马太的公司与蛇口工业区贸易公司各出资 26 万港元，次年投资总额扩大到 100 万港元，第三年再增至 200 万港元——面对奇迹般的获利与直升飞机般的增长幅度，只有傻瓜才敛手不干。

一九八二年仅半年，购物中心的营业额已有3150万港元，纳税163万港元，利润420万港元；一九八三年的营业额竟然突破1亿港元，纳税346万港元，利润1130万港元！

购物中心的董事长由我方担任，那是一个让人心动的位置，正由于此，一直虚位不决。一九八三年我刚来蛇口不久，招商局忽然指派我担任购物中心董事长，却不曾做过一语交代，背景、使命、分寸全凭我自己揣摩，掌门人袁庚可真幽默！

观察与接触告诉我，马太虽是港商，又不尽同于港商。她好似云雾裹身的非寻常人。在一次节庆活动中，袁庚口误称她为“马太同志”，她因这奇怪的称谓哈哈大笑！可不是嘛，她既不姓马，又不名太，更遑谓同志！

一九八四年一月二十六日是邓小平第一次视察蛇口的日子，邓大人登上了巨轮海上世界，夫人卓琳则来逛一下偎靠在一旁的购物中心，我和马太早已在那里迎候。夫人看上了几件衣服，马太前后殷勤照应。在那奇情壮采的岁月，区区小店好歹也是个历史角色。

购物中心三十多个员工——从营业员到收款员，从业务员到会计，从司机到炊事员，全都拼命工作，因为马太待他们并不刻薄。不知出于心性还是智慧，她懂得首先要培养员工的忠诚，当周围的玩具厂、电子厂因不满待遇而躁动不安的时候，购物中心董事会早已采纳经理马太关于提高员工工资的提议了。勤快的曾姨买菜、做饭一肩挑，小食堂的饭菜算得上可口。到了淡季，马太带领大家去珠海旅游，在深圳特区中外合资企业中，有如此福利的购物中心当数第一家。坐上洁净的旅行大巴，随意取饮进口的饮料，昼食大餐，夜宿酒店，那可是在一九八四年哦！我不由得想起熟悉的日本企业的富足与人性化福利，我曾当那是遥不可及的梦，可是今天竟然成真了。想到这里，我心中顿然升起一股暖意。第二年公司安排去了桂林，再来年就是新马泰了！

蛇口的“黄埔军校”——管理干部培训班第二期结业了，为了推动购物中心的管理现代化，我说服了出身清华大学的袁黎男，推荐给马太做副经理。意外地我很快发现他俩唱不了一台戏。个子颀长、戴黑框眼镜的小袁思维与行事如他的容貌一般棱角分明，马太则难以容忍年轻人轻视她的旧秩序。小袁觉察到被边缘化的危机，干脆做了自作主张的事，再往后竟至燃起了对资本家不甘示弱的心火。我觉得有些对不住黎男，他人生的第一份工作便没有得到董事长无条件的支持。我很想告诉他马太不是一般的资本家，那么纽结也许就容易解开，可是对于单纯的黎男会不会过于复杂？再一想，又有谁告诉我呢？我不也只好听任其混混沌沌，“摸着石头过河”吗？

马太不在购物中心开工资，不能说是狡黠，因为过去只有她一个不拿工资的经理。袁副经理来了以后，马太提出对等原则，袁便从派遣单位贸易公司领工资，这样一来，购物中心年底的高额奖金也就与他无缘，由此而生的不愉快情绪不难理解。其实小袁与马太若是合拍，可能是另一番景象了，因为有别扭在，即便马太也做出过愿意沟通的姿态，那一厢小袁却一味傲岸难平，那么对马太坚持的“减轻公司负担”的基本原则，又有什么办法呢？

公司从创立开始，就定下了进货经手人按合同金额提成的规定，故而马太的提成额十分可观。那年头走俏的新产品不愁卖，其中的弊病也就隐而不显。说起这一条，袁副经理哪里玩得转，于是眼见他意绪索漠，虚晃几枪，便远走高飞另择高枝去了。

购物中心五年到期之后，鉴于它给三方带来骄人的经济利益，顺理成章地申请延期，又前行了五年。

一份官方资料显示，截至一九九〇年底，八岁半的购物中心的销售额总共达 11.7 亿元之多，上缴给国家的税收累计 2280 万元，投资双方各分得利润 2530 万元。不管神秘的马太把她的“第一桶金”拿去哪里，反正储备下了华丽变身的资本。她像一部工作机器，时常见她微笑进出、低头独行，而她家的先生及其男同事们正坐在香港公司的写字楼里电壶炊水、啜饮功夫茶哩。

对于以优越条件给她供货的各地进出口公司的大佬们，马太迎来送往、备极周全，若是前往香港，更是呵护有加。别看她学历不高，却谙熟《浮生六记》里芸娘（她的本家）“察眼意，懂眉语”的本领，让一个个惬意得无以言说。每到旧历年关，她会派主力业务员往车里装满时兴的上好年货，兵分几路长途派送。在蛇口工业区管理机构，她有极好的口碑与人缘也就不足为怪了。那几年，马太不仅商场得意，对官场的拿捏也十分娴熟，官员、银行行长、国企老板都愿意帮她，她则有恩必报，而且收放有度，绝不至于贻害于人。

若说熟悉当今中国社会的潜规则，莫过于马太了，所以对人们的贪欲、无信、自私和不义，她反比我们容忍度高，总能做到不愠不躁，淡淡一笑。不仅如此，她还能驾驭这些“人性的弱点”，乃其高明之处。一个业务员新来时不在状态，有人嫌他太懒散，因他有蛇口某位老总亲戚的背景，马太别有深意地笑着说："他不来上班都可以。"

随着时光的流变情势的变迁，蛇口购物中心韶华已尽，人头涌动、滚滚金来的风光淹没在了蛇口飞速发展的跫音里。马太四十岁至五十岁的大好年华嵌进了蛇口开放改革的丰碑，蛇口回报她以浓情厚利——她已不是昔日踏着跳板上岸的马太，倘若她愿意的话，弄一顶博士帽戴戴又岂在话下？

马太尝试投资制造业，凭借的是贸易上的老关系，无奈产品、技术、手法都是旧的一路，造不出新气象，结果是一个不剩，败走麦城。她又做汽车生意，浅尝辄止。唯有在蛇口投资工业厂房让她保住了家底，更重要的是，她由此发现了房地产这一块新大陆，找到了最适合自己长袖善舞过人优势的方向。

她要在蛇口六湾面对海上世界的购物中心原址建造一座高层商住楼，这断然不可能，且不说那一带是蛇口乃至深圳最时尚的颜面，寸土寸金炙手可热，而且我不止一次听袁庚董事长说过："蛇口海湾不能像香港那样成为石屎（混凝土）的森林，不可建高层建筑。"可是马太居然办到了！一九九八年35层兀立海岸的海景广场开始入伙，引来了诸家银行和一些大机构，而承载蛇口工业区管理总部的新时代广场足足晚了两年，高挑玉立的招商局广场更迟来了十年以上。

回想起来，马太与袁庚在场合下的见面都有戏剧性的欢悦，他们像认了宗的亲戚那样似生又熟，风趣而亲切。马太始终对袁庚怀有真诚的尊敬，每当说起都是感佩得无以复加。一九九三年我随袁庚董事长去巴黎开会，她特意叮咛我要好好照顾"老头子"，该花的钱不要舍不得。马太的海景广场证实了她无与伦比的能耐，她从袁庚的"迁就”里（准确地说，是从袁庚的特殊认同里）获取了无价的回报。

从六十岁迄今，马太四处做起房地产开发，正如著名的“马太效应”揭示的，赚得越多越好做，竟至不可收拾。一晃又是十多年，我已经很久很久不曾见她了，偶然会从天外飘来一个“试探号码有效否”的电话。我断定她仍没有息肩——洗手不干了，那还是马太么？

让她放不下的，其实更重要的原因，恐怕是公司运转遭遇了困境，如摊子铺得太大的许多公司一样。马太有经商的机敏，再加上政治的智慧，可是今天的经营，尤其是上了规模的经济运作，光靠机敏和智慧是不够的。春秋之年的马太显现出疑人的性情（或许是经历使然），使得跟随她的铁杆难以久留，就连子女也选择了另起炉灶。专业人士顺从者多，直言者少，那么谁来唱风云满台的大戏呢？当今时代商海诡谲，复杂错综，单凭经验和感觉必定难以招架，要靠得力的助手和成熟的团队保持知识的更新。此外，经营理念尤其需要与时俱进，只有体察社会，广交贤明，了解各种最新的成果，放开吐故纳新的胸怀，才有希望成为最后的赢家。

蛇口这尊炼丹炉造就了各种各样的人，其中也包括马太。据说，富甲一方的马太这些年储备了不少土地，押进了巨额的资金，这些高价的资源如袁庚常说的是“烫手的山芋”，弄得好则圆满，犹如轻舟排浪，弄不好则锥心，月损何止千万！

她何时能松开人生的发条，闲逸地享受晚年的生活？谁也不知道。马太电话里说：“等我回了蛇口找时间坐坐。”我了解，脚不沾地的她此话等于没说。随之脑中一闪：马太的头上已然飘雪了吧？

2015 年 9 月

镜头·劲笔·思想者

我们人类就等于飘浮在宇宙中的微尘，个体的生命何其短暂，彼此相遇简直就是奇迹。如果把有某种关系的两个人连线，那么他们之间有一条线的或是偶然，有两条线的属于幸运，有三条线的就值得高歌了！

我和罗沛的交往清清淡淡，倏忽间二十七八年了。两人白头以后，在博客上又你来我往起来，住得近也相互走动，彼此的发现越来越多——数一数我们之间已经有五六条线了。

蛇口三洋是改革开放以来进入我国的第一家外国独资企业。一九八四年开始，我时常去蛇口三洋协调工作，或者陪同各路宾客参观，在那里初识了蛇口三洋塑胶厂的厂长罗沛，俊朗白皙、玉树临风的样貌，讲着广东腔的普通话，我把他当成了香港人。

直到蛇口的社会团体联合会举办活动，我才恍然知道他是我的内地同胞。我是围棋协会会长，他是摄影协会会长，彼此点头微笑，倒是我几次编辑《招商局集团》画册和《招商局蛇口工业区投资简介》、十周年纪念画刊《我们在蛇口》，得到了他和他的拍友们的慷慨协助——我贪婪地搜刮他们的“家底”，也与他们商量补拍什么样的画面，没有他们的热情与积累，设计画册简直是不可能的。至于报酬他们想都没想，《招商局集团》印刷出版了，同我一样，每人欣喜地捧一本袁庚董事长亲笔题辞的精装画册作纪念。

罗沛拍的照片，用光、构图、画质没说的，内容多数一看觉得平淡，越看越觉得如橄榄回甘。除了散发着生活的清芬，往往还飘游着淡淡的忧思。很少见到他的电闪雷鸣、惊世骇俗之作，他的雷声在平淡的表象下层滚动，让人在气场中感应出其中蕴藏的巨大能量。

后来三洋迁走了，我也不在蛇口上班了，我俩似乎都失去了影踪。接下来我们都退休了。听他说他曾经蒙受凶症的磨难，命捡回来了，却付出了听力受损的代价。听力丧失对于贝多芬来说是悲剧，对于罗沛又何尝不是？他喜欢拉小提琴，从广州音乐学院拷贝的音乐碟片不下两千张，尤其是他自行研制电子管音响装置，音质是发烧级的，有人出多少万元高价他也不卖。

他拷了几张音乐碟片带来我家看我，顺便教给我照片水印的做法。我们感叹一眨眼相机数码化了，再眨眼已经离不了互联网了，我们虽没有掉队，毕竟精力不如前了，看不惯的事多了……几天后我专程登门去听他的自制胆机音响，乐曲细腻处婉转，雄浑处震撼，想到他此刻听到的乐曲都是走调的，我心中很不是滋味。

那一趟新的发现，是他折纸的技艺已臻鬼斧神工，广告纸、画报纸都被他拿来随意折成了可爱形象：小狗、狐狸、大象、舞者……见我看得两眼放光，还要携孙过来长见识，他笑着又告诉我两个日本的折纸网站。我不由得失声赞叹罗沛：有才之士也，性情滂沛之人也！

罗沛一身的才艺样样不俗，并没有遮住他浓郁老到的一流文笔（感谢博客使很多深具潜质的写作者得到展示与修炼）。如他的摄影作品一样，他的为文富有隽思，无时不透显出扎根于传统文化的文学功力，深刻、沉郁、疏放、犀利是他一贯的风格。

读了他的文字，乡间旧梦、母子相依、广州风情宛如过眼不忘的图画，那拎着小皮箱走进三洋的情节也留在我的记忆里了。我这样评论他的《黉桥故风》：“一幅细腻的旧城风俗画，现在不大有人写得出了，不知是不屑写、不会写还是记忆漫漶了。凭这点广州就该记住你。”我也因那篇《一一示儿孙》震撼与感动：“……我等在博客上慎言噩梦，却有人在山石上刻下了雷鸣。”

兔年伊始，罗沛发现买来的鱼肚竟是兔子耳朵冒充的，感罢吟哦了一首《兔年怜兔》抒怀：

> 骂名兔崽子何悲，趯到投株子弹飞。宰割尾巴长不了，灌输耳朵大而垂。心酸被诬乌龟赛，胆小常惊走狗追。今岁民生多梦发，祈求冷手热煎堆（按：麻团）。

旁征博引，鞭辟入里，引得我忍不住赞曰：

> 霏雨迎春润老枝，萝卜主人雅而痴。不追众人融融调，兔年怜兔也吟诗。

最难忘我妻“闲锄种花”（博名）离去后，罗沛献联：“枕侧忽无濡耳伴，天堂始有种花人。”助我解怀。读了我整理的种花插队日记（附有种花为我系扣的照片），罗沛怀着一腔感动制作了“油灯·系扣”图片赠我，图片中题有《忆秦娥》一阕：

相思扣，痴心写在油灯右，油灯右，兄言久久，与娥厮守。恩情未尽何松手，前缘可续来生否？来生否？汝舒花袖，我将红豆。

我非常喜欢这首词，用作了爱妻种花墓志铭的一部分。

近读罗沛新作《乸（dū）卒》，心潮起伏，欲罢不能。他用平实、旖旎又不无悲凉与愤懑的笔墨讲述了过去广州人逃港的故事，摭拾细节之富、触及心灵之深极其少见，故至为难得。读到“那时候，如果有人天天跑去游泳，十有八九是准备起锚了”，我的鼻不由得发酸；读到“老虎粪便，不知道他准备了没有，据说动物园的老虎屎不断被盗用，可以防身，吓走边防军的狼狗”，我的心止不住泛苦……

这已是几十年前的旧事了，经历过的大有人在，可是有多少人不惮回首，又有几个人会真实、细腻、传神地记写下来呢？对我们这一代人的情感、智慧、忠诚、悲苦和牺牲，子孙后代还能理解多少呢？古训“不可好了伤疤忘了疼”，《乸卒》的出现就是这样一个朴素的道理。

我在他的文后写道：

此文非杂忆琐记，乃史笔也。看似零碎，实为宝贵细节；看似平静，实为冷峻郁愤，又不时将利器放出，对不仁不义闪电一击。此文足见才华，此文足堪传世。

萝兄，陈年照片徐徐整理，抓紧写出这样浸透苦难、人性升华的好文字来。

有人问我："你为什么写作？"我回答："因为我知道。"
罗沛也说："我辈有责任把经历的往事坦陈。"

2011 年 11 月

* 罗沛，博名萝卜菜脯。

江海浩荡

我给这家中外合资企业取名“江海”，是因为生产与管理的主力队伍来自长江之畔，与南海之滨的我们汇聚在了一起。行业虽不那么耀眼、俏皮，却铮骨昂立、触地有声——钢结构制造。

我与江海公司可说是亲上加亲，因为合作方武汉冶金设备制造公司是我大学毕业后的第一个（满以为也是唯一的）工作单位，十年后它放飞了我去读研究生，而这次我被任命为江海公司的董事长。我阐述了长短互补、高起点上马何以是最佳匹配，这样，蛇口工业区和国际招商局贸易（香港）有限公司才颔首我挑选的合作伙伴，大型国企武冶公司才于百般艰难之中萌生了几许生机。

一九八八年，武冶公司几位当年的伙伴——已是总经理的刘金福、已是总工程师的石永升、已是副总经理的周少华将年近花甲的邓述信送来深圳蛇口。石总悄悄对我说：“老邓这辈子建了好几座钢结构厂，立功获奖，带队伍有方，是干练之材，我们割爱了！”

从此蛇口炮台山下多了一个来去如风的身影，身后是一批勇武直前、不辞劳苦、不畏艰难的兵将。厂房与生产孰先孰后难以区分，因为厂房构架就是自己建造的……那年月，公司请每一批从武汉新来的老师傅、小伙子到南海酒店吃一次自助早餐，有人能把用过的盘碟堆出一尺高。一、二湾填海区的企业那时还寥寥无几，边防巡逻战士与江海的工人有了好交情，也有过小摩擦，都是斑驳的往事了。

万不得已的情况下老邓也有“卖老”的时候：一次是到建设规划室讨地，另一次是找蛇口总经理要钱（投资款）。接下来蹒跚学步叩开订单市场之门，邓总白发骚更稀，那是一段艰辛的跋涉与奋斗。到一九九二年招商局钢结构代表团考察日本，江海生产钢结构的技术、能力与名气，已是可与中集、港机公司比肩的本地重镇了。

从香港青马大桥的部件，到澳门垃圾焚烧炉的装置，到蛇口港的大型吊机……，江海的步履越走越扎实，待到进入佳境，每年可以赚回一个江海公司。后来武冶公司划归武钢，捧着三倍的江海股份转让收益回去了，江海也融进了“招商重工”的联合体之中。

直到几天前老江海的生产部经理杨新华打来电话，掐指一数，我最后一次去江海公司——那是陪同袁庚老领导去看竣工的吊机——已经过去十六年了，我也有这么多年没见过昔日那些风华正茂的“伙计们”了。除了萧德明师傅早年与我有比邻而居与文艺宣传队之谊、我知其行踪而外，如今他们都在哪里呢？

杨新华说，邓总今年八十有一，说自己“已经黄土齐肩，想跟老江海的同事们聚一聚”，要我务必出席。在驾车接我的路上，小杨感叹地说了一句：“江海改变了多少员工的命运……”

邓总和老伴已在春满园大酒楼守候了。我们相拥、拍打、用家乡话诉说彼此的观感和思念，手拉手坐下……他说，这些年老两口像候鸟一般两地迁徙；他早有此心：要当面感谢所有帮助过自己的人。他还说，江海是他的最后一役，由于受到了高度信任和全力协助，如愿做到了三方股东不后悔、员工纷纷成大器，而且晚年生活比同龄人好，如此今生足矣！

这一晚欣然聚会的老员工骨干虽不能全，也济济一堂，我才知道昔日江海的干才，都是同行里的抢手货，他们非但没有云消霞散、马放南山，反而带着在邓总手下受过的锤炼：观念的开放、作风的严谨、团队的拼劲、盘算的精明，一个个神通越干越大，除了继续在招商重工充当栋梁的之外，有的另栖高枝，有的自起炉灶，出于江海而又胜于江海，一个比一个洒脱，一个比一个成功！

原来江海工程部的副经理于明石，如今是珠海鸿安钢构有限公司的董事长，买下的土地就有 5 万平方米；江海副总经理陈义武（在外缺席），如今是深圳三义建筑系统有限公司董事长，在上海世博会工程展过身手；当年江海扬州班的班长陈军，名片上赫然是广州坚润轻钢结构总经理。说到这三位的公司年营业额都在亿元以上，邓总掂量着说："一亿元营业额，利润应该有 1500 万！"江海的工程部经理吴有威如今是东北大学设计院院长，长袖善舞，出口不凡，当场邀我去东北看雪，去贵阳听瀑，去洛阳赏牡丹！瑞银博机械制造（深圳）有限公司也有江海人扎堆：江海生产部经理杨新华是总经理，江海工程总监王讯是总工程师，听说与江海时代已大不同——外国公司的工程订单不请自来……这还不算，过去从事探伤、油漆工作的员工都开起了自己的专业公司；就连江海的小车司机兼采购员邓文照——当年有过年轻妻子惜别送郎出外闯荡的一幕——也已是东莞市德兴厨具钢具有限公司的老板了，岂不是大有天波府里杨排风的味道？

我在深圳特区近三十年，在大型国企里看人的成长，后浪推前浪的见过，运好官亨的也见过，却没发现过私营企业家蓬簇而生的现象，就好比一株丽菊忽地开出上百个骨朵儿，朵朵娇艳。没想到这种事就发生在身边，而且竟因我当年的一场努力结下了割不断的因缘。

率先改革开放的深圳特区在制度上有创举，经济上有硕果，今日始相信还是私营企业家的大学校。就江海来说，邓总的欣慰岂不也是我的欣慰！

改革开放以来私营企业的发展汹涌澎湃，在中国经济结构中的分量日趋重要，今日所见，原来就是它的裂变、进化的直观形态。

正在深圳研究开发园区历史的清华博士小何听说了，夹上笔记本电脑，赶紧朝抚今追昔、欢声笑语、满园春色的春满园赶来。

2012 年 3 月

彩云纷飞

我与诗人李瑛的陈年往事

军旅诗人李瑛在“文革”期间可以写作、出书，不能不说属于极少有的幸运儿。在鬼蜮当道的疯狂年代，媚行与人格相忤，荣宠与凶险相伴，包括李瑛，谁也躲不开：选择权势呢，还是选择良心？

“文革”中期，虽然我在业余文艺创作中开始进入得心应手的阶段，却已对“突出政治”的八股文字感到灰心，对作品主题跟风多变感到厌倦，暗中发誓不再染指文字，一条心只写音乐。然而，先有一篇好的歌词，可以决定一首歌曲已经成功了一半，所以我格外留意适合的“材料”，标准是我首先应该能够被它们点燃。

李瑛的诗集《枣林村集》《红花满山》读来令我爱不释手，我喜欢那些诗的清新、秀逸，情趣盎然。我选取了《山鹰》和《妈妈到哨所》两首诗谱成了歌，由男声组合演唱，非常成功。由于诗句的含蓄和歌词的直白毕竟不同，我做了一点修改，为此竟给李瑛写了一封信，尝试着寄往解放军文艺社，希望得到他的谅解。不久居然收到了回信，诗人写道：谢谢我用他的诗谱成了歌；他不懂歌，提不出意见；改动的事，只要需要，他并不介意。一介普通的工厂技术人员，能与心仪的著名诗人略做沟通，我心中十分惬意。

古人自不必说，就连今人在大悲大喜的场合也总会情不自禁地借诗歌一抒豪情抑或一倾幽思，“天安门事件”是如此，“四人帮”倒台也是如此。自初次通信的几年间，每逢这种时候，我总是不由得留意李瑛的音闻，成了心中的疙瘩。一九七七年一月，举国上下诗歌朗诵会好戏连台，可以想见，当我偶然在报纸上发现李瑛写于一九七六年一月的长诗名篇《一月的哀思》，我因悬念冰释而漾起何等的兴奋！我第二次提笔给李瑛写信，告知我由嗔而喜的心情，甚至莽撞地随信寄去了我自己写的纪念周总理逝世周年的稚拙之作《朴素的歌》，聊以传达曾经共哀戚的消息。

李瑛回信了，我从信中感觉到了共同的心跳：“谢谢你对我的激励和鞭策。并不是我的诗写得如何，而是我们敬爱的周总理伟大、光辉的一生是何等感人，而我们的人民又是多么真心地热爱我们的好总理！……”随信他还寄给我一本诗歌朗诵音乐会的小册子，他告诉我，受篇幅的限制，小册子以及报纸发表的都有所删压。

李瑛还说：“你的诗，我读了几遍，是很有深情的，确实是一首朴素的真挚的歌，如果朗诵，效果定会不错……”

最使我感动的，是“你的诗，我读了几遍”。这就是说，“职业选手”与“热心观众”做了一次心的交流。

车间书记看了看“解放军文艺社”的大号信封，抬头看了看我，迷惑了。

2006 年 2 月

相伴棋圣三家灯火

第二届中日围棋擂台赛蛇口一役的回忆

无知者胆大

假若我多一点官场的常识，事先知道申办一次国际比赛有多么繁琐，我可能就没有勇气把中日围棋擂台赛的战火引到深圳蛇口来了。

挟一九八五年成功承办第七届新体育杯围棋赛的余勇，我又瞄准了如火如荼的中日围棋擂台赛，中方团长郝克强欣然同意。一九八六年六月，第二届中日围棋擂台赛狙击日本名将小林觉八段的战役在蛇口一艘退役巨轮“海上世界”上打响。

郝团长寻思着经济特区特事特办，实际上我这头是一头雾水。等到国家体委行文下来，广东省体委、深圳市体委乃至市府办公厅方才知道，日本棋圣要来，“聂旋风”要来，日本、港澳记者要来，连香港新华社巨头都要来。当局连怪罪我都顾不上，就忙着调遣人马、强化安保，仓促上阵了。

战云在西部渔村密集

中日围棋以传统擂台形式展开抗争的时候，以木谷弟子为主力的日本“超一流棋手”还属于令人生畏的“超人类”，然而去年的首届比赛却以江铸久五连胜掀起高潮，以聂卫平独擒小林光一、加藤正夫、藤泽秀行漂亮谢幕，令事前口出大言的这三颗巨星削发谢罪，聂卫平的名字于是与旋风连在了一起。本届擂台赛日本方调整阵容，布下小林觉在中途堵截，搬来大竹英雄在大营坐帐。大竹扬言他不过做做“执鞭子的人”（自己无须上场），聂卫平和他的伙伴们则调门稍低：要争取“请出大竹来”。

此番藤泽秀行挟来的是一支底气甚足的“哀兵”。小林觉此前战胜了钱宇平，这回邵震中、曹大元在蛇口设伏，胜负难料。

蛇口这昔日渔村连空气里都弥漫着大事将临的气氛。《蛇口通讯报》辟出专版擂鼓造势，漫画“中日双方名将谱”很是抢眼，善咏的总编张梦飞更作了一首《中日围棋擂台赛鏖战海上世界感怀》：

> 去岁凭谁夺擂主，于今“海上”筑高台。运筹胸中知变幻，纵横腕底走风雷。棋运应随国运盛，心花敢逐浪花栽？莫道纹枰天地小，共对烟波向未来。

蛇口区管理局（政府）、招商局（香港国企）、海上世界（中外合资企业）、西南餐厅、龙环饮料公司、新利美领带公司、购物中心、育才学校……都需要我一一斡旋，这是大赛组委会秘书长的职责。有这么多援手，再大的“轿子”也不觉得沉。

旅行社把藤泽先生弄丢了

汲取去年从北京来深圳（实际飞到了惠州）欲速不达的教训，这一回老郝一行飞抵广州，转乘火车来深圳。我去站台上迎接，郝团长身后有攻擂选手邵震中（七段）、曹大元（九段），督阵军师聂卫平、马晓春，名宿华以刚、沈果孙，外加记者陈铮、刘思明，好一个豪华阵容！尤其是给我们捎来一副大棋盘（我们原有的被沙头角文化馆借去未还），太难为了，老郝打趣道：“是聂、马扛来的，可不是凡品哦！”

次日，我一人前往香港启德机场去迎接藤泽秀行和小林觉。到达大厅出口处人流如潮，波波相连，我一眼认出藤泽先生，疾步迎上前去，向藤泽、小林说明来意。不知从哪里冒出来的几家记者把我们簇拥到了一个房间，原来照例要搞一个新闻发布。对着录音机藤泽先生呜噜呜噜说了一通，我没想到老人家的个性语言那么含糊难懂，除了“中国军团”，我几乎什么也没听清。

藤泽秀行是日本棋坛的奇才，棋圣战夺冠六连霸，一九七七年获颁（终身）名誉棋圣称号。他爱护、提携中国围棋的后起之秀，是推动中日围棋交流的大功臣。他以围棋为生命，接连而来的胃癌、淋巴癌都没能把他击倒。这次六十一岁的藤泽出征，见他脸色蜡黄，倍显清癯，西服在体外晃荡着，裤带似乎在没有腰的部位胡乱地束着，简直是被小林觉和一位随行的记者搀扶着出来。我心里暗想，这位棋盘上的斗士恐怕是最后的征程了……

乘车、登舟，一小时后抵达蛇口港，走贵宾通道入境……晚上接到一家香港旅行社气急败坏的电话（原来日本棋手出国比赛都会委托旅行社安排住行）：他们按预定计划接机，没想到把藤泽先生一行给弄丢了……

在小棋手环绕下笑逐颜开

开幕式上午的安排是充分放松，就像暴风雨前总有片刻的静谧。藤泽秀行、小林觉和我们的国手们来到育才小学围棋教室参观。

妻自初中研习围棋，一九六五年出战日本女子业余棋手并获胜。她现在是育才小学的数学老师，爱好与热情促使她义务地挑起了课余教孩子们下围棋的担子，一挑就近二十年。每年的寒暑假不是集训就是出外比赛，赢回来的奖杯、奖牌多得数不清。她给不服输的孩子抹眼泪，出赛期间给孩子们一个个洗澡……后来他们即使上了清华北大、留学海外，永远都有围棋相伴，也永远记得母亲般抚育过他们的陈雅华老师。

围棋教室装扮得喜气洋洋，黑板上画着孩子们一个个心愿，稚拙的大字写着："藤泽爷爷，聂叔叔，看见你们真高兴！"看着这么多叽叽喳喳的围棋儿童，藤泽棋圣心情好极了，他抓起毛笔，用枯笔书法题写了"膝锥之志"四个大字，勉励小棋手们刻苦用功。对于教孩子围棋的陈雅华老师，藤泽表现出特别的好感和关注，他说回日本以后会给她寄自己的围棋专著来。

与藤泽先生分别一个月后，一包精美的围棋书寄到了蛇口，有《我将这样下》《秀行创作死活问题杰作集》等，每种书的扉页都有藤泽棋圣书写的题铭，更有盒装大开本的《飞天谱》，黑白两册，典雅华贵，乃藤泽先生毕生名局之大成，扉页“秀行”手书：“赠陈雅华殿”，钤“名誉棋圣”印。这些都成了我们家永远珍藏的瑰宝。

开了老聂一个玩笑

擂台赛的开幕式在下午四点钟举行，明华号邮轮的舞厅里光华璀璨，名流云集。为了主持今天的仪式，我事前下足了功夫，又兼有临场不乱的特点，因而对轻松明快的效果充满信心。

主客双方上台列队接受众人的致意，在乐曲声中，女童余滟、男童汪澜给日、中两位团长献花。我部门日语专业的赵春贵传译着主宾双方或礼貌、或热情、或幽默调侃的话语。

我开始逐一介绍台上的贵宾，先外后内，由重到轻，其间用活了四处搜来的“小道消息”。说到邵震中：“他的第一个围棋老师是一个剃头师傅。”一句话引起全场会心的笑声。“少先队员曹大元进了少年宫，起先选择是舞蹈班。”我顿了一顿，“好险哪，差一点中国多了一个舞蹈家，少了一个围棋九段！”话音刚落，掌声跟着笑声响起来。

老聂——就是鞍前马后被大家唤作聂老（他才三十四岁）的围棋英雄聂卫平，当他和弟弟聂继波并肩参加儿童赛的时候，我就记住了这个名字。去黑龙江插队以后他常常溜回北京找国手磨枪，后来进国家集训队，和常振明（我启蒙的围棋弟子）同居一室。很快他便拥有问鼎全国比赛的实力了。一九七七年在武汉璇宫饭店他执白战胜桥本宇太郎那盘棋，我不仅在场观摩，晚上还在汉口体育馆担任他大盘讲解的助手，不过他是不会记得了。

老聂不算是富有幽默感的性格，可是在日本东京王子饭店的中日围棋擂台赛开幕式上，当伊田纪基回答记者："六连胜？嘿嘿，我嘛，就来个三连胜吧！"形单影只的老聂居然沉静地表示："我们的目标是每个人只赢一盘棋。"这句话在场的人好一会儿才回过味儿来。

根据掌握的情报，我在介绍聂卫平的末了又添了一句："他还是一个出色的足球观众和蹩脚的足球守门员。"全场哄然大笑。

散场了，老聂在人流中叫住我："老余，我足球踢得不错呀！"

"阿觉，跟余先生下一盘！"

小林觉战胜邵震中那一天夜里，藤泽先生病了。看他浑身发颤、痛苦难支的样子，我急坏了，他不愿意去医院，医院只好派医生上船给他做检查。医生做了一些处置，藤泽渐渐平静下来，医生估计是酒精反应——是酒喝多了呢，还是酒瘾发了呢？我也记不清了。尽管大病初愈，杯中物仍是他一日不可或缺的必需品，我们还准备了他喜欢的威士忌。夜深了，医院又派了一位推拿医师来“安抚”他，藤泽看起来很受用的样子。医生告辞的时候藤泽掏出了几万日元小费给他，医生笑着摆手谢绝了。

第二天是休息日，小林觉哪儿也没去，就在藤泽的房间里乖乖地待着。藤泽精神好多了，跟我聊了一会儿，对小林喊道：“萨托鲁昆（阿觉），跟余先生下一盘！”小林笑了，我们随随便便地在另一张床上铺开棋盘，他让我三子下了起来，藤泽抬起下巴远远地瞅了几眼，说：“嗯，还不错，县代表（的水平）！”“县代表”就是地方高手的意思，我是业余 5 段，所去并不远。

可惜那盘棋没下完。

一家五口大战聂旋风

比赛进行的时候聂卫平在研究室里审度形势、迷雾寻径，其他时间大都缩在船舱里，在一箱啤酒的陪伴下尽享足球世界杯。那时内地电视转播世界杯赛事还十分有限，在这里四个香港电视台的转播彼落此起，异彩纷呈，正投老聂的心意。

当棋局——尤其是败局——进入尾声的时候，悬念已去，棋手、棋迷、记者们纷纷开始捉对厮杀。前一天马晓春便是拉我“表演”了半盘让四子棋：前 50 手他仰卧着下盲棋，伴以嘴里施放精神打击的“盘外招”。

这天老聂兴致不错，对我说：“老余，我和你们全家下车轮战吧！”我一听心中大喜，连忙准备战场，船长室外的会议室里五盘棋一字排开，我们夫妻、儿女加上弟弟，从让四子到让十三子，来了一场“围剿聂旋风”的大战。其实说“围剿”自是笑话，他那样的高人和我们不是一个维度，即使让子棋他也下得朴实无华，你压他便长，连扳也不扳。可是好景不长，过一会儿他便钻进你的地盘里巧取豪夺，眼睁睁铁壁裂开了缝罅，厚势变作了猎物，一座建筑顷刻崩塌……

旋风之下落叶纷飞，我们一个个败下阵来，输了棋还那么开心。

好对手和笨礼物

围棋比赛，尤其是高级别的国际比赛，其组织工作的繁复是可想而知的。尽管这样，我还是见缝插针下了几盘棋，真是“爱它没商量”。

围棋在中国古代有“木野狐”之称，意谓其魅力不可抵御，从“棋仙”乃至“臭棋篓子”无不是自得其乐，兴味无穷。与大师对局（称之为“指导棋”）何止棋力不对等，心理也不对等；可是势均力敌的棋迷之间就不同了，那布算、揣测、躲闪之妙、封喉之狠，妙处难与君说。

团长郝克强、记者刘思明（当今的国家棋牌中心主任）接触棋的机会自然多，加上聪明，也炼出了一副好身手。我与他们手谈，每每弈出好胜负，加之他们比我熟练，我比他们细腻，输赢都很痛快。从那以后，我每次进京，只要给思明打电话，他一定带着棋具来我的下榻处，过上几盘棋瘾，有时也拉着我去朋友的公司或某处俱乐部欢会围棋同好。

曹大元失守以后，落幕的时候到了，我又在琢磨给大家送什么礼物。那年代我所得到的支持，便利是可以的，现金却是没有的。我从购物中心筹集了小电器、化妆品之类，赠送给北京来的客人；藤泽与小林怎么办？正为难间，铁杆儿棋迷刘恩恕自告奋勇从他的商店里选出两件名家瓷塑作品："寿星"孝敬藤泽棋圣，"观音"奉送小林觉，象征吉祥多福，还算拿得出手。临别时看见他俩除了行李还多了这两件包装很不讲究的物品，心中暗暗有几分歉意。

余音

与三位棋圣（理由如下）的短暂周旋就这么结束了。

五年以后，像沙漠红柳那样惊人顽强的藤泽秀行（六十六岁）夺得了日本王座战的冠军，次年又成功卫冕；如今他已是八十三岁高龄了。小林觉这颗明星冉冉上升，获取桂冠无算，尤其是于一九九五年摘取了日本棋圣战冠军。而聂卫平因在多届中日围棋擂台赛中厥功至伟，一九八八年被国家体委、中国围棋协会授予中国棋圣称号。

二〇〇〇年，平和温雅的小林觉把酒杯扔在了旅日韩国棋士柳时熏七段的脸上，被日本棋院判以停赛一年的处罚。近来解密说，是因为语涉聂卫平之子孔令文的缘故。孔令文（原名聂云骢）自小随母亲在日本发展，已成长为职业棋士，二〇〇三年与小林觉的爱女小林清芽喜结连理，如今小林觉与聂卫平已经一个是外公，一个是爷爷了。天下之事，无奇不有，人间戏剧，皆由缘出。

当年蛇口一役，中国一方是败了，但围棋本身不会败。有输家就有赢家，畏途同时也是福地，更何况围棋“理参河洛，体用阴阳”，以中和为神髓，站高了看，不就是演绎万物原理，表现智慧、意志与统御之力的游戏么?

2008 年 3 月

※　此文 2015 年获纪念中日围棋擂台赛三十周年《我与中日围棋擂台赛》征文一等奖

韩美林的恢弘畅想曲

一生之中与数不清的人擦肩而过，偶然相遇又一见如故的情形也有发生，但究竟是不是“够意思的朋友”，是需要抛却功利，抹去“身份”，双方认可才算，且要经过时间或者关键事件的考验。尽管如此，我还是遇到了一位有趣的人，他唤醒了我的天真，吊起了我的热情，我们合作了一件后来有过小波小澜的事情。现在就来听一听“畅想曲”最初的音符吧。

验收蛇口幸福中心《哪吒闹海》壁画那天，一位旁观的小姐告诉我，她在韩美林工作室工作。韩美林？二十年前我就记住了这个带有几分神秘的名字。那时我买日文版的《人民中国》来读，在封底常见一些憨态娇人又充满灵性的小动物，那是他的风格独具的中国画，我剪了下来，至今保存着。我饶有兴趣地询问了这位艺术大师的近况，刚巧有一只俄罗斯彩蛋，取出托小姐转送。

我不知韩美林怎么看待这件聊表敬意的小玩意儿，听那位小姐说，他“非要看看这是个什么样的公司不可”。

不久韩美林应宝安名人馆之邀来到深圳，选择入住蛇口美伦山庄。

从甜美到奔放

韩美林以“齐鲁海右人”自称，典出自济南大明湖历下亭的名联“海右此亭古，济南名士多”。有位作家说得好，自古以来山东出圣贤，出豪杰，出一代词宗，连蒲松龄笔下的妖狐鬼女都带有几分侠骨义肠。

韩美林就有一种令人舒坦的豪爽。在餐馆请客，结账签名的时候他画一条鱼，每次不重样，服务员假如有心，能积攒一本画集。他常说只有两毛钱了也不忘“潇洒一回”。你为某件事犯愁，他一句“想那么多就甭活了——走着瞧吧”，让你立刻“多云转晴天”。谁要有什么急用，他就是倾囊如洗也在所不辞。难怪他有那么多“两肋插刀”的好朋友。

作画入神时，他哼的是“爹亲娘亲不如毛主席亲”一类的“文革”老歌，随后笑骂一句：“这个韩美林！”——现在的人多数不了解韩美林在“文革”浩劫中几乎蒙受灭顶之灾。

韩美林十二岁参军，一九六〇年毕业于中央工艺美术学院染织美术系，才华横溢的他“带着色彩斑斓的幻想着手染织色彩斑斓的世界”。可是“文革”骤起，他遭到残酷迫害，入狱达四年七个月之久。如果打断肋骨、击碎腿骨已足以令我们发指，那么刻意弄残艺术家的手，又会带给我们怎样的震撼呢？

他说，在一次批斗会上，与他相依为命的一只小狗钻出躁动的人群，深情地舔他麻木的双脚，这时几根棍棒齐下，小狗顿时倒在血泊里，吠不成声。他出狱后最先画的，也是画得最传神的，就是浸透缅怀之情的《患难小友》。后来以它作封面的动物画集题名为《尚在人间》。

过去我所了解的，只是那个时期的韩美林，他在方不盈尺的纸上画出的可爱动物，分明是艺术家劫后余生对自由的渴望和对生命的热爱，弥漫着甜美和幻想。看来信笔的勾勒或渲染，便能在纸上、布上点化出生命和欢快。对他的传神妙笔，赵朴初先生赞道："意在笔先，超出象外。离之弥真，奇而不怪。鸟兽如人，忧喜有态。人如鸟兽，飞腾无碍。物我一如，指挥万籁。善哉韩子，得大自在。"

韩美林的画深得各国人民的喜爱。自一九七九年以来，他在二十几个国家举办过个人画展，纽约曼哈顿区宣布一九八〇年十月一日为"韩美林日"，圣地亚哥市市长赠送给他荣誉市民的金钥匙。一九八三年，他有六幅作品被联合国发行的圣诞卡选用。

在他的作品熊猫邮票、猪年邮票、中国国航的标志"火凤凰"……上，无不流溢着浓郁的中华民族风格。他说："无论是纽约的大都会博物馆还是巴黎的卢浮宫，中国艺术品是别人永远无法模仿的谜！……中华民族传统艺术博大精深，自成体系，完全可以自立于世界艺术之林。"韩美林醉心于中华民族艺术，他的艺术生命源于这块黄土地，当必须做出抉择的时候，他也总是选择这块黄土地。

我好奇地问他师从何人。"老师当然是有的……"他停顿了一下，冒出一句令人费解的话："我花了十几年时间才扬弃掉过去所学的东西。"他告诉我，一个好的艺术家扎根于传统又不拘泥于传统，不落窠臼，变化无穷，"画上一千幅也不重样，人们还能一眼认出来"。

近十年来，韩美林的艺术路子像涓流汇成大川那样拓宽了，画的、染的、雕的、烧的、铸的、锻的、织的、编的……千姿百态，应有尽有。他亲手烧制的一米五钧窑大瓶和半米直径的哥窑开片大盘，据他说堪列国宝。宽敞的住宅看起来像一个拥挤的博物馆。满壁的作品中还有几幅优美的人体速写。看一幅镜框里的牛，寥寥数笔，自在流畅，既见写实派的功底，又有现代派的夸张，我第一次真正体会到艺术的最高境界是简洁，是具有丰富内涵的超脱。

饱受过磨难的人，只要是条汉子，处世不也变得简洁、超脱么？今天的韩美林是从黑暗走到阳光下，又从劳动的工厂返回画室中，一路上少不了跟各种各样的人——其中有轻视艺术的、摧残艺术的和压榨艺术的——打交道，"吃尽了苦头受够了气"。然而，炼狱的烈火反而造就了一块顽石，并且越发气势不凡。他想的事，常人往往想不到；他要做的事，谁也挡不住。

是汉子，就要晃动地球

一九八六年，韩美林被评为一级美术家；一九八七年被授予"国家级优秀专家"称号。已经够吃老本的他又在构想新的突破，感觉到画小动物"旧笔重拾不应手"，因为这些小生灵已经容纳不下气势的恢宏了。

韩美林指挥他的工作室——中国美术家协会唯一批准以个人命名的工作室——开始向巨型雕塑进军。“巨型雕塑具有一种无可比拟的震撼力量，小偷在它脚下也会屏住呼吸。”他解释说，随之眼睛发亮了：“韩美林工作室的目标是每年一个世界之最！”

大连老虎滩的“群虎”就是世界之最。六只花岗岩巨虎腾越滩上，结束了老虎滩无虎的历史。这一巨制总重量达四千八百吨，威风凛凛，气势迫人，一只虎背上站得下一百六十个孩子。虎的造型粗犷而不失细腻，夸张而不失优美。从旁有人曾说：“花这份钱不如盖两栋宿舍。”韩美林说：“价值亿元的大厦世界上有的是，这样的艺术品地球上只有一个！”

淄博的“金鸡报晓”又是世界之最。二十米高的华丽石柱上有一只站在地球上的雄鸡。“大鸡（吉）”预示着吉祥，且傲立在“世界之巅”。

更不用说将来某一天屹立在安徽和县乌江之畔的西楚霸王和乌骓马了。试想五十米（近二十层楼）高的不锈钢将军是何等伟岸！更有玄机的是，霸王体内设两部电梯，可登肩胄和护心镜处遥望黄山，俯瞰长江，而整体将用来开设一个“世界失败英雄博物馆”。我不禁拍案叫绝！继而生出一丝醋意来……我不必引用经济学家对效益的推算，只听安徽省领导说：“美林，安徽再穷，这两千万我们投定了！”

做这等事的人需要何等的志气和胸怀！韩美林常说：“是汉子，就要晃动地球，能晃三下晃三下，能晃五下晃五下！”

给大地留下摧不垮的艺术品

近来，海外华人沸沸扬扬，都知道韩美林发愿要穷毕生的精力造千尊佛首。他又选择了一项沉重的工作——我国艺术史上前无古人的巨大工程。

韩美林告诉我，他并不信佛，但是他喜爱佛教艺术。由成千上万古代能工巧匠和艺术家共同创造的佛教艺术是人类文化的精华，对我国古代的音乐、美术、建筑、哲学等文化领域都有过举足轻重的影响。如今，不少佛不复存在了，许多佛没有了佛头，有的地区现在还现敲一个佛头卖十块钱，我们能不愧对祖先？

韩美林怀着对艺术的一腔虔诚，许下宏愿，要在有生之年铸塑一千个佛头，替前人赎罪，为后人造福。

有人说韩美林要给菩萨安头，他说："我没有那么大的造化。我是在领会其艺术精髓之后的再创造。有这么一千个，我们这代人就算尽了心了。"

已经雕刻出来的几尊巨型佛首造型矜重，个性鲜明，或慈眉善目，或沉思默想，或怒目圆睁，每尊重约三十吨。专家认为是具有传世价值的艺术珍品，日本人也愿出重金购买，但是韩美林笑了笑："练兵用的，还不满意，敲碎重来。"

他说：一大批知名人士签名支持这一具有深远意义的计划，海外华人也纷纷出资，世界各地博物馆珍藏的中国佛像资料云集北京……

他要找一座山，山下立一座三十米高的无头大佛，其后排列千尊佛首蜿蜒上山，山顶更有一尊百米巨佛……呜呼！我们所看到的图景是语言所能描绘的吗?

韩美林说:“谁捐钱就刻上谁的名字,你捐多少钱,我就造多大佛。你捐钱是你的诚心,我造佛是我的诚意,这绝不是施舍。”

我问这座山在哪里,他说:“跑了五万公里,还打算跑十万公里,找一个佛最喜欢的地方。”我想,那个地方有福了。

我明白,韩美林要在大地上留下一大批摧不垮的艺术品。

蛇口结缘,金牛出世

韩美林说他爱蛇口。他爱蛇口的环境,爱蛇口的人,他说从乔胜利总经理的眼睛里看得到真诚,从袁庚老人的言谈里感觉出智慧。他说蛇口人工作紧张,生活潇洒,感情真挚,没有刺鼻的铜臭气。他欣赏蛇口人对艺术的深刻理解和由衷的热情。

他带来一件心爱的设计——用青铜锻造的牛,既象征力量和忠诚,又象征福气和财富,他现在觉得,安放在蛇口是最合适不过了。乔胜利细细打量着图片,被那牛的顽力和喜气洋洋的气氛所感染。它披绸挂锦,弯下憨厚的牛头,驮着四对元宝,背上的夜明珠和向天空蜷曲的尾巴上有神火在跳跃、升腾,真是土得可爱,土得浪漫,土得高雅!乔胜利含笑说:“美林老师,这头‘金牛’就留给蛇口人的子子孙孙了!”

韩美林盘算了一会儿,斩钉截铁地说:“我要调动全部力量,保证二十三米高的金牛巨塑在明年五月一日落成!”

几天后，他从北京打来电话：“你准想不到，金牛在春节竣工！告诉乔总，提前有奖，一天奖一块钱！”

我知道，凭韩美林的人缘和影响，到时候有多少文化名人来为金牛落成致贺；我还清楚，他一直琢磨着如何让金牛自己把自己挣回来。

我登门磋商具体工作，捎去一些洋文具，看得出他沉浸在欢快的心境中。夜阑人静的时候，他开始为蛇口画一组挂历图画，一只白猫卧在他的画案上。我默默地陪伴着他，眼看着一只只美丽的动物在他的手下挥洒出来。我不止一次握过这只神奇的手，它曾经被挑断过筋，踩脱过指甲；它在火窑边熏烤过，在钢钎上震颤过。如今它仍然在创造美，从纤密的绒毛到宏伟的巨制。

当蛇口人看到明年挂历封面上善良、机灵的小狗时，会有什么感觉呢？

收获的季节

“你知道蛇口缺什么？”韩美林诡谲地说，“山和水有了，建筑物有了，缺了魅力还不行。而迷人的魅力在于一流的艺术。”他与蛇口的规划室主任刘梦虎谈得投机。在韩美林的旗下，现在有一批高水平的艺术家，其中不乏在国外工作过的艺术英才，若是他们徜徉在蛇口这片热土，结晶出一连串艺术精品来，岂不妙哉？

好个韩美林，你喜欢哪里就把热情泼向哪里，你装点蛇口要花多少钱？

“一步一步来，让艺术生出钱来。”

韩美林的创造力，他的那帮精兵强将，其实就是一个宝库。他那兴之所至绘就的系列工艺品设计，足足有七十大本。他的想象力敏锐得惊人，就像有魔力的藤蔓，迅速攀附在看好的支点上，又伸往新的方向。用他的话说，他现在正值“下蛋的季节”，而每一天又是新的高度的开始。他有一腔翻腾的熔岩，说不清某一天喷发成什么样子。说到海，不等我话音落地，他就脱口而出：“搞水族艺术品怎样？纸的、布的、石的、陶的、木的、草的、玻璃的、金属的……准叫人见人爱，慷慨解囊！”

我悟出来，开发除了工业以外的优势独具的产业，特别是潜力极大的文化艺术产业，是我们大有希望的发展路向之一。如果今后新建筑都充分考虑环境艺术，蛇口总有一天会成为人们流连忘返的艺术名城；如果把艺术家背囊里的神思妙绪转化成够档次的艺术品，进入家庭、公司、公共设施的大雅之堂，我们不就有了做更多事情的本钱？

我幻想蛇口海滨有一尊镇海神兽，人们爱去那里与它交流神秘的问题；我盼望蛇口的图腾女娲——她将变得非常高大——能慈爱地重操主司婚姻的神职，给瞻仰她的天下儿女幸运美满的祝福……

路漫漫其修远兮，吾将上下而求索

说韩美林给同事找狗、为客人买票，谁都觉得好笑；说韩美林每天上百个电话、几十次来访又都不免哑然。“国宝”就是这样应付着俗事，当人们离去了、歇息了，他才打起精神回到案头，找回自我，进入属于他的艺术世界。社会期望于他的很多，却忘记珍惜他如金的光阴。

据闻，老虎滩的欢腾过后，韩美林在倾盆大雨中站在虎背上挥拳呐喊“报国无门”；济南的工程受阻，韩美林散尽积蓄给工匠们过年……他与糟蹋艺术的愚昧斗，与贪婪丑恶的小人斗，在市场经济和世风嬗变中几乎不能保全自己，耗尽精神，差一点愤笔上书宣告破产了事。

现在，这一切即将成为过去。我们开始筹划蛇口的“韩美林艺术中心”，将与韩美林工作室合作，开发、制作、经营丰富多彩的实用艺术品，并代理韩美林的商务活动。

韩美林笑了，他说这些日子有度蜜月的感觉。我们何尝不是。他说看中了蛇口，是因为信赖蛇口的真诚，蛇口还没有学得俗气，多数蛇口人还有干一番事业的激情。蛇口人心里踏实么？

我对所谓的名人有一种自然的戒心，我鄙夷他们那种漫不经心的敷衍和居高临下的优越感。我很欣赏“在你的领域里，你就是至尊者”这句至理名言，以距离来维护心理的平衡。但是韩美林不同，他首先是一个坦荡的朋友，他赋予你的多过你想献给他的全部。不知怎的，数日交往，竟使我热情有增，且变得洒脱了许多。

我对韩美林说，蛇口的事大局已定，步骤待出，信心十足，道路漫长；要集中精力，爱惜身体……电话里传来他爽朗的笑声，还是那句老话：

“想那么多就甭活了——走着瞧吧！”

1993 年 8 月

附：蛇口盖世金牛赋

魏明伦

壮哉！庞然大物从蛇口四海公园拔地而起，远望如巍峨建筑，近看乃高雅雕塑。特区千万广厦一派洋气之间，耸立土产盖世巨牛，乍闻讶然称奇，细思肃然起敬。

牛是人类忠实朋友，相伴创业，佳话如潮。遥想东方牛郎，西方牛仔；老子青牛过函谷，田单火牛冲敌阵，孔明木牛出祁山，藏王牦牛贡中原；牛渚泛月，以文会友；牛角挂书，以耕求学；鲁迅忧患，长夜低吟孺子牛之诗；卡门浪漫，舞台高唱斗牛士之歌；秉笔记兴亡，太史公自谦牛马走；防疫治天花，全人类遍种牛痘苗；宏观至太空牵牛星，微观至乡村小放牛……一部文化史，千年奋斗篇，多少可歌可泣之事与牛密切相关？！

吾友韩美林，一生勤奋如牛。经历浩劫，打入牛棚，然而始终不改牛脾气！年当鼎盛，志在牛斗，以其受伤之手，苦塑造福之作。古云庖丁解牛，游刃有余；今看美林塑牛，绕指柔成百炼钢矣。

纵观天下无数耕牛与人为善，奉献甚巨而需求甚微。人有主人者，更有"人主"者，视宝犊良材为牛鬼蛇神，驱遣其埋着脑袋干活，呵叱其夹着尾巴作奴。割尾之灾惨痛，群牛不堪回首。煌然巨变，新纪元之金牛，已非旧体制之牲口。头角依然开拓，尾却自由舒展，高翘云端矣！但高而不傲，大而得当，憨厚而不干傻事，报国而不尽愚忠！披金缎，托明珠，耀神火，兆吉祥。满身殊荣，负重而不再忍辱！遍体财富，乐道而不再安贫！敢超越赵公骑虎，敢探索股市腾牛……观其创新闯关之势，岂牛乎？特区人也！

莫道蛇口长于经济，短于文化。焉知儒商之智商颇高，经理之哲理亦明。投巨资弘扬艺术瑰宝，引清泉灌溉文化绿洲。金牛开道，此风可长，祝愿后继者多如牛毛细雨。展望未来之特区，岂仅物质文明领先，于精神文明亦当执牛耳也！

一九九四年六月

叩问生命

一

人对人的感觉有时真是奇妙，它帮你迅速识出自己的同类，在彼此可以托付的信赖中体验到一种高扬的快感，当有所作为的“快艇”已经喷沫而去的时候，那被掠过的愚钝、矫饰、狐疑和利欲还在旋涡里纠缠哩！

我最近到西安，顺便去音乐学院看望饶余燕老师，他为我们同俄罗斯音乐家的合作热心地搭过桥。饶老师是我国著名的作曲家和教育家，桃李芬芳却固守淡泊，年逾花甲仍教学不辍，谈起一个做了经纪人的弟子竟说“也不失为一条道路”，那可是知识界前辈对这等事少有的通达和宽容。

其后的一切皆缘起于饶老师说到他的挚友——著名作曲家罗忠镕家里的“新鲜事”。

二

罗老师夫妇和女儿都是中央乐团的艺术家，唯独未入行的是一个自幼智障的儿子。挨过亲人离散的“文革”岁月，躲过顽童欺凌的畸形童年，父母和姐姐把全部的爱倾泻到这个由于上帝的疏忽而代受苦难的不幸孩子身上。他几乎封闭在音乐的天地中长大，用最纯净、最原始的感官感受着特殊的氛围，长久地、痴痴地、似懂非懂地神游于乐音的空间，熟记住大量过耳的乐曲。四年前，他突然抓起画笔，将父亲的四重奏作品表现为色彩绚丽、格式清晰的图画，并且从此一发不可收拾，完成了一系列音乐主题的效果奇妙的油画作品，令行家们吃惊得说不出话来。他就是罗铮。

我对离奇的现象总是抱有理性的兴趣，因为每一件超常的事例其实都是一种提醒：人类迄今掌握的知识是多么可怜，而且又都孕育着人类的认知可能取得突破性进展的胚胎。倘若人类今天仍然以万物之灵自居，按捺不住对自然宇宙的不敬与轻狂，明天就会滑进退化物种行列之中。自然的法则就是这么无情。

三

第一次看罗铮的画，我就像被一种神奇的力量迅疾点燃。一向对现代派绘画亲近不起来的我，竟然在罗铮的极富变幻的涂抹中感觉到不寻常的美丽和似乎接近本质的东西。注目斯特拉文斯基的《春之祭》(罗铮的音乐绘画与乐曲同名),你会因红色基调的跳荡的生命力而不由得激动;面对德彪西的《大海》,你就仿佛滨临晃动的波影;贝多芬的《月光奏鸣曲》渗透着静谧的柔光;《利盖蒂》那出人意表的斑斓彩条赢得了这位世界级音乐大师的由衷赞叹。当你欣赏柴科夫斯基的《小提琴协奏曲》和德彪西的《水中倒影》,那亦真亦幻的美准能让你的目光久久流连,不忍移去……

我对《巴塞罗那》黑红翻卷的狂飙的顿悟,不久前极偶然地得助于东方歌舞团演出的西班牙舞蹈《黑的诗,红的诗》;而留心罗铮的画意,你会被《卢浮宫》《大峡谷》《墨西哥石像》《李白》《青铜鼎》《北极光》之类的标题弄得心荡神驰,却搞不清楚这些概念何以进入罗铮奇特的意识,又何以被异想天开地"转换"过来……

随着阅历渐增,罗铮开始描绘在感觉里涌动的各种印象,如《天坛》《碑林》《金山岭长城》……依我之见,绝妙的当数《兵马俑》了:从苍迈的黑黄泥土中神秘地升腾起云雾状的阵列——还有哪位艺术大师可能用如此简练的手法又如此摄人魂魄地再现这伟大的世界奇迹呢?

相比之下,罗铮画的每一幅《无标题》更能吊人胃口。你能感觉到爽目的新鲜和萌动的生命,于是你有一种企图破解的冲动,但是当你刚刚收回遐思,却碰上罗铮带点儿诡谲的笑容,才醒悟过来这只能是一连串永恒的谜。

百感交集的亲人和喜出望外的朋友们齐心合力在中央美术学院为他办了第一次画展,带来的震撼是罕见的。作品无以言表的艺术感觉,新颖的色彩、构图与笔法使人们感到高度振奋,外加几分茫然。大师吴冠中题写了“心音、心色”四个字；一位赫赫有名的歌手沉吟道：“看来我的作品多余的东西太多了……”

四

把罗铮油画的艺术价值留给行家们去评说吧，引起我深思的是“罗铮现象”所触及的深层意义的东西。穿透过传媒通常止于猎奇的热闹，我似乎读出若干严肃而重要的课题，如果有一天能够解答这些难题——关系到艺术、生命以及社会行为，并且巧妙稳妥地加以利用的话，会不会对人类的进化带来某一种推动呢？

如果说，家庭的熏染在罗铮的潜意识里植下了对音乐精密反应的种子，那么罗铮至多有可能在音乐的某一方面有出色的表现，引起一般分寸的惊叹。可是罗铮是把对音乐的全部感觉（而不是“理解”）“翻译”成了他并不熟悉的视觉形象，以形体和色彩的组合再现了乐曲的魂魄，在我们身上激起了相似的情绪。音乐与绘画两种艺术形式相互转换的“密码”显然是存在的，但是既然我们知道转换的结果并非唯一，那么普遍规律何在？算得上成功的边界又有多宽？先后有外国音乐家分别指认出罗铮所画的乐曲，是不是可以说作曲家成功地通过了罗铮这块未经人工雕凿的试金石的检验呢？请注意，不仅乐曲、类曲（如《安魂曲》）和作曲家，连雕塑（如罗丹的《永恒的春天》）、雕刻家（罗丹）、绘画（如《蒙娜丽莎》）、画家（米罗）、作家（雨果）、诗人（李白），都被罗铮拿来提炼和翻造，变成妙不可言的罗铮风格的油画。我特别喜欢那一幅《蒙娜丽莎》，虽然只有罕见的色彩和朦胧的影子，居然传达出那原作具有的柔美、温馨和甜蜜，简直是要素的重新组合，只不过用另一种秩序罢了！我仿佛偷窥了艺术王国的新的奥秘所在，又不免有感于至高境界的艺术家与未谙人事的极度纯朴之人何其相似——也许就在于自然的状态吧。

百米世界记录每一微秒的缩短，都意味着人的极限能力的提高，每一次都带给我们惊喜，增强我们的自信。常识告诉我们，大量把乐曲成功地“翻译”成图画是神奇的；“一梦醒来，一技在身”则是不可能的，但是罗铮却行。他向我们昭示了：人类有可能把漫长而艰苦的学习过程大大缩短（首先是艺术），无异于延长有效的生命。当人们看到罗铮突放的异彩，以“缺陷补偿理论”来理顺逻辑的时候，别忘了在一掠而过的尴尬之外，我们还无须言说地抱有绝对的优越感。请问：被罗铮抬起的人的能力极限的标高对正常人似乎也应该有效，那么，我们是否身上潜伏着或曾经拥有这种超常的能力？如果有，那么现在哪里去了？与我们不同的是，罗铮纯洁得像九寨沟的流水、珠穆朗玛峰的空气，难道我们受到的教育有什么地方反而出了问题？

罗铮所代表的一类有智能缺陷的人是不幸的，他们之中的一部分又阴差阳错地在某一天显露出某种非凡才能，展示给我们生命是多么奇妙，提醒正常的人们不要过于自以为是，而要平和、友好地对待身边的一切。人们应该理解，对罗铮他们的忽视也就是对人类的种种深奥问题的忽视，照顾和开发他们已不再仅仅是出于人道，这里包含着对全人类共同命运的关心。

五

罗铮第一眼看见我就一字一字地叫出我的名字，真是一个有趣而难忘的开头。他在我身边坐下，拿给我看一份音乐会节目单，咕哝出一串乐曲和作曲家的名字。我和别人谈话，感觉他伸手轻触我的手背。顿然，起先有些怪异的心情消失了，我怎么也不会料到，他那令人感到沉重的面容竟然变得十分可爱，尤其当他“语惊四座”或者闪现一种调皮的时候。

除了手舞足蹈地听音乐，他喜爱翻书看报听广播，丰富的语汇就是这样“储进”他的“内存”。与罗铮谈话颇有乐趣——不知道他会拼装出什么样的效果，令你或者大笑，或者吃惊，或者无可奈何。

不可思议的是，米罗的画册、罗丹雕塑的图片、达·芬奇的《蒙娜丽莎》，这些艺术的精品对罗铮具有显见的魔力，而这不是来自外界的影响，也不可能是。

有一次罗铮突然大难临头似的号啕大哭，原来是“他们（摄影师）把我的画搬走了”；他还曾经赤裸裸模仿米开朗琪罗的雕像，与家人开了一次大有深意的玩笑。我隐约感觉他自有一方天地，只是与我们的内在世界有所不同罢了。

六

也许是文化良知驱动我走向罗家，饶老师蕴意燃亮的烛光，无形中在前面引导。对世间各种各样的事，经悠悠岁月磨炼的人们多已习惯于只看不想，或者只想不做，所以我们的进步才令人难挨地缓慢。既然我对罗铮有所感悟，同时又感受到罗家那种书香门第的单纯、温良以及司空见惯的拮据，我除了以心智、热情和作为文化企业的使命感着手开掘罗铮这块宝藏，再没有其他的选择。

我的企业家朋友们，相识和不相识的艺术家、科学家和社会学家，让我们来共同推进一个开发罗铮的终生计划，我们将在关心人类命运的旗帜下出色地合作。传媒描述的“以将音乐注释在画布上著称的外国通感画家”在世界每一处引起的轰动，将更真实、炫目地发生在我们的罗铮身上。

七

没有信任就别指望精诚的合作；没有时间或者洞察力就不会有充分的信任。

罗铮命运的清晰的一页需要多久才能翻开呢？

两个星期后，我收到罗老师这样的来信：

如果像梵高那样美妙的艺术生前竟未受到任何重视；像巴赫那样举世无双的瑰宝竟被埋没了一百多年，……有幸和这些伟大艺术同时代的人，特别是还有幸和这些伟大艺术多少有些关系的人，不是会觉得十分遗憾和惭愧吗？

对于别的人来说，一位精明而诚实的组织者就很理想了，但对于铮，确实还需要（如你所说）视他如亲人。因为他是一个十足的赤子，他身上是没有任何武装的，……其他一切身外之物对他又有什么意义呢。

这就请你按照你的设想放心地进行下去吧。……虽说我们的交往还并不多，但一个人最真实、朴素的直觉倒是最靠得住的。……一切就拜托了！

1996年10月

大师本色是春风

若不是蛰居蛇口的作曲家李跃飞，我就不会认识钢琴大师鲍蕙荞了。

一九九一年六月的一天，老李告诉我鲍蕙荞来蛇口了，这是他十分尊敬的音乐家前辈，很希望我能见见她，当然也就是代表蛇口工业区招待她的意思。他太不愿意让人觉得蛇口经济发达而文化艺术平庸了。

像很多人一样，我是先知道庄则栋，顺带约略知道他的夫人鲍蕙荞的。在我成长的年代，号称乐器之王的钢琴只属于近于贵族的极少数幸运儿，自小酷爱音乐的我，从没奢望过接触钢琴的福分，也就无从谈论钢琴的幽妙和钢琴家的身手了。生活逐渐教会了我理解艺术与人生，我十分景仰鲍蕙荞老师的成就，小心地避开她的家庭的往事。我相信都很优秀的两个人相加，未必等于万事大吉。撇开纷繁的历史因素不谈，艺术家遇上球星——这本身就是个难题。

我和李跃飞、谭子青夫妇请鲍老师在一家很普通的餐馆吃饭。她一点没有世界著名演奏家的做派，平常得和我们没什么两样。我们轻松地交谈，我那天才真正体会到什么是春风拂面的感觉。我随口说到数字钢琴已经上市，可以戴着耳机悄然弹奏，而且可以录音，岂料鲍老师大不以为然，坚持手与键的亲近、弦与力的搏击才是最完美的；我笑着说这些数字钢琴都能做到，而且日趋完美，我又拿管弦乐的乐器配置为例子，认为都是一步一步发展起来的，怎么会到现在就停止了呢？新的乐器、新的音色、新的演奏方法与时俱进才对。我的理工思维怎么也说服不了这位音乐思维的钢琴女王，看着她礼貌又固执的样子，我们很开心。

后来我到湖北宜昌考察投资项目，看上了一家与欧洲马尔姆逊品牌合作的钢琴公司，可是怎么才能判断这个产品的市场前途呢？在落下这步险棋之前，我想起了鲍蕙荞老师，她正好在南方，很快来到蛇口。我看着她在一架古典厚实的马尔姆逊样琴上反复试奏，表情凝重认真。最后她告诉我一条原则作为结论："做钢琴不是做家具，没有多年的经验和千百次的调教是不行的。"鲍老师这句话使我们避免了走上一条泥泞之路。

从那以后，我只要到北京就会与鲍老师联系，她请我吃过饭，我也做客过她的家，她既热情又自然，那一次我还不得不捧回一罐上好的台湾冻顶乌龙茶。一九九四年元旦，听说我专程参加韩美林作品展的开幕礼，她兴致盎然地赶到美术馆，去接受另一门类艺术的沾溉。而我对她能做的，仅仅是出了一个"无围墙大学"模式的钢琴教育体系的主意：以加盟和教师资格管控的方式扩大品牌覆盖的范围。"秀才人情半张纸"也罢，策划创意也罢，只是开了一个话题罢了，我对这个行业十分陌生，也不好问鲍老师处在怎样的现实之中，话题提起又轻轻搁下了。

一九九五年十一月，在蛇口风华大剧院举行“鲍蕙荞独奏音乐会”，整个下午鲍老师都在空旷的舞台上练习。我实在不明白，面对学琴儿童、石油公司的外国人和如我一样的普通大众，大师何以投入到这样的程度！我坐在台下默默地看着，不知不觉鼻子有些发酸……鲍老师习惯在演出之前只吃几块饼干，正餐要等到谢了幕、完全退出了演出状态以后再说。更出乎我意料的是，鲍老师不是如大家想象的挑选国际比赛通常的名曲，或者克莱德曼式的耳熟能详的媚俗小品，她挑选的曲目清一色是中国作品，从古曲《夕阳箫鼓》到舞剧《鱼美人》，从《川西高原素描》到民歌组曲，以及台湾的《雨港素描》。我不能保证观众对乐曲能有多大程度的理解，但是作为中国自己的钢琴大师，执着地演奏中国乐曲，那种深情、那种自信、那种顽强着实震撼了我的心。

因公开课和考级的关系，鲍老师时常有来深圳的机会。她不仅忙于钢琴教育，还在北京开办了“鲍蕙荞钢琴城”，可以想见，作为高雅艺术家和两个孩子的母亲，她以怎样的聪明和拼搏在商品社会中争取自己的位置。我只能在一年之末通过贺年卡遥遥寄上我对她的祝福，譬如：

愿每次蛇口之旅 / 能略微点缀 / 大师的 / 人生（1993）

我找到一种超然的感觉 / 也体会到您早年挑战环境的勇敢（1998）

大师风范 / 好人心肠（1999）

有一年中秋还寄去了南国月饼，想到她品尝这幽远的友情，我便满心欢喜。

只要鲍老师在深圳演出，她一定会给我留票。有一回听完几位资深女钢琴家同台演奏，我故作内行信口恭维说，其他几位不是这里就是那里不如鲍老师，鲍老师肃然说："不会的，她们都很不错。"

转眼又过了几年，二〇〇二年春天我突然收到鲍老师寄来的书：《鲍蕙荞倾听同行——中外钢琴家访谈录》，说请我指正。我的第一反应是：名人写书，一般意味着某种放弃；专家写同行，会不会让人觉得甘居下风？翻开来读，我才体会到她虚怀若谷的大气和顶礼艺术的虔诚，我在回信中写道，我"居然读出各种各样的味道来，不禁歆羡'钢琴族'们读了此书能透过闪错的黑白琴键获得那么丰富的心灵滋养"。

我建议如果继续写下去的话，提问的句式"别太靠近现买现卖的记者们，而是作为比肩的艺术同行娓娓对谈，使通篇有如行云流水，巧妙推挽却不露痕迹"。还有最好对照片的说明再下一些功夫。

我还抄录了一段扬之水的漂亮文字给她：

> 琴之极清、极净，是不可入于歌舞场中的，它只同鸟语风声相合，独与天地精神往来，抚琴者须澄心涤虑，方可奏出远香清冥之韵；听琴者亦须澡雪精神，方可会得和平广大之音……琴绝非以新声娱俗耳，而是以远古之音予雅人以得道的喜悦……

还有扬之水引用的孟郊诗《听琴》：

飒飒微雨收，翻翻橡叶鸣。月沉乱峰西，寥落三四星。前溪忽调琴，隔林寒琤琤。闻弹正弄声，不敢枕上听。回烛整头簪，漱泉立中庭。定步屐齿深，貌神目冥冥。微风吹衣襟，亦认宫徵声。学道三十年，未免忧死生。闻弹一夜中，会尽天地情。

没过几天，鲍老师从北京打来电话，畅谈这本书的写作，充溢着“得道的喜悦”。她深为扬之水的那段对琴的精神的绝妙表述所动，再三问清楚了，立刻就要去找……

2006 年 3 月

舞者印象

当她突然走进我的办公室，我怎么也没想到会是以民族舞《新婚别》一举成名，曾是最年轻的国家一级演员的舞蹈家沈培艺。

我的同事魏沛老师是沈培艺的父亲、广州美院沈军教授的弟子，与沈培艺关系自不一般，适逢总政歌舞团自香港演出归来，魏老师拽着她便来见我。

一九九四年的十月，滨海的蛇口还显不出秋意，我们在美仑山庄和这位温婉可人的大腕级人物轻松地交谈。她的眼睛有一种天鹅绒般的幽柔，举止、谈吐散发出淡淡的书卷气。从她的名片“舞者沈培艺”，大致可以看出家庭的熏陶和文化的底蕴。这位武汉女儿幼小时随家庭尝过苦难，换来的是刚强；趴在武汉歌剧院的窗户上偷师学舞，练出了坚韧，她不无感慨地说：“是舞蹈选择了我。”我提了不少问题，沈培艺娓娓地谈了事业、牺牲、读书、信仰、来世、血型、星座、宠物……她和我们都十分快意。

那年年底，我在寄给她的贺年片上写道：

愿你的舞姿／定格在绝妙的一刻／却又感受到／它的不息的绵延（1994）

自那以后，我上北京便给她打个招呼，而她只要有空，就会（有时和夫君一起）来酒店看我。和大多数来客不一样，沈培艺特别留意我堆在桌上的书，还会仔细翻看，有一次问我：“《纪伯伦散文诗选》为什么有两本？”我说是准备送给朋友的。“那就送给我吧！”她笑弯了眼，抽出一本揽在了怀里。

很可惜她邀请我看彩排的那一次，我有重要的事走不开。

次年夏天，我收到了《遍地风流》的摄制计划书，这是一部别开生面的介绍舞蹈艺术源流的电视系列片，由沈培艺担任讲解、演示和联缀的主持人，它既是艺术欣赏片、艺术教育片，还具有整理、保存历史资料的重要价值。拍片有数十万元的缺口，显然她有期望加入合作的意思，可是由于体制的制约，这样的投资即使上会研究也是白费力气。我试着从别的方面补救，依然没有成功。在朋友的事业最需要的时候没能伸出支援的手，我心中留下了深深的歉意。

一九九六年，我与智力障碍画家罗铮的一家结为了朋友。生长在音乐之家的罗铮以形象和色彩对音乐的神奇表达令中外专家大为惊愕，而我得到的启发是：不同艺术之间存在着什么样的通道？什么是生命的最可贵的原生状态？今天的教育弄熄了哪些灵性之火？我动心在这个方向上试做一些有益的事情。秋天，沈培艺闻信而喜，随我拜访了罗铮家，她在神秘符咒似的斑斓油画间游移，是她的骨血里有父亲的美术因子，还是感觉到在舞蹈和这些新奇的画作之间存在着某种联系？她对未知之谜抱有那么大的兴趣，折射出了这位舞者想象力的维度。

又到了新旧交替的年关，我的“小小里程碑”（贺年片）这样写：

早一天 / 遂你的心愿 / 胜过久远的任何许诺 / 我 / 这样理解（1996）

下一年，还真有一个邀她合作的机会。公司在北京参与投资了一所私营舞蹈学校，如果请得到沈培艺来执掌，那岂不太完美了！听了我的想法，她还真燃起了兴趣。我和沈培艺夫妇到了石景山，与校长座谈，观摩舞蹈课，我满心希望促成合作的事，特别注意观察他俩的神情——后来又加进校长的神情，因为连我在内，我们好像三棱镜，折射出三个不同方向的光。校长（也是股权持有人）的不冷不热包藏着内心的警惕，而沈培艺夫妇看到的是地方歌舞团量级的基础和英雄过气的师资，若是来个脱胎换骨的改变，各种利益牵绊，难度可想而知……我这才醒悟自己的想象太过于单纯，庆幸没把沈培艺拉进泥淖里。我的心思就像年底例行表示的那样：

小事帮到你不算 / 大事没做好甚歉（1997）

岁末她来深圳拍春节晚会。一九九八年一月的一天，接到沈培艺的电话，告诉我这天是她的生日，要我陪她去一所教堂。我茫无头绪，她却说已经打听清楚，我便驱车接她前往。路上她解释说，因为祖母信耶稣，她从小跟着信了。在圆岭一带的工业厂房里，一个楼层单位略施装扮，凭正面的十字架（没有耶稣像）加上想象力，便有了那么点教堂的样子。钢窗上拉扯着天蓝色的布帘，木制的长椅十分简陋，这就是沈培艺心向往之的地方？长椅上散落着男男女女，有长有幼，沈培艺与他们一搭话，就有三五个人向她聚拢，他们不知道沈培艺是谁，但他们的交谈真切、诚恳，令我吃惊。看他们乐于相助的样子，我就想起古典油画里围绕着那些纯净心灵的光环。神父来了，我也起立跟着唱诗……回来的路上，我说这些人看起来很善，她说是神使他们净化；我问外国的神也管中国的事？她说神只有一个，你信仰他，他就在你的心里……

这以后的祝词，便沾了一点她喜欢的语境：

> 圣洁之心 / 幻出超凡之舞（1999）
>
> 愿舞韵与人生 / 都出精品 /（主保佑你）（2000）

我相信舞蹈家对年龄更加敏感，他们的艺术生命太有限，必须考虑适时地转型，漂亮地延伸。沈培艺还是办起了舞蹈学校，据说她的“兄弟姐妹”给了她关键的帮助。我们也看到，她还在电视剧中扮演了聪明、端庄的女主角。

二〇〇二年伊始，沈培艺传来了喜诞女儿的消息，我忙不迭地向他们夫妇道喜，也为这个因为舞蹈而晚来的孩子祝福！我这时的心情，正好用几天前的贺岁词来表达：

舞歇了 / 化为了雕塑 / 幕落了 / 留下了诗（2001）

附笔

2004年5月3日网络消息：“我国首部舞蹈题材电视连续剧《跟着阳光跳舞》（以我国著名主题公园深圳世界之窗五洲艺术团青年舞蹈演员的工作生活为原型）正式宣布完片，该剧的主演——中国舞蹈界的第一位大腕沈培艺将借此剧复出‘江湖’……”

2006年3月

掌声鲜花有你的一半，也有我的一半

年轻时光我指挥、带领过清华电机系、武汉冶金机修厂和第一冶金建设公司的文艺宣传队，舞台与我有着几许抹之不去的缱绻。没想到阔别十五年之后，我意外地又有了一次亲近它的机会，而且身不由己地被置于千人瞩目之下，待声光褪去，恍恍忽忽好像遥祭了一次我那远去的痴情青春。

一九九四年国庆前夕，总政歌舞团来到深圳蛇口新落成的风华大剧院演出，社区居民第一次体会到现代化家园的丰足，流溢着一派喜气。

蛇口一家公司预购了一批团体票，附带一个既俗又雅的条件：他们老总要和大腕儿董文华合唱《十五的月亮》。有票房收入的吸引，主管演出事务的文化公司马总很快找瞿琮团长安排停当。岂知那位风雅老总急火上升，演出当天“突患牙疼，只好抱憾放弃”，马总找到我，眼睛眯成一对小小的三角，神秘兮兮地笑着说：“只好你上了！”

为了承担起这个无处可推的担子，我赶忙找来一张光碟，像初啼的公鸡叫开久不唱歌的嗓子，同时琢磨演唱的细节和背诵歌词；我担心最后拖长的高音被我唱破，我的围棋朋友兼美声歌手兼耳鼻喉科医生张旭文一个下午都在辅导我的发声和鼓励我的自信，他的应急的点拨特别管用：口腔后部抬高对高音有利。我注意了适度保存实力；晚上提前进场，挂牵着和董文华碰面，传话来说：等第八个节目时去后台。

我坐在第十三排，不停地轻声哼唱以“热嗓”，还反复默念轮该我唱的歌词，台上演的是什么略无印象。终于第八个节目开始了，我潜行到后台，找着了身穿军装正朗声说话的董文华——莫说近处相对，连见她的真容都是头一次。我问她我们唱什么调，她答道：“F调——没问题。”说着抓过我手中的歌单和笔，唰唰地勾画：“这是我，这是你……下一段交替。”她这随手一改，我背了半天全完了！“需要合一下么？”“不用了。你在第几排？到时候我叫你！”

我肩负着新的重担回到座位，开始记诵调整过的歌词，格外留意那些颠倒了的“你”呀“我”呀……节目一个一个从眼前滑过，掌声、音乐声、话语声、掌声……董文华穿着飘逸的大红罗裙出场了，我身旁两个女孩使劲地拍手；唱完两首歌，董文华宣布由我和她同唱《十五的月亮》，两个女孩拍得更起劲，这时转头愕然看我从她们之间缓缓站起……

我从侧面出台，董文华做了一个优雅的导引手势，我欲行又止，引起台下会心的笑声，我仅有的一点紧张反而化去了。台上灯光炫目，观众席黑茫茫的一片，我和董文华好像站在明亮的甲板上，眼前是黑沉沉的深邃无边的大海，我融进音乐里，等待切进的契机。观众席里，妻子的学生乐乐此时替我紧张得捂住了眼睛……

董文华唱了两句，侧过脸向我示意，我正好用温厚的中音入情地接唱：

你守在婴儿的摇篮边，
我巡逻在祖国的边防线……

这时响起海浪拍岸似的热情肯定的掌声。待到同声唱完——

啊！丰收果里有你的甘甜，也有我的甘甜；
军功章啊有我的一半，也有你的一半。

观众报以友好、喜悦、有力的掌声，我也彻底地放开了。

歌曲的结句是全曲高昂的顶峰，我记着“把口腔后部抬高”，不留破绽地、流转自然地和董文华同声唱完，堪称一次超水平的发挥。

全场的观众沸腾了，后台的演职员活跃了，本来逢场作戏的亲民段子被演绎成为近乎完美的交流互动的高潮，台下的掌声经久不息，他们感谢我没给蛇口丢人现眼，十分满意有今天这样一个欢快的夜晚。有孩子跑上前来，把一束鲜花送到我的手中。

演出在继续，而对我来说，绵延数十年的舞台情结可以说就此落幕了。

2006 年 3 月

堂堂丑角

“回乡”的气氛是一点一点浓起来的。和妻一起回武汉，有了隆重的意味，上一回一同匆匆路过，是在一九九七年夏，去安康拜贺祖母百岁。九年过去了，江城又变了，像成长中的少女一般不可捉摸。过去不是这样，我和妻在那里上学、工作、结婚、生儿育女（其间我两度出外读书），三十余年风尘依旧，如山中野老，浑然不觉世界的变迁。屈指一算，离开那座既令人牵眷又给人烦恼的城市已经二十三年了。

此刻最令我们心动的，是朋友。同窗、同事、芳邻、棋友加上网友，这次想见、可能见到的我逐一联络，不时还需要在网上搜索蛛丝马迹。昨天从容地拨通了湖北省京剧院的电话，找郭大宇，我得到的回答使我目瞪口呆：他竟于今年四月“已经走（辞世）了”！

我是一九七三年成家，住在洪山宝通寺对面岳丈的家里。那时新婚唯有挤占上辈的房子，而父母在蛇山的公寓住宅已被当红的省级“样板团”湖北省歌舞剧团进驻了。每到酷暑逼人的夏日，在傍晚骄纵的斜晖里从三楼扛下一张竹床，加入街边纳凉的大军。我家打发无聊时光的方式与众不同——就着路灯下围棋，任呼啸的汽车和杂沓的行人从旁而过，不时有人走过了又回来，投下几瞥新奇的目光。往东一站地便是湖北省京剧团，至于郭大宇是经过了我们的“棋摊”，还是听朋友介绍来登门造访的，已经记不清了。

大宇比我小两岁，那时还不到而立年纪，脸膛丰满，皮肤白皙，一双大眼在卧蚕眉下闪动，灵动有致，神情异常丰富。看着这么一个演员朋友，笑容便自然飞到全家人的脸上。大宇是围棋迷，棋力已有业余初段以上，我与他对局授让三到四子。他下棋静而认真，或喜或悲，神情飞动，局面纷杂时会下意识地站起来，搔头叹息。我特别欣赏他的眼睛，每当他话说到传神处，倏地一睁，射出两道灵光来，比现在所谓明星的“放电”亮过十倍。

大宇九岁进中央戏剧学校，学丑行，安徽人却满口京腔，煞是脆亮。下棋之余，甚至对局之间，我们总爱问他一些京剧的问题。那时传统剧目属禁区，他一说起来便眉飞色舞，有一次还随兴比画了一个老太太扭身抹头发的动作，我们一个个笑得捧腹，连一贯朴讷少语的岳父也笑弯了眼……我们都说大宇的眼睛会说话，人长得精神，干丑角这行当可惜了。

后来大宇告诉我他正在写电影剧本，在长篇小说《桐柏英雄》的基础上改编，过几天带了厚厚一叠手稿给我看。说实话我当时没有把这太当回事，因为我既欠缺鉴赏电影剧本的眼光，也没指望他有多么大的能耐。几年后出来一部《小花》的电影，热映的时候我正在国外，我依稀觉得也是与大宇给我讲过的故事有关。大宇的脚本是否火候不到不得而知，反正别人搞的那部电影捧红了陈冲、刘晓庆、唐国强，还有李谷一，大宇则依然执着地在剧本创作这块注定浸透汗水的土地上耕耘。

“文革”一结束，人们纷纷踏上了求变的快车道，我返回北京读研究生和出国，同时间大宇主笔的京剧《徐九经升官记》大获成功，荣膺全国多项奖项，电影《升官记》获优秀戏曲片奖，比大宇长一岁的朱世慧（十二岁进湖北戏校）也因此一炮而红。直到现在，每当朱世慧在电视里出现，我便不由得想起郭大宇，我不止一次设想若是大宇自己出演又会怎样？我相信大宇的表演会别有内涵，自里向外散发谐趣，悠然会心，毫不牵强。我们的丑角埋头剧本创作而不再上台，他倾情于“丑生”新型的塑造，付出了不小的代价。

一九八三年我到了广东深圳，一九八七年在香港意外看到湖北省京剧团莅港演出的消息，想到将与大宇不期而遇，心中大喜。我在演出前赶到新光剧院，百般恳托，硬是请出一名京剧团的职员，却被告知大宇没有来，我大失所望，悻悻而归。

时光飞快，一九九三年六月的一天，忽然大宇夫人来访，频频相问，再展读大宇手翰——

一别十载有余，知兄事业发达，甚喜。八六年我曾去深圳、珠海采风，最后一站到深圳，本拟去蛇口造访，不料当晚因胃静脉破裂引起大出血，住进人民医院。幸得广东省委和湖北省委关怀，大难不死，但元气大伤，几年来对事业颇有影响。从去岁方正常工作，精力日渐恢复。

看到大宇横遭飞来病祸，我心中很不是滋味。这六年的路走得何其艰难！我接着读下去：

> 八七年我团去香港演出，知兄曾去剧场寻访，可惜我因病未能成行，剧团多有怠慢，令我十分生气，当时我在难中，医院几次误诊，对我精神影响极大，无心与外界联系，仅从王新洲口中听到一些关于你的消息，在《围棋》杂志上亦见过你一家的消息。

原来那年的好事也为这场病所误。阔别多年，两情不知，大宇一年前在中日围棋擂台赛武汉赛场，见有人（正在华中理工读书的澂儿）想看棋赛，递进我的名片，经国家队教练罗建文转交郑弘九段，大宇默记在心，这才得以再续前缘。

大宇夫人这次只身来深圳，是为探问改善拮据生活的机会。大宇写道：

> “爬格子”很苦，剧团效益差，每月合法收入无法兑现，我一个正教授职称的剧作家，每月仅收入二百一十元，简直无法令人相信，只有靠写些其他东西支持生活，抚养一子一女及岳母。如果兄处今后有何此方面的“活”，能否关照我一下，包括广告制作等。本来我不愿向朋友求助，但生活逼迫，也只有撕下面皮了，也许会令兄见笑。但今日中国，情况就是如此，湖北宣传部、文化厅口口声声称我们为“宝贵财富”，却在实际上没有丝

毫政策倾斜，全靠各单位自己赚钱。我团想发展第三产业，请不到有本事的人，和台湾谈判合资，又被人家耍了，草签协议后悔了约。一切都难。

大宇一九八三年去上海戏剧学院戏文系进修之后，剧作更是如泉喷涌，《无艳娘娘》《粗粗汉靓靓女》《八女投江》《寿诞风波》相继上演获奖，已是国家一级编剧、中国戏剧家协会会员，不知从何时起，晋身享受国务院特殊津贴的优秀中青年专家。但是一九九三年时，京剧不振，剧团困窘，身怀才艺的传统戏剧艺术家们沦落到这种田地，几乎与社会之底层无异……“今日中国，情况就是如此”，我一腔同情，徒叹回天无力！

当时我在蛇口工业区负责投资开拓工作，为蛇口—沌口友好开发区的事将赴武汉。大宇闻讯，速来一信，称京剧团愿拿最好的一层办公楼出租，“面积共三百多一点平米，每米月租十元，共计三千元出头……另外还有地皮办小型工厂等，请你考虑”，读来令人心酸。七月底我去看他，十年劫波，大宇变矣！昔日的丰腴已经不再，神采犹存，却弱不胜衣。看完楼层空地，转进排练大厅，一省之梨园胜地，地板当间一个大窟窿，凋敝破败，情何以堪！我心头一热，拽住他就在窟窿处留此存照。这印象一路挥之不去，恨不得掏出钱来替他们将地板补上！静下一想，大局不振，即使做到又如何呢？而那张照片，竟成了我与大宇唯一的合影……

武汉项目的进展，尽管有了蛇口乔胜利老总“进军武汉已定，不再上会”的断言，也有了赵宝江市长“给予外资待遇”的特殊承诺，可惜终归是当事人热，旁观者冷，远不如预期的顺利。次年班子换届，我也调换了工作，京剧团的办公楼不需要了，“在汉机构的帮手”也无从谈起了。至于大宇一直想在广告业务、刊物出版、电视制作方面“搞出点儿名堂”，现阶段来说小而散了一些，何况我方也陷于体制决定的长议不决，更没有乔总那样的人物一锤定音了。我一方面对大宇颇感抱愧，又不免深长唏嘘：倘若京剧团把楼租掉，大宇下海，还会有湖北省京剧院今天硕果累出，饮誉中国宝岛、海外美国的辉煌吗？历史就是这么无情，它往往牺牲掉耕耘者，在他们的身躯上耸立起大厦，然后镌刻上他们的名字。大宇兄弟没有改行下海，幸耶？不幸耶？

近年来，大宇执笔修改了京剧《樊姬夫人》，创作了京剧《逍遥游》。据说，大宇还著有长篇传奇小说《断指团》《人妖》《歌星与黑影》，电影剧本《大侦探》（1988年摄制）、《天职》（2000年摄制）等。

就在大宇肝病危重弥留之际，传来了湖北省京剧院入选中国京剧十大院团的消息。大宇三十三年的精血，化作了福被后人的祥云。堂堂乎，大宇！

我即将行走在大宇踽踽独行多年的街道上，我唯有敛息默祷，祭上一瓣心香。

附记

据《湖北日报》：“郭大宇生前有两个愿望：一是将创作的京剧《逍遥游》立于京剧舞台；一是将《徐九经升官记》拍成电视剧。如今，壮志未酬，而斯人已逝。”

抑郁中搜索大宇的信息，偶见企业家乔长军的纪念文字，我速与之沟通，乔先生回复道：“郭老师创作的电视剧《怪官徐九经》我们目前仍在摄前修改阶段，待完成后我会立即投资开机摄制，我要完成郭老师未能在生前完成的这个愿望。”

我随即告知：“拙文《堂堂丑角》今日动笔，成文后请你过眼，聊寄追思之情。”

2006年9月

达观是上帝对生命的祝福

抵达武汉的那天，我和妻邀请了几个急于见到的故旧老友到太子轩酒楼吃晚饭，李泽勋老师和夫人周萍执意要自己走着来，中南建筑设计院离我们下榻的丽江饭店大约两站路，还隔着阔大的洪山广场，就算平常的老人也会感到步履不轻，更何况中风十多年、不良于行的李老师呢？他们在电话里说：走走路比什么都好。

当李老师夫妇出现在饭店客房门前的时候，我和妻迎上去执手相呼，李老师一面挪步进来，一面指着我朗声说道："你胖多啦！"——可不，四十年前随李老师学小提琴的时候自不必说，即使十多年前在蛇口招待过李老师，我都是"轻灵"的模样，和现在的"厚重"判若两人。

"文革"武斗期间我从清华潜回武汉，跟这位年长十岁的学长、清华弦乐队的小提琴手学琴的经历，已写在了短文《远逝的小提琴声》《循声而往》里。岁月荏苒，我始终忘不了他家的一楼小屋，那谱架、嵌有一只喇叭的书架、拉奏和传授都是那么忘情的老师，还有静静地出入、不以为烦的主妇周萍（也是我的清华学长）。尤其使我喟叹不已的是，在那年月，他们夫妇、我以及与我一类的弟子们谁也没想到过酬谢师恩这回事，其中也包括现已成为美国航天工程师的梁士杰。

二十世纪最伟大的发明之一——电脑使得多少行业如虎添翼，又帮助多少人重新发现了自己。一九九〇年，一位香港同行用电脑演示的三维魔方迷倒了李泽勋老师，他花了2700港元买了这套软件，从此沉溺于软件、硬件，一发不可收拾。在国内建筑界使用ACAD画图、应用3DMAX处理设计图和制作三维动画，他至少是先驱者之一，这只最早一批的“添翼之虎”所做的设计屡屡中标，在业界有了相当的名气。

正当他事业顺风满帆，恰恰又是刚录制完一曲小提琴演奏录相的时候，一九九四年，他被中风击倒了。脑动脉堵了几厘米，右半身偏瘫，动作指标为零。

对于常人，这是难以忍受的不幸；对于李泽勋老师来说，故事才刚刚开始。

发病救治那天，医生说了一句：“你有什么话，赶快讲。”他听了心里一悸：莫非我从此不能讲话了？那晚他便努力地试图讲话，别出心裁地使劲发出俄语里震动舌头的“P”音，整夜不停……清晨他对陪护的司机说：“快叫（设计）院里来人，软件应用我还有诀窍要告诉他们！”——突然他心中大喜：“我还能说话！”

进入恢复期，好比进入危机四伏的沼泽地，唯有冷静的智慧、超强的坚毅和几近临界的拼搏才有脱出灭顶之灾的希望。照李老师的性格，他这里只有阳光，不要阴霾，他积极、顽强、快乐地从事各种训练，甚至充满孩子气的顽皮。妻子周萍用木板夹住他的右腿，帮助他强制地运动；把右臂吊在门框上，诱导它一天天攀上以毫厘计的新的高度……“要动！”夫妻俩这样相互激励着，也是这样行动着。渐渐地，李老师终于可以下床，继而可以行走了！可与此同时，另一位被同一种病缠身的老同事，程度比李老师还轻，成天躺在床上自怜自哀，一年后便怀着凄怨魂归道山了。

生命之火倔强地燃烧着。李老师想重拾小提琴，有难度，他就从二胡开始，右手笨拙地勉强把住琴弓，右臂吊在脖子上，一寸一寸地扯动。直到有一天，在客厅闲坐的客人对周萍说：“唱片里的二胡拉得真不错。”这对于汗流浃背的李老师不啻为一枚金质奖章！又过了一段时间，李老师终于与他那心爱的小提琴旧梦重温，至少他完全相信了他与那把琴彼此不渝的忠贞。

对于一个电脑的高手、上网的迷友来说，半身不遂意味着什么呢？是放弃？是怨屈？我的李老师自得其乐，兴致无穷。右手废了，就用左手抓鼠标，用左手打字！这一向每当收到他的函件，或者在网上与他“对话”，我都意识到远处的他用一只左手勉力操作的情景，甚至会要求他“无须应答”。他告诉我，像MSN、SKYPE和QQ这样的即时通讯工具（书写、音频、视频）他都有，“因为我的朋友们用什么的都有，”他说，“我都能无障碍地沟通。”不仅如此，为了下载最好的音乐、渴望的乐谱、喜欢的影视作品和各种中外名著，他的电脑二十四小时工作：“夜半至凌晨网速快。”他还告诉我BT的网站，音乐发烧友们在那里贡献或获取理想的音乐。他开心地说：“我自己刻录 DVD, 送给喜欢它的朋友。”

他不无感慨：“爱好多救了我，干不成这个，我就干那个。”在这激射的生命之光的幅照下，李老师又可以重新绘制设计蓝图了。应我的要求，李老师传来几幅他用左手渲染的彩色风景画给我看，面对它们，我震惊了：想不到中风十年的老人顽强地用左手绘出这么漂亮的图画，我想象不出原来的他画得有多么高超！他在 MSN 上写道：“画是我的专业，画了一辈子。病后发现左手也行。但画画很累……”

医生说，中风的人，五年之内二度中风的机会是百分之五十。李泽勋老师第一次倒下已经过去十二年了，他非但没有再一次被击倒，委屈地坐上轮椅，反而志趣所在几乎什么也没拉下，也许正是快乐的性格与达观的境界给了他重生的幸运，甚至可以说，还有了一些与时俱进的福气。

报载九十高龄的鸿儒大医裘沛然教授这样说：人有自我调节、自我修补、自我适应、自我控制四大功能，只有在精神不受损害的情况下才能充分发挥其作用。因此要做到“全神”，就是努力使自己保持至善至美、恬淡宁静的心态。……做人之度才是养生的关键。

已经七十一岁的李泽勋老师每天新鲜而充实地生活着，引起我由衷的钦羡。昨天我与他写字聊天，又试了一会儿视频通话，最后他打住：“你忙吧，我要看股票了。”

2006 年 11 月

最后的名士

《南方周末》翼下的《名牌》杂志二〇〇四年八月的一篇文章这样写道：

> 2004年6月21日，作为第四届“中国华山围棋大会”最重要的嘉宾的沈君山，却在由台北经香港前往西安的路途中，从香港折道前往深圳。在那里，他要去见一个多年前在网上下棋时认识的棋友。在深圳仅呆上20多个小时，便再飞往西安。
>
> 这一举动，颇有点《世说新语》中，王子猷雪夜乘船访友，“乘兴而行，兴尽而归”的魏晋名士风度。也难怪，我们早已在悄然中将沈君山视为中国最后一批名士的典型代表。

沈君山所要会见的友人就是我。

其实，我认识沈先生虽系围棋之缘，却不是因为网上下棋；沈先生本次来大陆，深圳之行是特别安排且运行圆满，怎能以当年王徽之

“兴尽而返，何必见戴（友人戴逵）”来相比呢？

听说沈先生将取道深圳，杂志社便紧追不舍，沈先生打来电话向我询问过该杂志的背景。不巧因通行证签注过期我不能去香港迎接，沈先生又不良于行，这才动了向他们“借兵”的脑子，这对于传媒来说无异于天赐良机。

读完那篇追访，感觉到弥漫着悲凉的调子，这恐怕也在作者预料之外。沈君山的新著《浮生后记：一而不统》首次披露了三次与江泽民总书记长谈的记录，杂志主编亲自出马，指望贴近、跟踪的是一位活跃在学界、政界、桥牌界、围棋界，穿梭于海峡两岸与香港之间的风流倜傥的沈公子（文章还特别点到沈君山同时由台湾两大绝世美女——胡因梦和林青霞陪伴一起逛街的昔日风光），而今面对的却是一位中风过后步履蹒跚的皤发老者，终于忍不住兴起人生如梦之叹：“或许，还用不着时代的大潮，仅仅是一场疾病，便足够彻底摧毁掉一位堂堂名士的风采和气度？”

沈君山与连战、钱复、陈履安共有“台湾四大公子”之美称。他是美国马里兰大学物理学博士，曾在普林斯顿大学和美国太空总署从事研究，曾任普渡大学教授、台湾新竹清华大学校长，做过一年台湾“行政院”政务委员（管科技能源）。人们称他沈博士、沈教授，我却更愿意称他沈校长。

我初次见他是在一九八六年十月，香港中文大学向围棋大师吴清源颁授荣誉文学博士的仪式和庆祝活动中。大陆棋手汪见虹与香港棋手陈嘉锐下纪念对局，吴清源大盘讲解，作为助手推波助澜的便是沈君山。吴翁穿一套灰色中山装，清癯矍烁，京腔圆润；沈氏着一袭蓝色长衫，举止雅逸，妙语连珠。香港围棋社简怀穗社长告诉我，沈是台湾著名的贵族清流，桥牌和围棋的水平均十分了得。

二〇〇一年一月，我作为沈校长的客人——两岸名流围棋交流团的成员，随中国围棋协会主席陈祖德访问台湾。沈校长到机场迎接，屈指十五年，他已经是银发盈颠、手不离杖了。当晚我们住进新竹清华大学。想想此刻身处宝岛，打开电视机，这个台在拿阿扁开涮，下一个台是 CCTV 国际频道，感觉实在新鲜。

这次台湾之行，我存有认真感受一下幸而连续的中华文化之心，无奈路途、比赛、饮宴几乎用光了所有的时间，坐在沈校长弄来的连战竞选专用的宽绰大巴上，唯有欣赏滑过眼前的店铺匾额的漂亮书法。我们下榻过蒋介石住过的日月潭涵碧楼，到老爷酒店出席了日本围棋棋圣战的前夜祭，往京兆尹饭馆赴旅日棋杰林海峰招待的盛宴，在目不暇给的“故宫博物院”藏品中间低回流连……我还趁打烊之前溜去诚品书店、何嘉仁书店沐浴了另一种书香。那几日时空倒错，概念混杂，感觉古怪，心情奇佳。

沈君山、陈祖德一定与我这般细琐的激动不同，两岸人士在台湾进行围棋交流，他们已经久望之云霓了。二十年前，陈祖德住在金庸家里养病，沈君山为台湾加入国际围棋联盟奔走，来香港也住在那里。在金庸的怂恿下，陈授沈两子（高手对下手让子，棋份相当于职业高手对业余高手）下了一局，“金庸记谱，查夫人奉茶”，六小时下来，这“两岸围棋第一局”沈先生居然赢了！围棋真是个奇妙的尤物，儒雅如陈祖德，超脱如沈君山，也都不肯言输的。今天陈祖德还在“抱怨”，那日沈先生精根倾尽，独用了五个多小时，记谱的人歇了，陈祖德强支病体，昏昏欲睡，意思是被沈“捡了个便宜”。沈君山只是笑，说撼陈九段虽难，反正是我赢了，有台湾报纸发表的棋谱为证。

有人评说沈君山“以学术为本业，以政治为副业，又沉浸于棋桥的文化意趣中”。沈先生曾获全美围棋冠军，世界桥牌亚军，和聂卫平也就成了出入棋桥的双料朋友。他早年便挑剔金庸武侠小说中以武功之精绝抛石（棋子）对弈有致命的纰漏——功力还没有强大到从盘中提掉棋子，弄得金庸苦思通宵，终究不得其解。沈先生曾说服企业家应昌期支持对围棋国技“从娃娃抓起”，如今驰骋世界棋坛的王立诚、王铭琬、张栩等无一不是出自沈先生的慧眼。而金庸恰恰相反，广拜名师，虚心为徒，如曾请得聂卫平来，纳头便拜，慌得聂棋圣连唤不可。说到此，沈君山聊发“狂语”：“如果论团体段位，我的徒弟天下第一，金庸的师父天下第一。”说完哈哈大笑。陈祖德与我说起过沈君山的棋力：“他在巅峰时期确实很强，你恐怕下他不过。”

访台接近尾声的时候，特别安排了沈校长同我下一盘棋。在新竹清华大学风云楼里，我与他纹枰对坐，出于礼貌，我执黑先行。开局不久，白方便陷入苦战，以致始终负累在身，不得伸展。后见大势已去，沈校长示意就此终局，陈九段评说了一番。这盘棋有中国围棋协会主席陈祖德观战，著名天文学家、北师大理学院院长何香涛摄影，大家笑谈此局比赛的规格可谓高矣！

春之盎然逐渐褪去的时候，忽然收到沈校长寄来的新著《浮生三记》，有一页附函昭告每一位团友：

书中有近照一张，是那天游日月潭时，余昌民先生照的，承他特地寄来。余兄不但棋艺高超，摄影技术也是一流，照出当日心情，选用于此书，也是当日畅游的一番纪念。

我心中一喜，又见沈校长给我手书的几行字：

谢谢您的信和照片，已经收到我的书里了。6月28日我要到广州开会，住在白天鹅宾馆，是否可来一叙，给我一个“报仇”的机会！

眼看又要在广州与沈校长重逢，我欣喜异常，这次的“复仇之局”将会怎样，我根本未放在心上，倒是感觉到沈校长朗笑的背后似乎有一点介怀。我想，不甘心接受全盛时期已成过去，也是人之常情罢。不过沈校长除了盛名之下其情依依，确实还有好胜的天性，你看他受让陈九段战而胜之，已经扬扬得意了二十年，像一个顽皮的大孩子。还有一段趣事也是很好的例证：一九八二年他和“亚洲羚羊”纪政坐在雅典奥林匹克运动场看地中海的落日，突然兴来，怂恿纪政脱了高跟鞋，与他在刺脚的赛道上“一起慢慢跑”，他狡猾地过了九十米后猛地加速，不料对手醒悟了过来，终究没让他成就“跑赢了七项世界纪录创造者”的美名。若不是这样，沈公子又要多了恣肆汪洋的本钱。

我细细读了《浮生三记》，它对我的触动写在了给沈校长的信里：

寄赠的大作《浮生三记》我一口气读完，竟沉浸在尊敬之情和求道的心境之中，从书中的各类文章可以领略校长的娓娓而谈的文采和高华散朗的人生，前者是我向来所喜爱的，而后者对我的触动意外之大，以至影响到我今后的生活态度，真可谓受益匪浅。

一九四六年出生的我迄今走过的路在大陆来说算是幸运的，眼下社会进入机会涌动和讲究功利的阶段，我也倏忽到了对自己所欲得到的和不愿失去的进行关键清算的时候，在这时读到一位长者充满韵味的、本色的生存方式，说有得到点化的感觉毫不为过。

我如约去了广州，住进白天鹅宾馆。晚饭后最重要的事就是摆出棋盘棋子，灯下手谈。我作为晚生这一局仍然执黑，可是不知怎么心想尝试不按常规行棋，起手便在七路线连下了四子方阵。我笑着解释，这是借他人之道，治同好之身，非不敬也，我在网上与韩国棋迷对局，胜率不低呢。沈校长是科学家，当然欢迎新思维，可我这下下玩玩的心态和布下的四方阵却像一张无形的网，他的步调有些发乱，左冲右突，形势已非了。看看时候不早，我便提议终局，沈校长一边收棋子，一边念念道回头一定要向祖德九段请教破解这四方魔阵的良方。

次日我驾车陪沈校长重访中山大学岭南学院——当年他在大陆的母校，我伴着他在古老建筑物旁缓缓移步，听他随时跳出来的回忆。沈校长原本还有飞往杭州的计划，以他父亲名义捐建的学校落成，可是因酷暑难挨只得取消。而我，已被张宗子的《陶庵梦忆》和余澹心的《板桥杂记》搅得对江南古韵心醉神迷，长久以来，一直把造访杭州作为保留节目，这次有幸和沈校长一同前往，一路也有照拂，却很可惜没能成行。我把他和同行者送到了白云机场。

我送给沈校长放大的照片和一本胡晓明的《江南文化札记》；沈校长带来为我写的两幅字，一幅是老子语录，另一幅是他晚年的座右铭："做我所能，爱我所做。"这年年底我寄给他的贺卡上写的是："胸列方阵圆阵，情醉白棋黑棋。"

二〇〇三年四月，沈校长复我一函，写到他的现代化隐居生活：

> 新竹清华是台湾的桃花源，我自病后，即幽居于此桃花源，鲜与外界来往，但拜现代资讯（信息）科技之赐，虽鸡犬不相闻，尚既知魏晋，更晓有汉。不过过去所谓人脉，久病故人稀，来往少多了……尚不知最近是否有大陆行，若在广州深圳一带，当先告知，以求一晤。

二〇〇四年春节，收到我的贺卡及江南水乡邮票，沈校长亦寄来一张校园风景，这样写着：

> 新书《浮生后记》已竣工，月内即可出版；《浮生散记》亦在筹写中。棋力维持下降后水平，以后或可与兄书叙，与大嫂手谈，可以一战也！（附言：这是新竹清华园，你曾来此一游。）

这里与棋有关的信息有两点：一是我所领教的棋力不代表他的真实实力；二是宁可同我聊别的，棋嘛有机会同夫人下下，那还是不在话下！

这一天很快就到了。六月底在西安举办第四届中国华山围棋大会，沈校长是主要的组织者，他提出这次出门想到深圳看看，在“两岸及香港”的精心策划之下，于是便有了前面所述的由香港折道深圳做一日逗留的一幕。

深圳这座不起眼的边关冷镇已经崛起为现代海滨城市，沈校长多年来为两岸关系奔走，到这里走走自然是他心中的夙愿。到恒丰国际大酒店安顿、午膳，休息了片刻，便依计划去市区巡游，在滨海道上还没驶出南山区，沈校长便真的“兴尽而归”了——他不能太累，惦念着礼节性的晚宴，还有晚宴后的一盘棋。

民营企业家卢培做东、清华大学深圳研究生院院长关志成（我的同学，沈校长的相识）在座，晚宴丰盛，话题纵横。回客房的路上，沈校长拄着手杖慢慢移动，嘴里催着我和妻子：“快快，我们还有一盘棋！”

落座以后，沈校长执意要同雅华对决。他狡黠地笑着，显然要以悬念不大的胜局拉近我们两方的战绩。要以“下降后的水平”不出意外地战胜眼前的女流，沈校长弈得相当认真，雅华则直线进取，含蓄不足，终于不敌对手的老刀，败下阵来，倒落得个皆大欢喜。

在旅途中绕道，或为观光，或为访旧，对于常人乃是轻松的快事，可是一位古稀老人，孤身拖着偏瘫的身躯，冒着随时可能疏于呵护的风险，绝不是一件容易的事，是季札挂剑的信诺？是城市奇迹的诱惑？还是胜负之心的驱使？令我由衷起敬的，是沈校长身上透散出的心境的达观和生命的强旺，超越所有凡俗的概念之上。

沈校长拿出刚刚出版的《浮生后记：一而不统》，题下“昌民兄留念”的字样。我捧着这本大著，和他漫然聊着，听他像恣意的溪水时而拍打峭石，时而滤过砂砾，又不时拨弄一下岸边的花草。我当时不可能像后来那样围绕这本书浮想联翩，更不会泛起打开一间间密室的欣悦。有什么办法呢，当我倾听作者在书中思考，回味和传达某种情愫的时候，那洋溢着欢乐的智者的背影却一晃一晃地远去了……

登机之前的空当，我们驱车访问了关院长和他的清华大学深圳研究生院，之后关院长为我们导引了一段通往机场的路。时间每一步都踩得很准，沈校长笑赞道：“完美的收官（围棋最后的收束）！”

我提起有意参加下一届炎黄杯围棋比赛，他应声说道：“那还不好办，我一句话就行了！”

亲近过围棋且水平不俗的人，都有从围棋之道中获益一生的体验。单单着眼于算路，那只是肤浅的认识，棋局里无处不在的均衡、厚薄、迂回、借劲、大小、急缓、腾挪、弃取、时机、顺序……真可谓万物之理的精妙映射！沈君山活跃地斡旋两岸关系，他自举的有利条件之一便是来自围棋的陶冶，他一半认真、一半演绎（沈氏风格）地说：“围棋讲究布局，谋定后动，势孤取和，棋手下棋也从不必把对手当仇人，但对手还是对手，棋盘上绝不手软，赢最重要，但棋盘外是可以做朋友的。”

沈教授四十岁时辞去美国教职回台，是因“保钓”热情上升为对台湾（进而对两岸）前途的关心，那时他便有了“一国两治”的思考（与后来的“一国两制”看似相近，却有着“很深但却不宽的鸿沟”）。在台湾争取加入国际学术、体育组织——天文学会、奥委会、围棋联盟、物理学会——的过程中，为了寻求大陆与台湾都能接受的中文、英文乃至日文的表达，他可谓搜断枯肠，用尽机关，一个一个走了下来，简直成了两岸关系发展的见证。例如一九八四年加入国际物理学会的事，关键的“大陆和台湾都是中国的一部分”这句话，若不是设计好在国庆招待会上由李政道蹭到邓小平的面前，讨得邓小平一句“可以嘛”，这悬起的一脚落不了地，两岸的大局又不知会延宕到什么时候。

沈教授多年来以“归真守璞，量才适性”作为座右铭并循此不渝。友人王炎赠诗有句：“名岂棋桥著，官因散淡休。平生惟本色，功利不忮求。”这样一个边缘角色，除了促进朝野沟通，在两岸高层之间行走是再合适不过了，他也把两岸作为“立命的心愿，无役不与”，自嘲道：“中国老知识分子最大的毛病就是好‘声声入耳，事事关心’，总以天下兴亡为己任，才为男儿本色。”

从一九九〇年底开始，一年多时间里，闲云野鹤的沈公子三次受到江泽民总书记约见。江对沈的独立身份与直言不隐颇有好感，他们倾心深谈，“希望为海峡间寻一处津渡”，并且破天荒地可以记录存证。在新近披露的晤谈始末里，沈谈到“即使马克思也认为变是常态”；他说“民族的异质是分的最大力量，经济的互补是合的最大力量”，建议“一而后统”，预言两岸定会“统一于民主与富裕”。

沈教授的文字十分亮丽，永远是从容不迫，即使俯拾皆是的睿智比喻，也都宛若天成，恰到好处。台湾资深报人张作锦这样评说：

沈君山学的是声光化电，但文章写来如天池之水，瑰丽清澈兼而有之，远眺近观，目为之眩。这样的境界非一般人可得，那是上苍的恩赐。

当年为加入国际围棋联盟的事，他赶写了一封表面上写给金庸、实际上转给大陆的信件，金庸读完，临出门又折回来冒出一句：“沈教授，你的文章比你的围棋好！”沈教授写他在返台的飞机上回想金庸的评语：

究竟是夸我信写得很好呢，还是说我棋不怎么样？后来想想，金庸的文章当然比他的棋好，而且好得多，那么他的文评自然比他的棋评要可靠，想着想着，非常得意就眯眯的睡着了。

有的描写，平平常常并无惊人之语，浮现的场景却如绘如声，挥之不去。如写台湾名将杨传广在东京奥运失利：

十项比赛结束，杨传广落到第五名，观众都散去了，杨拎着撑杆跳的竿子，一个人落寞地站在田径场中，西下的太阳，红红的，照出一个长长的影子。

这样的纯青手笔又见于写中风住院以后纪政挤出时间去看望他，陪他做康复训练：

不久，远处一个高挑笔直的身影，一路左右打招呼着穿过有的拄着拐杖，大多数坐着轮椅的病友，风也似的一下就走到了面前，半真半假的吆喝了一句：“怎么还坐着？起来起来，走！”

再来看看随处可见的机智洒脱的见道之语：

现在回想起来，所缠斗不休者都是枝枝节节，……有蜗牛角上争何事之感。

我们开始“打劫”（围棋中在一处吃来吃去的情况）——讨价还价。

中国人早就发现，两点之间，最短的距离未必是直线。（以美国为媒）

为什么好好的菩萨不做，去做住持呢？（劝说李远哲）

播种者上断头台，收割者俯身拾起稻穗。（说某位政界朋友需要调适）

律师绝对不会牺牲自己。（说某律师出身的政客）

领头造反的一向是失意秀才。

船是总会到彼岸的，重要的是不要翻船。

人生许多烦恼都是因为有了抉择才有，……阎王要人三更死，谁也无法留人到五更；但……三更到五更之间是可以商量的。

沈君山的才情是多方面的。昔日吴清源大师告诫弟子林海峰说："追二兔不得一兔。"沈博士常常拿来勉励他人。现在倒有人为他的文章惋惜，说，沈先生，就追那只最小的兔子吧——它可能也是最好的呢！沈博士戏答：这些兔子都是自己跑来……署名"逗兔者"。其真率性情淋漓尽致！

二〇〇五年六月，我给沈校长写去一信：

深圳一别，从电视和杂志上看到西安比赛之盛况，屈指一年，您的健康、棋艺和新作，深以为念。

连、宋访问大陆，热闹了一阵子，事过境迁，国、共在情感上的转弯，原来如此容易。殊不知为了这一刻，两岸之间历尽磨难，其中您的心力亦成为一座丰碑。

现在公司的事我已撒手不理了，棋是要下的，同时写些古人笔记体的忆往文字。因而今年的炎黄杯围棋比赛我想"展以拳脚"，不知何时、何地，是否有受邀的可能？

没想到向来讲究礼数的沈校长竟是一片沉寂。年底突然收到沈校长寄来的圣诞卡，卡是特制的，内页有"感谢关切"的字样，还印有他身卧病榻、举手致意的图片！原来这期间他再次被中风击倒，想到他超人的生命意志和先期颓倒的身躯，我的心情顿时晦暗起来。

他在第一次躺倒的时候，冷静地思考过生与死的自然规律，心头闪过濒死的虎豹慢慢踱进隐蔽的树荫，"眼神渐渐涣散……"的镜头。漫长的苦思如若一支低沉的大提琴曲，他记述道：

潦水尽而寒潭清！上天赋我不薄，人间繁华江上明月，都只是适度的，融会进来成为一生的愉悦。但毕竟还是伴着潦水，若不得病，寒潭清的境界，今生是否能得至，颇不可知。得病的时候，我的生命力还很旺盛，忽然的被禁锢在病躯里，现实的限制，理智的抉择，使我只能独自居住清华。看护可以照顾我的生活，可没有办法照顾我的生命。

思考的结论，是要“免除痛苦而有尊严地走完人生”，因为“用人为的方法来延续生命是没有格调的”。他会给自己的生命划一条线，“这一条线该划在哪里，必须在神志清明时先期规划，否则……自己还是做不了自己的主人”。

交代过了“死”，他又回过来心境宁静地规划如何“生”了，“做我所能，爱我所做”需要调整新的内容……

二○○六年三月底，意外地收到汉声出版的漫画书《沈君山说棋王故事之一：吴清源》，与其说因得馈赠而喜，不如说感受到沈校长生生不息的律动而一阵感动。我速致一翰，借题传达我的慰问之情：

倾接《沈君山说棋王故事之一：吴清源》一书，喜出望外。自去年年末收到病中寄出的明信片，我心中一直很沉重，倒不因北戴河棋会的逸机之类，而是深憾如校长这样的脑子与才艺，上帝应该给您任意翱翔的空间！现在只能遥拜东方，为您战胜难关祈福了。

《吴清源》一书一捧到手，我便不自觉地翻看下去，我觉得以漫画形式说围棋故事太有趣了，尤其您脑中的因缘花絮如此丰富，不与世人共享岂不可惜？我想知道另外的四本（木谷实、林海峰、曹薰铉、聂卫平）是否已编就出版？待印刷出来，切莫忘了照顾我这双料“粉丝”为盼！

另外想到，此书在大陆出版发行一定颇受欢迎，料想已有计划。眼见日本卡通《棋魂》在东瀛掀起围棋热，我亦萌生有朝一日搞出中国围棋传奇（古今结合）的卡通片的梦想……

近日细读《浮生后记》，感慨无量，一为校长对国是与文化之贡献，二为潺湲似水、暗藏机锋的文笔。我如今在“博客”（BLOG）上发表文章，打算不久写一篇关于您的记事。《南方周末》李红平写过一篇不知有无送您？我刚从网上看到，把您的深圳之行比作“雪夜访戴”，倒也有趣。提到当年绕道深圳，回想起来您是历尽艰难，盛情雅意，令我感戴终生！

治疗期间，音问不便。欲知近况，心中挂牵。

愿上苍保佑康复长安！

我实在不忍心给静养中的沈校长带去丝毫纷扰。八月中旬，《沈君山说棋王故事》后续四册不出所望寄到案前，附函称：“汉声编辑遵沈教授嘱咐，代他将四本新书寄上，希望您会喜欢。”我何止喜欢，仅就沈校长亲历耳食的围棋雅事和棋艺经纬，我心中无憾了！

有道是：所谓名士，“除了多才多艺而风流倜傥外，还要有高雅的风度和气质，不慕荣利，清高而有气骨”；是“名于世的特立独行之士。……学养深厚，卓尔不群。为人真性情，处世贵通达。合情又不拘常情，合理又不泥死理。恃才放达，不拘小节”。

沈君山这样的名士毕竟渐行渐远了。世上还会再有吗？

附记

二〇〇六年三月，沈君山述说二次中风心得的《二进宫》获九歌2005年度散文奖。颁奖人余光中盛赞这篇用生命写出的文章：“很酷！在烦恼中，他冷静面对。”坐在轮椅上的沈君山笑着说：“以前是杰出青年，现在是杰出老年！……人生在夹缝中要找寻乐趣。”

名模林志玲住在同一医院，沈君山请人把林志玲的海报贴在床边，当成“中风小天使”激励自己。自此，送鲜花的少了，送林志玲相片的多了。余光中打趣说：“这样的病人一定会好起来。”

八月，沈君山加入“百万人倒扁运动”的捐款行列。

2006年8月31日

巧匠萧师傅

当我一站复一站向城外寻去，到武汉冶金机修厂报到的时候，正值十年浩劫的子夜时分（一九七〇年三月）。没过多久，因为文艺演出的关系我认识了萧德明师傅，当年我二十四，他二十八，一个是总装车间的钳工（大学毕业生需要炼其灵魂，磨其筋骨），一个是钢结构车间的放样工。接着好多年，断断续续地，在颇有些名气的武冶文艺宣传队里，我是编剧、作曲、导演和乐队指挥，他是乐队的扬琴手，永远像乐谱上的音符保持精准，让人放心。

此刻我与他在我家的书房里对坐，他的眉眼神态都没怎么变，也许在他的眼里，我那股执着的劲头也还是老样子。他“单身赴任”来深圳工作转眼十二年了，今年六十四岁，单位舍不得他走。空闲时间多了，他像往常一样什么都用心琢磨，活得很是充实而新鲜。

萧师傅话语不多，好像省出时间来仔细观察，给心里的不服输加力。他打扬琴就是给激出来的，自从头一次登台没有被台下较劲的对手嘲笑的目光吓晕，他便在类似的场合再也不会晕了。他在老一辈的乐队中发轫，又在回城知青为主的年轻乐队里顶梁，哪一届宣传队也少不了勤恳兢业、一丝不苟的萧师傅。我写了乐队总谱，有时排练完人散了，萧师傅摸黑也要再练上一阵，说是有几处拗手，打得不满意。

乐谱复杂了，转调也多起来，萧师傅成天咕哝老式的扬琴不好用。随着演出有了名气，领导脸上有光，恩准买回一架带滑槽（可以快速转调）的大扬琴，萧师傅乐得几天都合不上嘴。晚上坐卡车去市里汇演，萧师傅的行头最重，那时他免不了抱怨几句：“他妈的，用起来嫌小了，搬起来嫌大了！”

早就听说萧师傅心灵手巧，什么事也难不住他。他初中毕业进了武钢，搞过金相试验、化学检测，业余读了职高，后来做铆工、放样工。他想学治印（篆刻），有人说：“你也想刻图章，除非刻章铺子都关了门！”萧师傅不信邪，买了一本《康熙字典》，抓起一副麻将扑克，54块刻满六面，磨光了再刻……终于练得操起印石就直接上刻刀（镜像反字）。有一次奖励先进工作者，几百支钢笔要他刻字，萧师傅趁机配了一套刻刀，一个印床。字刻完了，政工干事将刻刀、印床悉数收去，萧师傅小小的美梦一场空。

浩劫期间，闲得无聊，萧师傅和两个朋友刻版，用废胶片自制扑克牌，深受同事们青睐。他还用电木制作过麻将牌。“你知道用什么来磨平？”他露了一下心中的得意，“把钢锯条交错叠夹在一起，只有这个好用。”

一九七六年的光景，我们在厂区桃山村的小家（8平方米）和萧师傅家比邻。大家都过着清苦的日子，工厂里许多能工巧匠不乏生活的智慧，其中以萧师傅为最。例如做蜂窝煤炉膛，是用高级保温材料矽藻土抠成的；做嘎斯（电石）灯，可以做得极尽其妙，我就是靠他家淘汰的初级品准备研究生考试的；再就是裁剪衣服了，那是相当惹人羡慕的实用才能。

放样工裁衣服顺理成章，萧师傅是受了妻子的激将，也是抱定这一信心入门成师的。一位同事从上海买回了一种新涤纶面料，又薄又软，连裁缝铺也不敢接。入了萧师傅手，他先用米汤一浆，等挺住了再剪裁；那时还没有锁边机，是拿蚊香烧的边，结果大功告成，服了吧？我家雅华有一件春装便是萧师傅出品的“小品”，这么说是因为他后来连呢子大衣、西服也会做，若不是他的钢铁放样有了新发展，今天要到萧记成衣店去寻他也说不定。

之后我考研、出国、到深圳，萧师傅也成了钢结构加工工艺方面首屈一指的工人技师，我国第一台环冷机是他开发的，宝钢二号、三号高炉的工艺文件大部分是他整的，加工推进器多头螺旋叶片的工艺装备是他攻下的，技术革新奖、科技进步奖拿了好几样。一九八八年我在蛇口主持创建了江海金属结构有限公司（后来演进成为招商重工），是选择武冶厂作为生产技术和加工力量的依托，我特别希望萧师傅能来蛇口，却不能，那时武冶厂也正在拼搏，他已经当上了车间主任。

一九九五年，萧师傅提前退休来到了深圳江海公司，现实逼得他用了一点小谋略，“八九百块工资，”老实人说老实话，“儿女成家哪买的起房子。”如果武冶厂没看走眼卡住了他，也就没有后来的萧师傅了。

一路下来，萧师傅已然是招商重工的工艺主任，过去几个科室十几号人从事的工作如今他一人拿下，当然，去香港、新加坡、越南考察的机会也落到他的头上。说到这儿，他仿佛吐了一口气："不像在内地，实际干活的人出国考察没有份。"在他的手上，一个个大型的设计变成了产品，岸桥、卸煤机、120吨的门座式起重机都做过。他像搭桥铺路的工程兵，把战士送上距离胜利最近的进攻点。工艺装备的妙案，如利用钢板的回弹、焊接的应变都是他的胸中成竹，别人看来神奇，在他是一生经验的结晶。

萧师傅近几年最大的变化是在电脑领域的断磨了。凭他多年一贯的攻无不克的啃骨头精神，豁出去一度得了肩酸手麻的"电脑病"，他不仅做到全部工艺文件电脑化，而且电脑绘图运用自如，已经能用CAD软件做出凌虚翻转的三维图像来。难怪公司宁肯加薪也要挽留他！

我和雅华到渔民村"握手楼"他的小屋去看他，一架扬琴随时准备奏响，一部佳能400D最新款1010万象素的照相机已经摆弄得头头是道。"要玩就玩好的。"他说。他给我们看电脑里的三维视图：旋转的二胡与扬琴是他的习作；钻井平台这个巨无霸则是下一个重大的开发目标了……雅华问："你还搞裁剪吗？"萧师傅答："有时上网看看。我告诉你一个日本服装裁剪法网站……"

萧师傅说，近来他最得意的猎物是一架高级专业扬琴，是在网上碰到，从一位音乐学院教授手里买来的，红木镶嵌贝雕，所费却不贵，已经隆重运抵武汉。他若有深思地说："我最大的心愿，是早一点不为生活操劳，把一生中顾不上的艺术爱好找回来。"

不好说江南为橘，江北为枳，南方的工作紧张，压力沉重，这些他已经习以为常了，关键是他从未间断修炼自己，牢牢抓住时代带来的对每个人都是全新的机会。就在现在这个时候，我们的武冶厂再也拖不动疲惫的身躯，寿终正寝了。在星散的自寻出路的职工中，萧德明似乎是最令人羡慕的一个，他的神情里有几分巧慧，几分悠游，一面琢磨着他的钻井平台，一面牵挂着在家静静等着他的大扬琴。

2007 年 1 月

黑嘉嘉因什么而美丽

下围棋的人手持一柄纸扇，平添了几分风雅。友人馈赠给我的围棋纸扇不少，日本的、中国的都有。

这是一把第十一届富士通杯世界围棋大赛的纪念纸扇，扇面上不是通常的大师格言与书法，而是中（包括台湾）、日、韩及其他国度出征者的签名，一时翘楚，大多在上面了。

扇子用了好几年了，这次我才留意方块汉字的署名——占了八分之七——的姿态与功力。这一注目，对日本棋手不能不生敬意：他们的毛笔字不仅颇有功架，还有姿媚可言。不妙的是，写得弱不禁风、手足无措、粗服乱头，而又满不在乎的要数中国人了！

这可是中国老祖宗传下来的汉字呀！再说围棋不也是中华文化的明珠吗？

不久前，台湾围棋界因日本地震发起“情系黑白，关怀日本”慈善募捐活动，一幅字画挂轴拍了十一万新台币，独占募捐所得的三分之一。字画的作者是当下闪动的一颗棋界小星：十六岁的台湾女棋手黑嘉嘉。

画中的奔马恍然有徐悲鸿的遗风，从形态、明暗到马蹄的虚笔，可见笔法老到，而马尾那随心的一卷，又在娴熟中露出一丝儿顽皮。

“开张天岸马，奇逸人中龙”，那两行书法似有元代大家赵孟頫的笔意，遒丽中有一些甜美。更莫说借取的是陈抟老祖的诗句与胸襟了！有人说没有十年的工夫练不到这样一种境界，黑嘉嘉才几岁呀？

何况黑嘉嘉是一个常居美国的中澳混血小姑娘。

二〇〇八年，十四岁的黑嘉嘉第二次出现在中国大陆的围棋“冲段”比赛上，成为有幸闯入职业初段的两个女孩中的一个。决定因素并不如槛外人想当然那样凭借她的特殊身份，而是九胜一负的好成绩。那时花容玉貌、气质秀逸的“中西囡囡”已经成了媒体追踪的炙热目标。

我对黑嘉嘉的关注也与外孙女清清有关。五岁清清的心里已经藏着一个清纯可爱的“黑姐姐”了，而且总是满怀兴趣地期待她的新的进取的消息。我坚信一个扎扎实实走向成功的女孩子除了漂亮脸蛋一定还有其他的东西。黑嘉嘉上学之余还学习钢琴、琵琶、体操、游泳和书法，简直是才艺的组合，而她为什么把围棋作为了最适合自己的首选呢？反正二〇一〇年是黑嘉嘉的丰收年：她在第一届苏州穹窿山兵圣杯世界女子围棋赛中击败日本八段吉田美香，最终摘取亚军；在随后的世界智运会上，有她出战的台湾队站在了殿军的领奖台上。

转眼间黑嘉嘉由中国大陆的职业初段蹿升到台湾的职业五段。

她的每一项爱好都经营得一丝不苟，不是普通的女孩子拿来点缀的玩意儿。黑嘉嘉的书画令我叹赏不已，不知以中华文化为术业的诸君又有何感想呢？

母亲是台湾籍，父亲是澳大利亚籍，黑萱萱、黑嘉嘉姐妹俩从母姓。有趣的是，流走在姐姐身上的多几分洋气，妹妹则含东方的神韵，两人都有混血儿特有的靓丽。

这样的家庭与东方家庭最大的不同，是自由的氛围。像黑嘉嘉这样素质的女孩，前途自不可限量，比如她的第二个梦想就是成为检察官，可是当她选择职业棋士之路的时候，父母不是反对，而是为她设定认识、考验自己的目标：三个月能从 8D（网络业余段位）提升到 9D，就去武汉参加定段赛。次年在杭州下定段赛，比赛前晚爸爸打电话开解她说："定上有定上的路，定不上有定不上的路，定不上的路未必比定上的差。"黑嘉嘉就是这样一步步朝着理想蹚进。

母亲不认为黑嘉嘉有什么与众不同的天分，她的成功在于勤奋。在美国找对手下围棋困难得多，高手指点更是难得，为了心爱的围棋，时差的关系，她往往三点多钟便摸黑起床上网与亚洲的棋迷们下棋。母亲被感动了："这样自律的程度连我自己都比不上，又岂有不成全她的道理？"

对文化艺术的广泛接触养育了黑嘉嘉出色的情商。她说："围棋使我的生命充满惊喜与快乐。"她孜孜于每一局棋的质量，对于输赢又总是一笑置之："输了棋没有心情不好，所以不用排解。"她从围棋中得到的最大收获是"更看清自己"。她想对不懂围棋的人说："你不知自己因此失去了什么。"

黑嘉嘉母亲的祖籍在河南邓州赵集乡黑白洼村，村里只有两姓人：姓黑或者姓白。人们说，韩国围棋天才李昌镐坐如石佛，他是为下围棋而生的。那么，可不可以说：黑嘉嘉来到世界上，就是为了让围棋更甜美，让女儿们更丰韵？

2011 年 6 月

受勋的平民

那日一开机，MSN 开始闪动，是草茉莉大姐发来的信息：“我在等你呢。俄罗斯大使馆正式通知我，这就要去俄国接受总统颁发的友谊勋章。”

草茉莉大姐将要受勋的消息我四年前就知道了。事后博客圈的朋友嗔怪我纹丝不露，要知道，不确定的事是不宜传播的；她成行以后，我也觉得还是由她回来自己宣布最好。

大姐是我最早的博友、最敬重的好朋友之一。我开博客有多久，认识她就有多久。喜事临门，和她一样高兴；此刻的思考，与她坦诚交流；今后的生活取向，比她自己还要关心。朋友，才会这样分享与牵挂。

大姐用家乡的寻常山花“草茉莉”自号，有时候干脆称自己为“柴禾妞”，拾回并且留住浓郁的山野气。她毕竟走出了山坳，精通俄语，深研法律，矻矻伏案，翻译了好几部俄罗斯法典，结交了不少俄罗斯法学重镇，还带出了一批批年轻的法学博士。大姐出彩的文笔、不倦的精力在博客圈是出了名的，所以成为俄国领袖的座上嘉宾似乎是水到渠成，受到梅德韦杰夫总统的赞赏和普京总理的亲吻，表现得从容不迫、醇厚宽广，也可以说在意料之中。

载誉归来，草茉莉大姐照例与我作了一长段笔谈。在回味和分享的同时，我们交换了自己的感受——大姐宽仁智慧，不管我说什么，她都听得进去，能感觉到她在另一块屏幕前倾听和点头。

我告诉她采访通讯我看到了，我不觉得采访记者比我知道的更多、更深，意义拿捏得更准。若是换了徐迟老师来写，绝对会不一样。

草茉莉大姐自称为“一介平民”，这回既非钦点，亦非热捧，更没有可用来交换的权势或利益，得此殊荣，意义巨焉。“她是怎么炼成的？”我说，“今次受勋对我们的国家不啻为醒神的风。”

在她简短的答谢辞中，以及在她挥就的专文中，“感谢祖国”成为唯一的主题。我对她说：“是祖国承载了你——假若是我也会有同样的禁不住的冲动。但是祖国承载的人太多了，选中了你，是因为你的工作做得太久、太多、太好。”我又说：“勤于工作，安于寂寞，诚于交往，又逢上民富国强的好时代，才有了异国受勋这么回事。逻辑就是这样的。反过来，是说不通的。”她说：“当然是这样。”

当她致辞的时候，梅德韦杰夫和普京颔首微笑。我大胆推想：她的荣誉所归完全隐去了个人，梅氏与普氏或许有不尽满足之感，因为他们定有全方位的衡量标准和对自己眼力的自信。祖传美德谦虚现在支配着草茉莉，我劝她此时要慎于向媒体发表讲话，而要等思想者来阐发，一代勤勤恳恳的知识分子梦幻般地得到了异国领袖的青睐，他们好不容易闪现的幽光可不要自己“谦虚”掉了！

甘甜之余，会有几丝酸涩——中国教授在异国受勋莫不有讽刺的味道？这件事揭示了一个价值承认的标准问题。年届古稀的草茉莉未必为教育部、外交部所知晓，连她工作数十年的中国政法大学也吃不准她的分量。对如此现状假如是一个促进，那也足以令人喜出望外了。真希望今后不要等到域外争妍了，才发现花朵就开在自己的后院里。

草茉莉的学术道路别成一个模式，她集外语、专业、口才、文笔，还有友善热情于一身，这些特长铸就了一个与众不同的草茉莉。类似条件的学人在中国虽不罕有，却也并不多闻。

谈话间了解到大姐的隐忧，那就是今后会有谁站在她的肩膀上？我怪她想得太多，但还是对她说："有一篇文章你一定要写：告诉你的大学，告诉我们的政府，如何把你平凡起步、绚丽落幕的事业继续下去。放手是因为人生有涯，继续是政府履行职分。"

草茉莉现在站在了人生的巅峰，她应该歇一歇了，不再带博士生，不再写专业著作，腾出时间和精力把夫君沈教授和自己照顾好，四面八方走一走，好山好水游一游，晴窗下、雨声中运思积蕴、敲击键盘，流淌出一篇篇锦绣一般的好文章来。

想对她说一句话：心是操不完的，命是自己的，没有我们太阳依旧升起，在我们有知、有情、有健康的日子里，伸出双手迎接每一次太阳的初升！

2011 年 11 月

---

* 草茉莉是中国政法大学黄道秀教授的博名。

莫非天堂羡围棋，催伊匆匆去

一度雄踞事业顶峰的人堪称人生辉煌了；真诚待人、蔼然冲和的明星称得上世间良友了；博古通今、舍命著述的智者一定唤起普遍的尊敬；勤奋多思、廉洁自好的官员势必赢得由衷的爱戴。将这些品性合为一体，就是陈祖德老师。

既是谦谦君子，又是英武战士——祖德老师乃是真正的德艺双馨。

如今，当新著忽而成为遗著，手书镌刻“理参河洛，体用阴阳”（围棋原理）的铜镇纸眼见成为故物，怎不教人抚物思人，悲戚难抑……

我和祖德老师的友谊，转眼已经四十五年了。

在史无前例的“浩劫”之初，一九六七年寒冬，虎狼当道，文明崩塌，百业萧索，人心迷茫，一帮无课可上的清华棋迷迎来了同样无棋可下的全国围棋冠军陈祖德，就像迎来阳光一样。没想到那时热情纯朴的情怀，竟然陪伴了祖德老师和我们一辈子。

清华的围棋伙伴们星散了，各自揣着围棋的火种。唯有少年常振明没有远去，在祖德老师的关注下他差一点走上了职业棋手的路。是围棋塑造了他的眼光、思维与性格，支撑他涉过荆棘路，在新时期的十字路口，他果敢地踏上了通向未来的金融巨子的成功大道。

十多年后，当我在深圳蛇口迎接祖德老师，充溢心中的何止是欣喜，更多是慨叹！一九九六年，祖德邀请我和雅华去方庄他府上做客，他的孪生公子刚刚一岁，雅华喜滋滋地两手各抱一个亲了又亲，祖德则拉我下了一盘授三子棋。那年岁末我给他寄去贺年片，上写："人生如棋多感悟，避薄趋厚好收官。"（按："收官"是围棋术语，收束整理以终局的意思。）

二〇〇〇年七月，我从广州接祖德来深圳商谈与中国围棋协会合作创办围棋网站的构想，事毕祖德提出跟我们兄弟二人下指导棋，我问职业棋手工作之余难道还有下棋的兴致？祖德说："我是下不腻的；再说让业余棋手满足了，不也是我的工作吗？"

大国手来到我家，同我夫妇又是两盘指导棋。这时发生了有趣的事。

雅华先下完，上网接着玩去了。忽听得她在电脑房里"呼救"，是棋势不好，要我帮忙。祖德说"我来"，起身进屋坐下，岂料他从未下过网络围棋，连鼠标都拿持不稳，那时的天元围棋网站棋盘只有豆腐干大小，这下苦了我们的陈九段，第一招就点错了位置！看得我和雅华捧腹大笑……后来还有不听使唤的误操作。不过到底是围棋泰斗，输定的棋居然反败为胜了！我们大笑网络那一端看不见的对手，他败得稀里糊涂，哪里想得到后半盘操刀的竟是威名赫赫的陈祖德呢？

祖德有剪报的习惯，那天我推荐给他用刀尺剪报的快捷办法，把桌面上的塑胶垫板和一柄切刀连一组刀片收拾起来送给他，祖德很是喜欢。我送他到机场，目送他在入闸口向我挥别。不料晚上祖德打来电话，怅怅地说切刀被机场安检收掉了……

二〇〇一年一月，陈祖德应沈君山博士的邀请，第一次踏上了宝岛台湾，我也作为“两岸文化名流围棋交流赛”的成员，随他一路对弈、观光。我同新竹清华大学前校长沈君山在风云楼下了一局棋，同伴开玩笑说：与沈君山手谈，陈祖德督阵，何香涛摄影，你这盘棋的规格可是了得！

二〇〇七年四月，原定我们随祖德赴香港参加回归十周年庆典围棋活动，因雅华的病情复杂化，不得不放弃。八月，祖德再来深圳，执意与我们共进晚餐，说了很多话……

两年后，雅华撒手离去了……祖德闻讯发来短信：

> 昌民，刚看到您的短信，实在没料到，太不幸了。您的妻子也是我的好朋友，我对她印象非常好，但人生如棋，世事难料，只能请您节哀保重。祖德

何香涛教授鼓励我游走下棋，以疗心灵之伤。在北京祖德老师的新家，夫人准备了丰盛的火锅迎接我。天宇、天宁上初三了，很懂得招待客人。我拿出立着一排小鸟的水皿作为见面礼，祖德接过放在书案上，顿感喜气氤氲，很是喜欢。我向他索一幅字，他欣然应允。

我打开他的电脑，把推荐给他看的内容调上桌面，又帮他调节显示器的分辨率，祖德笑了：“啊，我的棋盘从今是方的了！（过去一直是变形的）”我告诉祖德的女弟子王香如，要留心为老师做这些事。

条幅写好了，祖德打来电话让我去取，我怕麻烦他们，建议寄来我下榻的酒店，祖德不肯，说“想再聚一次”。还说一直有心请常振明到新房子吃饭，我赶忙联系振明，不巧人在香港，祖德有些失望，说“只好另待时机”。

清华同学姜彦福教授和我一起去祖德家。我捧过“天地人和”四字条幅，连声道谢。祖德的书法有一种虎气在，问他师承何人，他说自己摸索而已。

美餐之后在宏敞的书房坐下。祖德谈了国家体委的寒心旧事，对昧心害人者痛加贬斥，又说某人卑躬屈膝，某人铁骨铮铮，拂拂一股刚正之气。我把前次的照片存到电脑桌面，又下载了搜狗输入法，彩娟夫人非常满意。

残雪犹在，出门抖擞，祖德老师一直把我们送到蒲黄榆地铁站……

二〇一一年四月清华百年之际，我应邀上京出席盛典，突然得知祖德病危住院的消息！

国手王煜辉陪我去协和医院看望祖德。七十多日不食、身上挂着营养液袋、连着控制仪器的他十分清瘦羸弱，却仍然梳洗得整洁明净，透显着仁者智者的尊严。

我在《祖德兄，我为你祈祷！》一文中写道：

祖德一边说常振明“助莫大焉”（出书与作序），一边吃力地起身，拖着控制仪缓缓坐到桌边，摆弄一会儿钢笔，在给我们两人的书（按：《中国围棋古谱精解大系》中刚出版的两册）上用力写下遒劲的题辞。

半小时过去了，我们起身告辞，祖德说什么也要起床相送，我止住他，说：“你要是起来，我们就跑着出去……”我再次向他祝福，俯身把脸贴在他的额头上……

强大的祖德似乎闯过了这一关！我又看到他缓步赛场的电视镜头……

可是，坏消息接连传来，虽不情愿，我心里明白步步逼近的是什么……

一个年轻棋手，就要实现“战胜日本”的梦想时，“浩劫”发生了。

当他进入中年，正要再次崛起的时候，无情的顽症将他击倒。

他站了起来，肩承领导与推动中国围棋复兴的大业，继续奋争了三十二年；他的最后一个梦，是完成十四卷之巨的《中国围棋古谱精解大系》。

当他再也拿不动笔的时候，只完成了八卷，在世人的叹惋声中赍志以殁。

比这更不幸、更悲壮、更唤起同情与敬意的人生，即使有，也不会多……

他不是贪心敛财或有很多积蓄的官员，可是他不欢迎募捐，辞谢资助；他是最需要帮助的病人，却有时会自己搭车取药、寻医，不想添累别人。

怀念他的时候，最先想到的除了他超群的棋艺、智者的风采，更是一个堂堂正正的人。这样接近纯粹的人，当今世上已经十分稀缺了。

或许，只因天堂羡围棋，催伊匆匆去。

我愿意这样想，我也只能这样想……

2012年11月

附：陈公祖德行略

围棋乃中华文化之瑰宝，人类智慧之明珠。人生结缘围棋即若幸事，艺娴为国手辄众人仰慕，然独步于时代、兴开山之举、令国人扬眉吐气如陈公祖德者，中国棋坛比肩几人欤？

祖德幼秉家传，长承善弈耆宿沾溉，复蒙名帅良臣识赏，修得超群棋艺，三度占鳌首，演创“中国流”，以弱冠踏破东瀛九段之阵，一洗吾国弱旅之羞，于近代中国功莫大焉！

忽焉山河云蔽，家国罹难，祖德其时二十有二，奈何徒有冲天之志，恨恨挥泪而去，蛰伏工厂，孜孜播种于民间，长夜呼梦于床榻。国运关乎棋运，良有以也！

中年祖德无时不思作续梦之搏，讵料横遭病魔逆袭，命舛如此，闻者痛心。

俟神州霾扫云消，祖德壮心不已，居中国棋院院长等要职，细理方策，改良体制，擢拔才俊，著述文章，中国围棋呈今日之强盛绚丽，宁无铺路搭台建制振旅之艰辛及远谋乎？其《超越自我》励志鸿篇，影响尤逾围棋之外。

惜哉天不假年，顽疾复来，隐忍抗争，力终不逮。弥留之际以名山巨作《中国围棋古谱精解大系》之剩墨图文面授弟子，心中念念者唯吾国文化精华之传承流播，而言不及其余，妻子纷泪，见者动容。

祖德一生清正磊落，一丝不苟，平易近人，惜贤爱才，担风袖月，崖岸自高。术道业绩，可圈可点，后进尊之为师长，外人敬之为先驱，学者引之为同道，棋痴视之为良友。

围棋所演乃宇宙万物之理，今一代英才化入宇宙，以天地纵横为棋枰，以日月星辰为棋石，棋士宿命，舍此而谁？伟哉祖德！

余昌民敬撰

公元二〇一四年盛夏

她是拯救人类的女神

纪念蕾切尔·卡逊诞生100周年

一幅可怖的情景深深地烙在我儿时的记忆里：平房住宅后面的一排杨树上生满了毛虫，它们开始爬上墙壁，每一家的窗子都紧紧地闭上了，那些毛茸茸的、丑陋的小虫在窗玻璃上蠕动，一串串，一伙伙，漫地而来，怵目惊心。谁也不知是哪里出了错，大人和小孩呆呆地忍受着酷暑的煎熬……

那时我上小学，席卷全国的全民“除四害（苍蝇、蚊子、老鼠、麻雀）”运动喧声犹在，自以为是的人们还没有从累累战绩中回过神来，这么快就尝到了大自然的惩罚。

汉口江汉路附近相邻着几家书店，只要从武昌过江而来，我总要在那几处盘桓。一九七九年，凋敝的出版界还没有缓过气来，读书人四下里打食，填充十余年来无书可读（除去暗里流传、偷着啃读的不算）的饥渴。

在科技书店，我从架上取下《寂静的春天》，精美的插图、流逸的文字、警辟的见解竟使我一见生情，我就是这样记住了蕾切尔·卡逊的名字。

蕾切尔・卡逊（1907—1964）是美国海洋生物学家，她以翔实的资料、惊警的目光、科学家的良知和蘸满浓情的笔墨写下的《寂静的春天》（1962），高高地擎起了环境保护的大旗。我一口气将这本书读完，心潮难平，可以想象，对一个刚刚走出蛮荒时代的青年，这是怎样一册振聋发聩、大开眼界的教科书。

“是什么东西使得美国无以数计的城镇的春天之音沉寂下来了呢？”卡逊这样发出了理性的声音。她讲述了杀虫剂、除草剂如何毒化了地球上宝贵的水系，破坏了与人类息息相关的生态，“人们忘记了自己的起源，又无视维持生存最起码的需要，这样水和其他资源也就一同变成了人类漠然不顾的受难者”。她惊呼：“在河流里，真正不可思议的是各种污染物相互化合而产生了新物质。”卡逊赞美和极力保护大自然的多样性和精巧的关联性：“正是由于土壤中无数有机体的存在和活动，才使土壤能给大地披上绿色的外衣。”“正是由于这些生物及其伙伴的存在，才使得人类生活更为丰富多彩。然而人们却用突然的和毛骨悚然的死亡来酬谢它们。”她愤慨地写道：“它们不应该叫做‘杀虫剂’，而应该称为‘杀生剂’。……化学药品之战永远也不会取胜，而所有的生命在这场强大的交叉火力中都被射中。”她心情沉重地批评：“人们激烈而轻率的步伐胜过了大自然的从容步态。”

她从道义上发问：“（问题是）任何文明是否能够对生命发动一场无情的战争而不毁掉自己，同时也不失却文明的应有尊严。”“由于竟能默认对活生生的生命采取这样使其受害的行动，作为人类，我们中间有哪一个不曾降低我们作人的身份呢？”

卡逊描述了有毒化学物质怎样在脂肪里积累，怎样经过“生物放大器”放大，又怎样遗传给后代；人造化学物质如何损害人的生殖能力、神经系统，并诱发癌症。她特别指出：

> 对于作为一个整体的人类来说，比个体生命更加无限宝贵的财富是我们先天所具有的遗传物质，这是我们联系过去和未来的纽带。通过漫长进化时期的演变，我们的基因不仅把我们人类造就成现在这个样子，而且将凶吉未来掌握在它们微小的形体之内。然而在当前，人为因素所引起的危害已成为我们时代的一种威胁，“这是对人类文明的最后和最大的威胁”。
>
> 这种基因经过了约20亿年的活原生质的进化和选择之后，方才进入我们身体，这种基因仅在目前属于我们，以后我们必将把它传给后代。我们现在竟不能保护基因的完整性。

卡逊把投枪投向了权力者：

> ……是谁对千百万不曾与之商量过的人民作出决定——是谁有权力作出决定，认为一个无昆虫的世界是至高无上的，甚至尽管这样一个世界由于飞鸟搭拉的翅膀而变得黯然无光？这个决定是一个被暂时委以权力的独裁主义者的决定；他是在对千百万人的忽视中作出这一决定的，对这千百万人来说，大自然的美丽和秩序仍然还具有一种意义，这种意义是深刻的和必不可少的。

她援引金·路斯坦德的话发出强有力的声音："忍耐的义务给我们知道的权利。"

卡逊还写道：

> 我们冒着极大的危险把大自然改造得适合我们的心意，但却未能达到目的，这确实是一个令人痛心的讽刺。
>
> "控制自然"这个词是一个妄自尊大的想象产物，是当生物学和哲学还处于低级幼稚阶段时的产物……

她引用了加拿大昆虫学家尤里特的话："我们必须改变我们的哲学观点，放弃我们认为人类优越的态度。"还有布里吉博士的话："生命是一个超越了我们理解能力的奇迹，甚至在我们不得不与它进行斗争的时候，我们仍需尊重它……"

卡逊最后写道："我们必须与其他生物共同分享我们的地球。"

我们尤其不应忘记卡逊的勇敢和坚毅，她的呼声激起了化工公司和政府农业部门的大肆围攻，她被诬蔑为"一个歇斯底里的女人"，为了真理和人类的命运，她在电视上与反对者辩论，在参议院调查委员会上做证，而此时她已经重病在身了。有人试图禁止《寂静的春天》的发行，然而它还是成为世界最畅销的图书之一。

美国副总统戈尔为《寂静的春天》再版所作的序言里写道：

> 卡逊的《寂静的春天》犹如旷野中的一声呐喊，用她深切的感受、全面的研究和雄辩的论点改变了历史的进程。如果没有

> 这本书，环境运动也许会被延误很长时间，或者现在还没有开始。……《寂静的春天》播下了新行动主义的种子，……她惊醒的不但是我们国家，甚至是整个世界。

卡逊于一九六四年病逝，生前她被选为美国艺术与科学学院院士，并获得许多奖项，一九八〇年美国政府追授她美国给予普通公民的最高荣誉——总统自由奖章。

二十八年后的今天，环境保护意识已经深入世人之心，曾经不可一世的政府部门不得不开始偿付一味发展经济带来的环境恶化的旧债，我重新捧读这本用生命写作的了不起的书，遥想当年思维宏远而又孤军奋战、不屈不挠的伟大女人，心中升起难抑的感动和崇高的敬意。

美国《时代》周刊评选的“20世纪影响世界的100个人”里，公正地载入了卡逊的名字。我为了核证这条消息，入眼了不少编排“世纪伟人”的赝品，一些好事者列入了不少政治家和艺术家，偏偏照射出了他们自己的视野和深度。我想起十八世纪的一句名言：

> 无论是谁，要是能在同一块土地上使一株原来只长一个穗的玉米长出两个穗来，或原来只长一片叶子的草长出两片叶子来，他就会值得人类更好地看待，而他对他的国家所作的根本贡献，要比全班衮衮政客加在一起所做出的贡献多得多。（约纳坦·斯威夫特引用）

蕾切尔·卡逊对人类的贡献，将铭刻在世世代代人们的心里。

2007年9月

生活的滋味

那一次我没有去送站

生活里感人的事，哪怕再小，雅华也会储存在心里，近两年一一写进了博客，就连萍水相逢的病友，甚至病友家属也没漏过。

可是有一件早年的事，把我感动得不行，几次想说动她写出来，她还是不肯动笔，说："让人觉得我们早恋，多不好。"

一九六五年，我这个围棋"大师兄"读清华二年级，"小师妹"雅华在我的母校武汉十五中上高一，那时我们已经托福围棋的魔力，彼此以心相许了。她写信告诉我要来北京参加中日女子围棋比赛的消息，我兴奋得几夜没睡好觉，可是去见她是绝对不可能的——倒不因为我，全是为了她。同样的原因，平时她不许我给她写信，我收到她的来信，把"回信"写在日记本上。那时的思想观念不允许犯规越矩。我鼓起勇气给棋手下榻的崇文门饭店拨了几次电话，为的是哪怕远远看上她一眼，可是那鬼电话怎么也打不通。倒是心情的阴天一过，还是觉得挺高兴。

一年多以后，天下已经大乱，学生们如旋风中的飘蓬，心中一片迷茫，去各地“串连”又回来，回来又出走。一九六六年深秋的一天，雅华突然出现在清华大学图书馆（那时还没有完全闭馆）——我忘了是哪位同学带引她找到我——让我又惊又喜！原来她和武汉十五中高三年级的周翠菊胆大包天，扒火车来到了北京！雅华穿一件旧蓝色的薄棉外套，脚上还是雨鞋，香蕉小辫儿干蓬蓬的，看着我吃吃地笑。她说她和周翠菊钻进的是空的闷罐车，想不到夜里会那么冷……

若是搁了现在——囊中不羞涩了（那时除了每月伙食费和几块零花钱，连“囊”都没有），心理也成熟了，我一定先安排她梳洗，再给她彻底换装。而那时，“文革”中二十岁的大学生，我能做的太有限了，也许买了一双她喜欢的北京布鞋吧。晚上我带她到女生宿舍六号楼，打算硬着头皮把她托付给我们班的女同学，还不知道她们在不在，我不能进，她进去果然没有找到人，运气的是，一位毫无关系的高年级女生（好像姓王）收留了她，最关键的安顿总算解决了。

其后的几天，我俩步行去了颐和园、圆明园……照说好几年了，我们还没有这么宽松地相处过，可是多半时间又被革命激情占据了，常常是我口若悬河地说。她告诉我她的心情不好，我们俩的事被对立的组织知道了，昔日学校的明珠如今在学校浑身不自在……

我接连收到雅华的妈妈悄悄写给我的几封信，短短的字句，担心天冷、没钱没粮票，要我劝雅华快回家。“你们不要务度（糊涂）了……”她写道。

后来我好不容易给雅华弄到一张返回武汉的火车票（那时可以在学校领到“疏导外来革命师生”的火车票，“文革”后期清算时补交了钱），那一天出清华南门送她乘上 31 路公共汽车，我记不清自己为什么没有送她到北京站，也许觉得路不难走？也许倾囊给了她所有的钱？用多年后她的话说，她可是“方向白痴”啊！

之后的经历是她讲给我听的。因为修路，转乘的无轨电车不到北京站就下客了，雅华找不到方向，向一位蹬平板三轮的大叔打听，大叔问了开车的时间，说：“来不及了，来，我送你去！”雅华为难：“我的钱……”“不用了，快上车吧！”

大叔使劲蹬车，能听到耳边的风声……到北京站了，雅华匆匆谢了好心的大叔，进站朝月台跑去，刚赶上火车发车前上了车……

雅华一生中都对那位不知名的北京大叔怀有深深的感激，而我除了感动，还抱有永远的悔恨。后来的我对我那次没有送站甚至感到惊异，当我懂得了体谅、呵护、珍惜与男人的责任之后尤其不可宽宥自己，不管有什么样的历史原因。

2009 年 9 月

忆念马兰士

八十年代伊始我到日本研修企业管理，准备的礼物里有两张密纹唱片：一张是《梁祝》，还有一张是民乐经典，都是单声道的，那时刚刚在日语教材里读到“立体声”，至于是什么样的东西，则全然不知。

七月盛夏是在荏原制作所藤泽工厂度过的。独身寮（单身宿舍）的管理人田村大叔吩咐我将牛奶存放在邻室的冰箱里，就这样结识了青年工人本木忠夫。本木以及后来加入的他的伙伴们对我十分热情，我们在榻榻米上聊大天，喝啤酒，嚼鱿鱼干，他们朴实而开朗，高兴起来模仿艺人夸张地弄姿，笑得我眼泪都出来了……

在本木的房间里，最令我心醉的是组合音响了。播放音乐的时候，声音仿佛穿透我的身体，有一种浃肌沦髓的感觉，人似乎化作了飘浮在音符之中的轻云……我这才知道，什么叫作立体声。

在本木的收藏里我初识了アグネス・チャン（台湾女孩陈美龄，日本名“阿格尼丝娃娃”），她的如天籁一般的演唱令我惊艳：世上

还有这么纯美可爱的歌曲！同时我还喜欢上了あおい辉彦、森昌子等一批出色的歌手……

作为当年邓小平与冈崎嘉平太缔结的“青年管理者培养计划”第一批研修生，深入企业的学习模式相当有效，而且待遇不错，不过我们会在私下里把绝大部分零花钱上缴给主管部门派大用场，平日几乎抠抠搜搜没什么消费，每每招来主人狐疑的目光。

转到东京以后，广告彩页和商店里缤纷的音响设备不时撩拨着我，拥有其中一款成了遥不可及又散发着暖意的梦。我已经知道什么是好的，可是适合我的只能是便宜的。

直到有一天一眼就爱上了那一台 Marants（马兰士）。它待在一家“质屋”的橱柜里，仿佛一个落难的美人，静默而不失高贵。喇叭可以拆分；琴键式按键，跟本木那台组合类似。更主要的，那是当铺的廉价店，我买得起。

自从捧回了马兰士，我的生活变样了，本木为我转录的歌曲、金森利也倾其所藏转录给我的倍赏千惠子的歌集充实着我，我时常席地而卧，在丰富灿美的乐声里释放出一天学习的疲累。迁到平塚以后，我奢侈地买了一期 FM 广播杂志，开始从广播里收录配乐散文、电影音乐、曼托凡尼轻音乐、日本演歌以及日本民谣。如此一来，我竟成了对当年日本歌曲略知一二的收藏“富翁”，以至于回到北京以后，歌唱家蒋大为特意赶来清华宿舍一闻究竟，唏嘘不已……

使我与马兰士结下不弃不离情缘的还有两件事。

那时我在百濑重工学习，一天发现马兰士收录 FM 节目时偶尔发出嗞啦嗞啦的噪声，我紧张了：好不容易买下的宝物总不能有毛病呀！下一次去东京时我就找到惠比寿的马兰士营业所，请求他们检测并修好时有时无的故障，而这台机按说是没有保修的，不知又要花多少钱，心里暗暗发紧。

大约一星期之后，有人将我的马兰士送到了位于秦野市的百濑重工的办公室里，维修与配送全免费！

可是当喜悦还未褪去，我再一次听到嗞啦嗞啦的杂音，猛地怅恼透顶，心想怕是不会有修好的指望了。

去大使馆聚会那次，我又把马兰士送到了惠比寿，我是乘电气火车去的，自行车就靠在车站的附近，没有锁车，因为锁不了，那里的自行车全都不用锁。

两三天以后我自己取回了马兰士，这一次彻底修好了，店员对返工表示抱歉，知道我要带回中国，破例送给我一本专业使用的这款机的维修手册。这一回仍旧没收钱。

出了秦野站，我找到自行车，用准备好的橡筋带把马兰士绑在后座上，途中顺便去百货公司的超市买了几样菜，车就那么随意地在一旁撂着，连同绑在一起的马兰士。买好了出来，骑上车驮着马兰士，怀着莫名的骄傲回到了家。

我那天心情好极了，是因为马兰士完好地回到了我的身边吗？怕不尽然。店员的诚恳与厚心，不担心被人算计的轻松与自如，让我处身在从未体验过的自由心境里……

在我接下来的清华研究生生活里，马兰士也是不可或缺的角色。我把它接续在电子琴上，参加研究生会联欢的演出；我朗读顾笑言的中篇小说《挂在睫毛上的彩虹》并录了下来，在入睡前的黑暗里放给同学们听，带来了好几个美好动人的夜晚；暑期里我还用它录下了女儿扶床学语时讲述的人生第一个故事……

到了深圳，马兰士逐渐成了儿子的专用品，那时他睡在地铺上，依偎着马兰士套着立体声大耳机听他最爱的世界流行名歌。一九九一年去武汉上大学，马兰士又一次走进大学的校门。

儿子毕业回来了，我问："你带走的马兰士呢？"儿子回答："老旧了，送人了。"

……

我心爱的马兰士啊！

2010 年 8 月

一脸感动

我不怎么看电视，可是当读到歌颂任长霞的歌词“你深情地来，辉煌地去，装点着山河的美丽”的时候；当看到邰丽华拒绝商业广告，说出“千手观音是至真、至善、至美的化身”的时候；当连战回到“母亲的学校”北大的时候；当福原爱加盟辽宁女队的时候……我不知怎么会心头一热，情不自禁地张着嘴巴发一会儿呆，有时眼睛也会湿润。那时妻子总是指着我叫起来：“看你看你，一脸感动！”

还有一些看来的、读来的场景，温馨撩人，在我们的现实生活中却是可望而不可即的，它们偏偏一直在心中萦绕，久久不去。

美国影片《鳄鱼先生》结尾的时候，男主角、大自然之子邓迪已经踏上归途，女记者查尔顿突然意识到真爱来临，遂与未婚夫决然分手，一路奔跑向火车站追去。不巧站台上挤满了等候上车的工人，纷乱杂沓，查尔顿进身不得，呼之不闻。正当两人焦灼无奈之时，神奇的情景出现了：他们的每一句喊话都由比肩而立的工人们口耳相传，双向反复，素不相识的善良热情的众人玉成了这一对男女的人生大事……

我们也不止一次在别的电影看到这样的场面：父子和好，情侣重圆，周围不相干的人们不约而同地真诚善意地鼓起掌来。

我不禁设想，如果把背景换作我们这个文明古国，将会是怎样的情景。会不会无人理睬？袖手旁观？冷语相向？

屏幕上记者正在采访一位竞选美国小姐的入围者，那位来自小镇的美丽姑娘激动万分，神采与声音都好像飘了起来，她说，她的小镇为了她的胜出出动了好多辆花车，虽然还没到决赛，已经用她的名字命名了一条街道……

我想象我生活的家园就是那么一个小镇（其实是一个很现代的城市的一角），假如哪家的女儿走了类似的大运，我们会不会发自内心地为她和她的家庭高兴？欢欣雀跃不去说了，因为我们以含蓄为德行；街坊们有没有自发张罗、普镇同庆的冲动与心情？动员组织的和抹不开面子的不算。

我读过这样一篇故事。一天深夜，美国偏远农村一家农户孩子发高烧，打电话请求医生出诊。适值大雪纷飞，路野不辨，农户告诉医生，上路多少公里处便有支路，会有依次相继的农户家的灯光给他引路。医生驾车出门了，果然在农户灯光的指引下到达了目的地，救治以后原路返回，从大路上回望，那一家家的灯光正在依次熄去……

灯光熄灭了，我的心却没有平静。无声的注视，彼此的责任，默契的助援，以及对善邻的信赖，在这里全都有了。我除了羡慕，也会想：我能做到这样；但是只有更多的人都能毫无怨言地、从容自然地伸出自己的手，我们的生存环境——从而我们的生存意义——才会又是一个样。

英谚道："三代培养一个贵族。"我们曾经轻视、毁弃好的文化传统过于随便和鲁莽了，重建人的心灵谈何容易，何况物质优先正在大行其道。但纵使这样，终归还是要走这条路的，只是我们不得不付出难以想象的代价。

2007 年 2 月

善良心灵

人有危难，心已受伤，变得格外易感，既有“见花落泪，望月伤心”的脆弱，又对寒暖的体察细致入微。有一种暖意来自萍水相逢的人们，他们用自己的方式默默地给予关照，格外令人不可忘怀。

妻子在广州住院治疗的时候，办出院需要跨过一小段街区进到主楼，结账、打单、复印病历，穿梭于楼层之间，而“疾病证明”必须结完账病区才给加章，再去病案室复印便要跑上两趟。勤杂护工小王——一位极其寻常的湖南妇女——不声不响地先盖好章，连同一大本病历送到病案室（必须由她送去）等我，复印完了她再捧回交还病区的护士。她这样做的目的无非是：免得我多顶一会儿夏日的骄阳。

我们后来送她一把折叠伞，聊表感谢的心意。

将近两年的广州求医之旅，我们都是住在医院附近的酒店里（妻子办理了住院，只有少数时候需要留在医院过夜）。华泰宾馆与医院隔街相望，我们只住了一回便与它义尽缘绝了，触怒我们的有两件事：一是十天收了我们500元“上网费”，二是厕纸既差又少，到了需要自备的地步。一家背景不凡的宾馆，竟然小气得有些霸道，目光也太短浅了！

距它一箭之地的华粤酒店则大不一样。自打前台的小伙小湛替我调好了上网设置，下一回替我解决了手机充电的难题，加上其他服务员零零碎碎的为使我们满意的努力，我们很快与华粤有了“相看两不厌”的感觉，即使设施不免出点毛病，哪怕我自带接线板和读书灯，我们还是选择住在那里。一年两次广交会，房价通常上涨两倍，小湛想方设法保证我们有住房，而且哪怕临时变通挪个房间（有一次还考虑过办公室），也不涨房价。有一回我们走出电梯踏进走廊，妻子轻轻地说：“又来了，有走亲戚的感觉。”

小湛升职了；后来听说他离去了，我想，既懂事又能干的小伙子走了，于我们不免可惜，对他自己却多半是好事。

在电梯里冲我们礼貌微笑的领班小林姑娘仿佛承继了对我们的关照。

为了让化疗的妻子少折腾，又添置了导航仪这根拐棍，我开始自驾车来来往往。逢当天往返不需要住店的时候，我也会把车停在华粤门前，小林、后来是其他的前台服务员每次都会意地开给我一张住店客人（免费）停车单。

有一天我们准备上路回家，小林执意替我们拎行李，又帮着装进车尾箱里。过一段我们再来时问起她，才知道她回老家结婚了，而且再不回来了。我们这才明白她上次是以行动默默地向我们告别，空空然感到又失去了一位善解人意的善良的年轻朋友。

这次妻子准备做微创射频手术，经主任安排幸运地住进了单人病房，我也打算这一段时间住在那里（陪床），这下子停车成了大问题。在妻子的鼓动下，我终于对前台的新面孔提出商量：搬去医院住了，车能否停在这里？收多少费？

新面孔漾出了笑容："没关系，可以免费停车。林姐走之前交代过：对阿叔阿姨要多加关照。"

2009 年 3 月

二姨妹传奇

武汉锅炉厂八级钳工陈协香师傅的膝下有三朵花：雅华、玲华和敏（华），好像看在这个老宁波性情顽拗，上天安排了两代四位如水女眷维持这个家庭的平衡。

我与雅华成家的时候，距“文革”落幕还有三年，我的大学校园里的老家眼睁睁地快速败落，父母自顾不暇；从我的工厂顶多可以争取到九平米的一间窝棚，却没有清亮的用水和不带粉尘的空气。在这种情况下，我的岳父岳母从两居室腾出半壁江山给我们住，这已是罕有的福分了。

陈家三姐妹当中，数老二玲华最活泼，“心灵手巧”用于她是再合适不过了。我们那间小屋里还挂过她亲手做的布贴画；她又天赋一副好嗓子，人还没到，悦耳的歌声先到，人已远去，留下了一串朗朗笑声。好友常放（现在是美国医学科学院院士）“文革”期间曾在这里住过，至今在她久远的记忆里还保留有阿咪（玲华）的歌声。

轮到玲华下乡插队，由于是“红五类”出身，只到荆门农村打了个滚，没捱到收获，便被抽调回城，在武汉微型电机厂当了工人，翻过砂，装配过电扇。再以后与一位文职军官结了婚，夫君转业后双双去了第一冶金建设公司，她又成了受人欢迎的幼儿园阿姨。一九八三年我们南迁，两下里偶通音问，各自在岁月的长河里忙碌和老去……

今年雅华旧病复萌，玲华两口子闻讯立即赶来深圳，买菜、煮饭、煲汤、熬药、拔罐、慰导，精心伺服姐姐（连带姐夫）达四个月之久。玲华更是闲神不闲手，给一个、两个、三个（包括他们自己的）孙辈儿织好了构思新颖、色彩怡人的好几件毛衣。这期间我们感受到了他们许多细小之处的生活智慧。我能做的则是撺掇他们浏览互联网，为了帮助他俩掌握汉字输入，还开设了世上最简明的汉语拼音讲座。

他俩回到武汉，不时有手机短信传来："今天该打增白针了。""你坚持每天走路了吗？"……没过几天他们就买了电脑、开通了宽带。当我收到 MSN 上玲华写的第一句问候、当玲华呼叫视频通话的时候，我和雅华既惊奇，又高兴。前几天玲华写下这样的话："买电脑已有俩月了，徐老头也习惯每天上网看新闻了，真是太谢谢你们了。"

这一次去广州治病，漫步在街头，雅华说起了这回姐妹聚首才听来的二妹这几十年的生活故事，我们笑了一路……鉴于雅华暂以休养为重，记述这些小段子的任务就授予了我。

竹马事件

儿子欣欣方两岁，抓了晾衣杆当竹马骑。到了楼梯口不知怎么一磕，竹杆扎进嘴里，顿时号啕大哭。玲华闻声赶来，只见儿子满口是血，心中大惊，拎起孩子先在水龙头下一冲，扒开嘴一看，幸亏有下牙床抵挡，只是牙龈有碰伤，药也无须敷，便告无事。

男儿刚强从抓老鼠开始

欣欣上了初中，性情还像个女孩子，特别是胆子太小，苦于没有锻炼他的好机会。这天家里发现鼠踪，眼见窜进了厨房里，玲华将门一关，命儿子进去捉鼠，捉不到老鼠不许出来。儿子只好壮胆执行。里面儿子喊："看到了，在角落里！"玲华呼叫："给你手套，捉住它！"里面喊："我抓住它了！"玲华下令："捏死它！"儿子出来，玲华又命将鼠尸巡游遍屋，以绝鼠患。

自此，家里再也不见老鼠的踪影，欣欣非但再也不怕鼠蝎蟑螂，还渐渐学会了宰鸡杀鸭，开始朝着堂堂男子汉大步成长。

且当一回外科医生

徐老头牙周炎治愈，牙缝里生出一根肉芽，就像山岩上钻出一棵树来。玲华正好有一把弯头的手术剪，用酒精消消毒，命老伴儿张开嘴，瞅准了一剪刀下去，将肉芽齐根除去，再拿酒精棉球在手术部位涂涂了事。牙科医生兼好友听了呵呵一笑，补打了一剂消炎针。

捞人记

大雨数日，阴云初开，玲华两口子往和平公园吸吸新鲜空气。邻里女孩奥奥向爷爷、奶奶问了好，指引他们去看涨满的湖水。奥奥踏上水漫的台阶，再前一步，扑通掉在水中！众人愣神的工夫，竟不见了动静，奥奥的妈妈一急纵身跳入水中，弯腰乱摸一气，气急败坏地哭叫："没得了！我的伢没得了！"玲华估摸她跳得过远，自己也毅然跳下水，只一把，就把奥奥捞了起来："这不是么！在这里！"说也奇了，奥奥在水底时间不短，一口水也没喝。

于是，三只落汤鸡，加上扒了上衣裹住奥奥的徐老头向家里走去。路过湖边钓鱼人，听他悠悠说道："真好玩，下去了，又上来了！"

"老子把它剁了！"

玲华所在的幼儿园那几天频遭骚扰：一个精神有毛病的男子老是来到后门掏出那物事儿耍流氓，弄得幼儿园老师们惊叫散逃。这天有人喊了一声："又来了！"玲华怒从胆边生，说时迟那时快，转身去厨房操起一把菜刀，往后门一边跑一边大喝："老子把它剁了！"那人见状，抱头鼠窜而去。

幼儿园从此恢复了平静。

2007 年 12 月

体育观念随想

母亲的爱国心

母亲已是望九遐龄，对女排比赛兴趣独浓，液晶电视宽阔而明丽，她还要拖起小椅子往前凑，随着战况的起伏呼喝怅叹。这与她在大学时代参加过排球队大有关系，另一个原因是，她忌恨打斗的项目，连含有争抢的项目她也看不惯。再一层原因，那就是排球她看得懂。

自从近年中国女排屡屡折翼，落到跟三流队伍打拼，母亲也时常看得灰头土脸，逐渐提不起精神追着看了。

母亲看中国女排比赛，轮到外国对手发球或者回应，她便情不自禁地发出“咒语”：“出界！出界！”“下网！下网！”惹得我们发笑。有一次看平衡木比赛，她又拿外国选手“开刀”：“掉下来！掉下来！”这下我忍不住了，好一通数落她“缺乏体育精神”。

体育就是体育，应该为所有技艺精湛的表现喝彩，虽然我们都希望中国赢。

特别是技不如人的时候，更要衷心地赞美胜方。这才是健康的国民心态。

首金又怎样

围绕“首金”的惊惊乍乍都是媒体炒出来的。我看不出，首金的特别究竟在哪里?

过去皇宫里降生的第一个皇子被认为是最完美的，除了事件本身因划时代而带来兴奋，他可能是最健康的，肯定能受到最好的教育，因此皇位的继承权非他莫属。渐渐地，从某一代皇帝开始，觉得这样并不足够，他要经过一段时间的考验才来决定谁是将来继承皇祚的“太子”。我也读到过，在远古有的民族竟有杀掉第一个儿子的习俗，为的是保证血统的纯粹。

而就国际体育赛事来说，中国媒体几近狂热地强调首金非常令人乏味，就像你要出门，总要先迈一条腿，是左腿还是右腿并不重要，舒适自然就好，不必琢磨哪条腿的功劳更大。尤其是什么项目产生第一块金牌，是由委员会决定的，不过依照习惯或临机的变动而已。

迄今的国际体育赛事，首金的聚光太强，相对地冷落了随后而来的二金、三金……金牌是与曝光度、附加的奖励、代言广告的机会有关的，不公平就这么出现了。

某次赛事的首金，中国军团的首金，某国历史上的首金，含义各有不同，随它们自然地去吧。你听到某个蕞尔小国因“首铜”激发的举国欢腾之声么？

电视转播：瞄准精彩和感动

为了办好第十六届亚运会，广州这个城市扑上去了，广东省扑上去了，全中国也扑上去了。这是我们体制上的强项。

在家门口举办的、不乏世界水平的体育赛事，电视转播有没有想好把镜头对准什么？

我想看中国体育健儿们的矫健英姿与技压群芳；我也想看各国名将的精湛表演；我还想看张扬体育精神和服务亚运会的感人花絮。

这可是以巨大代价换来的罕有机会，什么也不想错过。

可是我们的转播台，偏向中国选手是不是太多了？那些中国不擅长的运动项目，老百姓也想增加了解；那些中国选手失手出局的赛事，老百姓也想亲领外国佼佼者的风采。这才是体育。

获胜后的镜头回放，只剩下中国选手得分的酣畅局面，这是不真实的，其实赢得很艰苦。那才叫拼搏。

为了给儿子治病而力争奖牌的丘索维金娜唤起过多少人的同情与敬仰，她这次出任乌兹别克斯坦的女子体操教练，她的队员跳上了平衡木，她转身伏下不敢看，真叫人百感交集！这样捕捉的镜头太好了，这样深情的镜头太少了……

奖牌数、金牌数上去了，国民体质呢

三十年前日本报载中国有一位老太婆头上生角，百濑先生感叹道：“中国人口众多，什么人都有。”这是真的，正如俗话说的：“林子大了，什么鸟都有。”

从这一点来看，中国人在体育运动上多获奖牌，应该属于常态；而长期顶着“东亚病夫”这顶耻辱的帽子，才是异常。晚清以来，中国政治腐败，经济落后，科技不发达，中华民族从国民体质到精神气质长期陷于衰败不堪的境地。自中国振起，特别是改革开放让中国人知道了什么是富裕，知道了趋利避害谋求健康，也逐渐习惯了敞怀抬头，恢复了不输于异国人的自信。

国运盛了，多拿金牌也就没什么了不起，这才是常态。何况中国有着外人可望不可即的待遇优越的“国家队”。

本届亚运会上，中国的奖牌多得有些让人发腻了，真有点担心外国下次还有没有兴趣再派选手来比拼。而中国在乐完了以后，也该想一想实实在在关心国民体质的问题了，包括体育设施、群众体育活动、健康理念与知识普及，还涉及医疗水平、药品管理和食品健康……

晶晶姑娘别跳了

偶然知道，跳水名将郭晶晶视力很不好，明眼人一看便知，她就是深度近视的眼神儿。

采访她的时候，人们只关心她是怎么克服看不清水面的困扰的，却没有去想郭晶晶还适不适合继续跳水。

深度近视患者的眼底非常脆弱，每一个眼科医生都会说："千万不要做有冲击性的动作。"冲击与震动很容易导致视网膜剥落，也就是说，"屏幕"很容易破碎，什么就都看不见了。

可是郭晶晶的职业与使命就是与池水不断地撞击……

从那时起，我心里一直有这件事。不管这次郭晶晶还有没有继续出战的可能，"晶晶姑娘，别跳了！"我想说出早就想说的一句话。

郭晶晶出马，中国会增加一枚（或几枚）金牌，可是郭晶晶就会多一次视网膜剥落的危险。我们选择什么呢？

搁了过去，一定是"为了祖国的荣誉""小车不倒只管推"之类大而无当的空话，豪放掩盖着矫情与悲哀。现在不同了，人是最宝贵的，可道理变了，思维习惯还需要时间。

假如晶晶姑娘已经退下，她便躲过了丧失视力的一劫。不过对谁都一样，不能以牺牲运动员的健康作为搏取金牌的代价。

2010 年 11 月

中国少了感恩节

“唯有这一天才纯粹是美国的。”欧·亨利在小说里这样描写美国的感恩节。一位老先生每年要在这一天请同一个穷汉饱餐一顿，那时年轻的我还是没弄懂什么是感恩节。

溦儿在幼儿园——在一九七五年的光景就是几个婆婆带一群孩子——学会了饭前的祝祷，两只小手背在直挺的身后，奶声奶气地朗声唱念：“感谢毛主席，感谢共产党！开——始——吃——”娃娃表演起来可爱得惹人发笑。在西方电影里时常见到基督教家庭里类似的仪式，我那时觉得冗繁和多余。

现在我不这么认为了。除了越来越多的混凝土、钢铁和玻璃带来的冷意，人们彼此之间的温度也明显地降低。“世界上最大的悲剧或不幸，就是一个人大言不惭地说没有人给我任何东西。”这是一位哲人的精辟之言，可是还有更悲哀或者更不幸的，那就是不少人总是觉得到处都亏欠自己而恨恨不已。

更别说在无数家庭里冉冉升起的“小太阳”们了，他们“赊取”

了那么多浓情的关爱乃至最伟大的牺牲，反而自以为是家庭幸福的播撒者，习惯于索要，却不懂得责任，而且总是忽略别人的感受。他们很快就会长大并且主宰这个世界了，莫要说疑惑他们将如何扶老携幼，首先他们彼此相对的姿态就已令人堪忧。

苏东坡失意时一度住在黄州临皋亭下，面对眼前美景，竟兴“以受万物之备，惭愧惭愧”之叹。苏沃洛夫军校的孩子被校长惩罚做一道并不复杂的算术题：数年中吃了多少顿饭，换来的却是对做饭阿姨的粗鲁无礼？（苏俄小说《红肩章》）

我们现在太需要感恩的心理状态了。领受了大自然或他人的任何赐予而常怀感激之心，这样的人们不容易懒惰、贪婪、怨恨和失望，他们常含满足、朝气蓬勃而且很好相处，尤其当处于逆境的时候，会格外地平和与顽强。

值得感谢的赐予不全是价码或难度很高的东西，有时甚至微末到不易察觉，比如善意的微笑，由衷的称许，有益的提醒，无言的惦念，忙乱中的援手，困窘时的疏导……

几年前，日本朋友堀江正美给我写信时倾吐因父亲故去的哀伤，他用“子欲养而亲不待”这句中国的老话概括他此时的内疚与悔恨，发誓将来要在天堂里陪着父亲悠悠地饮酒。从此这七个字时时萦绕在我的心里，它不应是无望时的号啕，而应是现实中的指引。

近读老作家严文井的短文《心债》，当他有一天夜里怠慢想要一杯水服药的病重的妻子，妻子只是微嗔了一句：“将来你要后悔的。”严老的余生果然在“追悔无及”的痛苦心境中度过。我们现在所做的一切，是不是都应以不造成某一天失悔的后果为目标呢？

现在有些中学和小学开展了感恩教育，这是关系民族精神的好事、大事。我想，何不借用感恩节的形式，选择一个适当的日子，让人们至少在这一天回想起外界对自己的各种各样的恩泽，做出多少令人意外的、引人热泪盈睫的举动，我们的世界一定会变得美好得多。

2006年2月

美丽的错误

胡洪侠君读《维多利亚女王传》，“老毛病重犯，一心想知道那位‘穿了全副国服’参加万国博览会（1851，伦敦）的中国人到底是谁”，百般求索，终于考证出是广东商人徐德琼的可能性最大。偶然的一次留意，竟为一段史实提供了颇有价值的注脚。

无独有偶，我也有过一个会令人们不无遗憾的“历史发现”。

一九九〇年我主编新的《招商局集团》宣传画册，集团研究部总经理梁宪说起在台湾杂志上见过一幅古老的照片，是清末三十名留美幼童出国前在上海轮船招商总局的合影，我闻之大喜，托他设法找到，画册因此而足足增了厚重，壮了声色。这幅罕见的历史照片在海峡此岸披露，很可能这是最早的一次。

当年留美幼童的尘封的故事，时下因一本《留美幼童——中国最早的官派留学生》和五集电视片《幼童》而炙热了起来，而最具冲击力的、也是最惹人情思的就是那三十个身着“国服”、神情新奇的孩子，他们排成四行站在“轮船招商总局”的牌匾之下，人们都说，其中的一个就是后来声震华夏、功勋卓著的铁路工程师詹天佑。

那时我在香港与集团行政部总经理钦祥华切磋着画册的各种细节问题，我从书橱里取下《中国航运史》浏览与招商局有关的史料，意外发现书中记载，招商局的轮船是在一八七三年搭载了第二批留美幼童。而詹天佑是第一批，那就是说，这幅仅存的弥足珍贵的照片里没有詹天佑。

我进一步核实，李鸿章一八七二年十二月二十三日向清廷奏呈《试办招商轮船折》，一八七三年一月十四日轮船招商局正式设立，而四个月前的这一天，第一批留美幼童已经抵达了旧金山。

我只能对事实轻声叹惜。假如能够选择，人们真心愿意照片里留下了詹天佑——一代中华精英的出色代表——的身影与精魂。谁都相信他在照片里，这个错误是那么美丽！

2006 年 2 月

缺陷美的魅力

时下“缺陷美”一词似乎时髦起来了，由此透露的信息是：对于美的追求已开始向理论上升；有缺陷的人或事占绝大比例；人们通常已不乏“即使有缺陷也要自美”的执着。

有一首《缺陷美》的歌词：“要是长夜从来没有黑暗，哪会有月亮”，是把“缺陷”当作“美丽（美好）”的条件或者代价；更有眼空四海之人好似厚颜无忌地昭告天下：老子的缺陷就是美！令人想起几十年前狂赞某件事“就是好！就是好！”那样的强项和霸气。与此不同，我以为，因为缺陷反生出某种特质，使整体呈现难以言说的赏心悦目的风致，是为缺陷美。

《红楼梦》第二十回写林黛玉拿史湘云的短处开心：“偏是咬舌子爱说话，连个‘二’哥哥也叫不出来，只是‘爱’哥哥‘爱’哥哥的。回来赶围棋儿，又该你闹‘幺爱三四五’了。”可见史湘云是个舌头转不过弯的“大舌头”，可是这个遭到林妹妹嘲笑的走了音的“爱哥哥”，意外地大大增强了人物的真实感，把一个现实生活中不仅瑕不掩瑜、反而遍体生辉的活脱脱的湘云姑娘推到了我们的面前。

脂砚斋对这神来之笔有一段绝妙的批注：

> 可笑近之野史中，满纸羞花闭月、莺啼燕语。殊不知真正美人方有一陋处，如太真之肥、飞燕之瘦、西子之病，若施于别个，不美矣。今见“咬舌”二字加之湘云，是何大法手眼敢用此二字哉？不独不见其陋，且更觉轻巧娇媚，俨然一娇憨湘云立于纸上，掩卷合目思之，其“爱”“厄”娇音如入耳内。然后将满纸莺啼燕语之字样填粪窖可也。

好一个“不独不见其陋，且更觉轻巧娇媚，俨然一娇憨湘云立于纸上”，遂使这一细节成为行家用来说明“缺陷美”的最佳实例。

一九七三年基辛格访苏，《参考消息》刊登过不起眼的报道：这位美国总统国家安全事务助理在莫斯科逗留期间满五十岁，苏联有关方面悄然准备了隆重的寿宴，席间主人指着一瓶名贵的伏特加酒对他说：“本来打算弄来一瓶五十年的陈酿的，可惜事与愿违，只找来一瓶四十九年的，抱歉只好将就了！”若是换作习惯于追求圆圆满满的中国同胞，一定会对这样的欠缺顿足为憾，其实，桌上即使有一瓶（或多瓶）五十年的古酒又怎么样呢？反倒是四十九年的这个微小的“瑕疵”尽显了主人的美情，何况少算一年，不隐含着祝愿客人年轻的雅意么？这一外交轶事的处理手法实在漂亮！

晋代葛洪（一说）辑录的《西京杂记》里有一则：术士皇甫嵩推算自己七十三岁某日某时死，预先写在了墙上。果然到那一年寿终，但整整提前了一天，他的妻子回忆："当初演算时我见他移错了一个筹码，以为他是有心的，便没有吱声。"虽有误差，尤被叹为神机妙算，岂不是有异曲同工之妙？

近日翻书，读到清代一封书信（周圻致倪灿），先引用明代书画家李日华的话（试译，下同）："书法家得一支好笔，好比壮士得到一把好刀；得一块良墨，好比将军得到千船军饷；得数行前人的好字，好比上阵得到玄女兵符（传说曾授予黄帝，助其战胜蚩尤）。"然后说回来："我今赠你自制的毛笔数支，小华墨一锭，可是遗憾没有前人的好书法赠你。"写到这里露出了"缺陷"，如何是好？且看周圻笔锋一转；"这样吧，你就含毫吮墨，自己写几行好字送给我吧！"圆转诡俏，何其妙哉！

也有见到"残缺美"一说，如古印，残驳里诉说沧桑，如断臂维纳斯，缺失中引来幻想，都是原本完好的事物残缺了，或者古董体现古老，或者迷失蕴含悬念，原来的遗憾已然淡化，却引伸出新的意义（价值）来。细细琢磨，与缺陷美似而不同。

于是想起感动了世界的聋哑人舞蹈《千手观音》，窃以为，舞者的生理缺陷被隐去，又把余下的功能（因缺陷而更强）发挥到了极致，他们的成功，除了她们身残心不残的精神化作了观众的同情、理解、惊叹和敬服，靠得是舞蹈艺术上无可比拟的完美，故而无须以缺陷、残缺论之。

2006 年 6 月

歌，牵着往日时光走来

不止一次，面前的照片一下子打开了记忆的泉眼，待到心澜稍平，我捧着它由衷地感叹：“照片这东西真好！”

传说古代有记事珠：“或有阙忘之事，则以手持弄此珠，便觉心神开悟，事无巨细，涣然明晓，一无所忘。”现代的照片真堪为记事的宝珠。

其实岂止眼睛能记事，耳朵、舌头、肢体（口型、手型、动作）也都有很强的记事功能，譬如移居英国的昌军妹妹就说“最爱国的是肚子”，回国来逮着年糕、汤圆、酒酿、腊肉就兴奋不已。

眼看就到龙年春节，九十岁的母亲清晨摔倒，股骨手术后并发心脏和呼吸衰竭，医生护士和我们一样紧张。重庆的妹妹、北京的外甥赶来了，伦敦的妹妹也赶来了，这种意外竟成全了一次大团圆。

昌军的沙发床放在客厅的窗下，由于倒时差的关系，我几乎看不见她睡觉，老是在没完没了地悄声打电话。

母亲从骨科转到心血管内科，又终于从监护室转到普通病房，我们长长舒了一口气，远道来的开始订票返回。

晚上我背起手风琴，拉了一曲俄罗斯民歌。昌军走进书房，站在我的面前。

“真好听！”她轻声说道。

“我喜欢当年练的老曲子。”我说，“我拉的哪里是乐曲，简直就是岁月！”

妹妹若有所思地听着。我故意逗引她说：

“有两本《外国名歌200首》，要看么？”

“要要！”她有些急不可待了。

我从书柜里取了来，外带两本《革命歌曲大家唱》(上册是从孔夫子旧书网上淘来的)和《音乐舞蹈史诗〈东方红〉电影歌曲集》。

和着琴声，她唱了一首又一首，忘了我们已是一个傻老头、一个癫老太……完了拣了一本《外国名歌200首》，说睡前翻翻。

我单提《外国名歌200首》是有理由的，它是将近半世纪前中国学生的养心丹。

这歌本是一九五八年第一版，一九六二年第六次印刷，距今可不就是五十年!

这歌本问世四年以后便是腥风苦雨的十年“大革文化命”，小将们第一年将它打入毁灭的首选，余下的九年又如珍宝偷藏怀中，在它陪伴下度过孤寂无望的青春时代。

一九六九年，被“冷冻”在校的清华学生们到北京热电厂“接受再教育”。有一天我斜靠床上拆读雅华昌军的乡间来信，信中说，她俩依偎在草铺上、昏灯下，将《外国名歌200首》从头唱到尾，再从尾唱到头……

尽管我的场景大不相同，同样也靠《外国名歌200首》填补了文化、艺术乃至年轻心灵的阙失。我曾经遭受空虚寂寥、失落茫然的裹挟，而在《外国名歌200首》里，有丰厚、醇甘、壮美、绮情在，我知道拥有这两册小小的歌本，无论怎样的高压、桎梏，至少我自己的心不会坠落、枯死……

更莫说旋律的熏陶、乐理的启蒙了。那以后，我的音乐小作的真朴与色彩、这一生我对音乐的领会与感悟，多半源于那两本日渐黄脆的小册子。

这歌本的编辑者成就了多么了不起的盛德，他们事前不会想到，但于今一定因千千万万苦难亲历者的掬诚感谢而足堪告慰。

这一夜昌军只怕难以安眠了。

第二天，散了架的歌本躺在榻边的餐桌上。

于是我又使出看家的本领，用大针长线把它补缀了起来。

2012年2月

你从哪里来

张爱玲仿照古人“人生恨事”的说法，举出“一恨鲥鱼有刺，二恨海棠无香，三恨《红楼梦》未完”。

“此生有恨”，即一辈子深以为憾的事情，我理出一件，就是不知道人是从哪里来的。

一定会有人嗤之以鼻：“劳动创造人，恩格斯说的。人类的祖先是猴子，连小孩子都知道。”

首先，猴子不是人类的祖先，我们只不过与猴子有着共同的远祖；第二，大约五百万年以上的进化过程，不是达尔文的进化论概括得了的，《万物简史》（比尔·布莱森）引用了科学家塔特萨尔的话，就坦诚地说：“人类进化过程中最近的一次重大事件——我们自己这个种的出现——也许是最扑朔迷离的。”

地球上的人类——除去教育因素的各色人种——大致处在同一个进化水平上，将其他动物远远甩在了后边。人类学家、化石学家、社会学家正在为人类进化的环链不完整而困扰不已，我的怀疑非常质朴：一群古猿向现代走来，经历着我们想象中的由低级向高级的进化过程，在漫长岁月各种因素的综合作用之下，进化的程度拉开了差距，就像马拉松运动员接近比赛终点时那样。那么，率先到达“终点”的人类回头一望，其他的“选手”为什么统统不见了？换言之，倘若由猿到人的生物进化的理论完全正确的话，现在在我们和大猩猩之间，应该分布着九分人一分猿、八分人二分猿……一分人九分猿的无数个品种。听起来多么荒诞不经，可是难道不应该是这样吗？

进化环链的丢失使科学家改变了想法，他们认为人类的不同的前身不是先后相续的继承关系，即阶梯式的，而是各自独立地迈开进化的步伐，即树丛式的。然而，我想，树丛所有的分支全都灭绝了吗，除了现在的人类？还有，这一推论也并没有回答我的关于“马拉松”的疑问。

我上初三年级时（一九六〇年）遇到了教育革命，生物课也有幸接触到从高年级“下放”的新知识，所以除了米丘林之外我还略知道孟德尔和摩尔根，对基因学说有了最初的印象。达尔文的遗传与变异学说深深印在我的脑子里，我丝毫不曾怀疑缓慢变异、自然选择的大自然运行方式，例如海岛上昆虫曾经变异出各种翅翼，由于海风的作用，无翼或短翼的才生存了下来，并在遗传上得到巩固。现在想来，太过久远的优胜劣汰近似小概率事件，而小概率事件发生的机会几乎可以视作为零。

达尔文适者生存的原理现在受到了颠覆，研究认为，进化过程中发生的基因变化大多数是中性的，自然界完全就像掷骰子一样偶然地选择着变异，于是生物进化已经变成了“最幸运的有利的生物生存”——幸者生存。

我查阅一些相关的书籍，得到人类已经停止进化的坏消息，而且科技改写了生存的定律，“那些因为视力缺陷而会被老虎吞噬的人如今戴上了隐形眼镜，并且将他的视力缺陷遗传给他的下一代”。（剑桥文丛《在岩石上漂浮》）

接下来的发现令科学家们目瞪口呆。美国芝加哥大学的赖斯博士表示，其他动物脑的进化如行走在崎岖小道上，而到了人这个阶段，大脑的进化就像突然驶上了高速公路。“大量的基因突变是在很短时间内完成的，在科学上简直不可思议。……包括进化生物学、人类学和社会学在内的各个领域的专家都在讨论人类大脑的进化是否是一个特殊事件。”

《在岩石上漂浮》中说，大约在35000年前，人类的进化出现了大飞跃，突然在欧洲尼德兰人生存过的地方出现了解剖上完全和现代人一样的人类——克罗麦隆人，他们的智力和变革性也几乎与我们别无二致。关键在于他们的声带和喉咙发生了一点小小的解剖学上的变化，从而他们开始说话。

十年前读李卫东博士《人是太空人的试验品》一书，很为作者破译古代神话的开创性思维所触动，他提出外星人对地球类人猿进行基因重组（“人神杂交”）的假说，不失为相当有趣的解释。这本书之后又有姊妹篇《人有两套生命系统》。后见有文章批评这两本著作为“伪科学”，而批评者所据的“真科学”——人类迄今极有限的认知——其实又是何等贫乏与可怜！探索未知的事物需要的是循规蹈矩还是解放思想，我不由得想起历史上著名论争时有过的耐人寻味的一句话：“就像一个修女，她的确不会犯规，但也绝不会怀孕。”

2006年6月

在碟片里永生

大学时代，我身边环绕着一群喜爱围棋的清华子弟，他们的灵慧、活泼就不用说了，那仿佛与生俱来的独立意识尤其引我欣赏，令我羡慕。

初中生张铁梁就是这么一个孩子，他坚持认为人死了可以复生，理由是：人是由分子、原子组成的，这些分子、原子不会随时间消亡，总有一天它们会重新按原样聚合在一起……

这些基本的“砖石”（需不需要原装的且不论）重新聚合需要无数条件的再现，这无疑是微乎其微的小概率，应用科学里微小概率事件即可视作不存在。更有一点，堆在一起的分子、原子与生命尚有太远的距离，十三岁的少年又怎能理解呢？

人是什么？我是谁？梦是什么？何为真？人类苦苦冥想了几千年，还不能说已经想清楚。眼下信息技术发展迅速，可疑点反而越来越多。

例如我想，一个人哪怕失去四肢，割去阑尾、扁桃腺甚至一部分肺、胃或肝，他还是“他”；可以换皮、换肢体、换角膜，甚至换骨、换肝、换心脏，他仍是“他”（不过似乎有更换重要器官影响性格的报道）。据说将来还可以换脑，到那时，我怀疑他还是“他”吗？当一个人的记忆、知识、情感与反应发生了变化，他——只能是另一个“他”了。

当一个人永久失去了记忆、知识、情感与习惯反应，尽管他还有心跳、呼吸与体温，按当下时兴的思潮，他可以被判作已经死了。

这么说来，一个生命个体的有无，以及他如何区别于其他的个体而存在，关键并不在物质的躯壳（旧时说“皮囊”），而在于精神的意识，也就是我说的记忆、知识、情感与习惯反应。物质的躯壳只不过是特定意识的载体而已。有躯壳，不一定活着，有意识（多么像游荡于不同民族数千年的“灵魂”啊），就没有死去。

倘若一个人的记忆、知识、情感与习惯反应可以提取、移植，从而永久保存、又能继续积累的话，那么他还会死吗？

设想我们的后代打开电脑（或者更先进的玩意儿）就能向祖先问好，和我们对话，请我们答疑，我们就睡在碟片（或者别的什么）里——只要我们的“记忆、知识、情感与习惯反应”依然，我们还在乎更阔大、更豪华的房间吗？

信息时代来得太猛，我很早以前就有的奇思乱想现在已经不太像奇思乱想了（我看过一眼关于身患绝症的女博士把自己存放在电脑里、继续实施计划的美国影片），再搁几年，兴许就已经实现了，我还是写出来，说不定在民间科学思想史上可以留下一丝痕迹。

大约十五年前，我随香港招商局的高层领导到湖北省考察，待到席间酒阑灯灺，我发了如此一通妙论，满座兴起，后来主人端起酒杯起身笑祝：“为了千百年后我们这些‘游魂’在太空重逢，干杯！”

2008年2月

公文、文学好商量

公文与文学的缘分

二十多年前遭到老医生的训斥，竟给了我重要的人生启迪。当时岳母急症入院几天察而不断，我忍不住凭借从《赤脚医生手册》读来的碎片常识多说了几句，主任医生冷冷地打断我："世上的病要是都那样典型，还要医生做啥子？"继而老太太透过眼镜片射来威严的寒光，进一步给了我四川风味的打击："有些人就是又不懂，又要开黄腔！"

从那时起，我便牢牢记取了那一次的体验：所有事物都是多因素的综合系统，貌似雷同却实质各异，因此，体系、界别不过是传授施教的需要，理论也好，经验也好，一味简单套用难免产生荒诞的后果（因为人不是照着医科教材去生病）；而且不难发现，一当体系、章法先行，不知不觉缩小了创造的空间。

多少年后，不经意间我误涉了文学领地，其实也与这种不情愿拘限于寻常的心情有关。

"书痴者文必工，艺痴者技必良。"（蒲松龄语）古今中外的书我用心啃了不少，今生有幸不以动笔为苦，且有了在表达上追求清新、多变的余地。在公司上班，镇日面对着报告、计划、决议、信函，偏偏又耐不住公文惯有的刻板与沉闷，于是，从我笔端流过的文字开始有了不同程度的“色彩”，逐渐炖煮出带点儿生动、带点儿飘洒、后来又带点儿老辣的风格来。我觉得带点文学性的活跃文字十分好用，传输的信息量大，透散的感染力强，故而适度点染，效果甚至近乎神奇！至于它归于什么文体又有什么关系呢？自古以来以文学取仕，我们的祖先翰墨文采相当了得，不乏千年绚烂的篇章，只不过到了我们不肖的一代，奔竞于扬弃，疏忽于传承，文字才落入苍白干瘪的境地。

曾有一个下属单位——天缘书店，静静地在角落持奉一瓣心香，走近它的书架，看见的不是惯常的分类标牌，却是“心灵芳草”（散文诗歌类）、“千秋文章”（古文典籍类）、“域外情怀”（外国文学类）、“一览星空”（人物传记类）、“点石成金”（财经管理类）、“软硬兼施”（电脑类）、“种瓜得瓜”（少儿读物类）、“神通四海”（外语类）、“左右逢源”（词典工具类）……有如缕缕清风让人会心满足。我的主意不赖吧？还有趣事一件：书店经理指着遭遇偷盗的残缺套装书，气咻咻地要做一块“窃书罚款20倍”的警示牌。我吩咐广告公司设计师做了一个镜框送给她，上面写着：“本书屋轻言利只图弘扬文明，窃书者为求知何苦玷污人生。”这两行字的委婉告诫有没有让心灵微微一颤不敢说，但“罚款20倍”的恫吓毫无用处却是可以肯定的。有一位顾客特意打听“这个镜框卖不卖”，惹得售书的女孩乐不可支。

我曾经分别给十六位下属经理写过“总经理书简”，评品、叙怀、建议、警醒炼于一炉，偶听受信人说他们大多十分珍视那封罕有的信。我还给合作机构的上级写过交涉的信函，因为他们拖欠的资金眼看要影响我们的年终考核。问题及时解决了，尚有余音传过来：对方的上级添了一句：“公函写得太漂亮了！”

当七年前我和同事唐文勇切磋《研究室公约》的时候，哪会想到这篇随心之作竟不胫而走，广为流传，虽岁月流淌却一直为许多人喜爱。唐文勇的草稿透着一种灵气，我又融入自己的人生体验与追求，将之扩展、深化、润色成了后来的样子。这篇不长的文字看似一个袖珍工作单位的理想之梦，其实却扎根在我们这个蛇口工业区“智囊”部门的人文环境之中，所以在这个令人永远忆念的知识分子群体中激起了很强的认同感，始终伴随着我们的事业，支撑着我们的精神。当年的主任我回眸望去，从研究室的氛围里走出了那么多够分量的人才，人生若此，怎么说也足以宽慰了。

一九九一年一月作家苏娅来做客，几天之后，从广州写来真情拂煦的信函：

> 蛇口匆匆一日，言犹未尽，印象已深。带回一张贵室的公约，被鄙室全体一致通过，一字不改，或上墙悬挂，或桌面存照。尽管算得上公开掠夺，人人皆大喜爱，甚至自鸣得意，仿佛这精彩文字从来就出自咱们手笔……供版权者一笑。

《研究室公约》很快被传抄到大学、企业，又相继转载于多家报刊,《读者文摘》刊登的就属于“改题私用”的版本;近来又不知被谁“请进”了万用信息网,成为电脑里呼之即出的“经典”。我琢磨人们不寻常的热情,品味出对刻板老套文字的普遍厌倦,和对于工作环境里应有的尊重、坦诚、关怀和温情的渴望。

湖北前辈作家、作协主席刘富道给我寄来一九九五年第1期的《楚文学》,只见这篇文字刊载在了刊物的封里,并加上“公文文学”的标签。《编辑要言》称:“生活中处处充满文学,我们在深圳捡到了一份《研究室公约》,就是一篇美妙机智的散文……”

从刘老的赏识来看,公文与文学终于结合了。真心愿它们和谐美满,地久天长。

1996年12月

附:研究室公约

我们且用商量的口吻,大家都是知书识礼之人。

订立此约,显是出于“有则改之,无则加勉”之意,藉以帮助我们克制一点很书生气的潇洒与散漫,改掉一些并无恶意的粗心,和表现我们将庸俗和陋习拒之室外的决心。

比如,我们的书桌和书柜,乱中虽然也有自然之美,但显然还是摆得整整齐齐更适于我们的整体气氛。看报的时候,需要装订的不妨捷身代劳;看完后放回报架,或理一理摆在桌面。纸团和烟蒂,就不要再随手丢在花盆里,从而破坏了身边的和谐。

我们发现,礼仪的言辞和行为会增添自己的风度与美貌。每当电话铃响起,多半是愉快的消息,大家不要客气。先说一声

“你好，研究室”，效率即是生命的延长，当然唤之而来的也会是柔雨与春风。

满世界找胶水、订书机、剪刀、削笔器的时候，心里总有点不舒服。所以用完各种文具，属公的，请物归原处；属私的，请物归原主。

资料是我们的营养，我们乐于共享。在陶醉于信息海洋之中的时候，我们注意留给他人机会与方便。

最令我们欣慰的，是良好的气氛与人际关系。我们鄙视势利与猫腻，也不喜欢酸气。在这个流动性很强的大家庭里，各人贡献一份新鲜与美德。

我们都是自己的主人，理解自己担负的职责，勇敢地对工作、对自己的行为负责。我们为自己的坦诚自豪，在我们自己营造的环境里，尊重他人和享受他人的尊重，庆幸地省去许多耗费生命的烦恼。

正因为不会长年厮守，我们更加珍惜眼前的时光。有温暖，有激情，有体谅，有幽默，因而对人性和事业怀有信心，我们就是这样成长。

剩下的文章，由各人分头去写，用无言的默契，用沟通的心灵，用灿烂的笑容，用理解的目光。

1989 年 10 月

后记

五十岁以后，日子过得飞快，快得来不及品咂，来不及流连，来不及跟上科技的炫演，来不及适应世风的颓变。这不，二十年就像看了下半场的电影，出了影院已经成了皤发老人。

谁没有过清澄的眼睛、天真的笑靥？可是如今只有在梦境里和孙子辈的脸上才能找到了。时下有人笑谈“四零后（的前多半）”就像躲过了几次旋涡与火舌的幸运的叶子——数得出最荒谬的事儿没赶趟，连孩儿也是“两个正好”……我再回看少时的伙伴们，在随风翻飞的叶子中我又可以算比较走运的一片——他们的路比我难，吃的苦比我多。但是卑微的满足并不意味着憨恬地活着，我总是会想起他们，还有更多。

我曾打算退休以后从容地开始写回忆录，然后在数字音乐编辑平台上“发烧”，唤醒我在早年曾经一窥音乐殿堂的另一个梦。可是当我看到可敬的袁庚老人的魂灵早于他的躯体飘向了天堂，我赶紧把写作计划提前了好几年。一时尤物博客正好向我走来，带给我书写的迷醉与交流的快乐，走笔（击键）竟至一发不可收拾。

好在我没有太以书写为苦，这首先得益于阅历，那是时代的赐予，说不定摊上什么，春风也好霜雪也罢，我都认认真真地活过；其次在于阅读，成摞的读书笔记等着我来梳理，私人《乱读书》（读书的心得与鉴赏）的箧内还不至于过于羞涩；然后就是情怀了，这是心灵对文化归属的认同，是经年努力的结果，它决定了为什么要书写，以及写什么、怎样写。

鉴于浪漫创作需要特殊的才情，我只对亲历的事情记实书写，我深信，至少对于宏峻凝重的历史，会有某种特别的意义。我们是一代人，我们也有过深情、梦想、苦难和奋斗，没理由在历史划然翻过的时候，化作远逝的风。

我的心曲，早在十一年前已经拨响：

> **我选择在人生的冬季修补犹存的生命，取一种自然的、人性的活法，特别是要说直率的话，倾本真的情，了纷纭的债，还深藏的愿，否则，人生又怎能完美？**

感谢母校清华，她的泽沐令我有了合金性质的文化基石；感谢我的家人，因为真诚的精神鼓舞与行动支持对于这本书何其重要；感谢清华同窗马雨农，他以知音之情挥洒出了斐然的序文；感谢本书的编辑，他们专业而友好，包容了我这个有点儿任性的老头子。

余昌民

2017 年 5 月 23 日收笔

2018 年 6 月 8 日修订

2018 年 10 月 26 日再订

2018 年 12 月 8 日定稿

于对竹听雨斋